剩下他孤身一人的夜晚

“精读堂”讲座选 ◆ 第一卷

主　编 / 戴　冰

贵州出版集团
贵州人民出版社

图书在版编目（CIP）数据

剩下他孤身一人的夜晚：“精读堂”讲座选. 第一卷 / 戴冰主编. -- 贵阳：贵州人民出版社, 2021.1

ISBN 978-7-221-16217-5

Ⅰ. ①剩… Ⅱ. ①戴… Ⅲ. ①文艺理论—中国—讲座 Ⅳ. ①I0

中国版本图书馆CIP数据核字(2020)第163935号

书　　名	剩下他孤身一人的夜晚：“精读堂”讲座选（第一卷）
主　　编	戴　冰
出 版 人	王　旭
责任编辑	黄　冰 张　晥
实习编辑	罗翻文 欧杨雅兰
版式设计	杨　洋
出版发行	贵州出版集团 贵州人民出版社
社　　址	贵州省贵阳市观山湖区中天会展城会展东路SOHO办公区 贵州出版集团大楼（邮编:550081）
印　　刷	深圳市新联美术印刷有限公司
开　　本	889mm × 1194mm 32开
印　　张	14.75
印　　数	2000册
字　　数	300千字
版　　次	2021年1月第1版
印　　次	2021年3月第2次印刷
书　　号	ISBN 978-7-221-16217-5
定　　价	52.00元

“精讲堂”启动词（代序）

戴 冰

非常感谢大家能来到这个启动仪式现场！

借这个机会，我想给大家介绍一下“精读堂”创办之初的一些想法。现在倡导全民阅读，有关阅读的活动和平台非常多，各种媒体有关阅读的报道也特别热闹，这当然是一件很好的事情，但阅读这个行为和这个词本身都是中性的，并不带有任何立场和价值取向。

事实上，从阅读方式上说，各种快餐式的、片段式的、浅尝辄止或囫囵吞枣式的阅读对大部分人来说还是一种常态，这里面也包括我自己；另外，从内容上说，电子技术高度发达，阅读平台越来越方便快捷，致使良莠不齐的文字甚至垃圾也在实际上充斥着我们的阅读生活。在这样一种阅读背景下，倡导读什么书，倡导一种怎样的读法，也许才是一件更为重要和更为迫切的事情。于是，我们整合各方资源，打算成立一个以精读经典为宗旨的讲堂，也就是今天的“精读堂”。“精读堂”在方法上倡导精读，在内容上推荐经典。今天启动的是“精读堂”的文学单元。

“精读”这个词，应该包含着两个基本特征，那就是挑筋剔骨、细嚼慢咽。只有经典才经得起这样的精读，也只有这样的精读才不至于辜负了经典。从本质上来说，精读才是阅读的三昧，是阅读的无上咒、无等等咒。没有精读，阅读其实只是一种自欺欺人的假象，所谓以书遮眼而已。

“精读堂”的基本运作方式，就是每月邀请一个主讲嘉宾，对一个经典作家，或者一部经典文学作品，进行精细解析，尽可能体会和传递出作品背后的匠心与创意，技艺和思想，以此达到深入理解经典的目的。

这里我代表“精读堂”执行团队，要特别感谢贵州省作家协会、千翻与作书店、贵州人民出版社、贵州广播电视台综合频道、《贵阳晚报》、“ZAKER贵阳”和参与协办的多家文学杂志，以及贵州文学院签约文学微信公众号“尚未文化”“人文贵州”等多个公众号，没有他们的支持，“精读堂”不可能成为现实。

任何事情都是做起来容易，坚持下来难，“精读堂”自不能例外。所以我们特别希望社会各界能够给我们提供更多的支持，能够让“精读堂”为那些真正喜爱文学、喜爱读书的朋友们提供一种持久的、高质量的专业服务。

谢谢大家。

2017年5月13日

目录

2017.7.22

非凡又荒诞的史诗

——读卡达莱《亡军的将领》

▌冉正万

精读堂第三期
冉正万：　非凡又荒诞的史诗
——读卡达莱《亡军的将领》
时间：2017年7月22日15:00
地点：千翻与作书店
亡军的将领
卡达莱
冉正万
现为南风杂志社社长、总编
中国作家协会会员
贵州省作协主席团成员

冉正万

1967年1月1日出生。曾任《山花》副主编。现为南风杂志社社长、总编。中国作家协会会员，贵州省作协主席团成员。出版中短篇小说集《跑着生活》《树洞里的国王》《有人醒在我梦中》，长篇小说《洗骨记》《纸房》《银鱼来》等五部。短篇小说《树上的眼睛》入围第五届鲁迅文学奖。有作品入选《2009中国短篇小说年选》《2010中国短篇小说年选》《中国短篇小说年度佳作（2010）》等。曾获贵州省政府文艺奖一等奖、深圳网络原创文学奖、中国首届产业工人文学奖首奖。

每年诺贝尔文学奖公布之前，报社的文艺部编辑都要叫我猜哪个有可能获奖。我知道这个游戏毫无意义。不要说猜诺贝尔文学奖，就连本地的一些小奖我都猜不准。为了不让报社的朋友难堪，我每次都像耍赖一样，将伊斯梅尔·卡达莱列上去。有人说："自从2005年获得首届布克国际奖以来，关于他进一步问鼎诺贝尔奖的呼声连绵不断。从艺术上看，他完全有资格获奖，唯一不利的因素是他过去的政治问题——他是独裁政权的合作者与得利者。"我很怀疑这种说法，相信诺奖评委不至于如此狭隘，诺奖毕竟靠作品说话。他本人曾告诉《巴黎评论》的记者，写出那些称颂霍查的作品，是出于想从内部破坏独裁统治的天真愿望。这样的辩解看似聪明，其实很愚蠢。

虽然谁也离不开政治，但我一向不喜欢讨论政治，也没有能力去理解蕴含在其中的政治意味，对政治极不敏感是我最大的问题。我更关心的是作品本身：它是让我怀着惊喜读下去，还是让我敬而远之，这才是标准。

伊斯梅尔·卡达莱是近年我读得比较多的作家，读过《亡军的将领》《错宴》《石头城纪事》《谁带回了杜伦迪娜》《接班人》《耻辱龛》《三孔桥》《雨鼓》。在这些作品中，读得最早、读的次数最多的是《亡军的将领》。它是作者最长的一部小说，也是最好的一部作品。十八万字，在中国，这算小长篇。我们说到史诗性作品，首先想到的是几十万字、上百万字的大部头。很少有人敢把十多万字的作品称作史诗。这是对“史诗”二字的误解，也和我们对中国当代文学不自信有关。史诗有两个基本特点，一是庄严，二是传播广泛。这两点必须得到共同的认可。有些作品刚写出来，还没得到读者检验就被称作史诗，填补了某某空白。所谓的空白，十有八九和题材有关，与文学性、思想性关系不大。这就像把婴儿叫作伟人，他有可能成为伟人，也有可能就是个凡夫俗子。至于空白，似乎早就没什么空白可填，是必须挤进去，楔进去，“走别人的路，让别人无路可走”。还有哪个领域没被写过呢？就算没写过，能在多大程度上成就文学本身呢？

《亡军的将领》是近半个世纪以来，不得不一再被提及的经典著作。作品出版以来，媒体一直赞誉有加。

1970年3月11日，法国南方电台：这是一部奇特的小说。在这部小说里，戏剧性不断地伴随着幽默，让我们发现了过去所不熟悉的阿尔巴尼亚文学。

1970年4月12日，巴黎《费加罗报》：在这部荒诞的史诗里，幻想现实主义涂上了一层淡淡的幽默色调。这是一种从地下目击的战争，即从墓穴里目击的战争。这部小说透过死者的魂灵使欧洲最小的国家之一——阿尔巴尼亚进入共同的图书市场。

我们出版了那么多书籍，有多少进入“共同的图书市场”？作品不行，用阴谋论、文化不同等替自己开脱，实在是可怜又可笑。

1970年3月13日，巴黎《最后一分钟报》：毫无疑问，这部书的出版，将是一种新发现，发现了我们几乎不了解的阿尔巴尼亚文学；这一文学首先使作家伊·卡达莱进入到高不可攀、求之不得的层次。

1970年5月17日，法国《罗兰共和报》：幽默，含蓄的激情，轻松自由、朴素自然的叙述，机敏的语调，不外露的技艺，曲折的教诲，异乎寻常的景观，喜气洋洋的新人——所有这些因素使这部小说比任何别的作品都更精致。这里有当今正在觉醒的世界的画像，它葆其能量、力量和色彩。

评论集中在1970年。1970年，我们的报纸在说什么呢？我查了当时的报纸，说的是过去的十年，是敌人一天天烂下去，我们一天天好起来的十年。我们的报纸还提到了阿尔巴尼亚：欧洲的社会主义明灯阿尔巴尼亚，放射出更加灿烂的光辉；……如果帝国主义、社会帝国主义敢于侵犯我国，我们就坚决把他们葬身在人民战争的汪洋大海之中。

这是两个完全不同的话语体系。

我们再来看看作家对卡达莱的评价。

阿兰·博斯凯（法国著名诗人、文艺评论家和记者）：卡达莱将肖洛霍夫和卡夫卡紧靠在一起，让萨特靠近布莱希特，没让海明威离开聂鲁达太远。

约翰·凯里（布克国际文学奖评委会主席）：伊斯梅尔·卡达莱描绘出了完整的文化——包括它的历史，它的热情，它的传说，它的政治和它的灾难。他继承了荷马史诗的叙事传统，是一位世界性的作家。

现在的年轻人对阿尔巴尼亚已经不大了解了，但中老年人对阿尔巴尼亚是很熟悉的。阿尔巴尼亚曾是社会主义国家，当时，中国与阿尔巴尼亚关系非常好，是同志加兄弟。在我的印象中，阿尔巴尼亚个头很小，但愿意为我们两肋插刀。我们进口过他们的电影《战斗的道路》《特殊任务》《宁死不屈》等。几十年前的人们说起阿尔巴尼亚，就像在说姑表亲一样亲切。20世纪80年代，哥俩闹翻了，暴露出许多鲜为人知的故事。各位有兴趣可以去了解一下。阿尔巴尼亚是一个小国，地图像一只耳朵，全国人口到2013年才三百零一万。首都地拉那只有七十六万四千人。我们一个县都有这么多人，甚至比这多得多。一直以来，我们习惯以人口比例去揣测上帝的意图，因为我们人口众多。世界级作家、艺术家的多少与人口基数没有必然联系，只与独特的文化背景和作家本人对生活的感受有关。

四十年过去了，《亡军的将领》仍然在全世界获得尊重，获得读者的赞赏。这才可以称为史诗性作品。这部作品至今已经被翻译成四十多种语言。书中写到一位意大利将军，在战争结束二十年后回到阿尔巴尼亚，收集当年战死在此地的本国军人的遗骨，其中种种艰辛几乎令他精神失常。他们当年是侵略者，也是战败者，所以他的处境非常尴尬。在这荒诞而幽默的讲述中，将军对战争的反思，当年的军人对和平的渴望，幸存者终生难以说清的苦痛，全都跃然纸上。

读完后我最大的感受是，没有绝顶的聪明是写不出这部作品的，仅凭聪明更是写不出这样的作品。作为同样以写作为生的人，我既感到绝望，又佩服得五体投地：怎么是他写的，不是我写的？这叫“眼前有景道不得，崔颢题诗在上头”。假以十日，假以百日，假以一生，我也写不出来。这不是时间问题。这部作品的主旨具有唯一性，前无古人，后无来者，不具有模仿价值，只能看着他绝尘而去。他告诉我们，要写作，只有独辟蹊径，寻找属于自己的句子。读卡达莱其他作品，《三孔桥》《接班人》《石头城纪事》《谁带回了杜伦迪娜》，写作技巧是可以学习的，他很会讲故事，但这些作品远远不及《亡军的将领》气质独特。

小说中的将军，也就是亡军的将领，一开始是这样的：

将军感到兴奋，特别兴奋。连他自己也不知道，这突如其来的喜悦的波浪，为什么能卷到他的身边。这是一个旅行者在糟糕的天气里完成了一次危险的旅行，然后找到一个安身之地的喜悦。那小小的黄黄的白兰地酒杯，将群山淡绿色的撩拨人心的容颜，越来越快地从他的面前驱散了。现在，这酒杯在桌子上正一次又一次地骚扰着他。“简直就像一只骄傲而孤独的鹰一样……”突然，他觉得自己全身变得孔武有力。成千上万的士兵的遗体埋在地下，那么多年来一直在等待他的到来。现在，他来了，要把他们从泥土中取出来，送给他们的父母和亲属。他用地图、人名和准确无误的记录把自己装备起来，好似一个年轻的基督。二十年前，趾高气扬又迷茫的将领，曾率领望无尽头的队伍，走向失败，走向毁灭。而他来到此处，却是要来拯救出当中存留下来的一点点东西，使它们摆脱被忘却和溃亡的境地。

这位将军在阿尔巴尼亚一番寻找后，再也骄傲不起来了。受到一次又一次意外的打击，被意料之外的事烦心，这个亡军的将领非常沮丧。在第二十章，将军的心态是这样的：

将军感到害怕，对到这儿来很后悔。以往的事情不是很容易能被忘记的，而且阿尔巴尼亚人又都想报仇雪恨。他为什么要到这儿来？这个奇怪的、突如其来的、疯子才会有的想法，是个什么主意？截至目前，事情进展得还是不错的，他在别人的陪同和法律的保护下四处活动。可是今天，却采取了一个大胆的行动。他何必要单独与神甫一起参加这个婚礼？在这里，他越出了规定和法律所能允许的范围。这里什么事情都能发生，任何人也不负责。

与其说这是亡军的将领的命运，不如说这就是生活。与其说这就是生活，不如说这就是人性。将军出发之前，把死亡的军人全都当成“军人”，没把他们当人，军人就是打仗，就是生与死。他从没有意识到，包括他自己，任何职业的外衣之下都是人。王朔有一部长篇小说叫《千万别把我当人》，这部小说特别中国，说到了中国人最猥琐不堪的一面。王朔是调侃的，卡达莱是认真的。一个人空有想法是没用的，置身事境，人的本性才会一览无余。《亡军的将领》的封底上有一句书评：他（将军）意识不到的是，自己也早已成为一具行尸走肉。我不喜欢这句话。将军没到阿尔巴尼亚之前意气风发很正常，在寻找军人的遗骸中，这些和军人有关的故事让他难过，让他愤怒，让他不屑，让他感到痛苦，他感到了害怕。他这才变成了真正的人，而不是一个将军。

死在异乡的军人的故事各个不同，或者说命运各个不同，但这都和他们是人有关。如果他们不是人，是一群狼，或者是一群羊，故事不可能这么复杂。最让将军感到难受的是，很多军人的所作所为只是传说，只是故事，他无法确认他们是否真的如此不堪，他既想替他们辩解，又不想和他们为伍。他对当年的一场战役研究了一番，认为如果让自己来指挥，绝不会失败。兴奋过后，他一下发现，他是以现在的装备和条件来和当年的敌人打仗，是以已知的情报和两军力量对比来虚构他的战役，这和作弊没什么区别。真正的战争无法作弊，很多因素只能猜测、预估，猜测一旦出错就有可能全盘皆输。何况还得考虑当时具体的国际国内环境、天气，还有战争的意义等繁杂因素。棋手复盘时头头是道，和比赛时完全是两码事。将军一下觉得无比沮丧和空虚。我们很多战争题材的影片和小说，正是如此。就像被送上断头台的法国王后玛丽，面对饥饿的民众，她说，如果没有面包，你们为什么不吃蛋糕呢？据史学家考证，这不是玛丽说的。但这句话本身道出了一个真理：一切想当然都是操蛋。

不过，我觉得卡达莱并不是为了探讨什么人性。人性这样的字眼，作家写作时是不会去考虑的，只会把它当成自然的属性去关照。他们更多的是考虑如何把故事写好。这两个字说多了，也让人望而生畏。因为小说首先吸引人的一定是故事，其他所谓深刻的东西，都是掩卷之后的联想。这是作家给读者的福利。当然，如果读者没有享受到这些福利，这部作品的艺术性是要大打折扣的。就像食品，首先是美味，但吃下去后还得有营养。只有营养没有味道是无法下咽的，只有美味没有营养对身体又是有害的，至少是个累赘。这不是兼顾的问题，写作的人都知道，这是一不是二，是同构的，是浑然一体的。文学评论为了方便，条分缕析，是为了说清缘由，如果以此去进行写作和阅读，是很荒唐的。任何有关厨艺的书籍，在大厨师那里都是生硬的，是死板的，是不屑一顾的。会者不说，说者不会。

卡达莱非常擅长编故事，他的所有作品，故事都是一流的，都是从小处说起，进入大事件和大历史，然后以荒诞的方式结束。这就是诗人阿兰·博斯凯说的，卡达莱将肖洛霍夫和卡夫卡紧靠在一起，让萨特靠近布莱希特，没让海明威离开聂鲁达太远。

《亡军的将领》里有信件，有日记，有电报。第十一章，这是最长的一章，作者全文引用一个士兵的日记。当然，这日记是卡达莱替这个士兵写的。我们看看其中一则：

1943年5月25日

我的心思花在很多事情上，但是，更多的还是花在科蕾斯蒂娜身上。我尽想些发疯的事情。我自己知道，那是些发疯的事情。可是，尽管自己知道那是发疯，却还是愿意去想。

昨天中午，我躺在磨坊跟前的水沟边上。由于不知道自己该干什么，便向水里扔起小石子儿来。四周响起萝卜叶子窸窸窣窣的声音，哗啦啦的流水声使人犯困，真想睡上一觉。

突然间，我听到了巨大的喧闹声、打开水龙头接水声、口哨声、说话声、马蹄声。我爬起来，瞧我看到了什么：我们的人排着长长的队伍，从远处开来了！想跑，可不知为什么两条腿却挪动不得，我好像被钉在那个地方了。他们来了，从四面八方把这里围了起来。

“这，就是那个磨坊吗？”一个人问我，同时还做了个暗号。

“是。”我惊恐地说。

“喂，勇士们，我们放把火，把一切全变成灰烬吧！”

他喊叫着，第一个冲了上去。我跟在他们后边，也冲了上去。我不知道，我的两条腿为什么骤然间开了枷锁，身上也变得灵活、敏捷了，仿佛是一种妖术解脱了我。我的头脑发热，凶相毕露，就像去年冬季攻势中，我们一边放火烧了六个村庄那会儿一样。

我们一边发疯地狂喊乱叫，一边一窝蜂似的冲上去，两个人把磨坊给点着了。另外几个人抓住磨坊主就地拖，拖到门槛处，把他给枪决了。

我的心思跑到科蕾斯蒂娜那里去了。我跑步登上房子的台阶。别的人把芙洛莎阿姨的手脚全给捆上了，顺着台阶把她往下拖。她看见了我，吐我。“噢，狗！噢，特务！”

可是，我没去听这个，心思全在科蕾斯蒂娜身上。我迅猛地跑到她的卧室，冲到床前。科蕾斯蒂娜全身在发抖。

“当兵的，噢，当兵的。”

可是，热血涌到了我的头顶。我对自己讲，要快，快，不然时间就过去了。

我掀开被子，发疯地撕开了她那薄薄的衬衫，趴到了她的身上。

“当兵的，噢，当兵的。”

猛然间我站了起来。传来了科蕾斯蒂娜喊我的声音。周围还像原来一样，水依然还是那样静静地流淌，青草散发着沁人的清香。我稍微睡了一会儿。

“当兵的，喂，当兵的。”

我迈着懒洋洋的步子朝家里走去，科蕾斯蒂娜走到中间那扇窗的前面。

“妈妈叫你。”她对我说。

我还在揉眼睛。

她知道我做了一个什么样的梦吗！

日记的主人是“钢铁师”的一名士兵。他不愿打仗，到一个磨坊主家当起仆人。没有人叫他的名字，都叫他“当兵的”。他所在的部队被游击队打败了，他把枪扔进树丛，磨坊主收留了他。他在磨坊主家干了大半年。砍柴，清理磨道，爬到房梁上换砖，扫地，往工具上打油，装麻袋，倒麻袋。磨坊主需要用他的劳力，对他冷嘲热讽，但同时他也有农民的厚道。

像他这样开小差的士兵不少。一方面，阿尔巴尼亚的年轻人都当游击队员去了，乡村很需要劳动力。另一方面，这些士兵对战争的厌倦找到了释放的路径。他们并不怕死，怕的是莫名其妙的杀戮。

但开小差并不能解决他们的所有问题，首先要提防的是部队的惩罚。这个部队叫蓝色营，有九百多人，一旦被他们发现，就地枪决。即使不被发现，战争结束后又怎么办？回老家还是留在阿尔巴尼亚？阿尔巴尼亚人下地干活都扛着枪，他们看不起逃兵。开小差的士兵都是年轻人，如何解决对女性的渴望是另外一个问题。他们中有一个想和当地姑娘好，结果被按在地上狠揍了一顿。

这段日记中，这个士兵深深地爱上了主人的女儿科蕾斯蒂娜，爱得无可救药。但他不敢做任何表白，只能做白日梦，梦见自己部队的人来烧磨坊，他不顾一切救了她。

这段日记意味深长。当兵的梦见遇到了自己的部队，一下就变成了一个狂人，点火烧磨坊。这是他曾经干过的事情。他这样做，其实是在寻求保护，让自己人不要把他当开小差的逃兵。但有什么办法，他就是一个逃兵。不知道自己该干什么，向水里扔小石子儿，这些细节，把逃兵的心思和处境完全暴露了出来。

保管士兵日记的是老农，也就是当年的磨坊主。相隔二十多年后老农将日记送给将军。同时送给他的，还有这个士兵的遗骨。这个士兵最后被“蓝色营”枪毙。一开始，将军以为士兵是被这个老农杀死的。等他明白士兵在老农家生活过一段时间后，又错以为老农会向他索要报酬。当老农明确告诉他，他什么报酬也不要，将军觉得受到羞辱，故意说这个士兵在他家又吃又喝，理应给他报酬。老农反唇相讥，说：我还欠他工钱呢，你是不是要我把欠他的工钱给你呀？

这里不但写出了战争的残酷，写出了战争的复杂，写出了阿尔巴尼亚人的纯朴和勇敢，也写出了人的本能：任何时候都不要忘记为自己的尊严而战。

这部小说还有很多精彩的故事。比如将军和他的助手一直在寻找一个身高一米八二的上校的骸骨。他们从意大利出发时，上校的母亲和遗孀专门找过他们，请他们一定把他的骸骨带回去。但就是找不到，不知道他死在何方。直到小说快结束，才知道上校被一个老太婆杀死了。这个上校把老太婆十四岁的女儿强奸了，小女孩自杀身亡，老太婆出于报复，杀死了上校。将军非常吃惊，也很难堪，他没想到自己国家的军人，还是军官，他的所作所为如此猥琐。一个一米八二的大个子，居然死在一个老太婆手里。其实二十年前，老太婆还不算太老。她杀死上校不是凭力气，而是凭着处心积虑，凭着仇恨。这个高大上校的遗骨找到后又丢了，只能用别的遗骨来代替。

寻找这位上校的遗骨是这部小说的一条主线，将军情绪的变化是另外一条主线。仔细揣摩将军的情绪变化和作者对这些变化的叙述，对我们接近作者的意图是很有帮助的。

卡达莱早期是写诗的，有评价说：其诗意的散文和叙事的灵巧，堪称炉火纯青。确实，他的语言很有味道。虽然我们读的是翻译作品，但仍然能读出诗的韵味。《亡军的将领》是卡达莱的处女作，在严肃又幽默的讲述中，作者完成了这部非凡又荒诞的史诗。

作为写作者，我至少从这部作品里学到两样东西。一是切入点的重要性远远大于你所知道的情节。情节不是蛋糕，任何方向切下去味道都一样。情节是迷宫，切入的方式和角度不同，你将看到不同的风景。应该如何切入才是最好的，不可能有标准，只能因人而异。《红楼梦》和《三国演义》的切入就完全不同。《红楼梦》用一个作者把另一个作者抬出来，第一作者变成旁观者。《三国演义》则始终只有一个作者。有人喜欢横着一刀切下去，鲜血四溅，然后再将血迹一点点擦干净。有人喜欢小小切开，抽丝剥茧。写作时找准正确的、与作者才情相配的切入点，这部作品就成功了一半。相反则会感觉非常吃力，如同背着石磨跳舞，跳不动，还满头大汗，而观众一点也不喜欢。

二是对情节的控制。小说中，随军的上校牧师显得有些神秘，将军猜测他和那个高大上校的遗孀有染，但作者并没让这条线展开，只是在不经意中，在将军发牢骚时随便说说。如果作者在这件事上写得太多，反而会减轻作品的分量，让庄重变成轻浮。伟大的作家都像种庄稼的好手，杂草坚决薅掉，对套种的作物漫不经心，让它们长出有层次的立体感，只对主要作物精心呵护，让它们永远生机勃勃。比如玉米地，一眼看过去只有玉米，走近了看才发现有黄豆、巴山豆、红薯、南瓜、西红柿。它们可以有，甚至必须有，但绝不能影响玉米的生长。小说中有位土耳其中将，他和意大利将军的使命是一样的，但他对阵亡军人的态度和意大利将军完全不同。对这位土耳其中将的描写，就是玉米地里的南瓜，时隐时现。

不过，最好的欣赏是不要把它和自己的写作联系起来，撇开一切干扰，静静地品读，时而会心一笑，时而悲从中来，这部小说会更具魅力。你会发现，卡达莱如此丰富，如此迷人。

2017.10.28

《香水》是这样炼成的

■谢　挺

精读堂第六期
谢挺：香水是这样炼成的
——读帕特里克·聚斯金德《香水》
谢挺，湖南郴州人。2002年加入中国作家协会。著有作品集《想象中的风景》、短篇小说《杨花飞》。《想象中的风景》获首届贵州省文艺奖文学类三等奖，《杨花飞》获《北京文学》奖，贵州省作协年度小说创作奖，并选入《小说选刊》《新华文摘》、《'97最佳短篇小说》。
时间：2017年10月28日15点
地址：亨特2F“千翻与作”
香水
DAS PARFUM
谢挺 作家
《山花》杂志社副主编,代表作《爱别离》等
《香水》叙述了一个奇才怪杰谋杀二十六个少女的故事。其每一次谋杀都是一个目的：只是因为迷上她们特有的味道。对格雷诺耶来说，每一次都是一场恋爱，但是他爱的不是人，而是她们身上的香味；谋杀她们只是为了要永远占有，并且拥有他所爱的那种没有感觉，没有生命的“香味”。《香水》先后被译成近四十种语言，各种版本在全世界的总发行量高达1200万册。
帕特里克·聚斯金德
德国著名作家，1985年，聚斯金德出版他的第一部小说《香水》，出版后轰动了德语文坛，成为20世纪最畅销的德语小说之一。

谢　挺

1966年10月生于湖南省郴州市。1988年毕业于云南大学地球物理系。1990年开始发表文学作品，迄今已发表、出版各类体裁文学作品百万余字，部分作品被权威选刊、选本转载。著有中短篇小说集《想象中的风景》《有青草环抱的房间》《沙城之恋》，长篇小说《爱别离》《留仙记》。曾获《北京文学》奖、贵州省政府文艺奖。中国作家协会会员。现为《山花》杂志社副主编、编审。

我得承认，再次面对《香水》，十几年前那种颠覆性的阅读感受没有再发生。当然，这也正常，就像一个熟悉地形的司机对前方的路况再无意外一样，《香水》至少技术层面已无秘密可言。我们常常用一部文学作品能否抚慰人心来衡量它的价值，就此而言，显然这并非《香水》的长项，但时过境迁，《香水》仍不失其妙，并俨然已成幻想小说、寓言小说中的经典，甚至有着教科书般的标杆意义。不难发现，现在很多中国当代小说都受过这部小说和作者帕特里克·聚斯金德的启发和影响。

现在，我们就来试着聊一聊这部用传统手法创造出来的带有现代气息的小说。“试着”是我们对这部小说背后来自作者的那种强大的想象力的敬意。如果想象力是文学作品的一个维度，那么就《香水》而言，作品抵达的人性的深度也足以让人瞠目结舌，但从效果来看，它们的获得既自然，又是轻松且纯粹的，足见作者对题材的掌控力。

作者帕特里克·聚斯金德，1949年出生于联邦德国的阿姆巴赫。在1984年他写出了《香水》，1987年完成了一部叫《鸽子》的中篇，加上之前的一部叫《低音提琴》的剧本，好像近三十年过去，它们还是聚斯金德作品的全部，这些作品也已经从畅销书成为长销书，据说已经在全球翻译成至少二十三种文字。有些作家可能天生就不是高产作家，他们只为一部或某几部作品而生，也许这些东西已经包含了他们想要言说的全部，仅凭着这些有限的言说，他们已经超越了无数长篇累牍的唠叨，以简胜繁，《香水》就是这样。20世纪80年代，这几部作品的诞生轰动了整个德国文坛。1987年，《香水》更是作为唯一一部外国小说，获得了巴黎书籍博览会“古滕贝格奖”。

“18世纪，在法国曾出现了一个人。”

“此人便是最有天才和最残暴的人物。”

“他名叫让–巴蒂斯特·格雷诺耶。”

《香水》开宗明义，把作者和整部小说的意图先说了出来，他要为一位气味世界的怪杰立传，这个人的天才和野心由于仅仅局限在气味这样一个时效短暂的王国，因此他在整个文明史上也找不到痕迹。这自然是小说家语，目的也是使这种“无中生有”最终让人“信以为真”。传统的欧洲小说开场会有大面积的景观描写或者社会关系的陈述，作者通常用这种方式让读者知道他们的主人公所处的社会环境和生活状态，对他的宗教背景、情感类型，以及他们即将面临的艰难险阻都有所预期和心理准备，同时这对人物形象的塑造也会有所帮助。《香水》却不做这些努力。

我们现在已经知道了故事的来龙去脉，相当于从一个事件的末尾来追溯它的成因，作者最终创造了一位在气味世界令人恐怖的芳香之神，在这个基础上，我们反问一下，这个神祇是如何诞生的？循着故事脉络，我们也许可以找到这个偶像从无到有的蛛丝马迹，或者在故事源头，从那些材料的初始状态，找到作者的用心。

首先，这个气味之神被作者安排在一个鱼肆诞生，因为这里也是巴黎——书中原话——“整个王国”最臭的地方。

香水大师诞生在一个腥臭的鱼肆本身就具有强烈的反讽，关键作者还想说明，这个香水大师生命力有多强大。他母亲将他在鱼肆中就地生产后，用剖鱼刀割断脐带，然后将他像之前处理的所有弃婴那样丢在一个装鱼内脏的垃圾桶里。那些婴孩都如愿一一死去，而格雷诺耶却能在危险之际大放悲声，声音之凄厉，立即召来了邻近的其他市民，包括警察。于是他母亲的身份也立马由弃婴者转成了杀婴犯（她存有此心，有前科，也是咎由自取），杀婴犯被处以绞刑。格雷诺耶在人间的第一记哭声不仅宣布自己的降临，还把他的第一个敌人——他的母亲，送上了断头台。我们可以看到大师格雷诺耶没有父亲（书里只说他是私生子），母亲随即被杀，也让他几乎一落地，就成为一名孤儿。

这种生育方式近乎动物，而且在遍布尘土、垃圾的最底层。无父无母，则让这份孤独少了来自血缘、家族关系的影响和支持。可见作者这种极端的安排，要的就是一种纯粹。从一开始主人公就必须置身一种孤立无援的境地，他要独自面对各种组合灾难，他要用自己的力量来保证自己的生存。毋庸置疑，这个肮脏的地方不会给他任何一丝与爱有关的信息，哪怕一缕和煦的风也吹不进来。而我们的主人公格雷诺耶却要于此出发，生长，他能长成什么样呢？

小说结尾让他成为一名企图用香水控制世界的野心家。小说也可以看成格雷诺耶版的“在路上”——格雷诺耶没有气味。

一个人如果天生没有气味已经让人匪夷所思了，但他却还要成为一名香水大师。这中间有多少必然性？它的真实性或许也只存在于《香水》的文本中，是作者用权利为他设定的，姑且我们先来接受一个“现实”：格雷诺耶是个无气味的人，这一“空缺”的设定也让他立马成了整个世界的异类。这既让他自惭形秽，同时又让他有了仇视这个世界的理由。事实上，最后格雷诺耶也用自己的方式让这种特质获得意义上的提升。

作者之所以要让主人公与众不同，一方面是要为他涂一层神话色彩，另一方面也是要他在寻常的苦难之外，更增添一种与生俱来的压力，至少一开始，格雷诺耶就很痛苦，他与众不同，没有体味，于是他饱受歧视，各种迫害也纷至沓来……

嗅觉灵敏与没有气味，两种矛盾熔铸一身，可以看出作者多少有点游戏的意思：既然气味是世俗众生人人具备的，并且是最接近动物的一面，那么没气味就意味着他不属于这个世界，也远离动物那一面。小说中格雷诺耶很快被人视为异类，甚至魔鬼。首先是他的第一个乳母让娜·比西埃，她因为发现婴儿没有气味，恐怖得不行，非要把他退回修道院。这一点连修道院的泰里埃长老都受影响，他觉得“这东西（格雷诺耶）必须滚得远些……人家不会隔一小时又把它送回来”，结果格雷诺耶再次被送走，这次能接受他的加拉尔夫人没有嗅觉。之后，格雷诺耶就在加拉尔夫人、制皮匠格里马、香水商人手中辗转，他们无一不是悭吝、贪婪，包括他后来遇到的巴尔迪尼侯爵、香料寡妇阿尔努菲夫人、里希斯参议员，他们收养或收留格雷诺耶都是因为利益驱使，要从他身上榨取更多，斩获更多。其实这些人也构成了格雷诺耶社会关系的全部，或者就是由他们组成了格雷诺耶眼里的巴黎、法国。

从阶级论的角度，这些利欲熏心者都是压迫者，而格雷诺耶是被压迫者，最后的结局也可看成格雷诺耶的一种抗争和反叛，哪里有压迫哪里就有反抗（这时我忽然冒出一个念头，很想知道聚斯金德有没有读过《资本论》，巧的是他也是德国人）。因此格雷诺耶的杀人行为也是合乎“阶级斗争”伦理的，格雷诺耶充其量只是残酷的资本主义的牺牲品。

也是在这一段从童年到少年再到青年的过渡中，这个世界向格雷诺耶展示的只有罪恶和残忍，也让他经历了常人难以想象的灾难和病痛。比如差点被同室室友用被子闷死，在制皮工场他得了炭疽病，到了香水店则得了一种化脓性麻疹……几乎每次重病都危及生命，但格雷诺耶每次都用他那强大的生命力支撑过来。作者形容格雷诺耶的生命就是一只倔强、执拗的扁虱，“沉默地活着”，“本能地等待着机会”，一边让自己在饥饿、伤害、疾病等等组成的灾难中，小心地看护着自己奄奄一息的生命，另一边还让自己在弱肉强食的环境中，做一个顺从、无所需求的样板。因此，对格雷诺耶这样好用、听话、高效率，很难找到替代品的好伙计，在他每次遭遇命难时，他的主人们都毫不掩饰地表示了遗憾和惋惜。

如果小说仅仅讲述这些，未免会让读者失去阅读趣味。还好，小说迅速地回到嗅觉这个人与许多动物都与生俱来，类似基本能力的功能上来，而格雷诺耶是这方面的天才。

在人的五种基本能力中（视力、听力、嗅觉、味觉、触觉），嗅觉可能属于最难以描述，也最不容易引起重视的。本书恰恰于此入手。

格雷诺耶的嗅觉奇才，在他六岁时就被自己无师自通地开发出来。格雷诺耶长相古怪，丑陋，性格孤僻，加之他无气味的特质，让他与周围世界处于绝缘状态。这一点也可以看出作者的决绝：除了嗅觉一项，所有可以引人注目、产生好感的东西通通拿走！

格雷诺耶对气味的认识也是被动的，起初他并不清楚自己拥有一个世界上最灵敏的鼻子，他只是凭着本能，把所有气味都毫不遗漏地吸进来，并转成自己的记忆。最初，这更像一个游戏。

格雷诺耶很快就拥有了上万种，甚至十万种气味的储备，并能“清清楚楚地加以区别，随意加以支配”，“他重新闻到这些气味时，不仅回忆得起来，而且当忆起这些气味时，他事实上又闻到了这些气味”。

“他的天才或许可以和一个音乐神童相比拟，音乐神童从旋律与和声中听到一个个音的字母后，可以谱写全新的旋律与和音。”

作者在这时变得异常地大方，对格雷诺耶的嗅觉才能基本都是溢美之词，而且认为他对气味态度公正，没有好坏、香臭、好恶的判断，只要是新鲜的气味，他就喜欢，就会把它们收纳进来，在头脑中对这些气味分门别类。他还可以随意地分解，再重新混合，产生新的气味。

从此我们也可以看出，格雷诺耶对气味的理解和认识，从一开始就是超越审美的。

到了格雷诺耶做皮革学徒时，他已走遍巴黎的大街小巷，在各种场合去搜寻气味，尤其那些卖花和香料的市场是他的狩猎场。并且这时格雷诺耶嗅到了真正的香水，那些香水像彩带一样从华丽的马车上飘来，他很快地猜到香水的意图就是起到使人陶醉和吸引人的作用。构成香味的个别香精质量优良，但它们作为整体却是粗劣的，他相信，只要有同样的原料，他就可以做出完全不同的香味。

这期间，格雷诺耶还停留在对气味单纯的执着中，他的气味收藏的仓库不断地扩大，世界已经没有任何语汇能帮助他做细致的梳理、划分和命名。它们只是像小孩手里的积木，不断重组，再不断地被破坏。格雷诺耶这时候还不清楚他举世无双的嗅觉意味着什么。

这时候发生了一件事，从此改变了格雷诺耶对香味和自己的认识。

这是一个节日的夜晚，当人们都在塞纳河边观看烟火表演，并忘我地欢呼时，格雷诺耶却在这些单调的硫黄、硝石混合的气味中，捕捉到一丝不同：风带着某种东西朝他吹来，一点碎屑，一个香味原子，不，还要少，“是对一种香味的预感，而不是真正的香味”。

小说中有几处关于香味的精彩描写。我们知道嗅觉、味觉这类感受，都难付诸文字，但作品既然是写一位嗅觉天才，于是作者也用不同的方式，不同的手段，来突显、捕捉这种顶级香味对天才的嗅觉系统乃至心灵所产生的震撼和冲击，比如他借格雷诺耶的感受继续评价：“这种香味是了解其他所有香味的一把钥匙，倘若不了解这种香味，那就对所有的香味一无所知。”接着他又让格雷诺耶去尝试分离气味的组成：“这气味是由两者，即挥发性的和滞重的两部分混合的，不，不是混合体，而是统一体，既少又弱，但结实牢靠，像一段闪闪发光的薄绸……但又不像绸，而是像蜂蜜一样甜的牛奶——可是无论如何，牛奶和绸子，这怎么能联系在一起呀！这种气味无法理解，无法形容，无法归类，可能根本就不存在，但它又千真万确地存在着。”

格雷诺耶很焦躁，绝望，因为他随时可能会失去这种对他意味不凡的香味。但还好，它消失了一阵，美妙的气味又重新现身，在那些污浊的市井气味中漂浮着，像一根牵引着格雷诺耶的柔和而又清晰的带子。“他不需要看什么，这气味万无一失地领着他走”，最后他来到马雷大街，之后他在一个僻静的巷子里看到这个香味的来源：一个背对着他正在去李子核的女孩。

“顷刻间，他被搞糊涂了，以致真的认为，他这辈子还没见到过像这个少女这么美丽的东西……当然他是指他从未闻到过如此美妙的气味，由于他了解人的气味，他不敢相信，这样美妙的气味是从一个人身上散发出来的。”

格雷诺耶入魔般贪婪地嗅着这人世间罕有的气味，对他来说，“面对这种香味，十万种香味都会毫无价值。这是一个更高的准则，根据这个准则的样板，必定可以整理出其他的香味。这香味就是纯洁的美！”

格雷诺耶的美学课还在继续，他一边吮吸着女孩身上飘来的香味，一边想着如何占有它。最后他来到女孩身后，在她发现危险之前，格雷诺耶已经用双手攥住了她的喉咙。女孩没有叫喊，格雷诺耶没有看她那张美丽的生有雀斑的脸庞，那对发光的绿色的大眼睛，因为这时候他紧紧闭起双眼，不让她的香味跑掉一分一毫。女孩断气了，格雷诺耶也从头到脚把她残留的最后一点香味吸纳干净。然后，安然地离开。

对格雷诺耶来说，他并没有犯罪感，对女孩的死也没有内疚，他只是在占有一种气味，而不是杀人。此前，他都像动物一样生存，但这一晚，马雷街少女的香味让他忽然间觉醒！他忽然明白自己是个什么人，并顺带清楚了未来生活的意义、方向、目的。他还知道他是世界上唯一占有一切手段的人：他那出色的鼻子，不寻常的记忆力，以及最重要的马雷大街的少女芳香。“他必须做个芳香创造者，不是随便一个制造者，而是一切时代的最伟大的制造者！”

格雷诺耶与香水商人巴尔迪尼的相遇也充满了戏剧性。公正地说，格雷诺耶这时候还只是个皮革学徒，他对香水的认识，还止于想象，他的天才还没有合适的机会和地点展现出来，尽管他对香味的构想整个世界都罕有匹敌，但至少这时候它还是个无人知晓的秘密！

而走在末路上的落魄商人巴尔迪尼也在苦寻机会。靠一点祖产，靠一两张配方就能霸占香水市场的时代已经过去，他已经被他竞争对手层出不穷的香水表演弄得走投无路，只有苟延残喘、勉力支撑的份儿。他已经做好随时退出的准备，离开这个喜新厌旧又让他精疲力竭的香水界。

严格说，巴尔迪尼的香水才能是无法与格雷诺耶比拟的，前者不过是按图索骥、照本宣科的匠人，一个唯利是图的商人，他的财富累积完全靠早年用钱换来的两张配方，只会依葫芦画瓢，没有多少创造力。但他却是整个巴黎发现格雷诺耶真正价值的人。

当时正是他心情最沮丧的时候，对手的挤对已让他进退维谷。于是他破例同意一个来送皮革的制皮伙计使用他的实验室。因为格雷诺耶取笑他对手名扬巴黎的香水，并许诺可以为他不走样地复制出来。

巴尔迪尼鬼使神差地答应这个要求，随即他又后悔，因为这个口无遮拦的丑八怪伙计，粗鲁得就像一头失控的蛮牛，看起来他根本就没有接触过香水，各种实验用的量杯滴管他基本就视而不见，甚至根本不去触碰，他只是把香料倒在一起，混在一起……这些盛着价值连城香料的器皿随时可能爆炸，会摔在地上砸个粉碎！

巴尔迪尼终于忍不住制止，但他叫停的口气是虚弱的，且越来越虚弱，最后自己停下来，因为在空气中他已经闻到了香气，就是他苦苦想去仿制又苦无头绪的“阿摩尔与普绪喀”的香气……

格雷诺耶说这款香水并不好，他可以再给他配两款好的，奇迹面前，巴尔迪尼也无力拦阻。果然，那是两款无与伦比的香水。

第二天，巴尔迪尼做的第一件事，就是把格雷诺耶从皮革匠手中赎出，让他意外的是，格雷诺耶像一个先知，已经打好行李包在等他了……

表面上，巴尔迪尼对格雷诺耶有知遇之恩，但他只是需要格雷诺耶的香水配方为他抢占市场，创造财富。在巴尔迪尼看来，格雷诺耶就是上天给他送来的香水大师，他可以同时给全巴黎的香水匠提供香水配方，且绝对不重样！有了这个人，他就不再惧怕任何对手！

这一段格雷诺耶进入芳香世界的过程写得很有趣，同时它也几乎颠覆了巴尔迪尼多年小心翼翼建立的香水观，格雷诺耶的香水是用一种野蛮的方式创造出来的。当然巴尔迪尼也在教育，乃至规范、纠正格雷诺耶，比如教他使用天平、量杯、滴管，每次配香水，都要把分子式写出来，在他看来，有了分子式，之后的香水才是可靠的。又比如，他要格雷诺耶把酒精当成溶剂，而不是当香料来使用，要最后才允许倒入……

对格雷诺耶来说，写出分子式去配香水，明显是条弯路，是一种累赘。但巴尔迪尼看来，却是进步，至少格雷诺耶给他带来的香水冲击，不再是无解的，不再是无规律遵循，不再是花样翻新的魔术。他甚至还能纠正一些格雷诺耶犯下的错误，于是感到自己也在参与，甚至引领了这些香水研究和发展。

行业规则和香料的制造技术对格雷诺耶来说，自然是后者更让他感兴趣，前者他学来用以应付巴尔迪尼，包括他嗅香水时那种像伤风的小姑娘一样抖手帕的动作，也学得惟妙惟肖。但人们制作、隔离、浓缩、保存香水并使之具有更高用途的工作方法才是他的用心所在，至少这时候的格雷诺耶还没有能力像占有物品一样占有一种气味。他心里因为马雷街少女的芳香而有了一个了不起的愿景。

他学习各种萃取香味的办法，尤其巴尔迪尼工场里最常用的蒸馏法，这种方法可以用火的热量，把植物最纯正的部分，即植物的精华，气味很浓的香精，分离出来。很快他就成了蒸馏专家，因为别人是看火候、火的温度来判断对蒸馏液品相的影响，但格雷诺耶更直接，他用鼻子就能判断出芳香是用武火还是文火更适宜。这期间他也继续着自己的香水试验，比如他试图蒸馏玻璃的气味，“即光滑玻璃像黏土一样凉爽的气味”，他蒸馏了黄铜、瓷器、谷物、砾石、土、血和他自己的头发，最后还蒸馏了塞纳河的河水。他想像从百里香、薰衣草中提取香味那样，把这些材料中暗藏的味道提取出来——结果，他失败了。他不明白蒸馏其实是把易于挥发的芳香油与其他无香味的剩余物质分离开来，他花了几个月时间证明这是个错误，于是格雷诺耶大病一场。

损失最重的要数巴尔迪尼，他直接感觉这个时间死神把格雷诺耶从他生活中拿走，是对他最大的打击和惩罚。此时，因为有了香水天才格雷诺耶的支持，他已经有了一个全面征服法国、欧洲，乃至全世界香水市场的计划，包括那些王室都必将成为他的拥趸，但现在这一切都要因为“这个用金子也买不到的小鬼”格雷诺耶的离开而消失。巴尔迪尼请了巴黎最好的医生，让格雷诺耶住最好的房间，并不顾那些脓疮的恶臭，亲自照顾，为的就是能在格雷诺耶离世前多拿到一个新香水的分子式。

有一天，垂死的格雷诺耶忽然问了一个问题：

“请您告诉我，师傅，为了取得一个物体的香味，除了压榨和蒸馏外，还有别的办法吗？”

巴尔迪尼回答有的，有三种办法：热提取法、冷提取法、油提取法。人们使用这些方法可以得到一切芳香中最美的芳香。

“在哪里？”

“在南方，主要在格拉斯市。”

格雷诺耶没有死，他还有非常伟大的计划要去实施，有了这个答案，他未来的方向终于清晰起来。他安然入睡，健康又迅速回到他的身上。

又过了三年，巴尔迪尼才决定让格雷诺耶满师，并给他一个自由身份。这期间巴尔迪尼已经让自己以七十岁的高龄成了欧洲最大的香水专家和巴黎最富有的市民之一。他向格雷诺耶提了三个条件作为自由的前提：第一，在巴尔迪尼这里生产的一切香水，不许他自己制造，也不许把它们的分子式传给第三者；第二，格雷诺耶必须离开巴黎，在巴尔迪尼有生之年不得再来；第三，必须对前两个条件绝对保密。

格雷诺耶同意了。虽然他不相信圣者，也不相信他母亲的在天之灵，但他还是向它们发了誓。而香水配方他更无所谓，只要他愿意，他就可以用极短的时间编出等量齐观的东西。他从巴尔迪尼工场带走的，只有一只旅行背包、一件衬衣、两双袜子、一大条香肠、一条粗羊毛毯和二十五法郎。

格雷诺耶曾经的那些主人，作者聚斯金德都没有给他们一个好结果。前面的加拉尔夫人最后还是不幸死在主宫医院，在她最担心的、许多陌生人的注视中死去；皮革商人格里马则在出卖格雷诺耶后，因醉酒坠河而死；巴尔迪尼则在随后的一起事故中，连带他所有的房屋和财产一起坠入塞纳河。

接下来，格雷诺耶去了南方。但作者此时让他做了一次停留，也许换个作者，会让格雷诺耶直接抵达目的地，即他的理想国，他的芳香世界，但作者却要挫一挫这种阅读上的预期，让格雷诺耶在这中心目标之外一停就是七年。作者这时候想干什么？

格雷诺耶走出了巴黎，也是当时世界上人口最稠密的地方，他离这座城市越远，他周围的空气就变得越明朗、清新和洁净。这里不再有成千上万种不同的气味相互追逐，飞快地变换着，彼此污染，只有沙土、草地、植物、水的气味，迎面缓缓吹来。

格雷诺耶感到一种自由，这种自由的状态是他远离人，尤其是远离他们的气味后获得的。这时候他心情舒畅，而此前他在巴黎十多年的时间里，没有一刻不在吸纳巴黎污浊而混沌的气味，再被它覆盖着，压抑着。这个气味的主角就是人，甚至没有一个角落，没有哪块石头和一块土地不在散发人的气味，因此他凭着一种本能远离了这些气味，也就是远离了人，他为此而幸福。

于是格雷诺耶听凭自己的鼻子引领着他，远离城市，最后是远离村庄，凡是与人有关的气息都是他规避的。这样，鼻子领着他离开四面八方的人，就像一个指南针那样，旋转着。后来这个指南针变得像一只陀螺，不再指明方向。于是格雷诺耶明白过来，他来到一个气味的极点，从这个地方朝任何一个方向迈一步，就意味着向人靠近一点。

这个极点，即整个王国的最远点，在一个名叫康塔尔山的两千米高的火山顶上。这座山峰由一块巨大的铅灰色圆锥形岩石构成，周围是一望无垠、贫瘠的、只生长灰色苔藓和灰色灌木林的高原。这个地方如此萧索，就连最穷的牧羊人也不把他的羊群赶到这里来。在这座山方圆数里的地区内无人居住，也没有像样的温血动物，只有几只蝙蝠、甲虫和游蛇。几十年来就没有人登上过这座山峰。

格雷诺耶于1756年8月的一个夜晚抵达这里。破晓时分，他站在山顶，很快用鼻子知道，现在朝任何一个方向，都离开了人（也朝向人）。他用整整一天，甚至用眼睛——视觉来一点点印证，直到他确信自己已经从可憎的人类和他们的仇恨中逃脱出来。

他现在是这个世界唯一的人，唯一的存在！

格雷诺耶高兴极了。就像一位乘船遇难者在经过数周的海上漂流后忽然看到了一座岛屿，格雷诺耶也庆祝自己来到这座荒僻的山上。他高兴得喊叫起来，把随身的旅行背包、羊毛毯都扔掉，双臂高举，转着圈跳起舞来。他一边跳，一边朝四面八方呼喊自己的名字，直到深夜，就像一个疯子停不下来。

在山顶他找了一个坑道，深三十米左右，坑道尽头狭窄不堪，格雷诺耶只能弯腰站立，但可以坐，可以蜷缩着入睡。格雷诺耶还闻出来，这地方没有其他生物来过，他小心在上面铺上羊毛毯，随后睡上去，他觉得就像在天堂一样。这里虽然处在法国最荒凉的山中五十米深处，更像一座坟墓，但格雷诺耶就像在他母亲的肚子里，他从未感到过自己如此安全。以致他忍不住幸福地哭了。“但他不知道，他这么幸福该感谢谁？”

这之后，他到坑道外面，只是为了大小便、舔水和猎获蜥蜴与蛇作为食物。此外，他唯一关心的就是尽快回到自己的墓穴。他一天有二十多个小时坐在完全黑暗、完全寂静的石道尽头，坐在那块粗羊毛毯上，背靠着卵石，自得其乐。

这就是格雷诺耶的内心帝国，他的芳香世界，在宫殿的房间里摆着货架，架子从地板直到天花板，架子上放着他有生以来收集的所有气味，有数百万种。格雷诺耶每天像视察工作一样，把某个年份的气味调出来，这样，同时被它们带出来的，还有当时的气氛和情节。比如一杯让他流眼泪的香水，是1752年的香水，它们是那年春天日出前在国王桥上向着西方吸来的，当时吹来一阵轻风，风里混合着海的气味、森林的气味和码头上的小船散发的一点点焦油味。那一晚也是格雷诺耶未经皮革商格里马许可在巴黎游荡度过的头一个夜晚，当时这气味向他预告了自由，是一种希望的气味。他小心翼翼地保存下来，并且每天都要闻它——

“是的！这是他的王国！独一无二的格雷诺耶王国……在清除往昔令人作呕的臭气之后，他如今要让自己的王国散发出芳香！他迈着坚定的步伐到达无人耕种的田野上，播种了各种香料作物……当他看到，事情做得不错，整个大地都播上了他那神奇的格雷诺耶种子，伟大的格雷诺耶就降了一阵酒精雨……不久，种植场上已是枝叶茂密，花蕾几乎全从花被中绽了出来……这时伟大的格雷诺耶制止降雨。他派遣他的微笑的温和的太阳普照大地，一下子出现了万花竞放、鲜艳夺目的景象。伟大的格雷诺耶看到这很好，非常非常好。他把自己气息形成的风吹遍大地，可爱的花朵散发着香味……对他这伟大人物，独一无二的人，美丽的格雷诺耶表示敬意！”

“伟大的格雷诺耶看到这很好，非常非常好。”这句话的句式可能有人会觉得耳熟，的确——这是《圣经》中的话语方式，“于是神说要有光，于是便有了光——神说光是好的！”

作者让格雷诺耶在坑道中隐藏七年，其实就是让他这个没有教养也没有文化的人，在一种绝缘的状态中发现——主要是创造——自己的神性。因此这是一次属于一个人，属于格雷诺耶自己的造神运动。

其实历史上也有过不少人用一种孤独的修行方式来忏悔，来使自己更趋于神性，但这一切是与格雷诺耶无关的，他不忏悔，也不期待获得更高的灵感。他只是安住在自己用鼻子创造的神奇中，并在这种观念的支持下，开始想象去控制这个世界，控制他人。

七年后的一天，格雷诺耶崩溃了。在一个梦境中，他梦到自己被一团雾气包围，这团雾气他知道其实就是他的气味，但他却嗅不到！他可以分辨成千上万种气味且从不混淆，却无法闻到自己的气味！对一个用气味来了解和判断世界的人来说，这也意味着他不了解自己，他对自己来说是陌生的！从前，他就知道这一点，并不觉得这是个问题，但七年的独处，尤其在这种了了分明的寂静中，他对自己却一无所知，尤其不能原谅。

格雷诺耶激动地大喊大叫，就像他最初发现这个山顶上只有他一个人时那样。他想尽办法，把衣服脱光了，让寒风把自己的裸体吹个透彻，最后他伏在旧衣服上，但是在他住了七年的坑道中都没有闻到属于他的气味。他的记忆力惊人，能准确地回忆起七年前这地方散发的气味，这气味如此纯洁，说明任何时候都没有生物来过……

格雷诺耶纠结的其实还是一种身份感的缺失，他没有一点归属感。前面他虽然通过各种想象，把自己塑造成一个香水之神，但在现实中他还从来没有实现过。

格雷诺耶受不了这种感觉。他走到坑道口，穿上自己破烂的衣服，把粗羊毛毯披在肩上，当天夜里他离开康塔尔山，向南方走去。

可想而知，格雷诺耶的野人形象把见到他的第一拨人——一些种地的农民吓得够呛，而在城里他则引起了轰动。人们猜测他的来历，有人认为他是个逃犯，有人则认为他不是人，是人与熊的后代，或者印第安人。他被送到市长那里，展示过他的满师证书后，格雷诺耶囫囵地介绍自己的经历：他是被强盗袭击后，绑架到一个洞穴中，关了七年之久，七年中没有见过阳光，也没见过一个人，靠一个看不见的手送的篮子里的食物生存，最后借助一个梯子才逃脱。这自然是格雷诺耶编造的，也是他七年后第一次开口说话，声音哽咽，但他知道这比事实更可信。而真实情况也是这样，类似的强盗袭击事件，在当地层出不穷，市长于是赶紧为格雷诺耶登记备案，并上报给图卢兹的庄园主埃斯皮纳斯侯爵。

埃斯皮纳斯侯爵对格雷诺耶如获至宝，他应该算是第二个认识到格雷诺耶价值的人，因为他一向都致力于科学研究，比如之前他想培植出一种动植物杂交品种，即一种乳房花。最近又正好在撰写关于接近土壤和生命力之间的关系。因此埃斯皮纳斯侯爵听说格雷诺耶在一个洞穴里——四周完全是腐烂的土壤——住了七年之久，真是喜出望外，叫人立即把格雷诺耶带到他的实验室。

果不出他所料：格雷诺耶被致命气体严重伤害了，他二十五岁的身体已经显现出和老人一样的衰变现象。他以为，如今只有使用他设计的活力空气换气，把有害气体彻底驱逐出去，格雷诺耶才能恢复到过去的健康状况。为此，侯爵召集了这个城市中所有医学院、植物协会、化学物理协会、共济会分会等等学术团体的四百位成员，在蒙彼利埃大学礼堂为他们举办了一场关于致命气体对生命巨大影响的生动讲演。他先是展示格雷诺耶身上的疤痕。畸形的身体，加上衣衫褴褛，让每个人都认为他已经烂掉一半，无可救药了。

展示结束后，侯爵就把他送到自家的贮藏室。在那里，侯爵选的几位大夫亲自为他进行空气置换，即把比屋顶高得多的空气从吸气烟囱吸入。这套设备由一组工作人员夜以继日地精心操作，始终保持运转状态。而且每隔一个小时，格雷诺耶就能吃到专门为他定做的那些远离土壤的有营养的食品：鸽子汤，云雀酥饼，长得特别高的大麦做的面包，比利牛斯山产的葡萄酒等等。

这种去污和恢复的治疗持续了五天。之后，侯爵叫人把格雷诺耶带到盥洗室洗雨水澡，然后用安第斯山的核桃油肥皂从头到脚进行清洗，再剪去手指甲和脚指甲，还请来裁缝和鞋匠为他配置新装。侯爵亲手为他有疤痕的脸涂脂抹粉，给他的嘴和脸颊擦上胭脂红，又给他画了拱形眉，最后再为他喷洒自己的私人香水，一种普通的紫罗兰香水。

在新的见面会上，格雷诺耶的新形象让所有人都倾倒不已，一周前，他还像一头蹲着的、历尽磨难的野兽，现在则是一个体态健美的文明人。侯爵又开始高谈阔论，讲述他的致命的土壤气体理论，他说到激动处，展开臂膀，眼望天空，很多人都模仿他这么做，女人们则放声哭泣。只有格雷诺耶清楚，使他发生变化，成为一个正常人的并不是鸽子汤或所谓的换气把戏，其实就是那几件衣服、发式和化妆品在起作用。

这段时间格雷诺耶也收益不小。他让侯爵为他找了一家香水工场，他为自己定做了两款奇特的香水。

其一其实不是一种香水，而是一种气味，是对人的气味的一种模仿。它是由类似猫屎、臭蛋之类的东西提纯，再回放一些新鲜香油混合而成。第二种则是在第一种的基础上做的，它的气味并不像一种芳香，而是像散发香味的一个人，是对一个真实的本身具有气味的人的整体模仿。假如一个真实的人用这种香水，旁人会觉得他带有两个人的气味，会像个可怕的有双重身体的人。但对一个没气味的人来说，比如格雷诺耶，则刚刚合适。

格雷诺耶把第一种香水喷洒到自己的身上，然后出门去检验正常人对他的反应。他到各种场合，先是广场，然后是婚礼现场，先是小孩、妇女，最后是男人，也许昨天他们还会被格雷诺耶突然地出现吓一跳，现在则有了准备，有了预判。

格雷诺耶很成功，他发现所有的男人、女人和孩子都容易上当受骗，把他用猫屎、干酪和醋拌在一起的臭气，当成和他们一样的气味吸进身体，并把他——格雷诺耶——他们中间的坏蛋，当作人群中的一个人加以接受，他感到无比高兴。他费了很大力气，才克制住不对所有的人呼喊：他不怕他们，几乎也不恨他们。他只是轻视他们，因为他们又臭又笨，因为他们受了他的骗。因为他们什么也不是，而他就是一切。

等人群散去，格雷诺耶蹲在圣坛下的一条长凳上，很久他才回过神来，同时感到一种极大的满足，这不是他在山洞里独自浸淫他收藏的气味时的那种满足，今天他意识到自己的力量，是对这种力量产生的一种冷静和清醒的满足。

“他终于知道了他能胜任什么。他会设计出一种超人的芳香，一种天使的芳香，谁闻到这香味都会入迷，必定会从心底爱上他，格雷诺耶，这香味的载体！他们就会跪下来，如同跪在上帝冷冷的香烟之下……”

因为人们可以在美丽的事物前闭上眼睛，对优美的旋律和语言充耳不闻，但他们不能摆脱呼吸，因为气味是呼吸的兄弟，如果想生存，你就无法抵御。气味能径直到达心脏，在那里把爱慕和鄙视，厌恶和兴致，爱与恨区别开来。谁掌握了气味，谁就掌握了人们的心。

格雷诺耶要成为现实世界中和凌驾于现实之上的全能的芳香上帝！也就是说他要成为掌握其他人心的人。

在康塔尔山的坑道与圣皮埃尔大教堂，格雷诺耶实现了两次对自己认知的变迁，头一次是对自己天才能力的认可，后者则让他知道自己要拿这种天才做什么。其实这也是他人格的两次跨越式变化，他由一个颟顸的自然人，变成了一个能掌握全局，又破坏力惊人的恶魔，对这个世界来说，无疑是个灾难，对格雷诺耶本人来说，也未必是幸事！但事情衍生到这一步，已经由不得小说人物，包括作者回头。

鉴于作者聚斯金德的惯例——每个接触过格雷诺耶的人最终都会非正常死亡，我们也把侯爵的后事提一下，尽管在和格雷诺耶交往的人中，侯爵算不上令人讨厌的。后来，格雷诺耶凭着他新制的香水，让几乎所有人都忽略了他的存在，他成功地消失在前往格拉斯的路上。侯爵心里虽然对格雷诺耶不辞而别恼火到了极点，还是告诉别人格雷诺耶是经他同意回老家处理家事的。其实他原本计划带着格雷诺耶环游整个法国，并争取更多的人支持他的气体理论。不过，虽然没有格雷诺耶，侯爵还是变得很出名，很多身患重疾者，都不惜重金从欧洲各地远道而来。1764年夏天，侯爵建立了第一个“活力气体共济会”，在蒙彼利埃有一百二十名会员，在马赛和里昂有支会。12月，他由一群门徒陪同，出行卡尼古山峰。这个接近老年的男人打算叫人把他抬到两千八百米高的山峰上，在那里待上三个星期，呼吸最纯洁、最新鲜的活力空气，以便如他所宣布的，准时在圣诞前夕变成一个二十岁的健壮少年重新下山。但埃斯皮纳斯一去不返。

现在故事快到了终结，也是最重要的时候，基本上这个时候作者所持的就是一种撒手状态，因为前面所有的铺垫已经做好了，规则也由作者自己严格规定，小说要驶上快车道——当然也可以用河流来形容，在上游时它已经接受了足够的支流和水量，现在到了浩浩荡荡，泥沙俱下的中游！我们来看看故事自己的力量。

格雷诺耶终于来到了南方，他印象中可以学到更好的采集、分离香水的地方——老巴尔迪尼介绍的格拉斯市，他说这个城市就是芳香的罗马，香水行家向往的圣地。

格雷诺耶在格拉斯市的游历是从广场开始的，广场边有一些制革工场，皮革刺鼻的气味，别人不适应，对格雷诺耶却意味着安全感，靠着这个臭气环境他觉得自己不再是这个城市的陌生人。格雷诺耶开始在城里闲逛，用鼻子去丈量它的大小，去探测那些大香料店的贮藏室和大地下室，那一桶桶精油，一堆堆薰衣草肥皂，一瓶瓶花精水、葡萄酒和酒精，它们在格雷诺耶灵敏的嗅觉中显现无遗。

可能这就是所谓的宿命，就在格雷诺耶用鼻子扫描一座宫殿时，从花园里传来一种他久违的香气，就是1753年9月巴黎的马雷大街那位红发少女的香味。他一度以为再也闻不到了，现在他重新把它找回来了，怎么不叫他激动且害怕？

小说对格雷诺耶这两次与极品香味的相遇都有精彩的描述，但强调了它们的不同。现在这个还是个孩子的气味，但已经比当时马雷大街的少女好了——“不那么浓，不那么厚，但是更雅致，更有吸引力，同时更自然。但是再过一至二年，这气味定会成熟，必将获得一种力量！任何人，男人和女人，都摆脱不了这种力量”。

格雷诺耶强迫自己离开那座宫殿，现在他还没有能力去占有这种香味，毕竟马雷大街那个少女芬芳，他只是把香味吸入体内，藏在记忆，但这同时也把它破坏了。现在墙后的这个少女，他要真正掌握，要像从她身上剥下一层皮一样得到它，并把它转变成自己的香味。现在，他还没这个能力，他可以花两年时间进行学习，同时等候这朵稀有之花的成熟到来！

格雷诺耶在不远处找到一家小香水作坊，便打听是否需要伙计。

正如前面说过，格雷诺耶遇到的东家不是苛刻残忍的小业主，就是爱财如命的暴发户，作者也不想给他什么意外了，格雷诺耶一生中最后受雇的这个雇主，其实只是老板的遗孀，靠一个叫德鲁的伙计支撑店面。

格雷诺耶一见面就立马用鼻子判断出两人的奸情。在壮硕的德鲁还在掂量他会不会成为情敌时，格雷诺耶的扁虱特质开始发挥作用，他看起来笨拙，迟钝，顺从，尤其对他即将得到的微薄的酬劳毫无抱怨，格雷诺耶被留了下来，第二天他就开始替阿尔努菲夫人干活。

他到的时候正是水仙花季，水仙花每天早上成山摞海地由农民送到作坊，它们体积庞大，分量却像羽毛，散发着香气。一只大锅里装着由猪油和牛油融化成的奶油状的液体，大量新鲜的花朵被倒入锅中，而格雷诺耶的工作就是用一把扫帚一样的工具搅拌它们，让这些花在临死前把香气交出来，吐给浸泡它们的媒介，之后他再把那些枯萎的花朵打捞出来。到了晚上，外面山一样堆积的花都在锅里处理完备，大多数芳香都留在锅里，保存在那些看起来不甚好看的灰白色油脂里。

这个过程，称为离析。第二天会继续进行，锅子加热，油脂融化，加入新的花。格雷诺耶则负责这个循环，把鲜花放进锅里，搅拌，再把废渣清除，再放入鲜花，再搅拌，再清除……直到某一天，油脂饱和，不能再继续吸收香味。

这个过程很辛苦，格雷诺耶的手掌长了老茧，胳膊每天都像灌铅一样，背部也因为疼痛变驼了。德鲁从来不会帮他，除了看火，他就只负责往锅里倒那些羽毛一样轻飘的花，之后去某个酒肆喝酒。格雷诺耶对这些程序从一开始就不抵触，因此很快能从头至尾独立完成工作，但他从不抱怨，况且那些气味交换的过程发生在他的搅拌中，就在他的眼皮底下，他被这个毁灭同时又是新生的过程所吸引。

7月末，茉莉花期开始。8月，又转到夜风信子的季节。这两种花香味优美，花也脆弱，必须在日出前采摘。在前面那种热的油脂中“离析”的制作会使香味完全丧失，于是格雷诺耶又接触到他来格拉斯市前最想学习的冷油脂萃取法。

比起热油脂离析法，冷油脂萃取更像一种哄骗。人们在封闭的房间里把这些花撒在涂有冷油脂的盘子上，再用浸过油的布裹住。要三四天这些花卉才会枯萎，同时把自己的香味全部呼出来交给相邻的油脂。然后小心地把它们扯掉，再撒上新鲜的花。这道程序也要反复进行十几二十次，直至油脂饱和。

格雷诺耶用他绝无仅有的鼻子判断出：在任何情况下，冷油脂萃取法都是获得脆弱香味最巧妙和最有效的手段。

没用多长时间，格雷诺耶在几种获取香味的技法方面超过了他的老师德鲁。但他总是用一种谦卑而谨慎的方式表达，“好像该出锅了——”“可能时间够了——”，用的都是小心的口气。德鲁只要觉得自己第一伙计的地位没有被挑衅，他也乐得把所有的程序，后来包括去屠宰场买那些敏感的猪牛油脂，以及处理它们的全过程交给格雷诺耶。因为他虽不知道格雷诺耶有一个天才的鼻子，但他相信他有才能，“手很灵巧”，只是有点傻里傻气，没有一点抱负，对自己的能力也一无所知。这个特点，他当然会好好利用，让格雷诺耶为自己服务。因此到最后，整个工场多数时间都是格雷诺耶一个人。

格雷诺耶却喜欢这种独处，他甚至觉得自己一个人生产的香料通常比德鲁在场时品相更高，气味更纯粹。当然，最主要的是，他一个人在工场里可以做一些他想做的香水试验。他在蒙彼利埃配制的香水快用完了。他要为自己设计一种新香水，不仅仅是仿制，而且是获得一种人的香味，更确切的说法，是多种人的香味。

一开始他为自己制作了一种不引人注意的气味，他身上如果带上这种气味，无论他在怎样热闹的人群中，他都不会引人注目，同时也不打搅任何人。后来，他的宝库中又多了一种激发同情的香味，被证实在中老年妇女中最有效。格雷诺耶洒上这种香水，气味形象立马变成一个靠人救济的穷小子。市场上摆摊的妇女发觉他如此狼狈，会立即送他一些硬壳果和干梨。他还模仿了一种人们刚刚从梦里苏醒后嘴里呼出的那种腐臭味，如果他不想别人打扰，就会使用，效果奇佳。

格雷诺耶由于自己那个宏大的目标，他不仅对各种试验怀着极大热情，而且也在系统地把自己的武器磨得锋利，使自己的技术精益求精……接着，他开始把在巴黎巴尔迪尼那里未成功的实验重新拾起，比如从石头、金属、玻璃、木头、盐、水等无生命物质中提取香味。当时用简单的蒸馏法失败了，但现在通过油脂奇妙的吸附力而取得了成功。

当然这些无生命物质的试验就像绘画中的风景画、静物画，不久格雷诺耶就把兴趣转向有生命的对象。

最初是冬蝇、幼虫、老鼠、小狗。动物的不配合也让离析试验很难进行，毕竟动物不像那些花卉，不会乖乖或默不作声地交出它们自己，而是垂死挣扎，绝望地反抗，这样产生的大量恐惧和死亡的冷汗，会破坏热油脂。于是他必须让它们放弃反抗，必须用迅雷不及掩耳的速度弄死它们！

格雷诺耶用这种办法杀了一条小狗，小狗被他用一块肉从母狗身边引开，一直到死小狗都保持着幸福的表情，因为格雷诺耶用木棒迅速地结果了它。格雷诺耶为它涂上油脂，花了十二小时提取它的气味，之后他把蒸馏出来的那点油脂拿给那只母狗闻，母亲先是欢呼，接着哀鸣，久久不愿把鼻子移开。格雷诺耶后来一直把这只带有小狗气味的玻璃管带在身上，作为他头一次成功地从一只活体上提取香味精华的纪念。

后来，他逐渐把研究转到人身上。起初只是一些人的汗味，比如有一天，大教堂里做了不下七次弥撒，他把大教堂里的那些味道收起来。这是一种可怕的气味，由各种人从口鼻吐出的气流，还有神香混合合成，令人窒息。

他又从医院里那些长期卧床的病人那里得到被他们的汗水、体液浸透的床单分离出的气味。冬天他还让一个哑巴女叫花子披着各种油脂混合物处理过的破布待了一整天。

这些试验也让他得到第一手最可靠的数据。比如在接受人的气味方面，他觉得羊羔油脂和经过多次提纯的猪与牛的油脂比例最好按2:5:3混合，再加少量摄取人的气味的芳香油最合适。

3月的一个星期天，格雷诺耶又一次到城市另一头去观看城墙后花园里那个小姑娘的情况。他刚走到一半，就嗅到她了。

她还在那里，像一株无比美丽的植物安然无恙地越过了冬天。她的芳香正如他所期待的，变得更浓，可又不失其精致，一年前还显得非常柔弱、分散，如今已汇成稍显浓稠的香河。

格雷诺耶一直跑到花园后面。内心充满了一位恋人的幸福感，这恋人正从远处窥视他所爱慕的人，知道一年后就能将她带回家。格雷诺耶可能是个怪物，他从未体验过爱情，也从未激起过别人的爱，可是在这一天，他就像在恋爱，深深享受着爱情的幸福。

当然他不是爱一个人，他爱的是一种香味，而且把它当成未来自己的东西来爱。他发誓，一年后一定要把它带回家！

到了晚上，他躺在床上，再一次回忆这种香味，沉浸其中，爱抚它同时也被它爱抚，但就在这时，一个新冒出的念头吓住了他："若是这香味毁了，可怎么办？"因为现实的香味是会消耗光的，如果它被耗尽，源泉也不复存在。那么他将像先前一样一无所有。他感觉不寒而栗，甚至都产生了放弃的念头，他想回到过去住过的洞穴中去，并在里面一直睡到死。

当然这只是一个一闪而过的念头，尤其面对的是少女绝妙的香味，哪怕会丧失也要去占有，绝不能放弃！有了这个决定，他感觉自己像个英雄。现在唯一的问题就是如何让香味的丧失拖延，他将锻造一顶香味王冠，在王冠最崇高的部位掺进别的香味并控制住它们。在这种香水中，城墙后那位少女的香味无疑是核心。

从作品的安排来看，其实到这时候，格雷诺耶已经完成了他从心智到技术的两重改变，他也由懵懂的自然人一跃而成一个有自我意志力的正常人，格雷诺耶的自我塑造宣告完成。

这一年5月格拉斯东部一块玫瑰园里发生了一起命案。一个十五岁少女被人用棍棒打击后脑勺而毙命。少女是赤裸而亡的。头发被人剪掉，衣服也被剥掉带走。女孩异常美丽，属于那种性情忧郁严肃的类型。

一开始人们怀疑是吉卜赛人干的，因为吉卜赛人会用头发做枕芯。又猜测是意大利季节工人，但到茉莉花季时，又发生了两起凶案。受害者又是像花一般美的少女，同时也属于性情忧郁严肃的黑发女子。发现她们时两人也赤裸着身体，头发被剪，后脑勺有被钝器击中的伤口……

人们陷入恐惧之中，格拉斯市每个地区夜里都安排了巡逻，增加了城门的岗哨。但是一切防范措施都无济于事。就在两个少女遇害后几天，人们又发现一具少女尸体，她是在一个水池边洗衣时被打死的。

执政官在激动的市民的要求下实行了宵禁，天黑以后禁止所有妇女出门，但在这个夏天，没有哪个星期不发现一具少女尸体的。

这些受害者都是发育中的绝美的女性，绝大多数都属于深色皮肤，虽然凶手很快就把本地白皮肤、深褐色皮肤甚至深金黄色皮肤的女性——只要她们不太瘦——也加入牺牲者的行列。凶手好像到处都能追踪到她们，不仅市郊，还包括市中心。甚至没有听到声响，没有哪条狗吠过一声，而在过去，这些狗会追着陌生人狂吠。凶手不可思议地没有留下任何踪迹，甚至没有身体，就像一个幽灵。

当医生小组检查那些被剪去毛发的少女尸体时，发现所有人都仍然是处女。

这种认识让人们的恐惧有增无减，因为每个人的意识中，都相信这些受害的少女已经是被污辱过的。如果真相如此，人们至少可以了解凶手的动机。现在人们束手无策，无计可施。只能通过祷告，通过教会，向主教求救，希望他像他尊贵的前任于1708年诅咒蝗虫那样，驱逐这个妖怪！9月底，格拉斯这个杀害少女的凶手在弄死不下二十四名最美丽的少女后，便不进行活动了。随即两个月在没有凶案的平静中过去，到了年底，政府放松了安全防范，也取消了禁止妇女夜间外出的禁令。公众和私人生活都飞快地恢复正常和平静，人们不再提及凶案，仿佛主教的诅咒不仅把凶手，也把人们对他的记忆驱跑了。

“但在格拉斯有个人却一直怀疑这种太平”，这个人叫安托万·里希斯，是第二参议。他有个叫洛尔的女儿，他们一起住在城东部的一个雄伟的庄园里。而洛尔，就是身有异香，并让香水大师神魂颠倒，且对之香味欲夺之而后快的城墙后的少女。里希斯凭着直觉和理智的分析，判断洛尔会是凶手下一个目标，因此不相信凶手已经走远。

里希斯是位富商，在欧洲乃至印度都有自己的产业。当然，所有财富中他认为最珍贵的还是他的女儿洛尔。她只有十六岁，红色头发，绿色的眼睛，每一个看到她的人，无论男女都倾倒不已。

凶案发生时，里希斯还没联想到洛尔，因为杀人犯并不伤害儿童和成年妇女，他只袭击少女，在他看来，女儿还是儿童而不是少女。但到了3月里，有一次里希斯坐在客厅，看着洛尔走到花园。她穿着蓝色的连衣裙，红色头发垂到连衣裙上，在阳光中像熊熊的烈火。他从来没看到她如此美丽——有两秒钟，她消失在树后，虽然只是两秒钟，他却有一种再也见不到她的感觉。

在八九月，里希斯看到了几个被弄死的少女。那景象让他毛骨悚然，却也让他大开眼界。因为这些人都是百里挑一的美人。凶手的审美观非常出色，而且自成体系。不仅反映在作案的手段上，并且在受害者的选择上也表露出一种几乎经济合理的安排。虽然，他不知道凶手对这些受害者有何需求，但凶手不像一个毁灭性的家伙，而是一个细心收藏的怪才。如果不把受害者当成一个个体，而是想象为更高原则的组成部分，用某种理想方式把她们融化成一个统一整体，这个整体所呈现的方向性是指向洛尔的！

里希斯得出这个可怕结论，连续折磨他的恐惧感意外地消失了。

假如他——里希斯本人是凶手，具有凶手同样狂热的理想，那么他也不会采取与凶手迥异的行动，并且会全力以赴，杀死美丽无双的洛尔，来实现自己的疯狂……他甚至有些喜欢这个计划，对凶手也越发地尊敬，当然，这也像一面镜子反射着他对自己的尊重。毕竟，是他里希斯，用自己的细致分析识破了凶手的诡计。

接着里希斯做了一个梦，梦到有天醒来，洛尔已经死了，头发衣服通通不见了，这个梦迫使他决定带着洛尔离开自己的庄园。

里希斯玩了一个计谋，他让佣人赶着十二匹载货的骡马，同自己一起出城，并扬言他们要去格勒诺布尔。随后，在走出格拉斯不远后，他就让男仆带着骡马队去了格勒诺布尔，而他和洛尔带一名女仆向南方进发。最后，他们将去海滨的一座小岛上，他们真正的目的地圣奥诺拉修道院。里希斯和修道院非常熟悉，他打算和女儿安顿在那儿，度过眼前这场劫难……

洛尔和她父亲离开格拉斯时，格雷诺耶正在城市另一头配制他的长寿花香水。他在格拉斯的日子就要结束了，这让他心情愉快。在他面前的一只盒子里放着二十四小瓶用二十四个少女的香气制成的香水。第二十五种，即最珍贵、最重要的一种他想在今天去取。将近中午，他配制好长寿花香水后，习惯地到工场外来了个深呼吸。

第一口气，他就觉得有点不对，不正常，在城市的香味衣服中，在这成千上万条线织起来的面纱里，缺少了一根金线。格雷诺耶吓蒙了，她死了？他想。更可怕的是，有人抢在了他的前面？格雷诺耶所受的震惊太大了，以致他的眼泪像一串串珠子从鼻子两边滚落下来。

他跑到城边，在城门前的广场上，果然在没经过城市的西风里，找到了他的金线，虽然又细又弱，但很清晰。这时候他听到第二参议带女儿去格勒诺布尔的消息。

他们走的哪条路？他问岗哨。岗哨指了指北边。但他的鼻子告诉他这不是事实，他选择相信自己的鼻子。果然，不久他在一家偏僻客栈找到了伪装出行的洛尔，还有她的父亲里希斯以及一位随身女仆。

里希斯失算的是，他的对手是一位嗅觉天才，他的常规谋略只能应付正常人，格雷诺耶不在此列。而且他把随从支走，也为凶手大开方便之门。当天夜里，格雷诺耶就利用自己的无体味为掩护，潜入了洛尔的客房。此时洛尔已经入睡，但格雷诺耶还是用木棒让她进入永远的沉睡中……

他随身的工具都是现成的，为了这一刻，格雷诺耶已经准备了两年，甚至更久，他所有的生命都似乎在为此做铺垫。他用一块涂了油脂的布单把洛尔像木乃伊一样紧紧地包住，再把她的头发齐根剪去，和睡衣裹在一起。他最后检查了一下这包尸体，确定没缝隙、小洞，折叠处没有裂开，以确保少女的香味跑不出来。

之后，他在旁边坐了六个小时，一直到天亮，直到少女洛尔的香味一丝不落地被包裹她的油脂吸收。“这种等待使他心满意足，他一辈子还从来没有像这几个小时有这么良好的感觉，这么平静，这么沉着，这么同自己融化为一体。”

到了外面鸟开始吟唱的时候，他站起身，完成他的工作。

格雷诺耶揭开布单，像揭一块巨大的橡皮膏似的从死者身上剥下来。他用洛尔的汗衫擦她的身子，就连毛孔上的油脂碎屑也没放过。然后他将它和布单，连同洛尔的头发、睡衣一起打成一个扎实的小包，夹在胳臂下。到这时，他才认为她真的死了，像那些熬过的花屑一样可以丢弃。

其实，格雷诺耶从来就没有认真地看过这个叫洛尔的少女。他对她的外形不感兴趣。对他来说，她作为躯体已经不再存在，剩下的只是一种绝世的芳香。现在，他夹着这些芳香，走到窗口，从原路退出去。

少女洛尔被杀的消息在整个格拉斯地区引起轰动，但它引起最大的负面情绪不再是仇恨，而是绝望和恐慌。人们会觉得就连主教的诅咒都失灵了。里希斯是强有力的人物，却无法保护自己的孩子，而洛尔，认识她的人都认为她是圣女，她都死了，躲避凶手还有什么指望？有些人带着妻儿，在教堂祷告、吃饭、睡觉，甚至白天也不再离开。而另一些对教会表现失望的人，则自己组织神秘团体，把一些有许可证的巫婆请来，为恶魔举行弥撒，以获得魔鬼的慈悲。还有一些人则通过催眠术，使他们的女儿昏昏入睡，然后可以老实地待在家里……整个格拉斯市的市民都变得无所事事，他们焦虑地等着下一次谋杀的来临。

但这一次格拉斯、德拉吉尼安和土伦的行政长官之间，少有地出现了计划周密且有效的合作。除了担心人民起来暴动，还因为洛尔遇害后，有人提供了一些有益的线索。显然，当天晚上到客栈，第二天又消失的制革伙计有极大的嫌疑：这个人走路姿势偏向左侧，有点跛。

通缉凶手的告示发布出去，有不少制革伙计被捕，其中也刚好有个跛脚，但他有不在场的证据。到了第十天，市哨所的一位上尉来举报说，案发头一天，他值勤时，有人来问过里希斯第二参议的去向，昨天他刚好又看到他了，就在格拉斯市一家香水作坊前。

而且，那人走回工场时，他发现他走路明显一瘸一拐。

一小时后，格雷诺耶被捕了。通过几个证人辨认，证明他就是当天在客栈过夜的制革伙计。人们搜查了工场，在一个角落里，放着洛尔的睡衣、汗衫和红头发。掘开地面，其他二十四名少女的衣服和头发也显露出来。还有用来击毙受害者的木棒和证人提到的旅行袋都在。证据确凿。教堂的钟声响起来。法院宣布，杀害二十五个少女的凶手在追缉一年后，终于被捕！

审讯进展很顺利，因为不仅罪证俱在，而且被告本人也对所犯的这些罪行供认不讳。唯独问到他的杀人动机时，格雷诺耶的回答总不能让人满意。他一再重复说，他需要她们，因此把她们杀死了。至于为了何种目的需要她们，他却沉默不语。人们给他用重刑，往他身体里注水，施以各种刑法，但他既不呻吟也不喊叫，似乎毫无痛感，如果再问，他的回答还是：“我需要她们。”法官认为他有精神病，于是不再审讯，就此结案。

1766年4月15日格拉斯法官做出判决：

“制造香水的伙计让–巴蒂斯特·格雷诺耶将在四十八小时内押到城门前的林荫大道上，在那里绑在一个木十字架上，然后由行刑者用铁棍痛击关节、腿、臀部、肩膀等处十二下，致其碎裂，并钉在十字架上示众，一直到死。”尸体将在夜间埋在掩埋动物尸体的地方，该地不做任何标记。

格雷诺耶听他自己的宣判时，毫无反应。法院工作人员问他最后的愿望，他也说没有。之后一个神甫走进囚室听取他的忏悔，但一刻钟后神甫无功而返。因为就在神甫提到上帝的名字时，罪犯莫名其妙地看着他，仿佛是他平生第一次听到这个名字。

另一方面，行刑的种种事宜也在准备和进行中。行刑地点已经准备就绪，木匠造了个断头台——在格拉斯，还没有人见过这么漂亮的断头台。另外还用木头搭了看台供绅士们使用，林荫大道两侧的房屋靠窗的位置都以高价租出。果汁汽水销售商已经配制了很多甘草水作为储备。铜版雕刻家印制了上千张铜版画，但这个题材让人失望，因为罪犯戴着手铐脚镣，成天躺在床上睡觉，丝毫看不出残暴……

市民们像对待重大节日一样做着准备。行刑当天，人们用不着干活，妇女们穿着节日的衣服，男人们都把靴子擦得亮亮的，有军衔官衔的都穿上制服和官服，佩带勋章、绷带，头上戴着假发。行刑时间定在下午，但一大早，第一批爱热闹的人已经来占好位子。他们带来椅子、坐垫、食品、葡萄酒和小孩。将近中午，本地区的居民由四面八方涌来，广场聚焦了近一万人，街道挤得水泄不通，新来的不得不留在广场那边的花园和田园里。这也让行刑台显得很小，就像一个玩具或者木偶剧的舞台。只有从刑场到囚室的德鲁瓦大街的一条巷子空了出来。

三点时，行刑官和助手到位，他们把十字架扛到行刑台上。掌声四起。

四点，看台上，许多上流人物穿戴着礼帽和闪亮衣服陆续登场，之后是穿紫色法衣的主教。气氛变得庄严肃穆。

最后在这种寂静中，大家都听到马蹄声和车轮滚过的声音——

警察局长用一辆双驾马车把罪犯带了过来……

这几乎也是格拉斯市民们从未见过的场面，罪犯是乘着一辆豪华的马车，在骑兵的护送下前来受刑的。但这种别出心裁的方式，还是让观众感到满意，因为对待一个如此残暴的罪犯，必须特殊对待。不能像对待普通的拦路抢劫犯那样，把他戴上手铐脚镣拉到刑场上打死。把他从华丽的马车上拉下来送到十字架上，这个过程看起来更加残酷！

之后，更让他们惊奇的是，跟在警察局长身后的是卫队的一名军官，最后是格雷诺耶，他身穿一件蓝色外衣和白衬衣，脚穿白丝袜和有搭扣的鞋——他没有戴镣铐，没有人拉着他的手臂押他走。格雷诺耶像个自由人从马车上下来。

最后，就是奇迹——一件难以理解、前所未闻、令人难以置信的事情发生了，以致一些目击者、参与者谈起它时总是遮遮掩掩的，他们称之为奇迹，但还是忍不住为自己参与其中而羞愧。

事情是这样的，某一个瞬间开始，在街上和周围山坡上的人忽然坚定地相信，刚从马车上下来的那个蓝衣人，不可能是杀人犯！他们不是怀疑他的身份，几天前他们在官厅窗口看到过他，当时他们还想，如果这个人落到他们手里，他们会把他撕成碎片！他和之前那个被判处死刑的人是一个人！

但是，不是他，不可能的，他不可能是杀人犯！

站在刑场上的这个人是无辜的！几乎一瞬间，从主教到汽水商人，从侯爵到洗衣妇，从法院院长到流浪汉，所有人都知道这点。

行刑官帕蓬也知道。他握着铁棍的手颤抖起来，刹那间，他觉得自己像个小孩，胳膊酸软，两膝无力。他举不起这支铁棍，凶手被带上来时，他感到恐惧，不得不靠着那根杀人铁棍，才不至于跪下来。

另外的一万名男女老幼则变得像被情人魅力征服的小姑娘那样柔弱，一种强烈的爱慕的感觉突然向他们袭来，众所周知，这是一种喜欢这个小个儿杀人犯的感觉。他们无力抗拒，也无法抗拒。他们想把自己的心取出来，放到那个蓝衣男子的手中，无论如何，他们喜欢他。

格雷诺耶在车门口站了几分钟，一动不动。他身旁的随从已经跪了下来，卫队军官和警察局长也无法把格雷诺耶送到行刑台，他们哭着把自己的帽子脱下再戴上，就像发舞蹈病的人在做鬼脸……

绅士们行为失控，激动万分，每个人都放任自己内心的欲望，女士们则渴望追求这个美丽的少年，她们幸福地叹息，再不声不响地晕倒……

所有人都认为这个身着蓝衣的男子是他们所能想象的最美丽、最迷人和最完美的人：修女们觉得他是救世主的化身，开明人士认为他是最高的主宰，少女们相信他是童话中的王子，而男人们以为他就是自己理想的映象。所有人都感到自己最敏感的部分已经被他识破，仿佛这个男人有一万只手，对他们轻柔地抚摸，撩拨。

结果，一个处决那个时代最可恶的罪犯的行刑现场转变成了盛大的酒神节。此前，一直品行端庄的妇女，老实持重的男人，都一齐失态，在弥漫的情欲的甜蜜气味中，他们像野兽般交欢，嘟哝和呻吟……

格雷诺耶嘲弄地看着眼前的一切。这一切都是他用自己的能力导演的。他从小就出生在世界上最臭的地方，在没有爱的环境里长大，靠着倔强和仇恨生存，但他丑陋、瘸腿，从里到外都让人憎恶——此时他终于靠自己，使自己受到世人喜爱！受人敬重！被人神化！事实上，他就是自己的神，只要他愿意，他可以让所有人对着他——伟大的格雷诺耶顶礼膜拜！

这个胜利却让格雷诺耶感到可怕，因为他一秒钟也享受不到。虽然他洒在身上的香水让周围的人都成了俘虏，但在这一瞬间，他对人的厌恶到了顶点，完全败坏了来自胜利的乐趣。

他突然明白，自己在爱之中永远不能满足，满足只有在憎恨中才能得到。

格雷诺耶恨不得把面前的所有人，愚蠢的、散发臭味的、好色的人消灭干净。如果他们能恢复对他的憎恨，并把他消灭，就像他们原来计划的那样就好了。但他的希望注定要落空，他用了世上最高级的香水来做假面具，没有人能识破它。

突然，一个男子从绅士看台的最前排跳了起来，动作威猛，黑色外衣使他看上去像只乌鸦或复仇天使。格雷诺耶认出他是洛尔的父亲。他是唯一没有被蒙骗的人，他应该从他身上嗅到了他女儿的香味。他是来杀他的。

格雷诺耶张开双臂，迎接向这儿冲来的复仇者。他甚至已经感觉到一种利器——刀或者剑——插入他冷酷的心，他也因此得到解脱。

然后，里希斯却靠着他的胸脯躺下，他根本不是什么复仇天使，而是一个软弱、伤心的里希斯，他用两只手紧紧抓住格雷诺耶，就像他是这世上唯一的依靠。根本没有使人解脱的利器，心脏没有东西刺入，没有诅咒、憎恨的叫声。有的是里希斯的眼泪，他在道歉：原谅我，我的儿子！

格雷诺耶昏了过去。

聚斯金德的作品诞生于20世纪80年代，而电影则在2006年才姗姗来迟。一个轰动一时的作品，电影这么久才上映显得不合理。唯一的解释，就是导演提克威，在《香水》从文本到视觉的改编与再创作中感受到了难度。实际上，这个气味视觉化的过程，确实出现了偏差，也可解释成对视觉的一种屈从，一种迁就——没办法，谁让电影就是用眼睛看的呢。于是不仅格雷诺耶不再丑陋、残疾，看起来有些迟钝——电影全部弄得相反，甚至在书里，林荫大道的行刑过程只是个过程，在电影中却变成了目标，成了观众的视觉狂欢。喜欢的观众估计会赞成这是导演的创新，是成功的二度创作。但从原著主题的揭露来看，应该是负效果。

格雷诺耶醒来时，发现自己在里希斯家里，睡在洛尔的床上。里希斯还在深情款款地请他当自己的儿子和继承人，并告诉他市政府已经撤销了判决，他自由了。

格雷诺耶知道这是他的香水在起作用，虽然它已经转弱，但洛尔香味的核心却像“一种柔和的、深色的、闪闪发光的火焰，更加美妙地显示出来”。至少几个小时内，他不会受到攻击，他是安全的。

第二天一早，天刚刚亮，格雷诺耶离开了里希斯的庄园。

这时候的林荫大道，以及广场和山坡就像一个巨大的破烂的兵营，那些醉得不省人事的人，以及因夜里狂欢纵欲而精疲力竭的人随处躺着。有些人一丝不挂，另一些则半裸着身体，旁边还有灶火在冒烟，他们刚刚还在烤肉，狂饮，跳舞，现在只能胡乱地倒地，发出鼾声和梦呓。格雷诺耶从这些横七竖八的人体中间走过去，小心而迅速地走过去。当然即使有人看见他，也认不出来。格雷诺耶不再散发香味了，奇迹已经过去。

格雷诺耶走在前往巴黎的路上，他准备到巴黎去死。他希望这样。

这句话颇有点“尘归尘，土归土”的意思，作者也有意让他笔下的主人公践行这个过程。

此时，格雷诺耶的口袋里装着他类似核武器一样的小玻璃瓶。瓶子几乎还是满的，在格拉斯他仅仅用一滴，就让整座城市若痴若狂，剩下的已经足够迷惑全世界的人。“如果他愿意，他在巴黎可以使十万人围着他欢呼发狂，他可以散步到凡尔赛去，让国王来吻他的脚；他可以写封香水信给教皇，宣布自己就是新的救世主；他还可以在巴黎圣母院当着国王的面涂上圣油，成为太上皇，甚至成为人间的上帝……”

只要他愿意，所有这一切他都可以做……

格雷诺耶到巴黎时是1767年6月25日，一年中最热的一天。他甚至提前一天就闻到巴黎浓郁的气味，这天就像他生下来那天一样。

格雷诺耶来到弗尔大街尸骨存放所的拱廊里。公墓像被炸坏的战场，尸骨遍地，没有树，没有灌木，没有草。这里看不到一个活人。尸体的臭味可怕极了，就连掘墓人也已溜走。只有流氓、盗贼、杀人犯、持刀殴斗者、妓女、逃兵、走投无路者活跃在这里。他们正燃起营火煮东西，以驱除臭气。

格雷诺耶刚混入这些人中间时，谁也没有发现他，他可以不受阻碍走到营火周围，仿佛他就是他们中间的一员。因此事后回忆时，他们坚信他是个幽灵，当然也可以是个天使，一个超自然的生物。否则一个陌生人，他们应该会察觉。

这个身穿蓝色外衣的小个子男人突然出现在那里，仿佛从地里长出来的，一只手里拿着一个小瓶子。后来，就看到他用里面的东西喷洒自己的身体，一次又一次，那些液体像闪闪发光的火……

一瞬间，所有的人都发觉自己被这个天使一样的人吸引住了，他们对他又是敬畏又是渴望，于是欢呼着向他冲过去，就像潮水一样，没有哪个人能够抵挡，也没有人想去抵挡……

人们二三十人形成一个包围圈。圈子越缩越小，于是他们开始挤，推，抢。天使被挤倒在地，每个人都想摸他，都想要他一点东西，哪怕一片羽毛，一个小翅膀，他那神奇之火的一个火星。他们撕下他的衣服，剥他的皮，拔光他的头发，用牙齿咬他的肉。可他那么坚硬，最后有人用了刀子、斧头和砍刀朝着关节砍去，刹那间，天使被分成几百块。这些人每人都抢到一块，然后在欲望的驱使下躲到一旁，把肉啃光。半小时后，让–巴蒂斯特·格雷诺耶已从地面上消失了，一根头发都没留下。

作者最后这样写道："……大家都有点窘，不敢相互对视。他们中的每个人，无论是男人还是女人，已经参与了一次凶杀……把一个人吃掉？他们想，他们绝不会做出如此残酷的事……奇怪的是，自己尽管非常难堪，却没有发觉有过一点坏心眼……后来……完全公开地相互对视时，他们不禁破涕为笑。他们感到特别自豪。他们第一次出于爱而做了一点事情。”

作家聚斯金德写了一个属于个人的造神运动，一个身份卑微的人，也有控制他人、掌握世界的想法，而且他几乎成功。但他消失在原点，消失于和他一样来自底层，有着同样疯狂的人群。

作者用这么一个寓言式的故事，隐隐地告诉我们，这种控制他人的想法，也可能是我们每个人的想法。我们随时可能自我膨胀，而至疯狂，而这种深藏于人性或文化中的毒瘤，是我们要警觉和拒绝的。

作者的德国籍背景很容易让人想到德国二战时对欧洲，也是对整个世界施暴的罪行，尤其纳粹头目希特勒也是仇视人类的狂人，他通过天花乱坠的邪说把自己推到权力的顶峰，一个近乎神的位置。虽然这些战争狂热者，也和格雷诺耶一样，最后被消灭，但那种狂热、疯狂的造神因子，那种情绪、氛围，还是在这个世界的任何一块土地上存在着，一刻也没有离开过！

2017.11.27

白鹿原下的陈忠实

张艳茜

张艳茜

黑龙江省绥化市人。1985年毕业于西北大学中文系。陕西省社会科学院文学所所长。曾任陕西省作家协会《延河》文学月刊常务副主编、陕西省米脂县政府副县长（挂职）。中国当代文学研究会理事，中国作家协会会员，陕西省“四个一批”人才，中国文艺评论基地研究员。陕西省政府优秀编辑奖、柳青文学奖、首届全球丰子恺散文奖金奖、西安市哲学社会科学优秀成果奖获得者。出版散文集《远去的时光》《城墙根下》《从左岸到右岸》《心中有她就属于你》，长篇小说《貂蝉》，长篇评传《平凡世界里的路遥》《路遥传》。

很高兴有机会千里迢迢来到贵州，在“精读堂”与大家分享我所了解的著名作家陈忠实。

在为大家讲述“白鹿原下的陈忠实”之前，有必要先介绍一个平常又不平常的院子。这个院子，在西安市建国路，建造于20世纪30年代，是国民党高级将领、抗日英雄高桂滋的公馆，“高桂滋公馆”的左邻是“张学良公馆”。两座公馆都是“西安事变”旧址，一同见证了中国发生历史性转折的时刻。1936年12月12日，“高桂滋公馆”尚未完全竣工，“西安事变”发生了，蒋介石被软禁在“高桂滋公馆”前院主楼的东耳房十一天。这起改变中国历史走向的大事件，使“高桂滋公馆”一夜之间成为万众瞩目之地。

“西安事变”六十年后的1995年夏天，蒋介石住过的“高桂滋公馆”主楼东耳房成为陕西省作家协会主席陈忠实老师的办公室，陈老师曾撰写一篇散文《办公室的故事》记述过：

我无可选择地搬进东耳房这间办公室。好在这是一个南北隔开的套间，我在北边隔间办公，蒋介石被关押过十个日日夜夜的南边隔间，现在布置成一个小型会议室，中间有一道小门相通。我在北边隔间接待各路来客，包括热心读者，得空写点短文章，倒也罢了。偶尔得着一个人闲静，尤其是晚上独饮两杯的时候，往往会想到套间那边曾经住过的蒋介石……

“高桂滋公馆”这个院落，在1956年到1966年，门牌号是西安市建国路7号，那时在院子里办公的陕西省作家协会，还被称为“中国作家协会西安分会”。1966年“文化大革命”爆发后，陕西省作协被赶出“高桂滋公馆”，这里的门牌号则改为建国路73号——高公馆进入了长达八年、极为黑暗的时期。其时，高公馆的主楼底层成了关押中共西北局“走资派”的地方，刘澜涛、舒同、刘文蔚等都曾在此关押。“文化大革命”结束后，中共陕西省委于1979年6月9日，向全省各地县下发过一个以门牌号命名的《关于“七十三号问题”的调查报告》，报告详细讲述了发生在“高桂滋公馆”内鲜为人知的丑恶与残暴。

1975年底至1979年，陕西省作家协会各部门陆续重新回到建国路“高桂滋公馆”。许是为洗刷掉“73号”的血泪与污秽，此时的门牌号已改为建国路71号，高公馆后面的三个四合院，成为两个刊物——《延河》和《小说评论》以及创联部的办公室。然而，院子里相继盛开的腊梅、紫荆、丁香和海棠树也难掩这座院落经历了半个多世纪风雨的衰败，白蚁蛀蚀了屋梁木框，每逢下雨，墙裂屋倾、顶棚脱落便随时发生。陈忠实老师的办公室就是在1995年夏天一场雨后成为危房，而搬进了高公馆主楼的东耳房。

这个院子，曾经有三个相对封闭完整的四合院。青砖铺地，别有一番清幽古朴的感觉，是个十分讲究的庭院式建筑。每个四合院，都种着较为名贵的树种。

曾经，我只在报刊书籍上见到的大名，胡采、李若冰、杜鹏程、王汶石、路遥、陈忠实等作家，突然以活生生的形象，行走在省作协大院里，出现在我面前。我的心情很复杂，荣幸着，也忐忑着。

这些作家们看似很平常：他们有着普通人一样的笑容，高兴时开怀大笑；他们也有普通人一样的情绪，激动时亦慷慨激昂。他们穿着朴素，走在街上，不点破身份，很难将他们和著名作家联系在一起。他们聚在一起时谈文学、谈时事、谈足球、谈家常，然后各自回到自己简陋的写字间，坐在嘎嘎作响的旧式藤椅上，伏在漆面斑驳的写字台前。那时，跃然纸上的文字，就使他们不一般了。他们的思想，他们的睿智，他们创造的形象，随同他们的文字跳跃着，高大着。一个一个的创作成果，也随着这些文字变为铅字，不断地为人们制造着文学的盛宴。今天这个作家的小说获奖了，明天那个作家的作品出版获得好评了。这些讯息，接二连三在省作协的院子里传播着。

这些作家本身，就是一部一部内容丰厚、耐人寻味的大书。

1992年11月17日，在这个院子里工作生活了十六年的著名作家路遥英年早逝。陈忠实在《别路遥》中写道：

我们不得不接受这样的事实，无论这个事实多么残酷以至至今仍不能被理智所接纳，这就是：

一颗璀璨的星从中国文学的天宇陨落了！

一颗智慧的头颅中止了异常活跃异常深刻也异常痛苦的思维。

这是路遥。

他曾经是我们引以为自豪的文学大省里的一员主将，又是我们这个号称陕西作家群体中的小兄弟；他的猝然离队使得这个整齐的队列出现一个大位置的空缺，也使这个生机勃勃的群体呈现寂寞……

就生命的经历而言，路遥是短暂的；就生命的质量而言，路遥是辉煌的……

2016年4月29日早晨，在这个院子工作生活了二十五年的陈忠实也别离了我们。又一颗伟大的心脏停止了跳动，一颗璀璨的星从中国乃至世界文学的天宇陨落了！

贾平凹在《怀念陈忠实》讲道：

面对着陈忠实的离去，作为同辈人，作为几十年的文友，到了这个年纪和这一时刻，我真切地感受到什么叫黯然神伤，什么叫无声哭泣。他是关中的正大人物，文坛的扛鼎角色，在思念着他作为一个作家的丰功伟绩，我就想到一句词：水流原在海，月落不离天。

……

这些年里，这个院子发生了许多的事，有太多的变化。首先，规整的四合院不存在了，高楼竖立在原来的小院之上，已经完全找不到过去的痕迹，而且，这个院子的文化气息，也似乎随着旧建筑的消失在逐渐消失，历史的一页仿佛轻易地在地理意义上翻过去了。

西蒋村赶考的少年

在当代中国，陈忠实先生具有着文化标本意义。他和陕西的路遥、贾平凹等，出身卑微，依托的背景就是土地和天空，拥有的资源就是乡村和田野，最应该接受知识的青春成长期却遭遇知识匮乏的时代，还无可避免地要面对极左思潮的影响，“文化大革命”的伤害。是改革开放、思想解放的时代变局使他们获得了文学新生。他们与同时代的当代作家群体，更新或者丰富了百年以来中国文学的主体结构，他们的创作，在相当长的一个时期内构成了当代文学的主要成就。他们的文学道路，也累积着中国当代文学的丰富经验，折射着浓重的社会政治文化信息。

陈忠实先生是陕西第二个获得茅盾文学奖的作家。

如果要在20世纪90年代的中国长篇小说中选一部作品作为标志和高峰之作，陈忠实的《白鹿原》当之无愧。这部小说不仅把陈忠实推到了中国长篇小说的最高荣誉——茅盾文学奖的领奖台上，也让他成为当今中国最具影响力的作家之一。

我们在座的有些人或者见过陈忠实的照片，陈忠实的那张脸，像黄土高原一样沟壑纵横，布满深深的褶皱。2002年，我在天津参加《小说月报》组织的颁奖活动上，见到作家毕飞宇，他得知我是陕西省作协的，兴奋地对我说，陈忠实先生的那张脸太可爱了，脸上的每一道沟壑，都有丰富的生活内容。

1942年8月3日，陈忠实出生于灞河南岸、白鹿原北坡的西蒋村，这一年生肖是马。西蒋村很小，村以“蒋”名，却没有一户姓蒋的人。

从现在可考的历史看，西蒋村的陈家是一个世代农耕之家，除了“耕”之外，陈家还重视另一个“家之脉”，那就是“耕读传家”。

陈忠实的曾祖父陈嘉谟曾是私塾先生，他的个子很高，腰杆总是挺得又端又直。他从村子里走过来，那些在街巷里在门楼下袒胸露怀喂奶的女人，全部吓得跑回家，或就近躲起来。这很有点《白鹿原》中白嘉轩的样子。

陈忠实的祖父陈步盈也是私塾先生，在陈忠实出生时，祖父陈步盈已经过世。陈忠实在散文《家之脉》中回忆，家中有一只破旧的大木箱，里面全是发黄的纸订的书，父亲告诉他，这是当过先生的爷爷用毛笔抄写的一堆书。父亲教导陈忠实说：你爷爷是先生，当先生得写好字，字是人的门脸。

写一手好字的爷爷让陈忠实心底产生了崇拜。他的父亲陈广禄毛笔字虽然比不上爷爷，但父亲会写字。每到大年三十，村人就夹着红纸走进他家，求他父亲给他们写春联。在一旁看着那些大字不识一个的村人兴致勃勃地围观父亲在那里挥舞笔墨，幼年的陈忠实感到一种难以言表的自豪。

1955年，十三岁的陈忠实高小毕业，这年6月份，班主任杜老师带领着少年陈忠实和二十多个同学，徒步到距家十五公里的历史名镇灞桥，在西安市第十四中考区（今西安市三十四中学）参加升初中考试。陈忠实是这批同学中年龄最小、个子最矮的一个，这是他第一次出远门。因为激动又慌惧，前一晚，他几乎一夜未眠。第二天，少年陈忠实肩上挎着一只书包，书包里装着课本、毛笔、墨盒、几个混和面馍馍，还有母亲自己织的布巾。起初，他兴高采烈地走着，渐渐地却落在了赶考队伍的后面，长长的砂石路将他脚上那双旧布鞋的底子磨烂了，磨穿了，脚后跟磨出了血，血渗湿了鞋底和鞋帮。不明就里的老师和同学退回来，鼓励他跟上队伍。然而，他不愿讲明布鞋底磨穿的事，怕同学嘲笑自己的穷酸。路上的杨树叶被陈忠实塞进鞋窝，垫在脚下，擦汗的布巾也被用来包了脚，接着是书包里的课本无奈之下被一页一页撕下来垫在脚下……然而一切的努力都只能维持几分钟，他几乎是光脚踏在砂石路上，每一步都是钻心的痛。赶考的队伍渐行渐远，陈忠实几乎绝望了。

突然，一声火车汽笛的鸣叫响起，少年陈忠实看到一列火车奔驰着呼啸而过。天哪！他感叹道，这世界上竟然有那么多人坐着火车跑，而根本不用双脚走路！那一声火车汽笛的鸣叫，似乎给少年陈忠实注入了一股神力，他愤怒了，他对自己说：人不能永远穿着没后底的破布鞋走路！于是，他将残留在鞋窝里的烂布条、烂树叶、烂纸屑统统倒净，咬着牙在砂石路上快步行走，脚后跟还在流血，但是脚上却有了力量。他终于在快到考场还有约一公里的地方追赶上了老师和同学。

赶考经历，给了成长中的陈忠实深刻的生命启示，每当他遭遇人生的重大挫折，或是面对人生重大抉择的关键时刻，他的生命深处总能响起火车的那一声汽笛鸣叫，想到那个穿着磨透了鞋底的鞋，却依然继续前行去赶考的少年，他就鼓励自己，“无论生命历程中遇到怎样的挫折怎样的委屈怎样的龌龊，不要动摇也不必辩解，走你认定的路吧！因为任何动摇包括辩解，都会耗费心力耗费时间耗费生命，不要耽误了自己的行程”。

少年陈忠实是这次赶考的同村同学中唯一一个考上中学的。十三岁的陈忠实要到距家二十五公里的学校寄宿，每天的伙食是开水泡馍馍。每周六下午，步行回家，返校时则背上母亲给他准备的一星期的干馍馍。然而，初中一年级陈忠实只上了一个学期，寒假回家，父亲无奈地对他说："你得休学一年。"

西蒋村地处灞河南岸，土地丰饶。吃苦耐劳的父亲陈广禄是种庄稼的一把好手，却没有其他挣钱的门路。为了供两个儿子——陈忠德和陈忠实上学，他只有勒紧腰带，卖粮，卖树。在陈忠实的散文《父亲的树》中，陈忠实写道：

我对父亲的一个尤为突出的记忆，就是他一生爱栽树。他是个农民，除了农作本职外，业余爱好就是栽树。我家在河川的几块水地，地头的水渠沿上都长着一排小叶杨树。地头的水渠里大半年都流淌着从灞河里引来的自流水，杨树柳树得了沃土好水的滋养，迎着风如手提般长粗长高。我的父亲还指望着在地头渠沿培植的这些杨树，能补贴家用，能供给哥和我的学杂费用。

1955年底，农村实行合作化，土地归集体，父亲无地可种，无树可卖了。于是父亲盘算，让哥哥陈忠德先上完初中，如果能考上师范学校或技校，学费就由国家负担了；压力缓解了，再供陈忠实上学。虽然委屈，但陈忠实理解父亲。

一年的休学，也从此改变了陈忠实的命运。陈忠实复学后，学校迁到韩森寨。在城里读书，面对穿戴别致的城市学生，反差太大，他无法不自卑，这种自卑引起的心理压抑，比难以下咽的粗粮和薄不御寒的补丁衣服更让敏感的少年陈忠实难以忍受，唯一的办法就是学习。物质上不能与人比，但学习可以走在前头。他最怕学校组织集体活动，因为这些活动有不少需要花钱。这时，他往往就留在宿舍，留在教室读书，艰难地熬过那些让人心酸的时光。在这种处处使人感到窘迫的生活里，陈忠实喜欢上了文学。

1957年上初二的第一学期，中学语文教改，分为文学和汉语两种课程，陈忠实说："在文学课本里，那些反映当代农村生活的作品，唤醒了我心中有限的乡村生活记忆，使我浅薄的生活经验第一次在铅印的文字里得到验证，在我无疑具有石破天惊豁然开朗的震动和发现。""我也能写小说"的念头，在他心里悄悄萌生，却不敢说出口——因为自卑，因为穿着由母亲纺线、织布、缝制的对襟布衫和大裆裤，置身于城市学生中间，平时就觉得矮人一头，而喜欢文学，在一般同学眼里，往往被看作是极浪漫之人的事，怎么可能发生在像他这样的人身上呢？

但是有了目标，陈忠实心里就有了主意，他第一次踏进学校图书馆的门，去找令他着迷的赵树理的作品。

陈忠实一直认为，他走上文学之路，有两位作家对他影响最大，并认作是他的文学导师。一个是赵树理，一个是柳青。赵树理使他喜欢上了文学，而柳青是他很长时间学习的榜样，是他认识生活和艺术地反映生活的榜样。

1959年春天，陈忠实在报纸上得知柳青书写农村生活的长篇小说《创业史》将在《延河》4月号开始连载，心里按捺不住地兴奋和期待。为了买《延河》杂志，他将父亲给他的两毛钱早早就省下来，到了4月，在西安纺织城邮局买一本《延河》。这一期发表的是《创业史》节选，标题是《稻地风波》，题图画的是稻田，稻田水渠上有几排白杨，白杨迎风舞摆，陈忠实就想到自家门前也是这样的景象。

陈忠实后来回忆说，他接触到柳青的作品，就深深地迷上了柳青，而把赵树理搁下了。柳青是陕西人，写的是陕西关中的农村生活，这与陈忠实所知道和体验的农村生活更为接近，这个时期，陈忠实也忘不了他同样喜欢的肖洛霍夫。高中期间，陈忠实课外陆续读了茅盾的《子夜》，巴金的《家》《春》《秋》等，文学视野逐渐开阔。

1958年“大跃进”造成的恶果很快显现出来。全国性的大饥饿和严重的经济困难，迫使高等学校大大减少了招生名额。1961年西安市第三十四中学有一班的学生考取了大学；而因为休学一年，陈忠实延迟到1962年参加高考，当时学校四个毕业班，考上大学的人加起来只有个位数，在班上学习称得上优秀的陈忠实名落孙山（全班无一人考上）。上不了大学，陈忠实只能回到乡村。村子里第一个高中毕业生回乡当农民了。此时的陈忠实经历了青春岁月中最痛苦的两个月，他完全处于六神无主的失重状态。痛苦不堪中，父亲的一句话再次成为激励他的那一声火车汽笛鸣叫：“当个农民又如何啊，天底下多少农民不都活着嘛。”这句话，一下子惊醒了陈忠实这个迷糊了多日的梦中人。农民虽然处于社会下层，日子也过得苦，但天下那么多的农民，他们都活着，活下来是当务之急，也是人生头等大事。在无情的现实面前，二十岁的陈忠实选择了到村小学当“民请老师”。

回首这段不寻常的赶考经历和因为休学一年而没能考上大学的遗憾，是在1993年6月，陈忠实正值壮年。在《汽笛·布鞋·红腰带》这篇散文中，陈忠实用的是第三人称“他”来叙述的，仿佛是站在人生的另一个出发地，目送着一步一步走在砂石路上的少年陈忠实的背影，有爱怜，有欣慰，更有一份坦然。

上不了大学，陈忠实就通过自学来实现当作家的理想。在村小学当民办教师的陈忠实，一边努力教课，一边大量地阅读，为他的写作打下了扎实的根基。他在心中设定了目标，虽然没有上大学，但在报刊上发表第一篇作品之日，就是自己自学成功的毕业之时。在老屋颜色晦暗的墙上，陈忠实写下了他的座右铭：不问收获，但问耕耘。

1987年西北大学中文系开办第一届作家班时，有人半开玩笑半认真地鼓动陈忠实、京夫等作家进入西大作家班上学，陈忠实笑着说，我的履历上就填写“高中毕业”挺好。

后来站在中国当时文学创作制高点上的陈忠实，回眸过往岁月，他深切感受到，他在农村的岁月，其实对他以后的创作起了决定性的影响，他对中国农民、对中国农村的理解和了解，正是在那些年完成的。正是这四十年的农村生活，为《白鹿原》的诞生提供了丰富生动的真实素材，根植了坚实厚重的文化底蕴。

寻找属于自己的句子

1965年3月8日《西安晚报》的文艺副刊上，刊发了陈忠实经过多次修改的一篇散文《夜过流沙河》，陈忠实在心里对自己说：我的自学大学应该毕业了。

1973年之后的四五年时间里，陈忠实在《延河》复刊后的《陕西文艺》上一年一篇发表了多篇小说。这些作品的主题和思想，都是按当时的要求跟着潮流走，都是阐释阶级斗争这个当时社会的“纲”。陈忠实说，自己事后都不敢看，但是，这些写作实践让他锻炼了直接从生活中选取素材的能力，更重要的是，演练了结构和驾驭较大篇幅小说的基本功，虽然是戴着镣铐的演练，但是指导他的都是一些行家，陈忠实在《陕西文艺》学习、演练，也从此起步。

1977年冬天，陈忠实被任命为毛西公社灞河河堤水利会战工程的主管副总指挥。大会战是紧张而繁忙的，在紧张的施工之余，陈忠实在麦秸床铺上先后读到两篇小说，一篇是当时的宝鸡铁路客运段装卸工人莫伸在《人民文学》上发表的小说《窗口》，同期还有一篇就是刘心武的《班主任》。

这两篇小说在当时影响都很大，陈忠实读了有三重感受。一是小说都很优美；二是不由得联想到自己的写作，陷入羞愧之中；三是感到振奋，特别是读了《班主任》，他敏锐地感受到文学创作可以作为事业来干的时候终于到来了。在陈忠实看来，《班主任》犹如春天里的第一只燕子，它的发表具有文学“解冻”的意味。

1978年，陈忠实三十六岁，他对自己的前途和未来进行了分析和谋划，再三地审视自己，还是决定离开基层行政部门，放弃仕途，转入文化单位，去读书去反省，从而皈依文学，真正全身心地进入文学领域。灞河河堤工程之后，陈忠实申请调动到西安市郊区文化馆工作，经组织上研究，他被安排担任西安市郊区文化馆副馆长。后来郊区分为三个区，陈忠实选择了离家较近的灞桥区，担任灞桥区文化局副局长兼灞桥区文化馆副馆长。

1979年陈忠实发表在《陕西日报》副刊上的短篇小说《信任》获得了年度全国优秀短篇小说奖，这是新时期以来第二届评奖。第一届获奖的陕西作家的作品是莫伸的《窗口》和贾平凹的《满月儿》。这个奖就是如今的鲁迅文学奖。陕西的另一位作家路遥的中篇小说《惊心动魄的一幕》是在1980年获得的第三届全国优秀中篇小说奖。

1982年11月陈忠实调入陕西省作协，从事专业创作。陈忠实曾说，他的人生理想，就是能当一个专业作家，如今，理想实现了。户口和人事关系进了城，陈忠实决定，还是回到原下的祖居老屋。他认为，写作，特别是写农村题材，白鹿原下的老屋接地气，也更安静。

从1964年离开老家西蒋村，近三十年间，陈忠实的单位和职业换过几个，但是星期六下午放假必定回家，周日晚再回到供职的单位。如今当了专业作家，时间充分自由了，他非常珍惜这个难得的自由支配时间的权利，觉得要避免没有实际意义的应酬。

当时，活跃在文坛的陕西青年作家群中，陈忠实的年龄是偏大的。时值文艺复兴时期，自己不抓紧不行。在乡村工作整整二十年，必须安静下来细细回嚼乡村生活的体验，反刍积累的素材，争取多出作品。他对自己说，要认真读一些书，进一步开拓视野，调整艺术思维，争取更上一层新境界。要躲开热闹，也要躲开文坛的是是非非，保持思考必须沉静心态。把精力和用心都专注在对问题的思考和艺术的探索上。

成为专业作家的最初一年，陈忠实自己的户口进城了，但妻子儿女的户口还在农村。他除了写作，还要务农。农村实行包产责任制以后，分给陈家五六亩地，其中一半是山坡地，陈忠实的母亲和妻子有病，儿女还小，务农全靠陈忠实。1982年陈忠实就是自己在地里拉犁播完小麦的。到了1983年5月，根据政策，妻子和三个孩子的户口才从农村迁到西安城里。尽管如此，陈忠实依然住在农村，他的生活与农民没有什么不同，唯一不同是工作内容，农民种地，而他是写作和读书。

我是1985年7月进入陕西省作协工作的，就在我进入作协的三个月前，也就是1985年4月，陈忠实、路遥、贾平凹被增补为陕西省作协副主席，驻会的副主席行政级别是副厅级。此时陈忠实的工资达到每月一百五十八元，这使他过得很紧的日子一下子宽松了许多。这一年，陈忠实被安排在灞桥区区委挂职，担任区委副书记。

不论挂职还是不挂职，陈忠实就是村子的一员，仍然在他称为原下的祖居老屋居住、写作。乡村是一个小的自足社会，遇事乡党都要互相帮忙，乡党要办事，凡是想到陈忠实能办的，也不管他是在读书还是正在构思写作，就径直进门找他说事。遇上乡村人家娶媳妇，乡党也总是找到他，以不容置疑的口气让他去做执事，并叮咛："你还干你那摊子事。"作为乡党的陈忠实，不容许自己说半个不字，必得立即应诺，还要表现出踊跃的情绪。"那摊子事"就是做账房。除此之外，偶尔遇到急事，想着陈忠实有"官家"身份，外边关系广，熟人多，乡党也会找到他，全然不考虑是否打断了他的写作思路。

1986年春天，陈忠实自己建房，满村的乡党几乎都来帮忙了。陈忠实一方面还做"那一摊子事"的账房先生，另一方面，人手短缺时他也是一个劳力。建房时，他为自己辟出一间书房。后来，为了保证长篇小说《白鹿原》的创作，他请求终止了灞桥区委副书记的挂职，其他文学活动也选择性参加，唯独这个账房先生的角色不能免除，他也很乐意继续。

事后回顾，1982年到1992年，陈忠实认为这是他写作生涯中最好的十年。四季流转，心情恬静，偶尔给乡邻做账房先生，更多的时候是自己独处一室，面对自己笔下纷繁的人物世界和文学世界，上天入地，闪转腾挪，这里另有一个世界。气定神闲，写作起来心神更为投入。

1986年，三十七岁的路遥在这一年完成了他的长篇小说《平凡的世界》。陈忠实与路遥同是省作协的专业作家，路遥的创作情况，如果说对陈忠实一点触动都没有，似乎不大可能。但是，已经四十四岁的陈忠实，对于文学创作，有自己的体会和见解，他认为，创作是作家的生命体验和艺术体验的展示，别的作家的创作写的是别的作家的生命体验。羡慕也好，嫉妒也好，对自己的创作都毫无用处。关键是要寻找属于自己的句子，对自己来说，也不能因文友们的辉煌成果而感觉压力在顶，心理要平衡，心态要放松。

1985年陈忠实开始动笔创作中篇《蓝袍先生》的过程中，一个若有若无的长篇小说景象在不断地撞击着他的心，就此萌发了创作长篇小说的念头。

1987年，陈忠实到长安县查阅《长安县志》和有关党史、文史资料。有一天晚上，他与《长安报》的记者李东济聊天，第一次向外人透露了他创作《白鹿原》的信息。陈忠实感叹，已经是四十五岁的人了，说一声死还不就一死了之了，但最惭愧的是一辈子爱文学，死了还没有一块可以垫头的东西。

关中民俗，亡者入殓，头下要有枕头，身边还要装其他物件，这些东西，有时是由死者生前准备或安排妥当的，陈忠实说："东济，你知道啥叫老哥一直丢不下？就是那垫头的东西！但愿我能给自己弄成个垫得住头的砖头或枕头！"他这句话的言外之意就是说，弄不下像样的能给自己交待的作品，他大有死不瞑目的恐惧。

从1985年萌生写长篇小说的念头，一直到1988年春天开始动笔写《白鹿原》，期间两年有余，陈忠实都在构思酝酿这部作品，并做着各种准备。他查阅了蓝田、长安和西安咸宁的县志、党史，温习了这块土地的历史，同时也发掘了很多鲜为人知的故事。

《白鹿原》中的朱先生就是以蓝田县清末举人牛兆濂为原型塑造出来的；白灵也有原型，原型是白鹿原上的人，是从党史回忆录里找出来的；田小娥则是从蓝田县志节妇烈女卷阅读中萌发，反向思考而创造出来的。

1986年陈忠实一方面到蓝田、长安县查阅县志、中共党史和其他文史资料，一方面与村子里的祖父辈的老人拉话，希望能从老人口中完成他对自己所在村子以及白鹿原和关中的进一步了解。他或者上门到别人家里，或者请人到自己家里，让老人随便谈，白嘉轩这个形象就是在与他们陈姓门中一个老人的交谈中得到启示并形成雏形的。

在断断续续的两年时间里，在交谈和阅读中，陈忠实感觉自己的思维和情感逐渐进入了近百年前属于他的村子，他的白鹿原和他的关中。他很清醒，他不是研究村庄史和地域史，他是要尽可能准确地把握那个时代的人的脉象，他们的文化心理结构形态。

1988年4月1日，陈忠实在草稿上写下了《白鹿原》的第一行字，漫长的《白鹿原》创作开始了。当他在《白鹿原》的草拟本上写下第一行字时，他觉得，“整个心理感觉已经进入我的父辈爷爷辈老爷爷辈生活过的这座古原的沉重的历史烟云之中了”。

在陈忠实做了专业作家后蛰居乡间写作的十年之中，最初是一家六口都住在农村，后来妻子儿女户口迁到西安，陈忠实和妻子基本上住在乡下老屋，老母亲陪大女儿在城里读书，二女儿和儿子在中学寄宿读书。1991年老母亲双腿因老年性病变，行走不便，妻子王翠英就进城代替老母亲，原下的小院只剩下陈忠实一个人。陈忠实依然投入地写他的《白鹿原》，生活自理，自己开火做饭，洗锅洗碗。为图方便，王翠英走的时候给他擀下并切好一大堆面条，只由他将面下到锅里煮熟，妻子还留下不少的蒸馍，饿了将蒸馍在火上烤得焦黄，陈忠实感觉味美无比。

得着空闲，王翠英回来给陈忠实送蒸馍，同时再擀一些面条；如果妻子太忙，陈忠实便赶到城里家中，再背馍回原下。陈忠实感慨，自己与背馍结下了不解之缘，少年时为读书从乡下背馍到城里，中年时为写作又把馍从城里背到乡下。

在陈忠实开始动笔创作《白鹿原》期间，1988年第5期的《延河》编辑了“陕西作家农村题材小说专号”。这一期专号，由贾平凹、邹志安、陈忠实、王宝成、京夫、王蓬等十五人组成强大的阵容，集中展示了陕西几乎所有优秀作家和他们的作品。作为分配到《延河》工作才三年的小说编辑，我负责编辑、统稿的小说，是陈忠实的《轱辘子客》，这个短篇小说将一个赌徒描写得生动而有趣。我当时真是年轻又胆大，发现小说中有一千字的描写游离于叙述之外，就毫不犹豫地删掉了。刊物出版后，陈老师见到我，呵呵笑着对我说："小张，你把我一条烟钱给删没了。"那时，《延河》的稿费标准是每千字十五元，大概正是当时的一条烟钱吧。他逝世后，我找出《延河》的合订本，阅读这篇将近三十年前陈忠实老师的旧作，读着读着，不禁泪眼模糊。我在想，若是现在，我是否还能毫无顾忌地对著名作家的文稿放心大胆地动刀子？或者，当时不是陈忠实，而是别人，这个作家会否轻易饶过我这个小编辑？在功利主义大行其道的今天，我依然能做到稿件面前人人平等，但若不是陈忠实，换作他人就难说了。

陈忠实老师的这篇小说文末，有这样的注明："1988年2月13日于白鹿园。"千真万确，是"白鹿园"而非"白鹿原"。

那之后的很长一段时间，很少在省作协大院见到陈忠实老师。冬日的某一天下班后，《延河》的同事、作家王观胜约我一同去灞桥西蒋村看望陈忠实老师。我们乘坐省作协的一辆面包车，尽管司机张忠社轻车熟路，但是因路况极差，还要在一条狭窄的小土路上盘旋好久。赶到西蒋村陈忠实家老屋时，天色已经大黑，安静的村落，只有几声狗叫和我们汽车行驶的声音。陈老师高兴地将我们迎进院子，又迎进老屋。老屋里的通道上，灰暗的灯光下有一个案板，上面是手工擀的早已晾干的面条。在老屋，陈忠实老师的书房有一个小圆桌，桌前有一个小板凳。陈老师说，他就是在这个圆桌上写作的。谁能想到，后来让陈忠实站立在中国和世界文坛的《白鹿原》竟是陈忠实坐在小板凳上，在这张斑驳的小圆桌上完成的。

在老屋，我没有见到蔬菜，屋角只有几根大葱，墙上挂了一串辣椒。

1991年农历腊月，王翠英又一次回原下给陈忠实送面条和蒸馍，临走送妻子出小院时，陈忠实说：你不用再送了，这些面条和馍吃完，就写完了。王翠英突然停住脚，问：要是发表不了咋办？陈忠实没有任何迟疑，仿佛考虑已久地说：我就去养鸡。王翠英没有说话，转身出门，进城去了。

历时四年，到1991年深冬，陈忠实即将跨入五十岁这一年的冬天，小说中的白鹿原三代人，生的欢乐和死的悲凉都已可见最后的归宿。陈忠实在四年里穿行过古原半个世纪的历史烟云，终于迎来了1949年。白鹿原解放了。书写《白鹿原》的陈忠实也终于解放了。

1992年1月29日，写完鹿子霖死亡结局的最后一段，划上意味深长的省略号，陈忠实把笔顺手放在书桌和茶几兼用的小圆桌上，顿时陷入一种无知觉状态。仿佛从一个漫长而又黑暗的隧道摸着爬着走出来，刚走到洞口看见光亮，竟然有一种忍受不住光明刺激的眩晕。

1992年早春，陈忠实给人民文学出版社的何启治写了信，告诉他《白鹿原》的写作已经完成，修改也将于近期完成。人民文学出版社的高贤均和洪清波刚好出差到成都，于是，就顺便到西安将陈忠实的稿子拿走了。

二十多天后，陈忠实到城里背馍，在省作协传达室收到出版社的来信，他后来回忆说："这是一封足以使我癫狂的信，他俩阅读的兴奋使我感到了期待的效果。他俩共同的评价使我战栗，把在他们面前交稿时没有流出的眼泪倾溅出来了。"

平静之后，他对妻子说：可以不去养鸡了。

1992年第6期《当代》刊出后，令陈忠实惊喜也令出版社意外的是，这期载有《白鹿原》的《当代》销售异常火爆。陈忠实回忆说，他到家附近的邮局去买，已经售完，这家邮局每期拿十本《当代》。他又赶到钟楼邮电大楼，那里每期拿四十本，也已告罄。售货员说因为刊发了《白鹿原》卖得很快，许多人已经预订了下一期，还问陈忠实是否登记预订。陈忠实看了预订者的名字和单位，没有文学圈的熟人，也几乎没有文学单位的人，他感到大为欣慰，觉得《白鹿原》进入真正的普通读者之中了。

《白鹿原》于1993年7月在西安首次发行销售，十天后盗版书就摆在了书摊报亭里，人民文学出版社手忙脚乱地加印，6月第一次印刷，到了11月已连印七次。同时，中央人民广播电台和西安人民广播电台同时连播，在读者和文学界迅即引起巨大反响。

《白鹿原》以及其他几位陕西作家长篇小说在京的相继出版，一时构成了媒体称之为"陕军东征"的现象，而媒体关于

“陕军东征”的报道，也对包括《白鹿原》在内的几部陕西作家作品的热销起到了巨大的作用。

《白鹿原》出版后曾获得过许多奖项和荣誉，最高奖项便是1997年12月中国作家协会第四届茅盾文学奖。

陈忠实后来说：回首往事我唯一值得告慰的就是，在我人生精力最好，思维最敏捷、最活跃的阶段，完成了一部思考我们民族近代以来历史和命运的作品。

成功之后的陈忠实

陈忠实先生的小说创作，既准确地表现了“自然的乡村”，表现了北方大地的乡村民俗风物之美，也真实、深刻地展现了“社会的乡村”，剖析了家族、宗法、政治、经济揉在一起的关系复杂的乡村社会，而其代表作《白鹿原》，更是表现了儒家文化积淀深厚的“文化的乡村”，堪称这一领域的开创性作品和高峰之作。

这个西蒋村的少年，几十年前曾经穿着鞋底磨穿的旧布鞋，脚后跟淌着血，从这不足百户的小村子里走向灞桥，走向西安，如今已然堂堂正正地走向北京，走向世界，攀登上中国当代文学殿堂的高峰。

1991年陈忠实曾执意不去省文联做党组书记，而愿意留在省作协只当一个专业作家。1993年，省作协第四次会员代表大会上，陈忠实被选举为省作协主席。他曾说，他从不言淡泊，他认为，文坛就是一个名利场。他只是赞同：君子爱财取之有道；君子当权得之有道。他不屑于蝇营狗苟，更耻于同流合污。早些年，他的人生最高理想就是能当一个专业作家，可以自由支配时间，能按自己的爱好写作。当了省作协副主席，如今又当了主席，显然超乎了他原来的理想，他没有飘飘然，也没有昏昏然。爱了文学三十年，进到省作协二十余年，他深知作家的不易，创作不易，既在其位，得谋其政，需舍下身子为作家的生活和写作创造一定的条件。

陈忠实先生做了省作协主席后，为省作协做的第一件事就是给省作协建一个办公楼。他放下创作，不停地奔波忙碌，报批，要钱，施工。大楼终于顺利破土动工。

由于后院盖楼，他的办公室也搬到了前院，就是当年软禁蒋介石的屋子，有作家打趣地说，现在陈忠实自己把自己软禁了起来。

1993年，陈忠实上任陕西省作协主席后，也同时兼任《延河》杂志的主编。那时，我是《延河》小说组组长。1993年省作协换届的理事会上，陈忠实突然点我的名，我一时惊住，不知所措地站起身来，却原来是陈老师要将我介绍给理事会的作家们，为的是让我尽快与作家们熟悉，以便日后组稿方便。

1995年6月，《延河》编辑一期“陕西青年作家小说专号”，组来九位陕西省当时很有实力的作家作品。编辑整理后，我请主编陈忠实为这期专号撰写主编寄语，他欣然答应，还对我说，一定将文稿排序后再交给他。我遵意拟好排序目录，一并送到陈老师手中。几天后他将文稿还给我的同时，也送来了撰写好的主编寄语《生命易老，文学不死》。在这篇近三千字的文章中，文中和文尾，陈老师两次感慨“生命易老，文学不死”：

翻阅这些墨痕笔迹千姿百态的手稿，我突然想起十四年前的1981年元月号的《延河》，那一期刊物也是《陕西青年作家小说专号》，集中展示了新时期开始在文坛崭露头角的一拨青年作家的作品，在经历浩劫刚刚复苏的中国文坛第一次亮出陕西青年作家群的基本队列，十余年后，队伍中的路遥和邹志安，以他们剧烈的燃烧已经过早地焚毁了，我的失落我的沧桑感慨出于兹。我居然还在这个群体队列之中，然而，这个队列已不是青年作家的队列了，我再也没有资格入选《延河》任何一期以年龄为标识的青年作家专号了……岁月逼人。

生命易老，文学不死……

本期青年作家专号便是一种容纳百川的艺术胸襟的昭示。《延河》年轻的编辑们编辑了本期的《陕西青年作家小说专号》，两方面的年轻人，共同创造着《延河》的辉煌。

生命易老，文学不死。

在交给我主编寄语时，陈忠实老师对我说，起初让我做好排序，就是要看看我的编辑感觉是否与他的阅读感觉相吻合。他说他很高兴，因为我俩的审美标准是一致的。他还说，用杨争光的短篇小说《代表》做本期头题，能压得住，没有任何问题。

1995年8月，刚刚三十二岁的我，在陈忠实的力主下，被任命为《延河》副主编。任命公布后，陈忠实对许多关注此事的人介绍我说：在先后进入这个老宅深院的年轻人里，张艳茜是唯一一个女性，不仅年轻，而且靓丽，性格又很开朗，响亮的笑声给这个老屋旧院平添了鲜活的生气，浮动着勃勃生机，与当时正在潮涌着的文艺复兴的氛围相呼应；因为张艳茜工作的认真和对《延河》的热爱，她肯定胜任这个职务。

2011年，我的第二本散文集《城墙根下》出版前，我恳望陈忠实老师为我写序，他说他很愿意为我的书撰写序言。在这篇长达七千多字的序言里，陈忠实老师对我的理解令我感动得流泪。

2001年春节刚过，陈忠实在西安城里买了足够的取暖做饭的蜂窝煤和填肚充饥的粮食，再次回到灞桥原下祖居老屋。准备了这么多“粮草”，他显然是打算在这里长住的。写作长篇小说《白鹿原》那五六年里，他一个人独居老屋，那时他还是中年。而这一次再回到祖居老屋，他已经五十九岁，是可以称为老人的年纪了，却要一个人在乡下，自己照顾自己的起居。妻子儿女一起送他回去，当他挥手告别妻女，看着汽车转过沟口，返身回到原下的小院，心里竟然有点酸酸的感觉。何苦又回到这个空寂了近十年的老窝来呢？在散文《60岁后重回白鹿原，泪眼模糊》中，陈忠实写道：

我听见架在火炉上的水壶发出噗噗噗的响声。我沏下一杯上好的陕南绿茶。我坐在曾经坐过近二十年的那把藤条已经变灰的藤椅上，抿一口清香的茶水，瞅着火炉炉膛里炽红的炭块，耳际似乎萦绕见过面乃至根本未见过面的老祖宗们的声音。嗨！你早该回来了。

陈忠实这一住就是两年多，似乎隐居了一样，在杂志和报端阅读到他的散文或是短篇小说，知道他点滴的生活状况，也能读出他的几多无奈。他自己说，那两年，也是他1992年完成《白鹿原》进城以后写作字数最多的两年。

这两年的“隐居”，陈忠实老师在重新打量世事人事的同时，也在重新打量自己，调整自己的心态。归于宁静，获得宁静，既是他这两年的最大收获，应该说也是他又一次的“精神剥离”。

2001年12月18日至22日，陈忠实在中国作协第六次全国代表大会上当选为中国作协副主席。从北京回到西安，朋友们为他举办了庆祝会，面对朋友们的纷纷祝贺，陈忠实说，就两句话：一、感谢大家；二、该干啥还干啥。

2003年，陈忠实又回到了城里，住在建国路金家巷省作协家属院，但是白天一整天都在西安石油学院家属院，他称这里为二府庄，二府庄位于电子一路西安石油学院的东邻。陈忠实还把陕西省作协所在地称之为雍村。每写完一篇文章他在文末注明时间和地名，地名喜欢用“庄”或是“村”，这也反映了陈忠实浓厚的乡村情结。

2011年11月25日，在中国作协第八次全国代表大会上，陈忠实连任中国作协副主席，答谢朋友们的致贺时，陈忠实说：第一次当选副主席还有新鲜感，有荣耀感，现在就比较平静了，还是该干啥干啥。

写作依然是陈忠实日常最主要的工作。除了必须参加的文学活动和必要的社会活动，他每天早出晚归，在二府庄写作一整天。

2005年，我遭遇了人生巨大的打击，将青春、生命和热爱都倾注于《延河》的我，被迫与已经同我生命成为一体的这部分——《延河》撕裂开来，在生离死别般的痛苦中难以自拔。还挂着《延河》主编职务的陈忠实老师，自然对省作协、对《延河》当时的状况了然于心，但他无力改变，不然他怎会在2001年再次回到祖居老屋过隐居一般的生活？他安慰我说：风物长宜放眼量，你还年轻，也很坚强，目光放长远一些。也是在他的激励下，我终于在2013年底摆脱了不尴不尬的痛苦困境，离开了陕西省作协，调动到陕西省社科院工作。陈老师得到我成功调动的消息后，给我打来电话祝贺，并叮咛我，不要放弃写作。还说，有需要他帮助的一定告诉他。

2005年之后的十几年间，虽然我和陈忠实老师无法如以往一样在工作上保持密切交往，但与陈老师关系却越走越近。随着年龄的增长，尤其是从祖居老屋再次出现在我们面前后，陈忠实愈加平易近人、宽厚和善，愈加如兄长一般朴实而周到。除却他身上耀眼的光环，他着实就像一位可敬可爱的邻家大哥。同时，这个邻家大哥又有着一般人无法企及的人格魅力和人生境界。无论是朋友还是一些作者，遇到困难，他能办的就立即想办法着手相助，比如：残疾作家遇到困难了，他就想办法为他解决困难；路遥的小弟弟得了家族遗传疾病，需要治疗没有钱，陈老师先带头捐款，然后号召我们大家给路遥的小弟弟捐款。陈忠实是陕西省作协每次捐款最多的作家。也是这些年，只要陈老师有时间，身体状况也允许，几个与他脾性相合的朋友就组成了一个饭团子，尤其到了春节，是一定要在一起聚餐的。而大多的聚餐，陈老师都要事先声明由他付账，谁要是与他抢，他定是要跟谁急的。直到2015年3月，他生病住院治疗之后，这样的欢聚才被迫停止。陈老师生病后，我总想去看望他，却又担心给他平添负担和劳累，也因为我不知道见面了该如何安慰——语言有时真是苍白无力！

2015年10月10日，陈老师约上几个常与他餐叙的作家，晚上一起吃羊肉泡馍，地点在西安东门外的“老孙家泡馍馆”。这是陈老师生病之后，第一次与朋友们聚会。有快一年时间没有再见到陈老师了，我很是高兴，见面时更是兴奋不已，与陈老师拥抱，却感受不到以往拥抱他时身体的厚度——透过毛衣，触到的是他极其单薄的身体，令我好生心疼。待大家落座后，陈老师说，因为前一段时间治疗，啥也不想吃，现在想吃东西了，先想到的就是泡馍。他还说："我知道，你们都很关心我，也很想来看望我，我也很想大家，所以今天将大家约在一起。今天谁都别抢，由我来买单。"

那天陈老师只掰了一个馍，等待煮馍上桌时，我注意到他手里仍然拿着一辈子都离不开的香烟，不过不是以往标志性的雪茄，而是细短的黑卷烟。听到大家劝陈老师就此把烟戒掉，作家方英文却唱反调：想抽就抽，没事，抽了舒服，舒服了就健康了。那天散席很早，陈忠实老师与我们一一握手道别，不让我们送过马路，坚持一个人走到马路对面上了车。

也因为这次一起吃泡馍，我私下以为他从此就能摆脱病魔，彻底康复，所以，到2015年11月时，陕西省社科院文学所筹办《文谈》杂志，我首先想到的是让陈老师为我们题写刊名。短信发给陈老师，陈老师很快打来电话，说他很愿意，只是感觉他的字不太适合用于刊名。"如果不适合用，你就留作纪念吧。"陈老师这样对我说。

2016年3月《文谈》第一期出刊后，刊名的书写得到一片赞誉。

这些年，每到节日，我总会不忘用短信给陈老师送上我的祝福。陈老师不会发短信，每次接到我的短信祝福，都要马上打来电话，第一句便是"抱歉！我不会发短信"，然后是感谢的话语。

2016年春节，我在福州，像以往一样发短信给陈老师，祝愿他新的一年吉祥安康。我知道他那时因为病痛说话困难，不敢奢望得到他像以往一样的回话，但是陈老师给了我惊喜，很快打电话给我。他很诚恳地说，现在他说话不方便了，只能挑选着几个人回电话致谢，给我电话之前先给白描回了电话……

万万没有想到的是，这竟然是邻家大哥——陈忠实老师在他生命的最后时刻给我打来的最后一个电话！

《白鹿原》从1993年出版到现在，已经热销了二十六年。这期间，中国社会生活发生了深刻的变化，但这部著作却始终广受普通读者喜爱，而且一直以来也是评论界研究的热点。出版之初曾有许多怀疑的目光，但不管它曾引发过多少文学的和非文学的争议，它都以自己深厚、苍凉、雄奇、壮美的形象昂立着，像一尊质地坚硬的石雕。

《白鹿原》是陈忠实先生的一次文学辉煌，也是他人生的辉煌、生命的辉煌。如果考虑到文学场上的竞争，不是体力上的竞争，也不全是技能上的竞争，而是一种思想和意识的竞争，一种文化精神的竞争，一种人格意志的竞争。陈忠实以他文学创作思维和艺术精神的痛苦剥离，完成了这场竞争。

对陈忠实的《白鹿原》已有共识。陈忠实对自己的创作却有清醒的认识："离高峰还很远，只能把这当做攀向另一个高峰的台阶，争取获得另一次突破的途径和力量。""什么制约着作家不能进入一个新的创作境界？就是思想。""如果没有形成独立的思想，不具备那种能够穿透历史和现实的独立精神力量的话，他就不能够把自己的精神上升到一个应有的高度。”“伟大的作家都是思想家。”这些是陈忠实先生创作后期的感悟。这一认知，今天，已成习常，但在陈忠实那儿，却非轻易道出，几乎出自他一生的文学道路。和许多当代作家一样，在追寻思想家这个高度上，陈忠实意识到了，但是，他没有完成。在追求这个目标的道路上，陈忠实停止了，倒下了，但是他的思考和追求，应该能获得当代作家的共鸣。

今天的讲述，就到这里。

谢谢大家！

2018.3.31

剩下他孤身一人的夜晚

——胡安·鲁尔福及其地狱世界

■戴 冰

精读堂十一期
剩下他孤身一人的夜晚
——胡安·鲁尔福及其地狱世界
时间：2018年3月31日 15:00
地点：千翻与作书区
主讲嘉宾：戴冰
个人简介
戴冰，中国作协会员，鲁迅文学院第八届高研班学员，贵州省作家协会副主席，贵州文学院副院长，贵州省青少年文学委员会主任，贵州省文史研究馆特聘研究员，《贵州作家》执行主编，《文汇报》专栏作家，《精读堂》总策划、学术主持。曾获省市文学奖九项；出版小说、散文、学术随笔作品十部。2007至2013年，连续七年入选《文汇报笔会年度精选》。学术随笔《穿过博尔赫斯的阴影》系入选广西师大出版社著名文化品牌“新民说”的首部贵州作品。
胡安·奈波慕塞诺·卡洛斯·贝雷斯·鲁尔福·维斯卡伊诺（Juan Nepomuceno Carlos Pérez-Rulfo Vizcaíno 1917-1986）
胡安·鲁尔福是墨西哥作家，被誉为“拉丁美洲新小说的先驱”、“拉美魔幻现实主义文学的先驱者”。
胡安·鲁尔福作品全都以墨西哥农村生活为题材。胡安·鲁尔福也与诺奥克塔维奥·帕斯、卡洛斯·富恩特斯并称为墨西哥文学二十世纪后半叶的“三驾马车”。苏珊·桑塔格评价说：“鲁尔福的小说不仅仅是二十世纪文学中的一部杰作，而且也是二十世纪影响最大的书籍之一。”

戴　冰

1968年生于贵阳。中国作协会员，鲁迅文学院第八届高研班学员，贵州省作家协会副主席，贵州文学院副院长，贵州省文史研究馆特聘研究员，《文汇报》专栏作家，“精读堂”总策划、学术主持。曾获省市文学奖九项；出版小说、散文、学术随笔作品十部。有作品被《新华文摘》《中篇小说选刊》《中华文学选刊》《散文海外版》等选载。其作品《张琼与埃玛·宗兹》入选2019年度“城市文学”排行榜。

大家下午好，感谢大家来到“精读堂”2018年的第一期讲座现场。

今天我想给大家推荐的是一位拉美作家，墨西哥的胡安·鲁尔福。也许每一个读者都会有一部自己的文学史，也会有一份“我最喜爱的作家”这样的名单。我也有一部我个人的文学史和一份这样的名单，而其中胡安·鲁尔福是排在最前一排的作家之一。我很喜欢拉美文学，而提到拉美文学，大家可能首先想到的是博尔赫斯、马尔克斯、略萨、阿连德、富恩特斯、米斯特拉尔、聂鲁达、帕斯这样一些名字。但鲁尔福和他们不太一样，相对上面提到的那些作家、诗人来说，他显得非常小众。一是他没有获得过诸如诺贝尔文学奖这样的大奖；二是他的作品非常少，只有一本短篇小说集《烈火平原》和一部中篇小说《佩德罗·巴拉莫》，以及其他一些零碎的东西，全部作品翻译成中文，加起来也不到三十万字；三是自1955年以后，也就是发表中篇小说《佩德罗·巴拉莫》之后，他基本就没有再发表过重要作品。所以在中国，除了文学圈子之外，普通读者大都不知道他，更谈不上熟悉了。但是在拉美文学界，无论在影响上还是在美学成就上，他都是一位对他的后辈作家产生过巨大和深刻影响的作家。所以我今天特别想向大家推荐他，并分享我阅读他作品的一些感受。

我首先想解释一下今天这个讲座的标题——《剩下他孤身一人的夜晚》，这原本是鲁尔福短篇小说集《烈火平原》中一个短篇的名字。为什么要用它作为讲座标题呢？因为从字面上来讲，我觉得这句话可以概括鲁尔福的许多方面：他的身世，他小说的美学特质，他的内心图景等等。“孤身一人”，鲁尔福从小是一个孤儿，后面我们会详细说到；“夜晚”，讲座的副标题叫“胡安·鲁尔福及其地狱世界”，地狱的颜色正和夜晚一样，是黑色的，夜晚的颜色也就是地狱的颜色，对鲁尔福来说，这个世界就是地狱。所以用这个标题来概括鲁尔福的一生，包括他的文学特色、艺术特色，我觉得都是非常贴切的。

接下来我想讲一下鲁尔福的生平。了解鲁尔福的生平，对理解他的作品至关重要。每一个作家的经历、遭遇，当然都会或多或少地影响到他的作品，在他的作品里留下痕迹，但很少有人像鲁尔福一样，他的经历和遭遇与他的全部作品产生了那样深刻、必然的内在联系，直接塑造了他作品的底色，这种底色就是刚才我说的，地狱的颜色。

鲁尔福生于1918年。在拉丁美洲文学的“现代主义”时期，他相比马尔克斯、略萨等作家，要略长一些，相比阿斯图里亚斯、卡彭铁尔、博尔赫斯等这些作家，他又要略晚一点。也就是说，他基本上处在一个承前启后的时间段。他出生的前后，了解拉丁美洲历史的人都知道，从1910年至1920年，墨西哥发生了一次影响深远的大暴动，史书上把这次暴动称为“墨西哥革命”，也称为“墨西哥大反抗”或者“墨西哥农民起义”。起因就是1910年的时候，墨西哥总统迪亚斯想第七次连选连任总统，引起弗兰西斯科·马德罗以“反对连任党”领导人身份宣布自己为候选人。于是迪亚斯逮捕了马德罗，并举行了假选举，宣布自己获胜。马德罗获释后，被迫流亡美国，在德克萨斯圣安东尼奥发布“圣路易斯波托西计划”，号召举行起义。起义失败后，墨西哥国内马德罗的一些支持者向政府发起了战争，战争持续多年，直至1934年改良主义者拉萨罗·卡德纳斯就任总统后才算真正平静下来。这中间，1926年到1928年，墨西哥又爆发了所谓的“基督派”战争，起因是当时的总统卡列斯非常痛恨天主教，并在1926年签署了新的“刑法改革法”，专门针对天主教的神职人员，要求对他们的“违法问题”进行“彻底的、毫不留情面的解决”。于是全国的天主教信徒们开始拿起武器起来反抗，反抗迅速弥漫到全国，那种状况下，大量神父和信徒被杀害。这场战争一直延续到1928年，直到在美国大使门罗的斡旋下，新任总统埃米利奥·波特斯·吉尔才重新与天主教达成了妥协，同意恢复天主教在墨西哥境内的活动。

从上面的这些资料，我们可以看到，在鲁尔福出生前后的二十多年时间里，墨西哥始终处在一个动荡不安、战乱四起的状况里。这让墨西哥各地许多原本非常繁荣的城镇——比如鲁尔福青年时代待过的圣加夫别尔镇，是一个17世纪以来就非常繁华的城镇——也在一夜之间变得萧条起来；更不用说那些无以计数的墨西哥普通家庭，它们在这两场像是没有尽头的战乱里受到了最大的伤害。鲁尔福的家庭就是其中之一。

墨西哥革命在历史上被称为资产阶级革命，从性质上讲是资产阶级对封建主义的反抗，是一场反帝反封建反国外势力干涉的革命。所以在很多拉美作家的笔下，墨西哥革命是一场波澜壮阔的史诗般的革命暴动，是正面的和积极的。但对鲁尔福来讲，事情并不是这样。因为鲁尔福在这场动乱里相继失去了父亲和三个叔叔，最后还有母亲。事实上，鲁尔福是在一家法国修女开设的孤儿院里长大的。很多年后，他曾对人谈到过自己目睹的场景：“……有一次，当我父亲想逃跑时，他们杀死了他……他们又杀害了我的叔父，另一个叔父，还有另外一个……他们捆住祖父肥胖的手指，再将他吊起来，致使他失去指头……他们都死于无辜。”

从这些事实里我们可以看到，墨西哥革命和后来的“基督派”战争，对幼年和少年时的鲁尔福造成了极大的伤害，在他的心理上留下浓黑的阴影，让他终生都无法忘怀。由此，我们也就不会奇怪，为什么成年之后，甚至成名之后的鲁尔福在进入公众和研究者视野的时候，会是那样一个极其封闭、孤僻的形象。他不接受任何采访，非常厌恶在公众场合抛头露面，不关心他的作品在外界的影响以及翻译情况，从不回复他的崇拜者或者批评者的来信。1964年，有个评论家因为要写一部鲁尔福的评论集，向鲁尔福寄去了几封信请求对他进行采访，但鲁尔福没有回复。于是这个评论家长途跋涉来到墨西哥城鲁尔福的家中求见，但被告知鲁尔福不在家，他一连去了好几次，都没有见到鲁尔福本人。最后，这部评论集只能在许多问题得不到澄清的情况下出版。1965年，国立墨西哥美术学院邀请鲁尔福和其他作家谈谈自己的生平和作品，并且朗读未发表作品中的一些片段，当时人们把这种学术报告活动称为“对证”。别的作家们大都借这个机会介绍本人生平，阐述自己的美学主张，宣传已经发表的作品和通报正在创作的作品。活动结束后，主办方将三十位作家的发言结集出版，但其中鲁尔福的内容完全无法整理，因为他之前谢绝发言，仅同意复制他面对观众与另一位作家的对话，而对话结束后，整理者发现那个作家的声音十分清晰明白，鲁尔福的则呢喃不清，根本无法复制。总而言之，鲁尔福是一个非常不喜欢与外界打交道的人，这就导致了在所有的拉美文学大家中，他的相关资料最少。

这也是为什么鲁尔福没有像其他许多作家那样，后来成为那场血腥内战史诗般的追忆者、客观的评论家甚至热情的讴歌者，而是对国力衰竭、暴力横行的时代持一种否定、悲观和绝望的态度。由此我们还可以理解，为什么在鲁尔福全部的作品中——就像评论家阿尔卡拉所说——“凶残、暴力、道德上的麻木不仁、乱伦关系、虚伪的宗教信仰、绝望、悔恨等等都成为其一贯的主题”。法国批评家古封在读完鲁尔福的《烈火平原》之后，认为墨西哥革命曾激励过上一代小说家——诸如马里亚诺·阿苏埃拉、马丁·路易斯·古斯曼、拉斐尔·穆尼奥斯等人——写出那么多作品，但在鲁尔福的作品里却完全丧失了史诗的特点，剩下的只是恐怖。

的确是这样，在阅读鲁尔福时，你不得不置身于他所揭示的，由人性中最蒙昧、最黑暗、最残暴的部分组成的荒漠世界。在那里你看不到正义，看不到仁慈和怜悯；在那里没有忏悔，没有宽恕，也没有得救的可能；那里的人们不知道光亮的存在，因而也从不抱怨黑暗……

鲁尔福一生的创作，刚才我们已经说了，翻译成中文不超过三十万字，却几乎都以那两场令他耿耿于怀的墨西哥内战为背景，而且是内战时期最残酷、最血腥的阶段。除此之外，鲁尔福的作品也只局限于向我们介绍他最熟悉的哈利斯科州农村的面貌和见闻。正如评论家马努埃尔·杜兰所指出的那样，作家在故事中向我们描写了他生活过的环境，“再夸大一点，也只不过是描述了高原农民的生活”。杜兰还指出：“尽管这是墨西哥的心脏，即使对一个贫穷农村地区人们的言谈举止、思想感情描写得再全面，那毕竟是有局限性的。尽管书中人物的语言丰富逼真，富有色彩，但这种语言是带有某些局限性的。

鲁尔福笔下的墨西哥原则上讲是若干个可能的或者现实的墨西哥中的一个，若干个互不了解，偶然生活在一种脆弱的平衡中的阶层中的一个。”

这样来评价鲁尔福容易让人产生一个错觉，认为这是一个囿于自身经历，无法超越个体经验的作家。但事实上，鲁尔福作为一个大师的成就之一，正在于他像福克纳用一块邮票大小的地方就概括了世界一样，他让我们从墨西哥内战的暴行中看到了人类历史上所有的暴行，从哈利斯科州的乡村一隅看到了整个世界可疑的影像，从那些愚昧无知、麻木不仁的农民和残酷的罪犯的语言中听出了我们自己的声音，并且从他们面临的处境里发现了我们同样的处境。张永义在《夜无虚席》中说：“鲁尔福的那些短篇小说写的都是我在家乡时所目睹的事物，河流，土地，鸟群，狗叫，雨水，眼泪，父亲，死亡……”同样跻身于大师之列的墨西哥作家卡洛斯·富恩特斯在鲁尔福的《佩德罗·巴拉莫》中看到了古希腊神话的再现，认为鲁尔福这部小说中的人物或多或少地是忒勒玛科斯、俄底修斯、伊俄卡斯忒、欧律狄斯、俄狄浦斯等人物在墨西哥的化身和明显的再现。

有时候我想，也许我们身处的世界的确如某些人所推测的那样，只有一种本质，一个真相。这就是所有伟大的作品都有那么多类似特质的原因。你感到它们如此地逼近世界那唯一的内核，最终化身为那个内核的一种隐喻和一个象征。无怪乎苍老的博尔赫斯若有所悟地说，所有的历史其实是一个人的历史，而所有的书只是一本书。

鲁尔福的美学成就，在我看来，除了他对世界的深刻关照，以及仅用那么寥寥几滴水珠就映射出整个的荒漠世界之外，作为一个高度自觉的文学大师，鲁尔福作品的全部艺术效果，都应归功于他的笔调。笔调在小说创作中是一个特别难以把握，也特别难得说清楚的东西。我常常觉得小说中的故事、人物、情节、细节、视角、结构等这些东西属于理性的层面，我把它们看作小说的硬件部分，相对好理解，也比较好解释。但诸如节奏、笔调，这些部分就只能意会，很难言说，是小说的软件部分，更多作用于人的直觉。其中我觉得笔调最难把握，但又特别重要，契诃夫曾说："你要看一个青年作家有没有前途，就看他有没有笔调。"笔调到底是一种什么东西呢？去查词典，说是"文章的风格、情调"。这话说了等于没有说，还是不知所云。我勉强想了一个形容，当然也不完全准确，但还比较接近我想要表达的意思，那就是"笔调就是语言的口气和表情"。生活中每个人说事情，都会带有某种语气和表情，同样的事情，用不同的语气和表情来说，会产生完全不同的效果。你读别人的作品，会慢慢意识到这个人正在用一种什么语气和表情给你说故事，这就是笔调了。笔调从某种角度来看，也就是一种叙事策略，你选择了一种什么样的笔调，其实也就意味着你采取了一种什么样的叙事策略。

笔调是笼罩全局的，总之，无一人、无一物、无一字不在它的笼罩之下。而鲁尔福就选择或者说寻找到了他自己的一种笔调，一种客观和冷漠到几近残酷的笔调，他用这种笔调来处理他的故事，其效果可以说令人毛骨悚然。在叙述故事时，鲁尔福摒弃了一切说明、渲染甚至衔接，同时严格控制，不让一丝一毫的情绪流露出来，只是漠然地直指本质，剥离掉所有人物的毛发、皮肤、肌肉，甚至抽干血管里的血，只将最后的骨骼拿出来给你看。一切他想表现的东西在他的笔下，都是以一种原生的，无论是叙述者还是叙述对象都似乎毫不自知的方式呈现出来的。所以在阅读他的作品时，我们常常无法判断他的立场，是揭露，是批判，还是只是一种不带任何感情色彩的客观描述。但读完之后，你会产生一种几乎生理层面的惊悚和震撼，逼着你反省，逼着你追问，从而达到自觉批判的目的，就好像这一切不是他表现出来的，而是读者自己感受到的。我把鲁尔福的这种方式称之为“客观表现主义”，这个概念是我生造的，使用了一种所谓的“矛盾修辞法”。因为一般而言，表现主义是充满了主观感受的，而客观主义则相反，但鲁尔福就是这样，把最强烈的主观激情用最漠然而客观的方式表现出来。这种方式成功地把鲁尔福隐藏在了他的故事和人物的形象之后。有许多作家都在追求同样的效果，但没有人比鲁尔福隐藏得更深，更成功。他成功到几乎成了一个“缺席的作者”的地步。有些作家的感染力是要你一头扎进去之后才能感知的，但鲁尔福，你离他还有几步之遥，已经全身泛起森森冷意。

这实在是高明至极的叙事策略，一般人不敢这样写，这首先需要对自己的艺术有极大的信心，其次需要对读者的艺术领悟力有同样大的信心，两者兼有是非常罕见的情况；另外，一般人也舍不得这么写，没有几个人愿意把自己的聪明隐藏起来，相反，通常的情形是生怕自己的聪明表现得不够淋漓尽致。就这一点来说，在鲁尔福的作品里，你是找不到一丁点想要显摆什么或者想要取悦任何人的蛛丝马迹的。所以，就我的阅读范围来说，鲁尔福是所有作家中，最没有虚荣心的一个，他不仅不取悦别人，甚至也不取悦自己。

鲁尔福仅有的两本集子中，中篇小说《佩德罗·巴拉莫》最为著名，被称为“拉丁美洲文学的巅峰之作”，曾相继获得过墨西哥的国家文学奖和西班牙的阿斯图里亚斯王子文学奖。这部小说的故事情节非常简单：主人公佩德罗·巴拉莫从小是个孤儿，做过小工，当过学徒，长大后巧取豪夺，成为科马拉的一方恶霸，他无恶不作，把原本天堂一样美丽富饶的科马拉弄得如地狱一般，村民们死的死，逃的逃，最终只剩下一个唯有鬼魂漫游的荒村；而他自己，也在痛失爱妻和儿子的过程中消沉腐烂。这是一部特别为批评家，尤其是学院批评家所青睐的作品，因为它博采众长，上承墨西哥印第安和阿兹特克古代文明，下接西方现代主义思潮，应用了大量让人眼花缭乱的现代手法，在时间、空间、叙事、人物、语言等方面都有奇特而精心的设置。说《佩德罗·巴拉莫》是一部拉美“现代派文学时期”的集大成作品，完全不为过，你可以在其中找到几乎全部现代主义（包括魔幻现实主义）的手法，而且这种融合极其自然，没有一点生硬的感觉。但私心里，其实我更喜欢鲁尔福早期的那本短篇小说集《烈火平原》。拿《烈火平原》和《佩德罗·巴拉莫》两相比较，我觉得前者是用元气和直觉写就的，而后者则是一个成熟作家用自觉的理性写就的。《烈火平原》更本质，更锋利，也更有力，更能代表鲁尔福天赋的艺术特点，更突出地表现出我们刚才说到的那种令人震撼的笔调，其中达到的那种冷酷、肃杀和阴冷，我认为无人能及。

在《教母坡》一文中，鲁尔福这样来描写一个粗俗的农民是如何杀死希奥·托利科（一个强盗）的："他从我前面走过的当儿，月光照得我别在那带子上的针闪闪发光。不知为什么，我突然对那根针产生了极大的希望。这样，当希奥·托利科走到我身边时，我拔下针，毫不迟疑地往他肚脐的边边儿刺了进去，一插到底，然后才放手把他留在那里了……这时我见他神色悲伤，像是生了病。我已有好久没有见到这样伤感的神色，于是我倒怜悯起他来了。我赶紧从他肚脐中拔出针来，又从稍靠上面的地方插了进去，我认为那里可能是他的心窝窝。不错，心脏就在那里，只见他像断了头的鸡，抽搐了几下，然后就一动不动了……"

在《请你告诉他们不要杀我》中，被捆在树上等待枪毙的父亲从头至尾都在哀求他的儿子："请你去告诉他们不要杀我。"但儿子拒绝了："不，我不想去了，我不去的理由是因为我是你的儿子，如果我老是去找他们，他们就会知道我是什么人了，他们会把我给枪毙的，最好还是听其自然吧。"结尾，儿子将父亲的尸体捆在驴背上，边走边唠叨："你的儿媳和孙子见到你都会大吃一惊的，他们见到你的脸，一定不会相信这就是你，这些人胡作非为，让人在你的脸上打了那么多枪，打了那么多洞，他们看到后，还会以为你是让狼给咬死的呢。"

这是鲁尔福才能达到的残酷。如果一篇作品与它所表现的内容之间形成某种摩擦或者反差，其内容所蕴含的意义就会鼓胀起来；摩擦或反差越大，张力就越强。就这点而言，诸如卡夫卡、加缪和梅尔文·凯利这样的作家都运用得非常成功，但没有人像鲁尔福这样做到了几乎极端的程度。

刚才我们说到过，笔调就是一篇作品的表情，它或多或少地暴露了作家内心的一部分秘密。如果这个前提成立，那么鲁尔福选择这样的笔调来处理他的地狱世界，除了创作本身的需要之外，也许还暴露出作家内心所映现出来的地狱图景。很多作家都写过象征性的地狱，比如但丁、雨果、巴尔扎克、卡夫卡、陀思妥耶夫斯基、巴别尔，那些地狱，有的燃烧着烈火，有的充塞着呼号，还有的汹涌着毒液的波涛……但鲁尔福的地狱却是一片死寂，一种骨殖般漠然的灰白色的死寂。

下面我们谈一下鲁尔福对后代作家的影响。

前面已经说到，鲁尔福是一个作品很少，极不愿意炒作自己，又那么早就辍笔不写的作家，但就是这样一个作家，却对之后的拉美文学产生了巨大的影响，许多我们熟知的拉美大作家，都直接或间接地在他那里得到过营养，受到过启发。而很多中国作家，又在那些从他的作品里得到过营养、受到过启发的作家身上吸取营养，得到启发。所以从某种意义上说，鲁尔福在很大程度上也影响了中国的当代文学，特别是20世纪80年代、90年代以来的中国文学，尤其是其中的先锋实验文学。可以说，胡安·鲁尔福是一个以最少的作品树立了崇高地位的大作家。这在整个世界文坛上来看都是罕见的。

我觉得艺术史上大致有这么三种类型的艺术家，一种是开创者，一种是承继者，还有一种是集成者。这在文学史上也不例外，比如俄国的陀思妥耶夫斯基、日本的芥川龙之介、阿根廷的博尔赫斯、苏联的巴别尔、捷克的卡夫卡等等，就是属于我说的那种开创性的作家。这一类作家中有许多人的作品常常是有缺陷的，比如并不宏大，并不完整，甚至常常因为过于偏执而为人诟病，比如博尔赫斯。但他们总是因为独特的原创性而成为别的作家的营养源，不断地刺激着后人突破既有艺术的藩篱。音乐家巴赫的名字在德语里是“小溪”的意思，但贝多芬说：“巴赫不是小溪，而是整个的大海。”因为他总是能在巴赫的作品里获得无穷无尽的灵感。巴赫虽然不是我们所说的这种开创性的艺术家，但用这句话来形容那些开创性的艺术家，我倒觉得再贴切不过了。大多数作家处于继承发展的部分，就不具体举例了。而像俄国的托尔斯泰、屠格涅夫，英国的哈代等等，我认为就属于集成性的一类。集成有集大成，有集小成，比如托尔斯泰和马尔克斯就属于集大成的一类。托尔斯泰是现实主义文学的集大成者，马尔克斯则是魔幻现实主义文学的集大成者，由阿斯图里亚斯、卡彭铁尔等先辈开创的魔幻现实主义长河，流到马尔克斯身上，终于结成了核，从液体变成了固体。马尔克斯之后，确切地说，到了《百年孤独》之后，魔幻现实主义终于走到了巅峰，也终于走到了尽头。这里我说明一下，这三类艺术家并没有高下之分，都有他们的价值和意义。艺术史是一条源源不绝的长河，你不能说哪一段比哪一段更重要，没有其中任何一段，也就没有后面的部分了。从个体上来说，每个作家也都是这条艺术长河的一个部分，一朵浪花。没有作家会像孙悟空一样，凭空从石头里蹦出来，凡是在文学史上留下名字的作家，都或多或少地既是继承者、创新者，也是一定程度上的集成者，只是看他哪个方面更为突出一些。我这样强行分成三大类，是一种相对且具有模糊性的说法，大家不要死于句下。

那么鲁尔福属于这三大类中的哪一类呢？毫无疑问，鲁尔福属于第一类，也就是开创性的那一类。这一点只要看看他对后辈作家的影响就明白了。

说到鲁尔福对拉美后代作家的影响，我们就不得不提到加西亚·马尔克斯。马尔克斯在中国实在太出名，影响太大了。20世纪80年代以来至今，许多外国作家都曾经在中国文坛风行一时，人人谈论，竞相效仿，比如米兰·昆德拉，比如博尔赫斯，但没有一个外国作家对中国文学的影响超得过马尔克斯。因为马尔克斯，魔幻现实主义这个概念在中国成了一个几乎家喻户晓的名词，马尔克斯就是魔幻现实主义的代名词，二者之间几乎是可以画等号的。那个时代，绝大多数人不知道鲁尔福，包括作家们，更没有多少人知道我们熟知的和我们如是评价的马尔克斯实际上是鲁尔福隐秘的教子。鲁尔福对马尔克斯的影响之深刻，在我个人看来，超过福楼拜之于莫泊桑，也超过卡夫卡之于马尔克斯。那么，提到马尔克斯，我们又不得不提到他的巨著《百年孤独》，不得不提到《百年孤独》那段闻名遐迩的开头："多年之后，面对行刑队，奥雷良诺·布恩迪亚上校将会想起，他父亲带他去见识冰块的那个下午。"这句话的确非常漂亮。一般人回忆，大多数情况下都是从当下回到过去，而马尔克斯却是从一个时间点不明确的"现在"，说到多年之后的一个"未来"，又从未来回到久远之前的"过去"，一句话融过去、现在和将来于一体，形成了一个时间的圆圈。这个著名的开头不知影响了多少中国作家，我们随便举几个例子。莫言的《红高粱》："一九三九年古历八月初九，我父亲这个土匪种十四岁多一点。他跟着后来名满天下的传奇英雄余占鳌司令的队伍去胶平公路伏击日本人的汽车队。奶奶披着夹袄，送他们到村头。"陈忠实的《白鹿原》："白嘉轩后来最引以为豪壮的是一生中娶过七房女人。"余华的《难逃劫数》："直到很久以后，沙子依然能够清晰地回忆起那天上午东山敲开他房门时的情景。东山当初的形象使躺在被窝里的沙子大吃一惊。那是因为沙子透过东山红彤彤的神采看到了一种灰暗的灾难。他隐约看到东山的形象被摧毁后的凄惨。"郭敬明的《幻城》："很多年以后，我站在竖立着一块炼泅石的海岸，面朝大海，面朝我的王国，面朝臣服于我的子民，面朝凡世起伏的喧嚣，面朝天空的霰雪鸟，泪流满面。"这样的例子还非常多，可以说不胜枚举。这种方式，就像围棋和象棋的定式一样，几乎也成了一种写作上的定式，一种作家们的"集体无意识"。我回想我自己的创作，发现这种定式也存在于我的思维习惯里，似乎全不自知。就是马尔克斯自己，也可能太喜欢这种方式了，所以不只在《百年孤独》里用过，还在别的作品里反复使用，比如《纯真的埃伦蒂拉与残忍的祖母》："当那场给埃伦蒂拉终生带来不幸的灾风刮起来的时候，她正在给祖母洗澡。"但很多年都没有人知道，马尔克斯这句著名的开头其实完全出自鲁尔福的中篇小说《佩德罗·巴拉莫》中一段不易觉察的语言："雷德里亚神父很多年后将会回忆起那个夜晚的情景。在那天夜里，硬邦邦的床使他难以入睡，迫使他走出家门。米盖尔·巴拉莫就是在那个夜晚死去的。"

我们不能把这种方式仅仅看成是马尔克斯处理时间的一种技巧，而应该看成是他的时间观或者说是他关于时间的一种哲学。所以实际上这是鲁尔福在观念层面上对马尔克斯的影响。除此之外，还有主题方面的，孤独的主题。孤独这个主题可以说是马尔克斯的标签之一，我想不出来另外一个主题可以概括马尔克斯最重要的那些作品。《百年孤独》出版之后，有记者问为什么要用"孤独"这个词，而且是在书名里。马尔克斯回答说，拉丁美洲之所以如此蒙昧、落后，就是因为缺乏“爱”，而他认为缺乏爱的结果就是孤独。“孤独是爱的反义词”，他说。在马尔克斯的另外一部作品《族长的没落》里，表现的仍然是孤独的主题，一个独裁者的孤独。有人问马尔克斯，写完《族长的没落》后，他还会不会继续写类似的作品，马尔克斯说不会再写了，因为“再也没有比一个独裁者和一群母牛待在一起更孤独的形象了”。《迷宫中的将军》是马尔克斯另外一部重要作品，其中的将军的原型，据说就是“拉丁美洲解放者”玻利瓦尔，在书中这个人物几乎算得上是一个为国事鞠躬尽瘁的人物，属于比较正面的形象，但马尔克斯着力表现的，还是他的孤独，一种筋疲力尽、无人理解的、垂死的孤独。马尔克斯的孤独主题，在我看来，很大程度上仍然源于鲁尔福的作品，尤其是《佩德罗·巴拉莫》。鲁尔福因为自身际遇，所有的作品都流露出浓烈的孤独感和孤儿情结。朋友们如果看完他的短篇小说集《烈火平原》就会发现，虽然是不同的故事，但整本集子里的人物，几乎就生活在同一个部落里，过着几乎同样的生活，而这个部落的名称就是“孤独”。在鲁尔福集大成的作品《佩德罗·巴拉莫》中的主角佩德罗·巴拉莫，更是一个孤独的象征，一个孤独的集大成者，他生活在一个疯狂的、精神上已经彻底死亡的空间里，他试图在其中寻找交流和解脱，但最终却只能在孤独中慢慢腐烂。每次想到《迷宫中的将军》，我都会很自然地联想到《佩德罗·巴拉莫》，他们当然是完全不一样的形象，但他们内心世界的荒凉和孤独却是一致的。有人说《百年孤独》就是《佩德罗·巴拉莫》的另一个版本。这话说得偏激了一些，但并非毫无道理。对于鲁尔福来说，人生注定只有孤独是真实的，任何试图改变这一事实的努力最终都只能是徒劳。可以说，孤独，正是鲁尔福作品永恒的主题。

马尔克斯并不讳言他对鲁尔福的推崇备至。在一篇回忆鲁尔福的文章中，马尔克斯写到他第一次遭遇鲁尔福时的情景，几乎有如“神祇”：“发现胡安·鲁尔福，就像发现弗朗兹·卡夫卡一样，无疑是我记忆中重要的一章……那天晚上，我将《佩德罗·巴拉莫》读了两遍才睡下。自从大约十年前的那个奇妙夜晚，我在波哥大一间阴森的学生公寓里读了卡夫卡的《变形记》后，我再也没有这样激动过。第二天，我读了《烈火平原》，它同样令我震撼……那一年余下的时间，我再也没法读别的作家的作品，因为我觉得他们都不够分量……对于胡安·鲁尔福作品的深入了解，终于使我找到了为继续写我的书而需要寻找的道路……他的作品不过三百页，但他几乎和我们知道的索福克勒斯的作品一样浩瀚，我相信也会一样永恒。”马尔克斯对鲁尔福的《佩德罗·巴拉莫》推崇到什么程度呢？他可以背得下整部的《佩德罗·巴拉莫》，“不出大错”。

我甚至怀疑马尔克斯《霍乱时期的爱情》也是因为受到了《佩德罗·巴拉莫》的启发。在上面提到的那篇怀念鲁尔福的文章里，马尔克斯还提到了另外一件事情：在马尔克斯刚接触到鲁尔福作品不久，他的两个朋友——其中一个也是著名作家卡洛斯·富恩特斯——邀请他参加一项将《佩德罗·巴拉莫》改编成电影的工作。这个过程中，马尔克斯意识到鲁尔福在他所有的作品中，都非常小心地不去留意人物的年纪，那么，当佩德罗·巴拉莫三十年后，终于将苏萨娜·圣胡安接到半月庄的时候，他们分别是多少年纪呢？凭着一种诗意的猜测，马尔克斯认为苏萨娜应该是六十二岁，而佩德罗·巴拉莫应该比苏萨娜大五岁左右，也就是六十七岁。马尔克斯接着写道："其实，如果剧情沿着一段得不到慰藉的黄昏恋的悬崖急转直下，我会觉得这戏剧更加伟大，更加可怕但美丽……可是，这样的诗意和伟大在电影里是无法想象的，在黑暗的电影院里，老年人的爱情感动不了任何人。"既然一对老年人的爱情在电影里感动不了任何人，那么，马尔克斯是不是由此决定把这个想法写成一部名叫《霍乱时期的爱情》的长篇小说呢？看过这部小说的朋友们可以自己去对比一下。

还有一点，我觉得也非常重要，甚至可以说是最重要的，那就是鲁尔福对马尔克斯作品在叙事策略上的影响。"魔幻现实主义"实际上是个非常模糊的概念。作为一种文学流派，它既无组织，也无领袖，更无宣言；它不像跟它有密切关系的超现实主义文学流派，有明确的宣言和纲领，有明确的领袖，也有明确的团队。包括马尔克斯本人，对"魔幻现实主义"这个概念都不太认可。但既然已经是个约定俗成的说法，我们也就将就用吧。前面我们已经谈到过，马尔克斯是公认的魔幻现实主义的集大成者，魔幻现实主义是因为他而传遍世界的，加上又得了诺奖，所以许多研究者会本能地在他的作品里，尤其是《百年孤独》里，去寻找和提炼魔幻现实主义的一些原则性的东西，这些原则在某种程度上定义了什么才是魔幻现实主义，什么不是。其中有一项原则非常重要，但没有专门的术语，我姑且把它称之为“不惊奇原则”，这个原则简单地说就是有三个限制：第一，故事里发生了超现实事件，而作者在描写时并不流露惊奇；第二，故事里的人物在遇到超现实事件时同样不流露惊奇；第三，作者在描写故事里的人物不惊奇的反应时同样也不流露惊奇。这个原则在马尔克斯的作品里比比皆是，而且遵守得极为严格。比如《百年孤独》里，布恩迪亚上校遇到吉卜赛马戏团时，问其中一个人，他的朋友墨尔基阿德斯怎么样了。那个人回答说，他死了。说完，化为一阵青烟。具体细节我记不清楚了，但大致就是这意思。这当然是个超现实的事件，现实生活中不可能发生这样的事。但在描写这个段落时，马尔克斯丝毫没有流露出对这个超现实事件的发生有任何惊奇之感；接下来，他描写听到老朋友的死讯后，布恩迪亚上校很悲伤，慢慢转身走回家，同样对回答者化为青烟这个超自然事件视若无睹，不以为怪；与此同时，马尔克斯也完全不对布恩迪亚上校的这种态度作任何解释。这就是说，无论是马尔克斯本人，还是布恩迪亚上校，他们对一个人化为青烟这个在我们看来不可思议的超现实事件都非常淡漠，就像那只是一件日常生活中的普通事件。理解这个原则，对理解魔幻现实主义非常重要，它表面看起来似乎只是一种叙事策略，是技法层面的东西，但实际上包含着魔幻现实主义作家对整个拉美现实的一种观念。这个观念可以一直追溯到魔幻现实主义的先驱之一卡彭铁尔那里。卡彭铁尔在考察了欧洲当时流行的超现实主义文学和艺术之后，回到拉美，提出了“拉美的神奇现实”这一概念，这一概念实际上就是魔幻现实主义的先声。魔幻现实主义的创作理念，简单来说就是用现代重新审视前现代，从阿斯图里亚斯、卡彭铁尔到鲁尔福再到马尔克斯，莫不如此。卡彭铁尔从欧洲回来后，指出欧洲的超现实主义者们只能从欧洲老掉牙的一些传统比如圆桌骑士、梅林巫师里寻找灵感，或者凭空想象，置不相干的事物为一处，为追求神奇而追求神奇，最后只能得到一些“廉价的神奇”，他说那些超现实主义者们“忘记了神奇现实是现实突变的产物（即奇迹），是对现实的特殊表现，是对丰富的现实进行非凡的、别具匠心的启明，是对现实状态和规模的夸大”。然而，要表现这种现实，在卡彭铁尔看来，需要一种“信仰”，他说：“无神论者是不可能用神的奇迹治病的。不是堂吉诃德，就不会一心一意进入《阿巴迪斯·德·高拉》和《暴君布朗科》的世界；卢蒂约在《贝雪莱斯和西吉斯蒙达历险记》中关于人变成狼的那番话之所以让人信服，是因为塞万提斯时代的人们真的相信有人会患变狼狂症，就像相信有人乘坐女巫的围巾从托斯卡纳飘游到挪威那样……可见，缺乏信仰的神奇不外是一种文学伎俩。”他的这些看法，让我想起陀思妥耶夫斯基在《卡拉马佐夫兄弟》

中的一段话："信仰并非从奇迹中来，相反，是奇迹从信仰中来。"卡彭铁尔的这个观点，简单地说就是，如果你要想书写神奇，就要真正相信它实际上是现实的，只是一种现实的突变，而不是超现实。这也是马尔克斯不太承认他是"魔幻"现实主义作家的原因，他曾说他写下的东西没有什么是"魔幻"的，没有一件事和一句话不是有根有据的，它们都是拉美真正的"现实"。"仅墨西哥这一个国家，就得用浩繁的卷帙来叙述它那令人难以置信的现实。尽管我已经在那里生活了近二十年，但还时常会几小时、几小时地望着盛放跳豆的坛子出神。善于推理的好心人向我解释说，豆子所以会跳舞，是因为巫师在里面放了一条活虫。"

但如何把这样一个抽象的观念具体落实到写作中来呢？我认为从技术层面说就是刚才说到的那种"遇奇事而不惊奇"的策略。马尔克斯非常成功地将这种策略固定成了魔幻现实主义的一种具体的叙事原则。我觉得这个过程的完成太重要了，把一种抽象的观念变成了直观的东西。

但我想说的是，这种策略在鲁尔福的《佩德罗·巴拉莫》中早有应用，而且应用得高度自觉。比如，在《佩德罗·巴拉莫》里，胡安·普雷西亚多受到母亲临终前的嘱托，到科马拉去寻找父亲佩德罗·巴拉莫。文章一开始，就是这个胡安·普雷西亚多，先是遇到了他同父异母的兄弟阿布迪奥，然后后者指引他去找一个叫爱杜薇海丝的女人开的客栈投宿。爱杜薇海丝见到胡安后毫不奇怪，对他说："这么说，您就是她的儿子了？”胡安问：“谁的儿子？”爱杜薇海丝说：“多罗里塔斯啊。”胡安问：“对啊，可您怎么知道的呢？”爱杜薇海丝说：“是她告诉我的，说您今天要来，今天您果真来了。”胡安又问：“她是谁？我母亲吗？”对方回答：“对，是她。”接下来胡安发现房间里什么都没有，不知道怎么睡觉，但爱杜薇海丝说，房间里什么都没有是因为胡安的母亲给她说晚了，“可您母亲是刚才才给我说您要来的消息。”胡安说：“我母亲？她老人家已经死了。”爱杜薇海丝说：“是吗？怪不得她的声音听起来那么微弱呢。那声音好像得传输一段很长的路程才能到达这里。”大家可以体会一下，我引用的这个例子是不是非常贴切地体现了我们刚才说到的“不惊奇原则”，而整本书都是用这样的原则写就的。有兴趣的朋友们可以自己找书来看。

以马尔克斯对鲁尔福的无上推崇，他不可能在研究《佩德罗·巴拉莫》的过程中意识不到这种笔调或者说这种原则。但有意思的是，在谈到这种笔调时，他却说这是从小时候祖母说故事的语气中学到的。当然，这也不是完全不可能。我曾玩笑似的设想过，也许事实是这样的：马尔克斯小时候听祖母说故事，留下了祖母当时语气的印象，后来读到鲁尔福，觉得似曾相识，于是模糊的记忆变成了自觉的意识。

鲁尔福影响的后代作家当然不仅只有马尔克斯，在我看来，至少还有马里奥·巴尔加斯·略萨。略萨发表于20世纪70年代的著名结构主义小说《潘达雷昂上尉与劳军女郎》，其艺术上最大的特点之一，就是通过紧接在一起的对话交代不同人物在不同空间和时间的情节关系，不作其他任何交代和说明，让读者自己靠想象去补充其间的过程。这种手法在最大限度地容纳信息的同时，又最大限度地浓缩了空间。研究者们大都认为略萨的这种手法是对传统叙事方式的一种突破，但这种方式，鲁尔福不是早在略萨的这部作品出版之前近二十年就用过了吗？在《佩德罗·巴拉莫》中，这种方式不只已经应用自如，而且在时间的跨度上远超《潘达雷昂上尉与劳军女郎》。这里我们试举其中一例。《潘达雷昂上尉与劳军女郎》的第一章："你怎么总是愣神，一言不发，潘达？"波奇诺一面把机票放进包里，一面打听机场的入口处，"那儿有几条河，我们可以去洗澡。"这段对话可以看出来，两人正在机场，但紧接着下一句对话，就显示已经换了不同时间和空间，他们已经在飞机上了："真怪，你是怎么了，亲爱的孩子？"雷诺奥尔望着云层、飞机的螺旋桨和下面的树木，"一路上你一声不吭，什么事使你这么发愁？"

下面我们来看一下《佩德罗·巴拉莫》中的对话。

"你在厕所里待这么长时间，在干什么，孩子？"

"没有干什么，妈妈。"

"你在里面再待下去，毒蛇就要出来咬你了。"

"你说得对，妈妈。"

"我在想念你，苏萨娜，也想念那座座绿色的山岭……"

"你的嘴唇十分湿润，好像经过朝露的亲吻。"

"我已经给你说过，快从厕所里出来，孩子。"

"好的，妈妈，我这就出来。"

"我老是想起你，想起你用海水般蓝的眼睛注视着我的情景。"

我引用的这几段对话里，鲁尔福把佩德罗·巴拉莫小时候与母亲在某个时间和地点的对话，以及佩德罗·巴拉莫在某个时间和地点想念苏萨娜时的情景，以一种完全相连并置的方式同时呈现出来。大家有兴趣的话可以把两者拿来相互比较一下，看看是否得出和我一样的结论。

博尔赫斯曾经说："每个作家都创造了他自己的先驱。"也许没有《百年孤独》，没有《潘达雷昂上尉与劳军女郎》，没有《白鹿原》等等，我们就不会注意到鲁尔福"润物无声"的影响。

我个人第一次接触鲁尔福的作品，是买到一本云南人民出版社1993年出版的《胡安·鲁尔福文集》，包括了他的十七个短篇，也就是《烈火平原》和中篇《佩德罗·巴拉莫》，还有以电影脚本方式写的中篇《金鸡》，以及另外的一些残章断篇。我不知道这本集子之前，是不是已经有一些单篇被翻译过来，据我所知，云南人民出版社的这本集子就是鲁尔福最早的中文全译本了。我看了之后，像马尔克斯一样震撼，不同的是，刚才我们已经说到了，马尔克斯通宵不睡，一口气看了两遍《佩德罗·巴拉莫》，第二天又一口气读完了《烈火平原》；而这本集子，我是分成好多天才看完的，因为我觉得其中的每一篇东西，即使是短篇，信息量都太大了，无论是题材层面的信息量还是艺术层面的信息量，读一两篇就会有非常饱胀的感觉，我需要时间来消化。从那个时候起，直到今天，我大约陆续看过三到四遍，常读常新，每一次都不让人失望。我有个观点：向一流的大师取气象，向二流的大师学技巧，向熟悉的生活讨素材，向自己的内心求体验。一流的大师是学不来的，我辈能做的事情只能是体察其气象，力求一点浸染而已。鲁尔福在我心目中，就是一个一流大师。相比鲁尔福，博尔赫斯太知识分子，而马尔克斯太花花公子。每次想到马尔克斯，我总觉得那是一个穿着花衬衫，坐在加勒比海滩上晒太阳的市井小青年，而鲁尔福始终待在他的短篇小说《卢维拉》所描述的那样一个地方："您将会见到卢维拉刮的风。它是暗黑色的，这是因为它夹带着火山灰的缘故。不过，它确实是一股黑风。您很快就会见到的。这风停留在卢维拉，它抓住万物，仿佛要将它们给咬碎一般。风有时还像吹走草帽一样掀走整个的屋顶，只剩下光秃秃的四壁。"顺便说一句，《佩德罗·巴拉莫》中的"巴拉莫"是"不毛之地"的意思，而"科马拉"是"光秃秃"的意思。

从心境上来说，鲁尔福一开始就已经苍老了，马尔克斯和他比起来，从头到尾就是个孩子，一个兴高采烈，永远对五颜六色的玻璃弹子充满新奇的孩子。马尔克斯和鲁尔福都才气迫人，但他们的才气是完全不同的性质，马尔克斯的才气像烟花，鲁尔福的才气像黑铁。鲁尔福如果愿意，他也可以打磨使黑铁发光，但我想他宁愿保留黑铁的质感，因为那样更为沉重，也更为粗粝。

如果说鲁尔福作品的外在表现是“孤独”，那么他的内在核心就是“绝望”。鲁尔福是我阅读过的最绝望的作家。有研究者认为《佩德罗·巴拉莫》是“在地狱中执著地寻找天堂”，这个结论我完全不同意，书中的胡安·普雷西亚多的确是到科马拉来寻找他母亲记忆中的“天堂”的，但事实证明他最终找到的只是“地狱”。在鲁尔福全部作品的笔调里——我还是相信笔调透露出来的东西——你是感觉不到一丝一毫这样“积极”的情绪的。关于绝望，很多作家都表现过，但作家本人未必绝望，而鲁尔福是他这个人本身就绝望；这种绝望不是心理上或者情绪上的，而是哲学上的，一种比心理和情绪更为本质的绝望，所以这种绝望无药可救。

谢谢大家。

2018.4.28

我给你一个久久地望着孤月的人的悲哀

——我读博尔赫斯的诗歌

■李寂荡

精读堂十二期
李寂荡 | 我给你一个久久
地望着孤月的人的悲哀
——我读博尔赫斯的诗歌
2018年4月28日20:00
千翻与作书店
豪尔赫·路易斯·博尔赫斯
阿根廷诗人、小说家、散文家兼翻译家，被誉为作家中的考古学家。
李寂荡，生于1970年，贵州福泉人。现为贵州省作协副主席，《山花》杂志社长、主编，贵州省期刊协会副会长，贵州民大客座教授，多次任贵州省文艺奖评委。发表有翻译、诗歌、小说、评论、散文等作品，诗作入选多种选本。出版诗集《直了集》。获得贵州省青年作家突出贡献奖，百花文学奖-编辑奖等。主编有《新世纪贵州十二诗人诗选》《寻找写作的方向》等。

李寂荡

生于1970年，贵州福泉人。曾就读于长春师范学院历史系和西南师范大学中国现当代文学专业。1999年，获文学硕士学位。曾参与高校教材《20世纪中国文学作品选读》（上下卷，西南师范大学出版社出版）编写工作；曾担任《中国歌谣集成·贵州卷》副主编。现为贵州省作协副主席，《山花》杂志社社长、主编，贵州省期刊协会副会长，贵州民族大学客座教授，多次任贵州省文艺奖评委。发表有翻译、诗歌、小说、评论、散文等作品，诗作入选多种选本。出版诗集《直了集》。获贵州省青年作家突出贡献奖，百花文学奖-编辑奖等。主编有《新世纪贵州十二诗人诗选》《寻找写作的方向》等。

感谢大家从城市交叉又拥挤的各个角落来到这里。我非常忐忑，也很担心你们带着很高的期望过来，最后带着失望而归。现在我开始和大家交流，尽努力减少大家可能到来的失望吧。

“精读堂”做了有一年多，戴冰院长很早就和我说，让我来做一次交流发言。“精读堂”第一位主讲嘉宾是我们作协主席、作家、编剧欧阳黔森先生。戴院长请我接着做第二次讲座，开始我答应了，我爽快答应的原因是，我手头有已完成的稿件，和“精读堂”的要求很吻合。我读研时学校开设有“经典重读”这样的课程，记得当时我们重读了萧红的《呼兰河传》、张爱玲的《爱》、沈从文的《边城》等等，我写了一篇分析《边城》的文章，有一万字。戴院长说，讲座是要交文章的，我觉得是现成的，后来我翻箱倒柜地找，怎么也找不到这篇文章了。读书期间，有大量的时间来查阅资料，引经据典，可以说是非常细心的解读，而且融入了自己的很多感受。我还记得，当时我们谈张爱玲的作品《爱》，很短，几百字的一篇作品，但在很多辑录的作品集中，都是把它当作散文来看待的。通过我们的分析，觉得它具备小说的各种元素，所以把它破例地划归到小说这个范畴。大家有可能都熟悉它著名的句子：“于千万年之中，时间的无涯的荒野里，没有早一步，也没有晚一步，刚巧赶上了。”在很小的篇幅，容纳了人间无尽的欢喜与悲凉。我们中国的传统小说，“有情人终成眷属”，但在张爱玲这个作品中，有情人成不了眷属，它具备了小说的一种“现代性”。

“精读堂”的开办，是一个非常好的策划和实践。因为作品，尤其是经典作品，一定要进行细读，在细读的过程中会生发出不同的感受和意义。我们说“一千个读者有一千个哈姆雷特”，今天我要谈的是博尔赫斯，因此也可以说，一千个读者有一千个博尔赫斯。这实际上就是阅读接受的差异性。但我觉得，尽管千差万别，一千个读者有一千个哈姆雷特，但他仍然是哈姆雷特，他不会是《金瓶梅》里的西门庆，也不会是《红楼梦》里的贾宝玉，这也是我们在阅读过程中能够达成共识的缘由，并能够以此作为交流的基础，当然，这也是必要的、必须有的基础。

我今天特别惶惑地谈论世界级的大作家——博尔赫斯。博尔赫斯是“作家中的作家”，他对世界很多作家的写作有巨大影响，包括很多欧美作家，还有我们国家的格非、马原、残雪、孙甘露、余华等，包括今天在座的戴冰院长——他的小说受博尔赫斯的影响也是非常大的，同时他也是博尔赫斯研究的专家。博尔赫斯对中国作家的影响，在小说上更大一些，所以在中国，对博尔赫斯的研究，主要在小说范畴。而诗歌范畴，他的影响相对要小一些，但不等于他对我们诗歌的写作没有影响，戈麦、柏桦、孙文波、西川等诗人均受过他的影响。

为什么我要选择博尔赫斯的诗歌来和大家做交流呢？古今中外的诗歌大师是很多的，他们的作品我也读了很多，能背诵的也不少，但在我记忆深处，博尔赫斯给我的感受是特别的，他的诗歌是能够经得住我反复阅读的。当我选择他作为我讲座的对象的时候，我也感到有点困惑，因为他的诗歌比较晦涩，他会给我的阐释和解析带来难度。虽然如此，我还是想迎难而上。在来之前，我写了一个简短的开场白，我念一下吧：

今天我的讲座注定是充满破绽与漏洞的，这些破绽与漏洞也必然成为我一生中所有破绽与漏洞的组成部分。尽管如此，我还是来了。因为来与不来，我的生活总会免不了出现这样或那样的破绽与漏洞，与其在其他地方出现，不如在这里出现。大家可通过这个充满破绽与漏洞的讲座窥探到博尔赫斯诗歌的一些秘密，生命的秘密。这生命，自然包括我的在内。世界是一个谜，万物都是谜，博尔赫斯也是谜，他说，“满天的繁星是上帝神秘的书写”，我觉得他的书写，也是一种神秘的书写。

我读博尔赫斯的诗歌，以前基本上是一种很感性的印象，觉得自己能够回味的地方很多，不像一些诗歌，读过一遍也就不想再去读了。那么今天，我将重点以他的几首作品来解读，来体验他诗歌的内涵，他为了表现这种内涵所采用的艺术手法，他对中国当代诗歌写作的影响，以及这种影响下的写作的某种局限性或值得反思的地方。

孟子提出两种批评的方式：一种是“知人论世”，通过对某个人所处的时代，以及其经历、外围环境的分析而理解作家作品，这类方法归为“知人论世”；另一种是“以意逆志”，可以说是“以己之心度君子之腹”“将心比心”，这里的“君子”，我想可以指作家。今天我更多是以我自己的体验来解读他的诗歌，准确地说是感受他的诗歌。苏珊·桑塔格说，我们是反对阐释的，我们对文学艺术理解的出发点，对它的理解，不是来自分析，不是来自阐释，而是来自直接的感受。过度地阐释，我认为是对文本的一种破坏和侵略。它就像一个鲜活的生命，放在身边，然后你用不同的手术刀对其解剖，解剖的结果自然是惨不忍睹，这当然背离了我们阅读作品的初衷。所以我更倾向于以自己的体验来理解文学艺术。不管这个作品是出自我国的战国时期，还是国外的拉丁美洲，它终究是人类的作品。人之为人，我们的许多感受都是共通的，无论是在农耕时代还是工业时代，文学无非是对共性的差异性表达。

诗歌的写作，一般有一个倾向，或说主题。不管是中国的诗歌，还是国外的诗歌，主题都是有共性的，只不过是用了一种差异性的表达。从《诗经》那个时代到现在，我们作为“诗国”，诗歌浩如烟海，但中国的诗歌，我隐约地感觉到，有高度的同质性和复制性，是容易概括的。

人生无常，人生苦短，人生如梦，我觉得这三点，几乎可以概括中国相当部分的诗歌。今天看到的人，明天不一定看到；现在好好的人，明天不一定还好：这就是无常。譬如，“人面不知何处去，桃花依旧笑春风”（崔护《题都城南庄》），“有生必有死，早终非命促。昨暮同为人，今旦在鬼录”（陶渊明《拟挽歌辞》）。人生苦短，生命短促，生命在浩渺的时间长河中转瞬即逝，李白说“朝如青丝暮成雪”，曹操写“对酒当歌，人生几何！譬如朝露，去日苦多”。苏轼写“世事一场大梦，人生几度秋凉”，说的是人生如梦。这三句话大概能概括中国相当部分的诗歌主题。

在中国诗歌的表达方式上，我觉得有两句话能概括，“托物言志”“借物抒情”，诗歌表达的思想感情，几乎是靠自然景物来实现的。翻开中国的古代诗歌，几乎每首都有自然景物。因为在农耕时代，人与自然的关系是很紧密的。你看到火车穿过李白的诗歌吗？没有。高楼大厦遍布于杜甫的诗歌吗？没有。因为那时候没有这些事物。所有自然景物，出现频率最高的是什么？“风花雪月”。中国的诗歌，把包含有“风花雪月”的去除，留下的就没几首。反反复复地，几千年都在说“风花雪月”，但不同诗人笔下的“风花雪月”千差万别。同样在唐朝，关系紧密的杜甫和李白，他们的“风花雪月”也有巨大的不一样。杜甫多辗转于战乱时期，他的诗歌，他的“风花雪月”，有悲伤沉郁的色彩。李白诗歌中的“风花雪月”更多是飘逸的状态，潇洒快乐的形态。世界万物，在诗人笔下，都打下诗人的情感烙印。“风花雪月”是最具诗性、最具审美性的事物，人总是自然之子，即使在工业化、城镇化的今天，我们仍然会用到“风花雪月”，只是，要写出与其他诗人不同的“风花雪月”。诗歌写作，从某种意义上讲，就是与“风花雪月”做斗争。

博尔赫斯面孔的表情，多是迷茫的、孤寂的，这也是他诗歌的基本表情。博尔赫斯的诗歌有一些原型意象，譬如，老虎、匕首、黄金、玫瑰、镜子、月亮、迷宫、梦、河流等等。原型意象具有自我复制、自我繁殖的特点——被自己的写作复制繁殖，被众多诗人的写作复制繁殖。

博尔赫斯是反对线性时间观念的，对时间的线性无限延展感到恐惧。他所认为的时间是一种“循环时间”，轮回的时间、分岔的时间都是圆形的时间，记忆与现实界限模糊。他说：“时间是一条令我沉迷的河流，但我就是河流。”时间流逝如河流，我们大多如此理解时间，人在“河岸”上，时间的河流外在于自我的存在，如“子在川上曰，逝者如斯夫”。但对博尔赫斯而言，一方面，时间会流动，但时间是循环的；另一方面，自己与时间合二为一，就是时间本身，过去的尚未过去，未来的却已到来。他觉得时间就是迷宫，这种时间观和他信仰神秘主义哲学与宗教有关系。因为我们没有这种信仰，所以理解起来有一定的难度。他认为人是有前世的，或者按某种宗教的说法，神仙是在天堂，而人则是落在人间的带着神性因子的存在。有的事情，在现实中是无法论证的，所以，按我们现在一般情况下的观念，很难理解：人死了也就死了，又怎么会存在呢？那是你的“认为”。博尔赫斯认为我们还有前世的记忆，甚至天堂的记忆。读他的诗歌，我们不能按我们所受的教育思维来理解，因为我们接受的是唯物主义教育，我们的认知里，没有神的存在。我们注重的是今生今世，生命结束，一切也就结束了。但在有神论者的眼里，今生之前还有前世，今生之后还有来世。当然了，在此我不是宣扬有神论，只是提供进入博尔赫斯诗歌的一种解读方式。在博尔赫斯这里，迷宫不仅是时间，它是梦，是人生，是现实，是命运。

雨

突然间黄昏变得明亮
因为此刻正有细雨在落下。
或曾经落下。下雨
无疑是在过去发生的一件事。

谁听见雨落下，谁就回想起
那个时候，幸福的命运向他呈现了
一朵叫作玫瑰的花

和它奇妙的，鲜红的色彩。
这蒙住了窗玻璃的细雨
必将在被遗弃的郊外
在某个不复存在的庭院里洗亮

架上的黑葡萄。潮湿的暮色
带给我一个声音，我渴望的声音，
我的父亲回来了，他没有死去。

（陈东飙、陈子弘译）

这首《雨》，营造出黄昏雨天晦暗的氛围。这雨是景物，同时又是某种记忆，可能是爱情的记忆；这细雨将庭院洗亮，而那庭院是不复存在的，是曾经的庭院；这细雨在落下，是关于曾经细雨天的回忆的到来，而下雨发生在过去，暮色中，“父亲回来了”，这是他的渴望。这首诗有一种梦幻般的气质，写景物，“似是而非、似非而是”，呈现出的是已逝去的美好回忆与对逝去的父亲回来的渴望。这首诗里，过去和现在是交融在一起的。

“迷宫”意象在博尔赫斯晚期的诗歌中频频出现。“迷宫”是对人的囚禁，带给人强烈的孤独感和无奈感。置身于梦魇一般的迷宫，你想找出路，仿佛有，但找不到。你绝望时又给你希望。它就是一种折磨，这种折磨在博尔赫斯看来，就是命运。所以他不渴望不朽。“迷宫”是对罪孽的一种宽容，也是一种暧昧的惩罚。它是通往死亡的道路，但在道路尽头，又生出新的希望。

博尔赫斯接受采访，在谈到迷宫这个话题时，他说：“我把它们看作是一些基本的符号、基本的象征。并不是我选择了它们，我只是接受了它们。我惯于使用它们是因为我发现，它们是我思想状态的正确象征。我总是感到迷惑，感到茫然，所以迷宫是正确的象征。至少对我来讲，它们不是文学手法或圈套……它们是我命运的一部分，是我感受和生活的方式。并不是我选择了它们。”另一次采访，他同样说：“这就是我领悟生活的方式，一种持续的迷惑，不断分叉的迷宫。”

迷 宫

宙斯也解不开那包围了我的
石头网罗。我已经遗忘
曾经就是我自己的人们；我循着
单调墙垣间可憎的道路而行
它就是我的命运。笔直的长廊
在弯曲，在岁月的尽头弯成
秘密的圆环。胸墙
已被日子的高利贷撕裂。
在黯淡的灰尘中我辨出了

我所害怕的足迹。空气
在凹面的黄昏带给我一声叫喊
或一声叫喊的悲凉的回声。
我知道阴影里还有一位，他的命运
是磨尽那些编织又拆散了
这座地狱的漫长寂寞，
是渴望我的血，吞噬我的死。
我们俩互相寻找着。但愿今天
是这场期待的最后一日。

（陈东飙、陈子弘译）

这首《迷宫》直接写的就是迷宫，这迷宫就是诗人对命运的体认：石头的网罗，是解不开的；道路是笔直的，却被弯成圆环，圆环是没出口的；这里有地狱般漫长的寂寞，“渴望我的血，吞噬我的死”，这无疑是一场折磨，他希望这折磨早点终结。

另外，博尔赫斯的诗歌主题也多关涉“死亡”。他的不少诗歌写到“死亡”。“死亡”犹如一面镜子，映照出生的悲凉。博尔赫斯在《布宜诺斯艾利斯之死》中写道：“死亡是活过的生命，生命是临近的死亡。”

讲座海报的标题是“我给你一个久久地望着孤月的人的悲哀”——这是今天讲座的题目，这句话是来自于博尔赫斯的诗歌，来自于他的一首著名诗歌《我用什么才能留住你》，接下来我们一起进入这首诗歌，首先我朗读一遍。

我用什么才能留住你

我给你瘦落的街道、绝望的落日、荒郊的月亮。

我给你一个久久地望着孤月的人的悲哀。

我给你我已死去的祖辈，后人们用大理石祭奠的先魂：我父亲的父亲，阵亡于布宜诺斯艾利斯的边境，两颗子弹射穿了他的胸膛，死的时候蓄着胡子，尸体被士兵们用牛皮裹起；我母亲的祖父——那年才二十四岁——在秘鲁率领三百人冲锋，如今都成了消失的马背上的亡魂。

我给你我的书中所能蕴含的一切悟力，以及我生活中所能有的男子气概和幽默。

我给你一个从未有过信仰的人的忠诚。

我给你我设法保全的我自己的核心——不营字造句，不和梦交易，不被时间、欢乐和逆境触动的核心。

我给你早在你出生前多年的一个傍晚看到的一朵黄玫瑰的记忆。

我给你关于你生命的诠释，关于你自己的理论，你的真实而惊人的存在。

我给你我的寂寞、我的黑暗、我心的饥渴；我试图用困惑、危险、失败来打动你。

这是王永年翻译的版本。是博尔赫斯直接用英文写的两首诗之一。这首诗读起来很美，充满激情，像审美化的一篇铮铮誓言。这首诗歌具体写给哪一个人呢？可能是他的女友，或希望成为他女友的人，且比他小很多……但肯定是一个和他亲密的人，一个他能够诉诸肺腑之言的人。这首诗写出了一种深情的、濒于绝望的渴望。为了打动对方，诗人“我”可谓使出了浑身解数，倾其所有。其所有，不是世俗物质的，而是精神的：祖先的荣耀，自己所有的男子气概和幽默，内心的寂寞、黑暗，多年前看到的一朵黄玫瑰的记忆；带有凄凉色彩的事物，比如瘦落的街道，绝望的落日，荒郊的月亮，其实这些都是他内心美而悲的影像，他是想以自己美丽的悲伤来打动对方，以自己楚楚动人的内心世界留住对方。

有时候我们看到落日都是无动于衷的，就比如，现在月亮与我们的联系，现在我们能够看到月亮多不容易，而古代，没有高楼大厦，房屋低小，那时候的人们日出而作日落而息，与自然与日月的关系是较为密切的。如果问你，现在的月亮是什么样的，月圆还是月缺？我们可能很难说出来。所以说，现在的月亮，对于我们而言，是疏离的。现在提到“落日”，无非就是我们下班的时辰。可是，“落日”有时可能是“绝望”的。举一个我的感受为例，我曾经在某个偏远的乡村待过，一到夏天，就会有蛇出没在我屋前的石缝里，睡前我都会掀开被子，看看有没有蛇躺在里面。有个夏天，我打死了三条蛇。那个地方，有点荒凉，周边没有人，整天没人和我说一句话，那时候的感觉，真叫绝望。那时候看到的落日，也就是“绝望的落日”。如果你是和一个男友，或者女友约会，“人约黄昏后”，那时的落日，就是黄金般的落日，你会希望太阳快一些落下山，好约会。对同一事物的感受，因人而异，因时而变。

博尔赫斯的诗歌是长句与短句交错，长句节奏慢，短句节奏快，在反复的这种节奏中，形成了一种纵深感，同时有着缠绵与曲折的状态。我们的汉语表达是比较直接的，没有西方的语法那么复杂，他们有定语从句、状语从句，从句里还有从句，修饰中还有修饰。此外，还有叙述与抒情交融。“我给你瘦落的街道、绝望的落日”，这是直接抒情；后来说到“父亲的父亲”“母亲的祖父”，又变成了叙述。他把叙述与抒情交融在一起。当然了，他的长短句，也不是他独有。在中国，宋词就是长短句，宋词实际上就是对过去格律诗的束缚的一种解放。我给大家背诵两首李清照的《如梦令》：

常记溪亭日暮，沉醉不知归路。兴尽晚回舟，误入藕花深处。争渡，争渡，惊起一滩鸥鹭。（《如梦令·常记溪亭日暮》）

昨夜雨疏风骤，浓睡不消残酒。试问卷帘人，却道海棠依旧。知否？知否？应是绿肥红瘦。（《如梦令·昨夜雨疏风骤》）

宋词，以错落的句式来表达情感与节奏的变化。所以，通过中西诗歌的比较，就会发现一些共性。博尔赫斯的诗歌，在含蓄与婉转的表达中，在曲折与隐晦之际，突然变成直抒胸臆，曲折显得更曲折，在曲折的呵护下，直白也就显得不那么直白了。有的诗中，他将日常现实性的书写与典故、寓言、神话、传说、梦幻并置，亦近亦远，亦真亦幻。还有我们从他诗歌的局部看，他的“描画”是很准确、很清晰的，但从整体来看，又变得模糊多了。这种模糊就像他强调的，我们的存在就像梦境一样。

不只刚讲到的这首诗，其实，他的许多诗里边，往往都有着叙述和抒情的交融。有的片段是直接抒情，有的片段是叙事。从他的时代到现在，国外的，国内的，叙事都变得普遍起来。国外的诗歌，很多都是典型的叙事。现在，我们来看一下另外两位诗人典型的叙事，几乎没有抒情。

我首先说的是爱尔兰诗人谢默斯·希尼，他的作品主要是靠叙述来完成的，他的《挖掘》就是代表作，而这里，我要读的是他的《期中假期》：

整个上午我都坐在学校的医院里
下课的铃铛不断发出丧钟般的声音。
下午两点，邻居开车接我回家。

在门廊里我看到父亲在哭泣
在以往所有的丧礼中他都能应付自如

吉米大叔说这次真是一个沉重的打击。

我进门时，婴儿在笑着牙牙学语
晃动童年，让我不好意思的是
大人们都站起来和我握手

还对我说他们“很同情我的遭遇”。
人们耳语着告诉陌生客人我是长子，
长期住校，妈妈将我的手

握在她的手中，咳出哀怨不已无泪的叹息。
十点整救护车拉来了
尸体，浑身已被护士清洗干净缠满绷带。

第二天早上我到楼上停尸的房间，鲜花
和蜡烛抚慰地放在床边；这是六个星期来
我第一次看到弟弟。现在他更加苍白。

左边太阳穴上留着暗红的伤痕，
躺在一个四英尺长的小盒子里就像睡在床上。
没有多彩的伤疤，汽车干净利落地将他撞飞。

四英尺的盒子，一英尺代表他一年的寿命。

我们一读就明白，这是诗人在悼念四岁时被汽车撞死的弟弟。这是一件悲哀的重大的事件，但是希尼却用了一种平静的语调来叙述。巨大的悲恸、惊愕、恐惧、无奈全隐藏在平静的语调中，强烈的被抑制的情感与平静的语调之间形成了巨大张力，让你感到其悲恸比直说来得更强烈。同时，让你深深感到了生命的脆弱、卑微，人生的无常。他和博尔赫斯的区别也就在这里，这首诗歌全部是叙述，他的叙事策略就是把所有情感或者思考用冷静的语调、细致的描绘来表达。我们再来看看像博尔赫斯一样，既是小说家又是诗人的卡佛的一首叫《希望》的诗歌：

希 望

她给了我车子和两百
美元。说，再见，亲爱的。
保重，听见了吗？二十年的婚姻
就这么多。
她知道，或者她以为知道，
我一两天内
就会把钱花光，最终
会毁掉这辆车——它在
我的名下，而且无论如何需要维修了。
我驾车离开时，她和她的男朋友

正在换前门的锁。
他们挥手。
我也朝他们挥手，让他们知道
我没少惦记他们。
然后朝着州界线
飞驰。我确实不顾一切。
她这样想是对的。
我和那些潦倒的家伙们一起鬼混，
成了好朋友。
但我挨过来了。往前
走了很远，没有停留。
将那些潦倒的家伙，我的朋友们，甩到了后头。
然而，当我再一次
在那座房子前露面
几个月，或几年后，开着
另一辆车，她在门口
看见我，她哭了。
不再酗酒。穿着干净的衬衫，
长裤，和靴子。她最后希望
破灭了。
她再没有什么
可以希望。

这首诗歌也很好，叙说一对结婚二十年的夫妻离婚了，万千感慨，但整首诗全在平静的氛围中完成叙事，有所揶揄。题目虽叫希望，但写的却是失望，写出了人情凉薄。而博尔赫斯的诗歌不是这样，他有叙述，但也有直接的抒情。

博尔赫斯在演讲《隐喻》中列举了几种经典的比喻："眼睛与星星，女人与花朵，时间与河流，生命与梦，死亡与睡眠，火与战火。"他说："比喻可以激发我们的想象……我们或许也可以从中得到启发，进而发明出不属于既定模式，或是还不属于既定模式的比喻呢！"比喻是需要发明的，但比喻不可牵强，要准确，而且不要陈旧。而在众多比喻中，花朵与女人，就是常见的，比如李白的"山花如绣颊，江火似流萤"，山花盛开时，就像少女的脸庞一样。说到咱们的"山花"，李白又有诗写道："两人对酌山花开，一杯一杯复一杯。我醉欲眠卿且去，明朝有意抱琴来。"还譬如白居易写的"芙蓉如面柳如眉，对此如何不泪垂"。以睡眠比喻死亡的，如孔融《临终诗》写的，"生存多所虑，长寝万事毕"，曹植的《髑髅说》写的"偃然长寝，乐莫是逾"；以流水比喻时间的，如白居易写的"流水光阴急，浮云富贵迟"；杜甫的"烽火连三月，家书抵万金"，烽火即是战火。在"比喻"上，东西方很多时候是共通的。诗歌不一定要通过比喻来完成，但运用比喻却一定要有所创造，就像韩愈说的"惟陈言之务去"。

博尔赫斯在《达喀尔》中写道："大海是一腔仇恨。"在《维拉·奥图萨尔的落日》中写道："街道是天空中一道崩裂的伤口。”这些比喻都属于他个人的“发明”，如在《蒙得维的亚》一诗中有这样的句子：

我滑下你的暮色如同厌倦滑落一道斜坡的虔诚，
年轻的夜晚像你屋顶上的一片翅膀。

“年轻的夜晚”就是隐喻的创造。把“夜晚”比作“翅膀”，这在其他诗歌中肯定是没有的。我们都可以这样比喻，把女人比作花朵，但是你一定要有所区别。虽然很难排除这个惯性，但在惯性的前提下要有所差异。他这里，把夜晚比作翅膀，这不是一点变化，完全就是创新了。我们说，诗歌是把抽象的东西具象化，比如“问君能有几多愁，恰似一江春水向东流”，“离恨恰如春草，更行更远还生”，而博尔赫斯在这里，却将具象的东西抽象化。这是他的创新。“暮色”是具体的，他将其比喻成“厌倦的情绪”，他在比喻的过程中，还具有高度的浓缩性。他写一个士兵的死亡，写得非常冷静，刻画得相当仔细：

李的一名士兵（1862）

一颗子弹在河边追上了他，
这条清澈的河流，名字
无人知晓。他扑倒。（这个故事

是真的，这个人是许多人。）

黄金的空气激荡着松树林里

懒散的针叶。那只耐心的

蚂蚁攀上漠然的脸。

旭日东升。许多事情已经改变

还将无穷无尽地改变下去

直到某个将来的日子，我要歌唱你

歌唱无人哭泣的，失败的你，

你倒下，如一个死人倒下。

没有一块大理石守卫你的记忆；

六尺黄土是你黑暗的光荣。

（陈东飙、陈子弘译）

这首诗写了一个士兵的牺牲，生命的鲜活变成了一个物的静止，显出了生命的渺小，牺牲的无意义感——一个生命消失，而世界仍然如初。“黄土是你黑暗的光荣”，用“黑暗”来形容“光荣”，这种抽象对抽象，用形容词来形容由形容词转换来的名词，是比较少见的。

博尔赫斯说：“所有文学归根结底，都是自传性的。”我觉得，作家写作大概分为两种类型，一种是自传型的写作，一种是虚构型的、想象型的写作。而博尔赫斯的小说无疑是典型的虚构性写作，他是想象型作家。他写的小说都不是他的生活，但他的诗歌是他的生活。他整体上的创作是想象性的，虚构性的。我想到中国作家郁达夫，博尔赫斯的话用在他身上可以说非常贴切，他的小说可以说就是他的自叙传，很多都是他的亲身经历。我们甚至可以这么理解，一个作家不管他怎么虚构，最终体现的还是作家自己的心灵世界。就像我们去写一个历史人物，杨贵妃或是李隆基，他们身处的时代非常遥远，关于他们我们知道些什么呢？我们仅仅知道历史典籍里记载的一点点痕迹，而这些痕迹也不一定真实，所以，笔下的人物，融入进去的实际上是作家的灵魂。虚构也罢，写实也罢，最终也都是作家内心的反映，就像博尔赫斯的“梦”。博尔赫斯认为，“一个作家就是一个不断做梦的人”。梦在一定程度上，也是现实的一种，是现实的某种反映和反应，而现实未尝也不是梦？“要觉察到清醒是另一场梦。”（《诗艺》）唯一的区别是，我们今天做过的梦，明天不会继续呈现。对于博尔赫斯来说，他的梦更多是噩梦，他的噩梦可能太多了，人生如迷宫，迷宫近乎噩梦。博尔赫斯最喜欢的比喻是“岁月如水，人生如梦”，岁月带来的是侮辱，他将这侮辱转化为艺术：“要把岁月的侮辱改造成／一曲音乐，一声细雨和一个象征”。所以，文学，它就像是梦境的一种呈现，一种纷繁复杂的状态，看起来是光怪陆离的，是夸张的，是变形的，但它却是我们的情感以及记忆的一种真实的呈现，从这个意义来讲，作家的作品都是他们的自传，心灵的自传。从另一个角度讲，梦境的不同，也即是我们生活的不同。即便我们生活在同一个城市、同一个时空，心境却是千差万别的。所以我们文学的表达，可以说是“同床异梦”的表达。

接下来我说一下博尔赫斯的诗歌对当下中国诗歌写作的影响。前面说过，他对戈麦、柏桦、孙文波的影响，比如西川那种“冥想的气息”和“梦幻的气息”。至于影响的结果，或者说实践的结果怎样呢？后来，这类写作中，很多人都掉头了。于坚说，写作要拒绝隐喻。他的理由很简单，因为他觉得隐喻陈陈相因。玫瑰代表爱情，不管梅兰竹菊，都有固定的文化指向，如果你提到这些事物，它们就会陈旧地呈现在你面前，而我们的写作就是要反对陈陈相因。于坚的方式就是去掉隐喻，通过口语，纯叙事来表达感受，如对生命的体验。包括韩东，他们知道我们的诗歌有着高度的隐喻，且大多陈陈相因，同质化的趋势愈来愈明显，所以他们的诗歌主张是一种革命性的。但我觉得，诗歌的写作是多样化的，可使用隐喻，也可以不使用。若使用隐喻，关键在于怎么使用。

前几天，我和于坚在四川美院见面，《山花》作为第二届“山花·虎溪诗会”的主办方之一，授予他“诗人奖”。他的“拒绝隐喻”让我想起俄罗斯的“形式主义”“陌生化”，去除隐喻，让石头成为石头。玫瑰有很多文化色彩赋予其上，去除隐喻就是让玫瑰仅作为植物本身呈现在我们面前。就像女人化妆，浓妆艳抹，脂粉过厚，也就遮住了她的本来面目。但是将她的口红去掉，胭脂去掉，在她展现本来面目的同时，我们可能要重新给她施以颜色，给她做新的化妆了。

语言最早的形态是口语，而不是书面语。有人就有人的语言，但最早的语言都是口语，因为还没有出现文字书写。《诗经》中的“风”是来自民间歌谣的整理，有些可以说是最早的口语诗。其实，口语与书面语并不是泾渭分明的，书面语多是来自口语，书面语有时又可以转化为口语。口语具有生动性、在场感、生活气和表现力；书面语稳重端庄，但往往缺乏生气。在当下中国，在严苛的应试教育中成长起来的人，即便口头使用的语言，很多也书面化了，文绉绉的。

在中国，不少作家学习博尔赫斯，学他的玄学、冥想，往往难以为继。这是因为我们的作家诗人与他的差异：博尔赫斯的内心世界长期处于一种孤寂的状态，尤其是失明之后，他更是处于一种幻想状态、冥想状态与梦想状态。他信仰神秘主义的宗教与哲学，命运如迷宫的悲苦的生命体认，生命观、时间观与中国作家迥异。中国作家骨子里多是无神论者，唯物主义者，所以对他的学习往往是技术上的学习，有的作品中呈现出的玄幻气质只是貌似而已。因为我们的作家从根本上讲，是极为清醒与现实的，骨子里都是现实主义的。当然，对博尔赫斯的学习，于学习者及中国的写作都还是很有助益的。所以，早期创作中有玄学、冥想倾向的作家诗人，后来几乎都转向了现实主义的写作或口语化、面向当下生活的写作。

对博尔赫斯诗歌的学习，也带来了故弄玄虚，不及物，梦呓似的结果。有句话说，哪里有压迫，哪里就有反抗。这不一定是政治的压迫和政治的反抗，有可能来自于美学的压迫和美学的反抗，诗学的压迫和诗学的反抗。

从“西”说到“东”，从“东”说到“西”——博尔赫斯是一个伟大的存在，我们对他的了解还远远不够，至少对今晚上的我来说，也只是站在他的门槛边的絮叨。

2018.5.26

走近经典作品的心路历程

——关于若泽·萨拉马戈和他的《修道院纪事》

■武 歆

精读堂第十三期
走近经典作品的心路历程
关于若泽·萨拉马戈和他的《修道院纪事》
地点：千翻与作书店活动区
时间：2018年5月26日 15:00
主讲：武歆
1983年开始发表作品。
天津作协副主席、文学院院长。
著有长篇小说《陕北红事》、《密语者》、《树雨》、《延安爱情》、《重庆爱情》等9部，中短篇小说集《诺言》，散文集《习惯尘嚣》。在《当代》、《人民文学》、《中国作家》、《上海文学》、《青年文学》、《北京文学》、《大家》、《山花》、《江南》等发表中短篇小说近百篇。被《小说月报》、《小说选刊》、《新华文摘》、《名作欣赏》、《中篇小说选刊》、《中华文学选刊》、《作品与争鸣》等转载，并入选多种年度文学选本。同时还有大量散文、随笔、评论、读书笔记等发表。
若泽·萨拉马戈（1922－2010）
葡萄牙作家，1998年诺贝尔文学奖获得者，作品为《盲目》。萨拉马戈是葡萄牙历史上最伟大的作家，也是第一位获诺贝尔文学奖的葡萄牙语作家。代表作小说《罪恶的土地》、《里斯本围困史》。
修道院紀事
Memorial do Convento

武　歆

1962年出生于天津。1983年开始发表作品。天津作协副主席、文学院院长。著有长篇小说《陕北红事》《密语者》《树雨》《延安爱情》《重庆爱情》等九部，中短篇小说集《诺言》，散文集《习惯尘嚣》。在《当代》《人民文学》《中国作家》《上海文学》《青年文学》《北京文学》《人家》《山花》《江南》等发表中短篇小说近百篇。其作品被《小说月报》《小说选刊》《新华文摘》《名作欣赏》《中篇小说选刊》《中华文学选刊》《作品与争鸣》等转载，并入选多种年度文学选本。同时还有大量散文、随笔、评论、读书笔记等发表。

一

来过贵州很多次，开会，采风。但这次不同，谈读书。按照“精读堂”的要求，不是浅谈，是要深谈。我想这是一次有难度的谈话，但我还是要感谢贵州文学院“精读堂”，还有这项活动的具体组织者——贵州文学院戴冰院长的邀请，让我有机会与贵州的作家和读者，在这个纷繁复杂、脚步匆匆的当下，静下心来畅谈读书心得，无论从哪个方面来讲，这都是一件非常有益的活动。而且此刻还有网上的朋友在一起参与这次活动，也就是在看现场直播，更感觉到主办方对这次活动的重视与用心。

我对“精读堂”并不陌生，因为“精读堂”的公众号，从去年开始推送过我的多篇读书笔记，这让我从心底对“精读堂”有一种特别的亲切感。

今天谈什么呢？我想跟大家谈一谈葡萄牙的伟大作家若泽·萨拉马戈和他的经典作品《修道院纪事》。我们一起商榷，一起探讨，共同完成这次阅读交流。

因为今天的话题是“走近经典”，所以还要从“经典”两个字谈起。我想无论写作者还是阅读者，都会拥有自己的阅读判断，都会在自己的心中拥有一个“经典”的标尺。必须承认的是，标尺树立的过程绝不是一蹴而就的，而是一个漫长的阅读总结，或者说是一场漫长的心路历程。

用很漫长的时间来阅读，来总结，值不值得，尤其是对一个写作者来说，肯定会有不同的看法。我记得很多年前，有一位作家曾经跟我讲：我不会把宝贵的时间用来“啃”那些所谓的经典，那会浪费我太多的写作时间，我不会让别人的马蹄来践踏我的疆域。随后，这位作家继续说，阅读过量还会有一个不容忽视的问题，就是会影响自己的写作姿态，这就犹如马拉松长跑，必须自己跑，不要看别人，只要看了别人，就会影响自己，不能让他人的速率、频率影响自己的步伐，影响自己的节奏感。

应该承认，这话讲得也有道理，我曾经也非常认可这样的理论，但是后来很快又否认了这种说法。我觉得还是应该阅读，因为阅读可以让我们的疆域更加辽阔，不怕践踏，内心更加坚强。只要自己的疆域足够夯实、坚硬，所有的践踏其实都是欢快的鼓点。

是的，应该阅读。一定要阅读，阅读可以让你的奔跑更加持久。

二

走近葡萄牙作家若泽·萨拉马戈和他的长篇小说《修道院纪事》，对于我来讲就是一场不折不扣的“阅读马拉松”，现在回想起来，甚至还有一点戏剧性。

首先，要追溯十几年以前的一个“偶发事件”。那年我接受了一个任务，要为获奖作家撰写颁奖词，这是一个高难度的“技术动作”，写不好，用我们天津话来说，那可就要“露怯”了。当年我在手足无措之时，忽然想到了诺奖的颁奖词，于是开始找寻、借鉴。我在1981年的时候，曾经花费两元六毛四分钱，买过浙江人民出版社出版的、上下两册的《诺贝尔文学奖获奖作家作品选》，那时我的工资是十一元，所以我记得特别清楚。同时，我还翻找出了蒙上时间灰尘的《修道院纪事》。我很是用心地写了，但因为我写的颁奖词过于“文学”，过于“欧化”，没有被有关方面完全采用，只保留了个别词句。但意外收获的是，让我重新想起了这个葡萄牙人萨拉马戈，想起了不好读的《修道院纪事》。

其实，1999年我就有了他的《修道院纪事》，当时因为实在看不下去，便将它束之高阁。那天，我把萨拉马戈“请出书柜”，打扫干净书上的灰尘，重新端详它。时间的尘土，似乎并没有改变它的模样。它还是近在眼前，远隔千里。但就是那次机缘之后，我又开始阅读《修道院纪事》。坦诚地讲，依旧还是不怎么顺利，还是看不下去，于是痛苦之中，又无可奈何地放下了。至今只要说起萨拉马戈，内心总有一种“亏欠感”，总是觉得对不起这位异国老人。

另外一件事，从2001年开始至今，我发疯一般地阅读经典作品，也包括阅读当代作家的作品。为了更加牢记，我写下许多读书笔记，为《文艺报》《人民日报》《中国作家》《文学自由谈》《大家》《作家》等报刊写过很多阅读笔记。在这期间，我又再次想起了萨拉马戈，又重新继续读他的作品，并且在几年前《文艺报》的读书笔记栏目中，写过萨拉马戈的《修道院纪事》。“精读堂”的公众号去年也推送过这篇读书笔记，不知在座的读者朋友看过没有，还有没有印象。现在回想起来，《修道院纪事》我应该是前后三次、断断续续地去阅读的。

我之所以说起这些零零碎碎的事，只是想要阐明一点，走近任何一位经典作家和经典作品，都会有着某种意想不到的“铺垫”。我是这样的情况，别人可能又是那样的状况，不会一帆风顺。但有一点相同的是，阅读经典作品，就像体操运动员跳鞍马一样，跳之前肯定会有一定距离的强力助跑。

三

我阅读的《修道院纪事》，是由著名翻译家范维信先生翻译，海南出版社1999年出版的。范先生曾在中国国际广播电台供职，做译审工作。他还曾经是《中华人民共和国澳门特别行政区基本法》葡文本的定稿人，可以预见范先生的水平。在这里之所以要特别强调翻译者，下面我会做详细的说明。

因为最初读不下去，再读的话，我就改变策略，先读翻译家的翻译心得，然后再去了解萨拉马戈的人生经历。十多年后回头再看这样的方法，我觉得很有帮助，这是走近“经典作品”一条非常有效的阅读通道。现在我越发认为，了解译者的内心历程，对于理解经典作品非常重要，甚至不可或缺。因为我不懂外文，我是通过翻译家走近外国作家作品的，所以我首先要走近翻译家。范先生是翻译大家，他翻译的《修道院纪事》这本书，让他得过首届鲁迅文学奖翻译奖。

范先生翻译这部书之前，是与作家本人见过面的，他也去过故事发生地，也就是那个大名鼎鼎的马芙拉修道院，而这一切都是在萨拉马戈没有获奖之前。那时候，范先生去葡萄牙，有评论家问他，你想见哪个作家？对方随后脱口而出，你应该见一见萨拉马戈。后来，范先生果然见了萨拉马戈，那时候距离他获得诺奖，还有好几年的时间。

范先生真正下决心翻译《修道院纪事》，颇有一些“逼上梁山”的意味。那年他在澳门的一次活动中，有记者提问说，你下一步想要翻译哪个葡语作家的作品？范先生后来说他可能一时激动，竟然脱口而出，说要翻译《修道院纪事》，但当时他没有动笔，甚至还没有进行任何准备。可是面对那么多的新闻媒体，话已经说了，那就必须进行了。

因为《修道院纪事》是一块“硬骨头”，里面大量的宗教典故还有历史事件，翻译起来非常艰难。通过了解翻译家的翻译感言，我也知道了我读不下去的原因。开句玩笑，我也算给自己挽回一点颜面，找到一点读不下去的所谓理由。

应该说，经过这么多年被《修道院纪事》“折磨”，通过了解翻译家的翻译心路，再加上之前写颁奖词时的“启发”，我忽然抓住了这样一个点，那就是“阅读把手”。我的心得是，阅读经典作品，一定要找到一个有效的支撑，因为经典作品犹如高山，没有攀登的支撑点，肯定无法攀登。《修道院纪事》的“阅读支撑点”，就是给萨拉马戈的诺奖颁奖词：“他那为想象、同情和反讽所维系的寓言，持续不断地触动我们，使我们能再次体悟难以捉摸的现实。”

提到诺奖，在这里我多说一句，关于最近的“诺奖风波”。大家都知道，许多人现在对这个奖项贬损得一塌糊涂，以前捧上天，现在踩入地。我觉得这样不好，过于偏激，还是要公正客观地看待诺奖。从1901年诺奖设立以来，尽管这个奖项有许多遗憾，比如托翁，比如卡夫卡，还有博尔赫斯、卡尔维诺以及易卜生等都没有获得过这个奖项，但从世界性影响来看，诺奖还是有着广泛的影响。那天跟几个作家朋友聊天，有人提到布克奖。虽说地位与日俱升的布克奖更具有文学性，更有良好的文学质地，但毕竟局限于英语创作，况且在世界范围内的民间影响力上也还是不如诺奖。好了，不再说这个话题了，还是回到萨拉马戈这里吧。

因为有了实实在在的一个“阅读路径”，接下来，再接着读《修道院纪事》，感觉精神上不再漂浮，似乎有些脚踏实地了。我想，这是翻译家的功能，是颁奖词的协助，在这里应该感谢他们。另外，关于翻译家的事，我再多说一句，多与翻译家交谈，是有帮助的。记得那年在北京开会——我忘记什么会了——恰好与翻译大家赵振江先生邻座，他是“北大”西语系的主任。因为我写过墨西哥诗人帕斯的言论集《批评的激情》的读书笔记，而帕斯的这本书就是赵先生翻译的，有了这样的“相识”，所以我们聊了起来，而且聊得非常好。与翻译家聊天很受启发，比如我在读墨西哥作家胡安·鲁尔福的小说《佩德罗·巴拉莫》时，曾经搞不清楚小说中出现的“佩德罗”和“堂佩德罗”。第一次阅读的时候，迷迷糊糊地以为是两个人，后来再读，再仔细对比，原来是一个人，那为什么称呼不一样呢？在与赵先生的聊天中，我才恍然大悟，原来加上一个“堂”字，是代表对人物的尊称。那天，在赵先生旁边，还坐着中科院文学研究所的俄语翻译家刘文飞先生，可我当时不知道刘先生大名，没有跟刘先生进行交流。刘先生也是翻译大家——现在当然知道了——他在俄罗斯得过奖，普京给他颁发过友谊奖章。我的体会是，多与优秀的翻译家交谈、沟通，会对阅读外国文学有极大的帮助。这是我的点滴心得。

四

我们之前说了那么多，做了那么多的阅读准备，如今终于站在“修道院”的大门前了。我记得那是一个忧伤的黄昏，我感觉已经叩响了“修道院的大门”，沉重的大门已经慢慢打开，我已经听到了“吱扭、吱扭”的声响。

如今仔细回想起来，阅读这部书，之所以能够静心去读，有几点重要的原因。在讲原因之前，首先要说清楚为什么读不下去，这是关键的问题。因为这部小说的特点是节奏缓慢，句子很长，一个自然段有时长达几页，在叙述中对话不用引号，仅用逗号隔开，还大量使用分号。这一点我倒不觉得有什么。因为我写小说，节奏也缓慢，没有惊悚情节，喜欢平铺直叙，也是特别爱用逗号。所以讲，对这样的叙述方式倒是有一种潜在的亲近感，甚至我在十多年前，还曾经模仿过这部小说中的“大鸟”情节，写过一个短篇小说。再后来，把这个能飞的大鸟，移植到人物身上，也写过一个中篇小说。我一直在想，“飞”与“走”是有明显区别的，但真正的区别，是在“内在”。因为人是“走”的，神是“飞”的，所以让人“飞起来”，是非常好看的。但一定要有“载物”，那个中篇小说中让人飞起来的“载物”就是死去的老夫妻之间的真挚情感。“情感”是载物，也就是马尔克斯让人物飞起来的那个“床单”，也就是《一千零一夜》里面那个飞起来的“神毯”。

我有点扯远了，还是回到刚才的话题，继续说读不下去的原因。除了刚才说的原因之外，其实造成阅读艰涩的根本原因，是没有找到“阅读把手”，也就找不到修道院的大门在哪里。现在，我们已经找到了刚才说的那个“阅读把手”，但找到了并没有完结，还要对这个“把手”进行总结，也就是三个关键词：想象力、同情心、反讽。最后还有萨拉马戈的人生履历和人生态度，他的人生态度特别让我感动和敬佩。

在触摸这个“把手”之前，我们先看看他的“人生考勤簿”。您不要说我啰唆，着急不成，着急读不了经典。

萨拉马戈1922年出生在葡萄牙南部里巴特茹省戈莱加地区阿济尼亚加镇的一个贫苦农民家庭，十八岁成为锁匠，直到三十七岁才开始成为出版社编辑，工作了十二年。1975年因为政见分歧，辞职失业。1976年写了一本旅游书《在葡萄牙旅行》，随后成为葡萄牙为数不多的职业作家。因为一本旅游书而走上职业作家之路，放眼世界似乎真的不多。这本旅游书我没有看过，但是通过这次活动，我想以后会找来看一看，看看这是一本怎样的书，竟让萨拉马戈走上职业作家之路。

除了锁匠、编辑之外，萨拉马戈还当过汽车修理工人、绘图员、社会保险部门职员。可以说，他是“彻头彻尾”的普通人，丝毫看不出来所谓“伟大”的样子。但我们细想，“伟大”就应该这样，并非高高在上，而应该永远与大地、生活紧密相连。

萨拉马戈在成名之后，面对蜂拥而至的媒体，曾经真诚地说，我只是一个普通孩子，少年时代在公共图书馆里与文学相遇，从此走上了创作道路，写作于我而言，就如同做椅子。他的人生态度，低调而谦逊。

萨拉马戈的“低调而谦逊”还有例证，他生前曾在不同场合讲过，卡夫卡、博尔赫斯、佩索阿才是代表20世纪精神的作家，至于他本人“不值一讲”。他在1998年获得诺奖后，经常挂在嘴边的一句话是，获奖对我来说只是一种可能。

说到这里，我特别想发一发内心的感慨。真的，我从心底尊敬有才华但又谦逊的大作家，除了萨拉马戈，还有秘鲁作家略萨。去年，去秘鲁访问，在利马天主教大学演讲的时候，面对秘鲁读者，我讲，尽管我对于略萨的“对话衔接法”和“板块移动法”不敢恭维，太简单了，没有技术含量，但我非常尊敬他。秘鲁读者静等下文，因为他们似乎不觉得略萨伟大，他们认为马尔克斯才是伟大作家。他们要听一听略萨伟大的原因。我说，因为略萨具有谦虚的品质，略萨曾在不少公开场合大力推举年轻作家，比如20世纪70年代的阿根廷作家萨曼塔·施威伯林，他说这位女作家是西语文学的希望。如此举荐、推举青年人，这是令人尊敬的品格。一个作家让人尊敬，除了作品，还有人格的魅力。秘鲁读者用掌声表达赞同我的观点。

了解作家人生经历、人生态度，然后手中再握有“阅读把手”，这应该算是走近经典作品的“外部环境”吧。当然，这一切都要从心里喜欢这个作家，这样才能达到身心合一。

五

阅读《修道院纪事》，除了拥有“外部环境”，最需要的，应该是身心的宁静，要有充足的耐心，因为书中太多的宗教典故以及宗教典故式的幽默，按照我们惯常的阅读方式，肯定会阻碍阅读的顺畅。

举一些简单的例子。比如宗教裁判所的历史背景，比如以历史上真实存在的“马芙拉修道院”建筑过程为背景的书写，比如经常出现的诸如“七个太阳”的人物别称……还有就是刚才说过的，叙述上平静沉闷，没有节奏上的起伏，所有的阅读惊异都来自于阅读过程中的耐心捕捉。特别强调的是，也是刚才说过的，叙事中人物的对话，除了没有冒号、没有引号、没有分行，还没有另起段落，语态也没有任何的变化，都是平展的叙述。稍微有一点心浮气躁，就会走入“阅读岔径”，精彩就会悄悄地滑过去，甚至再也找不到了。还是那句话，阅读这本书，一定要充满耐心。

那么有什么实用的好操作的好办法吗？除了前面说到的那些，当然还有。

用最简洁的话语，写出故事大纲，这样心里就会有个比较清晰的脉络：《修道院纪事》是关于一位叫巴尔塔萨尔的残疾士兵和一位具有特异视力的姑娘布里蒙达之间的奇特的爱情故事，以及他们遭受的宗教社会扼杀人性的悲惨境遇；另一条线索，是一位国王为得子嗣还愿而大兴土木修建雄伟修道院的故事。

萨拉马戈自己也讲过，他的小说写了18世纪葡萄牙残酷的历史现状。有的评论家则认为，这部小说其实是在影射20世纪80年代葡萄牙社会的种种弊端。所以这部小说没有将故事图景局限在修道院里，而是展现了修道院外广阔的社会人生。

心中清晰了，然后再按照刚才说的所谓的“阅读把手”去分析、研究，也就是那三个关键词语：想象力、同情心和反讽。

我们先说说“想象力”。想象力的明显特征就是“意外”。没有“意外”的想象力，那会是平庸的想象力。萨拉马戈的想象很是“意外”。例如，书中一位叫洛伦索的神父，要把大鸟（一种代替风力的机器）拉到海边时，神父忽然看见“机器在短短的几分钟之内便到了海边，似乎太阳在拉着它”——“太阳在拉着它”。还比如，布里蒙达和巴尔塔萨尔在庄稼地里相爱，巴尔塔萨尔趴在布里蒙达的身上，幸福的布里蒙达看见天上飞过的所有东西，都是“心爱人巴尔塔萨尔的身影”。这样超凡的想象在书中有着太多太多，比如最后布里蒙达寻找失踪的巴尔塔萨尔，空间和时间都失去了意义，“衡量一切的尺度变成了下雨、烈日、下雹子、好走的路、难走的路、数以千计的脸、无数张脸……”等等，不胜枚举。

再说一说“同情心”。巴尔塔萨尔出场时，萨拉马戈是这样为男主人公设计的：从战场上下来的巴尔塔萨尔，是一个失去了左手的可怜士兵，他千里迢迢地来到了里斯本。战争结束了，双方交战国的国王同时顺利登基了，士兵们没有用了，尤其是残疾的士兵，更是无人过问，他们成了社会的遗弃物。巴尔塔萨尔只想拥有一份真挚的爱情，可是当他遇上心爱的布里蒙达的时候，却又是在那样一个残酷的场合（一百多个“罪犯”将要被执行鞭刑、绞刑和火刑的场地）：布里蒙达的母亲被宗教裁判所判处火刑，布里蒙达远远地通过心灵来与母亲做最后的告别，此时巴尔塔萨尔站在了布里蒙达身边，或者说他爱上了这个同样可怜的姑娘。当他们并排离开行刑场地时，周围都是欢乐的人群，这对恋人和所有人一样，“鞋跟上粘着黑色的人肉留下的黏黏的尘土和烟垢”。还有一段情节，也非常震撼，或者说是来自同情心的震撼。在写布里蒙达和巴尔塔萨尔结婚时，他们没有在教堂举行仪式，而是自己举行了仪式——新娘布里蒙达“用处女膜破裂的血，在昏黄的油灯下，在空中和他的身上画了十字”，从而完成了圣事。当时宗教规定非常残酷，比如赎罪者首先要承受巨大的身体痛苦，男子要承受鞭子的抽打，鞭梢上挂着带玻璃碴的硬蜡球。书中还有许多令人心痛的情节，无不展示着作家的同情心。

最后是“反讽”。《修道院纪事》开篇便是反讽。王宫里没有王子，但满大街上都是王室的私生子，甚至到了“成群结队”的地步。国王的女人为了生下王子，只能在国王下床后，一动不动躺在床上，等待着体内的“生命结合”，尽管如此小心，还是不能生下王子。为何？随着叙事的进程我们知道，因为“道德顾忌”，导致王后不能产生“生命结合”的液体。威严的宗教使得王室高高在上，拥有至高无上的权力；同样又因为威严的宗教，使得王室面临无法延续的尴尬。

书中还写道，里斯本到处都是小偷，小偷对上帝充满坚定不移的信仰，但夜幕降临就去抢劫教堂，而且心狠手辣。还有最先洞察布里蒙达和巴尔塔萨尔爱情的神父洛伦索，为了把他的机器（大鸟）做好，悄悄地找到巴尔塔萨尔，想要巴尔塔萨尔做他的助手。巴尔塔萨尔把残疾的手臂伸出来，洛伦索为了达到自己的目的，悄悄地说，“上帝也是一个断臂者，也没有左手”，随后又说，正是因为你的假手（铁钩子），才可以做这份工作，才能摸那些火红的铁块，肉手还做不来呢，我们需要这样没有手的人，越多越好。

《修道院纪事》整体所呈现出来的，是一种特别的“寓言风格”，但这种寓言不是在天上凭空而得，而是在具体的真实生活中变幻而来。萨拉马戈笔下的故事，肯定是有“故事原貌”的，比如书中的马芙拉修道院就是确实存在的。翻译家范维信在翻译本书前，也曾经到过这所修道院。另外再多说一句，许多作家的虚构，其实核心是真实的，总会有现实的原型。有的作家甚至直接把历史事件拿来当作“故事发酵剂”，比如美国作家唐·德里罗的长篇小说《天秤星座》，就是从肯尼迪总统遇刺这件真实事件中引发而出。当时德里罗去爱尔兰，在玩一个“刺杀肯尼迪”的游戏时，他忽然发现从那个临街仓库的窗户里向大街上开枪，子弹不可能打到总统，尽管这个游戏场景完全按照当时官方的说法复原，但真实情况是不可能完成刺杀。所以德里罗在这个“真实事件”的基础上，写出了一部具有“无限可能”的长篇小说。

六

梳理清楚作家写作风格产生的缘由，对于阅读者理解作品也有很大帮助。一个作家作品风格的产生，永远有着内因和外因。我们先从作家自身“找原因”，看一看萨拉马戈的“内因”是什么。

首先作家得有想象力，这是一个作家必须具备，也应该具备的本领。美国最傲慢的作家杜鲁门·卡波蒂，也就是那个写出了《蒂凡尼的早餐》和《冷血》的作家，他在谈到“想象力”时说过，“应该是具有关于透视、影调的诸般法则，应该像绘画和音乐一样”。萨拉马戈丰富的人生经历，也让他具备了丰厚想象力的基础。一个没有丰富生活经历的人，一个整日躲在屋子里的人，可能很难拥有丰厚的想象力。作家必须拥有直面现实的能力，即使书写历史题材，也永远不会躲过“现实的观照”，不会完全脱离作家生活的现实根基。

另外，萨拉马戈为什么有令人感动的同情心？

我们继续翻看他的人生履历，你会发现那是来自从小受到的家庭的影响。他自己曾经深情地讲过，他的祖父生病，自知生命时间不会太长，去医院之前，与门前、门后所有的树进行告别。这感人的场景让幼小的萨拉马戈印象深刻，到了老年还会经常回忆起来，不断向别人讲述祖父当年的柔软。所以我们看萨拉马戈的作品，你会非常容易地发现，在他那坚硬的叙事姿态下，语言的缝隙中有柔情的东西在里面。在世的时候，萨拉马戈曾经说，假如我死了，希望有这样的墓志铭："这里安睡着一个愤怒的人。"他对此进一步解释说，尽管我本人得到了幸福，但不能忘记其他人的痛苦，尤其是贫穷和剥削造成的痛苦。同时他也有悲观的情绪在里面，他讲有些事情应该改变，但改变事情的进程困难重重。

还有就是为什么他的小说呈现反讽风格？我想这与他的同情心有着密切联系。既然深切同情下层人民，肯定有着对不公正社会的反抗。那么，如何去表现"反讽"，当然需要技巧。反讽，并不仅是"语言的喧哗"，也不仅是"修辞的锐利"，而是隐藏在文本之中，隐藏在小说情境中，隐藏在人物精神上，隐藏在"不动声色"的叙述背后，甚至隐藏在结构之中。

七

我们再从作家的外部世界去找原因。我们在前面提到的，萨拉马戈所尊敬的三位作家对他的创作产生了影响，能够从他的作品中看出三位作家的影子。

先说卡夫卡。别具一格、不可捉摸的思想，蕴含在他简单平淡的语言和多层交织的艺术结构之中。在卡夫卡的艺术世界，从来没有传统认知上的和谐，他的美学模式也是悖谬的。阅读卡夫卡的小说，永远让人无所适从，“荒诞不经”四个字，永远在他小说上方飞舞。他小说里的世界永远是非理性的世界。对照卡夫卡的风格，我们再回过头来看萨拉马戈的《修道院纪事》，千真万确，真的能够看到卡夫卡的影子。所以说，萨拉马戈是一个讲真话的人，他没有说谎。

再说博尔赫斯。博尔赫斯是幻想美学大师，而萨拉马戈对于真实的马芙拉修道院的“文学幻想”也是令人赞叹的。关于博尔赫斯，我就不多说了，他的那句名言“天堂应该是图书馆的模样”，曾经被无数热爱读书的人所提及，大家耳熟能详。戴冰先生对此深有研究，我拜读过戴冰院长的研究大作《穿过博尔赫斯的阴影》，这个问题以后请他再细致阐述吧。我记得贵州也召开过戴冰兄这本书的发布会，相信大家都有所了解。今天在这里，就不多说了。

最后一位，就是费尔南多·佩索阿了，他是与萨拉马戈同属一个国家的大诗人。佩索阿以“创造”性格闻名葡语文坛以及世界诗坛，是“普世主义”诗人。他的世界观受到东方及理性主义哲学思想的影响，尤其是中国老子、庄子的影响，他的思想中有玄奥和禅学的思想，也是一位内心矛盾的诗人。在这里不妨多说几句佩索阿——也有翻译成佩索亚的。相比卡夫卡和博尔赫斯，佩索阿相对要陌生一点。佩索阿的童年在南非度过，接受英语教育，后来回到里斯本读文学，两年后辍学成为一个自由撰稿人，从事翻译和英文、法文通讯稿撰写。我们通过仔细比较萨拉马戈与佩索阿的经历，能够看出来他们具有极为相仿的地方，也就是在成名之前，全都有着平凡的日子。坦诚地讲，在此之前，我没有读过佩索阿的诗歌作品，正是因为这次讲座，我才特意买了两本佩索阿的诗集，正在阅读之中，以后也会写一点关于佩索阿的读书笔记。我想，大概不会比阅读《修道院纪事》轻松吧。但也可以借助萨拉马戈，再反过来思索佩索阿，也会有相同的帮助。找到两个相同风格、互有关联的作家，在比较中阅读，也会带来有益的启发。这也是我在阅读萨拉马戈作品进程中的“意外收获”吧。

当然，还有读者“参与阅读”的原因，这也是很重要的因素。读者要善于联想，这样才能充分理解作品的内在魅力。阅读萨拉马戈的作品，需要“联想的力量”。除了联想他所尊敬的三位作家，从全局上去认识，也还要从局部去认识，去联想。譬如，关于巴尔塔萨尔的别称“七个太阳”的缘由，萨拉马戈并没有任何交代，从人物出场就是这样命名，始终不给解释，由你自己去解读——莫非给予洛伦索神父那只大鸟力量的“太阳”和巴尔塔萨尔的别称有关联？因为神父洛伦索尽管有着国王神圣的命令，可以做各种试验，但最后给予他的大鸟力量的，并不是国王，而是“太阳”。当然，也有可能受到中国文化影响，因为中国神话传说的“后羿射日”，不过那里面是九个太阳，这个人物是“七个太阳”。当然这只是猜测，不敢贸然确定。在这里说出来，也是与大家一起思考，琢磨。

最后，还有一个原因，当然只是不准确的猜测，萨拉马戈也有可能受到福克纳的影响。从年龄上分析，福克纳（1897—1962）在前，萨拉马戈在后，有着时间上的可能性。福克纳获得1949年的诺奖，萨拉马戈是1998年获得；福克纳的作品“既有现实主义具象的逼真性，也不缺乏现代主义想象力、穿透力与悲观主义”。这样的评判放在萨拉马戈的作品，特别是《修道院纪事》上，似乎也能说得过去。另外，福克纳的作品也与宗教、历史、名人密切相关，譬如：《押沙龙，押沙龙》的书名，出自《圣经·旧约》中的以色列国王大卫的儿子；《喧哗与骚动》出自《麦克白》中的台词“人生如痴人说梦，充满着喧哗与骚动，却没有任何意义”。仅从书名就可以看出，福克纳的作品喜欢用历史与经典做精神的“托物”，萨拉马戈也是这样，甚至萨拉马戈所崇拜的佩索阿也是这样，在他们之间能够非常顺利地找到一条内在的精神联系。

但为什么萨拉马戈说到他所佩服的人时，没有说到福克纳呢？我想莫非是因为二人获奖时心态不同的缘故？福克纳获得诺奖时过于激动，据说他坐在椅子上，由于精神紧张，竟然忘了站起来，瑞典国王走到他身边去颁奖，而按照颁奖仪式，获奖者是要走上前去的。还有在致答谢词时，福克纳声音很小，在场的人几乎听不到，据说也是由于紧张。由于我们没有听过福克纳的说话，所以只能这样猜测。而萨拉马戈对于获奖则是表现得无所谓。当然这样的猜测只是个人的猜测，是阅读时的一种自我联想，没有任何依据。在这里丝毫没有贬低福克纳的意思，我非常喜欢他，喜欢他的作品，这样的联想，只是一种对事情的陈述。

八

萨拉马戈2010年以八十八岁高龄去世，葡萄牙政府不仅为他举行葬礼，还举行了为期两天的全国哀悼日，称其为“伟人”，是“葡萄牙民族文化的代表之一”。这是非常高的评价。他1982年出版的《修道院纪事》，据说仅是葡萄牙语就已经出版了二十多版，并且还在世界上四十多个国家出版了许多语种。就在我来贵州前，看到媒体发布消息，萨拉马戈三本中文版的书《死亡间隙》《洞穴》和《石筏》将要出版。萨拉马戈一生创作了数十部小说还有其他文学作品，已经被翻译成三十多种语言，总销量超过三百五十万册。

萨拉马戈是一位谦逊、平和、温善的人，也是一位善于学习别人经验的人。他另一部影响巨大的长篇小说《失明症漫记》，就是学习了“卡夫卡式”的笔调，这部作品与《修道院纪事》齐名。“失明症”和“复明症”两本长篇我都有。就像早先阅读“修道院”一样，还是看不进去，大概也还会需要一个漫长的时间吧。这样的自我期待，也是非常诱人的。

萨拉马戈有意思的是，他还把作家分成两种，一种是供读者消遣的作家，还有一种是具有“思想”的作家。萨拉马戈应该是后一种作家，因为他是一位具有“重塑历史”的壮志的作家。

今天跟大家拉拉杂杂地谈了许多，意义在哪里？也就是“深读”的意义、“走近经典”的意义在哪里？我想，我们在致敬萨拉马戈的同时，还要对自己有更高的要求，要明白为什么阅读经典。我想对于一个阅读者来说，就是加深阅读品质；而对于写作者来说，除了学习、借鉴之外，最重要的还是为了尽快建立自己的思想体系、文本意识，找到清晰的写作方向。

阅读、学习经典作家的经典作品，应该避免“邯郸学步”。我特别赞同余华的观点。余华在日本宣传《兄弟》时接受日本记者采访，余华说他初期学习写作时，曾经认真阅读、模仿川端康成。日本记者不相信，认为川端康成的小说优美，而余华的《兄弟》有些粗俗。余华回答，一个作家对另一个作家的影响，就好比阳光对树木产生影响一样，重要的是，树木受到阳光照射后，是以树木的方式在成长，而不是以阳光的方式成长。

我想，贵州举办“精读堂”讲座的意义，也是所有想要阅读经典作品的读者的意义——最终要以自己的方式成长，用自己的大脑来思考这个世界，这才是阅读的终极意义。

2018.8.25

白银时代之帕斯捷尔纳克

■庞 培

ART OF BOOK
精读堂第十七期
时间：2018年8月25日 15:00
地点：千瓣与作书店内
白银时代之帕斯捷尔纳克
主讲：庞培

庞 培

1962年冬天生于江苏江阴。诗人、散文家。1985年发表小说，1987年发表第一首诗。做过媒体、工人、店员、杂志社编辑。作品多样且带探索性。第一本散文集《低语》以强烈的南方抒情风格为自己赢得了全新文字面貌和广大读者。之后有：《少女像》《数行诗》《乡村肖像》《五种回忆》《旅馆》《四分之三雨水》《小城童年》《寻村记》《忧伤地下读物》等二十余种书籍出版。作品被翻译成英、法、意、俄、德语等多个语种文本。曾获1995年首届刘丽安诗歌奖，1997年第六届柔刚诗歌奖，2015年第四届张枣诗歌奖等。现居江阴。

一部作品便是一片广阔的墓地，
大多数墓碑上的名字
已被磨去，无法再辩论。
——马塞尔·普鲁斯特

我今天讲的题目，是《白银时代之帕斯捷尔纳克》。关于这个诗人，今天主要跟大家分享他的一首特别有代表性的诗作，是他一生中稍微偏向于晚期的创作。选这首诗的理由是因为这首诗创作于1947年，恰好在二战以后，此作品特别好地总结了有起伏、有波折的20世纪一百年的人类命运，包括很惨烈的两场战争，一战和二战。这首诗之后大概十五年诗人去世了。他1958年获得了诺贝尔文学奖，到他家里去报喜的是当时苏联的作协主席，他的老朋友楚科夫斯基（一说是费定）。一开始他很惊喜，表示愿意接受这个奖。主席没走，一直在他家做他的思想工作，一直聊到晚上，然后他为了他的家人，为了苏联的利益，表示愿意放弃这个奖项。期间他专门给瑞典文学院写了一封信：“我为什么拒绝领这个奖？”那封信也是世界文学史上很有名的一封信，一个故事。我慢慢地跟大家分享。

所谓太阳底下没有新鲜事，我今天下午跟大家分享的信息，可能书本里面也会有。我想说的第一句话，是一个美国著名诗人默温说的：“我对我自己的创作所知甚少。”我对这句话特别认同，一个作家其实也没有三头六臂，一个诗人他也就是一个普通人，平常人，跟大家一样也在生活中，一样的情绪，一样的在时间流里面。比如像我平时外出旅行结束回到江苏江阴——那个地方也很小——就几乎不怎么出来，极少出门，除非像今天这样的活动。

我还想跟大家分享一个故事，当代朦胧诗很有影响的一个诗人叫芒克，据说诗人圈内流传着他的一个小段子，说他除了写诗之外，什么书都不读。意思是他以不读书闻名，常年只读《北京晚报》。他是一个从小就生长在北京的诗人，有机会遇见这样的诗人，你一定可以听到他满口的京片子，就很有意思。他从来不读书，但是一个真正的天才诗人。

我们这一代诗人都很感恩这几个朦胧诗的兄长和前辈，北岛、芒克、江河……他们给我们的营养，以及他们为我们打开的语言的、审美的、理念的、生活方式的，尤其是思想的闸门，对我们来说是非同寻常的。如果没有像他们那样的朦胧诗引爆一个时代，以及“文化大革命”前后最早的一批像食指先生等这样的老前辈的写作，我们后来的文学面貌是难以想象的。食指、芒克他们为此付出了非常大的代价，要不然，我们也不会有今天这样的环境。我们今天可以在一个礼拜天的下午，认认真真坐下来，很严肃很安静地来享受诗歌，这些都是生活上一个非常大的进步。

说到白银时代的代表性诗人，通常大家都知道是四个人，两男两女。这四个人分别是阿赫玛托娃、茨维塔耶娃、曼德尔斯塔姆和我今天要说的鲍里斯·帕斯捷尔纳克。这四个人生前也彼此认识，就像今天我们当代的几个诗人，私交也都很好，经常结伴出去旅行，参加各种活动，一起到学校里去讲课。这样的先例很多，喝酒、嬉笑怒骂、在一起玩耍都有，正如白银时代的这四个诗人，在世时他们都是好朋友。就像我刚才说的，“文化大革命”后朦胧诗的几个诗人，他们付出了很大的代价。有的诗人一生只写了一首诗，后来就没法写了，因为他被周围的意识形态、生活压力、各种不同的声音包围，最后把他自己的个人生活毁了。比如食指，后来就进了疯人院。比如芒克一辈子都没有正常的工资收入，他曾经在北京一个建筑工地上做看门人，做了几年。我们从诗歌的角度来看，这个诗人很让人崇敬，很了不起，但是在日常生活那个角度，他其实是很无助的一个人。

白银时代这四个人也很有意思。第一，他们的性别很有意思，男女雌雄的比例很好，两个女的两个男的；第二，就是几名诗人各自的血统（很有意思）。当时，跟中国是邻国的苏联，它是介于欧亚大陆之间的一个国家，中国偏向于中亚和东亚，白银时代的四个代表诗人里面有两人的血统是偏亚洲的，有两人是偏欧洲的。哪两个偏亚洲呢？阿赫玛托娃有蒙古血统，曼德尔斯塔姆也有一点蒙古血统和犹太人血统。其他两个人，茨维塔耶娃和帕斯捷尔纳克偏欧洲血统，这两个人当中帕斯捷尔纳克有犹太血统，那么似乎只有茨维塔耶娃看起来像一个血统比较纯正的俄罗斯人。她的父亲曾经是俄罗斯帝国的莫斯科大学艺术史教授，俄国第一家国家美术馆“普希金国家造型艺术馆”馆长，母亲是鲁宾斯坦的学生。其他人都有一点混血。这四位代表性诗人的结局也很有意思，两个先死了，两个活得相对比较长寿。帕斯捷尔纳克和阿赫玛托娃是活得比较长寿的。茨维塔耶娃1941年上吊自杀了，她是第二个死的。第一个死的是曼德尔斯塔姆，1936年直接被当局判决流放，死在了西伯利亚的集中营。那个集中营的位置离中国的黑龙江很近，靠近海参崴。两个早夭，另两个还算不错。但是阿赫玛托娃生前，曾看着自己的儿子被俄国秘密警察送进监狱，她在监狱的门口年复一年地去排队给儿子送衣服。那种艰苦的环境里，她就是一个失去亲人的母亲形象。她晚年有一首特别有名的诗歌叫《安魂曲》，写的正是这种内心感受。说到阿赫玛托娃这个故事，我想起她在传记里说，她在监狱门口顶着寒风排队的时候，有一个年纪跟她相仿的，排在她后面的老大妈就问她：“你是干什么的？每次来我都看到你也排队，都脸熟了。”她说："我也不知道，我就写写字。"老太太说："噢我知道了，你可能是一个作家，那么我能不能有一个请求？"阿赫玛托娃当时也不知道她想请求什么，就说："可以，你说。"她说："你一定要把我们今天看到的这个遭遇的事情写下来，一定要写下来。"阿赫玛托娃当时就很感动。

先说一下白银时代和黄金时代的差异。因为俄罗斯文学的一种新的文艺复兴时代到来了，就像我们中国的1917年一样，语言、观念、生活方式、写法都不一样了。实际上这是从17世纪末18世纪初开始的，最早的一个诗人叫谢甫琴科。谢甫琴科是乌克兰的一个诗人，后面开始出现普希金，出现丘特切夫他们。在1820年前后开始进入俄国文学的黄金时代。这个黄金时代持续到19世纪末，持续到了白银时代的这一拨诗人出来。这一拨人就是像梅列日科夫斯基这些人以及后面更多的人，大概代表性的作家有三四十个人，诗人也有二三十个，都是非常好的天才作者，勃洛克等包括我们今天说的这四个诗人都在里面。但实际上，我们今天说的这四个诗人，其中只有三个人参加了白银时代的一些文学运动。

白银时代的文学运动分为三个部分：第一个阶段是象征主义，其实是从法国波德莱尔的象征主义思潮学来的；第二个部分是阿克梅派，开始逐渐有俄罗斯美学意识；第三个部分是未来派。其中有一个诗人她没加入任何流派，那就是茨维塔耶娃。但是她也被算在白银时代里面，因为她是这四个人里最年轻，创作成就最高的，所以被称为了白银时代四大诗人之一。

在未来派的这个阶段，白银时代出了一个非常了不起的大诗人，对我们中国的新诗前期影响特别大，就是马雅科夫斯基。中国有很多诗人都是模仿他的，比如贺敬之、闻捷、郭小川。例如，著名的“楼梯式”长诗写法。马雅科夫斯基太牛了，他有一本诗集题目就叫《穿裤子的云》，那种想象力，那种意象的奇特运用，完全征服了全世界。他人高马大，长得特别英俊，帕斯捷尔纳克也算是个帅哥，长得也很英俊，但马雅科夫斯基更帅。他的长相，尤其是在公众面前演讲的号召力超强，历史上有一幅著名的照片，就是马雅科夫斯基在红军即将出发要到前线打仗的队伍前演讲的照片，马雅科夫斯基长得太帅了！

我要告诉各位的是，马雅科夫斯基私下里最喜欢帕斯捷尔纳克，尤其是（喜欢）一会儿要讲到的帕斯捷尔纳克二十六岁那年的一首代表作叫《马堡》，此诗被称为20世纪最伟大的爱情诗之一。这首诗是与他的求爱、失恋的一个过程，是一首短诗，但是比一般的短诗略长一点，大概有四十行。这首诗的题目为什么叫《马堡》？马堡是德国的一个小镇，大家都知道，俄罗斯人从17世纪开始就崇尚欧洲风，在俄国当时的上流社会，如果你会说法语，那就是很牛的，就像今天能说流利英语的一个中国人一样，别人会刮目相看。其次如果再能说德语，就更加有面子了。马堡是什么样的一个地方呢？它被称为世界的哲学小镇，有很多哲学家都到那里度假，并且还是格林兄弟、马丁·路德生前生活过的地方。所以马堡在19世纪的俄罗斯甚至整个欧洲都非常有名，很多年轻人都要去马堡临时听上个半年或者一年的课，回来后就说我已经去学过哲学了。在当时的欧洲，你要说你学过哲学，那一定到过马堡这样的地方。二十二岁的帕斯捷尔纳克，在1912年的春天，4月21日那一天，跟去马堡的普通游客或青年学子一样，是去学哲学的，而且他确实跟了一个名师。他的老师也非常厉害——赫尔曼·柯亨（1842—1918），德国新康德主义马堡学派代表性人物。帕斯捷尔纳克只是在那学哲学，学了半年，是母亲资助了他的旅费。其间，他爱上了一个女孩，他常常跟她在一起玩、说话、散步……他一直想着要向女孩求爱，但是不知道怎么说。有一天他实在抑制不住了，已经回到宿舍了，他半夜里又出来敲那个女生的门求爱，但是那个女的拒绝了他。他当天晚上失眠，然后写下了《马堡》这首诗的初稿，第二天就离开了那个地方。当时他写完诗后，心情很复杂，又兴奋又失望，究竟是诗重要还是得到爱情重要？天平一直在晃，无法衡量。在这种情况下，他很多同学就怂恿他说，你呀也没必要这么垂头丧气，明天回俄国，你就干脆到欧洲去散散心。他又喝了点酒，冲动之下说，好，那我就游历欧洲吧。第二天他没有回俄国，就去了意大利米兰等一些城市，去了以后他又失望了，觉得自己很孤独。没待几天，他从意大利转道波兰回了俄国。四年后，他把这段经历写成了诗的文字，这就是他二十六岁时写的一首诗：

马堡

我不时战栗。我燃烧又熄灭，
我全身颤抖。我刚求过婚，
但晚了，我畏怯，才遭拒绝。
舍不得她流泪！我比圣徒傻三分！

我走进广场。可以算作
第二次诞生。每一桩小事
都存在过，但站起来告别时，
却全然不把我当一回事。

石板晒得发烫，大街前额黝黑，
卵石对着天空皱眉凝望，
风像个船夫，划过每张脸。
这一切曾是何等相像。

但无论如何，我避开了它们的目光，
对它们的问候我不予理睬。
对任何财富我都无意问津，
我很快就离开，免得大哭起来。

天赋的本能，拍马屁老头，
真叫我难忍。他挨近我悄悄走过，
在想：“……是孩子气的爱情。
可惜，对他可得留点神。”

“迈步，再迈一步。”本能反复对我说，
并像年长的经院哲学家，睿智地领我
从满是晒热的树木、丁香和情欲的
从未开垦、人迹罕至的芦苇林穿过。

“学会了走路，以后就可以奔跑。”
本能反复地说，一轮新的太阳
从天顶俯瞰行星们并且在教当地人
在新的行星上走路的情状。

这一切使一些人惊异，使另一些人
如堕黑暗，伸手不见五指模样，
雏鸡在天竺牡丹丛中刨土觅食，
蟋蟀、蜻蜓钟表般滴答作响。

瓦在飘浮。正午一眼不眨
望着屋顶。而在马堡，
有人猛吹着口哨制作弩弓，

有人悄悄把赶降临节集市的东西整备好。

风沙黄沉沉，吞噬着长云。
暴风雨的前奏挑逗着灌木丛的眉毛，
天空掉落在一小片能止血的
山金车花上面有如烧焦。

那天，我像个外省的悲剧演员
随身携带并熟读莎氏悲剧那样，
把你揹在身上并从头到脚背熟，
在城里到处排演，到处游逛。

当我跪在你面前，搂抱住
这片雾，这块冰，这表层
（你多么美呀！）——这闷热的旋风——
你说什么？冷静点！完了，绝我的情。

这儿住过马丁·路德，那儿住过格林兄弟。
长利爪般的屋顶。树木。墓志铭。
一切都记得这些，都向往着它们。
一切都还存在，一切还相似可认。

啊，爱情的线索！捉住它，截住它。

但当在上天的生命之门下面
你平起平坐地读自己的记述时，
你是多么宏大啊，猴子中的优选！

从前在这个骑士的巢穴下
鼠疫曾流行。如今最吓人的当是
列车从热烟缭绕的蜂房般的树孔向外
阴沉严重地叮当作响和急速飞驰。

不，明天我不上那儿。拒绝——
比分手更完满。清清楚楚，两清了。
我能从煤气和收款处脱身吗——
我将来会怎样，古老的炉灶？

浓雾仿佛把行李袋散放在各处，
两个窗户中似乎各镶一个月亮。
旅客的愁思滑过每本书，
和书本一起待在沙发上。

我怕什么？我熟悉失眠，
有如熟悉语法。灾祸临头有救援。
理智？但它是梦游病患者的月亮。
我和它结交，但我不是它的导管。

在月光皎洁的镶木地板上，
夜晚坐下来和我同下象棋，
窗户敞开着，飘来金合欢的芳香，
如同证人，情欲苦待在角落里。

白杨是王。我和失眠下棋。
王后是夜莺。我探身向夜莺。
夜渐渐取胜，棋子纷纷闪开。
我当面认出白色的凌晨。

1916年，1928年
（顾蕴璞译）

说到美国诗人默温说的“我对自己的创作所知甚少”这句话，也让我想起毕加索。因为毕加索他也不太读书，他太忙了，各种应酬，还要画画，他根本没时间。但是当记者问他，你好像并不怎么读书，你还知道这么多？他说很简单呀，我交的朋友都是最高级的，也是读书很多的，而且是一流的。我的朋友读书读得多，其实就等于是我读书多，毕加索说的原话如此。

我的讲座不涉及俄国20世纪的任何历史纪年，任何19世纪以来人类的社会现象。这些历史、这些社会都很荒唐，也很丑陋，常常是非常黑暗的，把人类的生活实际上变成了一个长长的永无尽头的送葬的行列。我们感觉这一百年里的日常生活就像听葬礼上的音乐一样，仿佛只是为了几个被埋葬人的名字。仔细一看都是很有名的作家，很有名的诗人。有中国的辜鸿铭，有意大利的邓南遮，中国的陈三立，俄国的托尔斯泰。托尔斯泰和辜鸿铭是通信很多年的，当年辜鸿铭的名声在世界上跟托尔斯泰是齐名的：中国有一个辜鸿铭，俄国有个托尔斯泰。泰戈尔是比较早的，1913年得了诺贝尔奖以后，其实对中国冲击蛮大的，包括1917年的新文学运动，中国人就想：一个印度人也能得这个奖，为什么我们不能得？徐志摩等很多人就热情高涨，都纷纷写诗。泰戈尔到中国来旅行，他点名要见的一个人是陈三立，是旧体诗的一个代表，而不是当时新诗的任何人。当时中国才刚开始写新诗，有胡适、刘半农、沈尹默几个人，都没有写出太像样的作品来。泰戈尔点名见陈三立，跟他一起喝了个下午茶，聊得非常开心。陈三立有个著名的儿子，就叫陈寅恪。陈寅恪的老爸可以说是著名的旧体诗的最后一个代表。顺便说说，今天人们打开百度搜索，泰戈尔的信仰一栏，竟然是：基督教。

之所以讲帕斯捷尔纳克要讲白银时代，就是觉得这一百年实在是太痛苦太苦难了。比如我们中国也说过要提倡“少年中国”“挽大陆于不沉”（陈寅恪）这样的英雄理想。在这个送葬的行列里有一张著名的马脸，这个人的脸长得像匹马一样，这个人就是帕斯捷尔纳克。关于马脸的说法在文学史上很著名，他是俄国贵族家庭出生的人，家里有马，有驯马骑马的这种传统。帕斯捷尔纳克生于1890年1月29日，他的出生月日，正是普希金的忌日（编注：1837年2月10日普希金死于决斗，2月10日即俄历1月29日）。帕斯捷尔纳克家里也非常厉害，他父亲是当时俄国数一数二的画家，仅次于列宾，叫列昂纳多·帕斯捷尔纳克，为托尔斯泰画过肖像画。托尔斯泰的书上用的那幅钢笔画头像，就是他父亲画的。他的母亲更不得了，是斯克里亚宾的挚友，跟鲁宾斯坦齐名，是著名的钢琴家。而且他母亲很有意思，她几乎天天演出，非常有名，到处演出，到克里姆林宫演出，到剧院演出。生了他和他弟弟以后，有一天钢琴演出开始之前，他家的仆人来喊：你家两个小孩生病发烧了。他妈妈就很任性地，当场着急得不得了，说：我今天晚上不上台了，不演了，不仅今天不演了，从此以后我都不弹了。然后就匆匆赶回去照顾两个儿子，他母亲就是以这样的方式退出了乐坛。

当然，她把音乐细胞遗传给了她的后代，因为帕斯捷尔纳克的少年时期经历了几个阶段，先是学音乐，音乐好到什么程度呢？自己作曲。他作的曲好到什么程度呢？斯克里亚宾认为完全可以出版。他的钢琴弹得有多好也不说了，因为他在苏联的卫国战争（二战）时期，艰难谋生的手段就是教别人弹钢琴，还有一个就是做翻译。他是俄罗斯迄今为止最好的莎士比亚全集译本的翻译者，英语和德语都很好，法语也很好，这是后话。他学了一段时间音乐，觉得音乐不适合自己，他不想做音乐家了，还是想做哲学家，又学了一段时间哲学。最后他觉得只有诗歌才是自己的专长，其中也包括了他二十六岁写出的那首《马堡》。《马堡》一出来就轰动了整个俄国文坛，所有的诗人都在赞美他，尤其是我刚才说的马雅科夫斯基。马雅科夫斯基喝醉了酒，兴奋的时候想朗诵诗，别人都不用报，一定是帕斯捷尔纳克的这首《马堡》。我们很容易在帕斯捷尔纳克的诗集里找出这首诗，有好几个不同的版本，好几个译本。帕斯捷尔纳克的音乐修养、血统、语言天分，绝对是非同寻常的。

我为什么觉得《黎明》这首诗重要呢？我现在不太能肯定《日瓦戈医生》后面的附录里有没有这首诗。《日瓦戈医生》后面有十来首诗被称为这部长篇小说的附录，附录的题目就叫"日瓦戈医生的诗"。把自己的诗假想成小说主人公的作品，把它放在一个长篇小说的后面，这种文本的方式让我想起另外一个伟大诗人——葡萄牙的费尔南多·佩索阿。

佩索阿除了早年出过一本用自己真名写的诗集之外，他后面出了十几本诗集，每一本都有一个他杜撰的名字，好像不是他，其实就是他。也就是说，装作不是他写的，他分出十几个不同的化身，他的人格就分裂出了不同的其他的人格，而且都很优秀。帕斯捷尔纳克也是。好像在20世纪文学史上，就他们俩干过这样的事情，所谓"假代"。文学创作上称为"假代"，就是说我虚构了一个人，我也虚构了这个人可能写出的诗歌和文章来。

今天我要说的是这首《黎明》。我读这首《黎明》，真是叫一见钟情。我们现在读外国诗面临一个很大问题，就是翻译。你如果碰到一个译本比较忠实，翻译的内容、形式、语感各方面都比较传神，那么就是你的运气了。但大多数时候我们都感觉不是那么让人满意。拿帕斯捷尔纳克来说，他作品的翻译中国估计也有十几种，昨天我在“精读堂”另外一个地方说到一个诗人有三十几种译本，帕斯捷尔纳克没这么多。俄国文学虽然在中国也很火，但是该有的版本没有英国、法国的那些名人名家多。

这很有意思啊。中国跟俄国有扯不清楚的关系，如果说中国在20世纪受谁影响最深，不是日本，应该是当时的苏联。因为整个中国的社会制度，包括法律，包括文艺界的体制，种种都有受到苏联十月革命以后的那个制度影响。社会制度我们先不说，我们说文学，那就更了不起了，几乎完全照搬。比如我们现在到处有的作协，作协的体制、作协的功能，包括作协的出版物，很多的设置，都是学苏联。比如苏联当时有个著名的刊物叫《十月》，中国也有一个《十月》，就类似到这个地步。俄罗斯文学对中国影响这么大，我们现在随便举个例子，陈忠实的《白鹿原》，很多人也会问我写得怎么样。好啊！肯定是五十年来中国最好的长篇之一。假如我要举一个这部小说的明显的弱项的话，就是陈忠实所有的情感处理方式、审美手法、艺术观念，都是来自于俄罗斯文学。这个怪不了他，陈忠实的老师路遥也写了部了不起的作品《平凡的世界》，我私下里也读过，也很佩服。《平凡的世界》也是学的苏联小说模式。我们当代的文学要从这个巢穴里面突出来，要从那个巢穴里面突出来，或者我们自己是否能找到更好的，更优美的巢穴呢？也有，我们正在做努力，但是我们还没有获得我们自己真正的自由，那种自由要自由到唐诗宋词，自由到明清小说的那种自由，根本还没有达到。这个时候必须面对的一个现实是：我们的作家们还在世界文学的一个屋顶之下生存，讨生活。我们在世界各地流浪，唯独很难回到，或者根本回不到自己故乡的土地上来。

20世纪80年代帕斯捷尔纳克的诗有几个中文译本，其中一个的译者叫顾蕴璞。最早有一个特别好的译本是20世纪80年代末荀红军翻译的，他是四川人，后来他不翻译了，消失了，成了我们私下里每次说到文学史上失踪者的一个话题。他翻译俄罗斯诗歌，尤其是曼德尔斯塔姆，那个时候翻译得太好了。实际上中国当代诗人私下里也有一些资源，比如诗人柏桦，他是广州外国语学院英语系的毕业生，私下里翻译过曼德尔斯塔姆，还有狄兰·托马斯等另外几个人的作品，但他很少把自己的译本拿出来。这里面，会有一个资源优先的问题，他从一流的外国诗里面汲取营养，就比我们不懂外文的人在阅读上领先了很多。某种程度上，在年轻时候他就捷足先登了。到今天的网络化和大数据时代，这种现象几乎已经不太可能了，因为资源共享以及各种技术途径、阅读空间、观念的解放都已经前所未有，事实上大家都已经至少是技术资源上的“世界公民”了。你除了是一个中国人，也同时还是个“世界公民”，现在我们真的可以这么说。书店里的书是根本看不完的，买回家里的书你也没法读完。顺便说说，“世界公民”一说源自法国20世纪著名的女性哲学家，也是《在期待之中》一书的作者西蒙娜·薇依，是她率先提出了这个名称和概念。比她早一百多年的歌德，也曾有过类似的思想。

我就是在1990年初读到帕斯捷尔纳克诗集的那个幸运的读者，当时也不太去注意翻译者是谁，后面才慢慢地注意。因为反复读，就觉得，诗写得这么好，耐人寻味，怎么读也读不完。然后就注意到这本书题目叫《含泪的圆舞曲》。这么多年的创作、阅读以后，我去年写了一本书，也是总结性的，书名叫《世界十大好诗》，稿子有六万多字吧，到今天我都不愿意拿出来发表，也不愿意出版，因为我觉得太不成熟了。它表明了我眼里的一个排行榜。这十大好诗里，没有一首中国人的作品，全是外国人的，因为从现代诗的角度来说，我们一旦进入这个世界，肯定就会不得不承认别人比你写得好。小说其实也是这样，当代中国小说跟欧洲及世界文学的距离还是有一点的。尽管已经有阿乙、余华这样的作家了——我觉得余华可能是中国当代最好的小说家——他们也已经在国外能获奖了，但是总的来说还是有点距离。

今天我带来的帕斯捷尔纳克这首《黎明》是这里面的第十首。他也是唯一一个入选我心目中的排行榜的俄罗斯诗人。这里面没有一个诗人是重复的，十首诗，再伟大你也只能入选一首。

帕斯捷尔纳克的《含泪的圆舞曲》是两个人译的，一个叫力冈，一个叫吴笛。这两个人非常了不起，吴笛既精通英语也精通俄语，力冈精通俄语。力冈翻译过托尔斯泰的《复活》，在俄语小说中文翻译界的几个名家里面，他是排得上号的。但这个人好像活得很潦倒，他是浙江大学的一个普通老师，跟周围人关系也搞不好，就像个书呆子，一辈子都在翻译，很累。他的翻译非常出色，希望朋友们以后有兴趣可以多关注。吴笛同时还翻译哈代。哈代是英语小说家和伟大的诗人，我选的这十首诗里面有一首哈代的诗，他诗歌里的举重若轻，在四行里面解决了很多问题。像帕斯捷尔纳克这首《黎明》，也不长，也解决了很多问题，我慢慢地跟大家分享。那年我读了《含泪的圆舞曲》真是太感动了。

帕斯捷尔纳克获得诺贝尔文学奖，政府不让他领奖之后（认为他的书在国外先出版，有反党嫌疑），他也很郁闷，没过几年就去世了。去世之前他最后一部诗集的名字叫《雨霁》，雨过天晴，更精妙。他把这首《黎明》里面的浓缩、圣洁感、穿越，写到了更精妙的地步，他的最后一部诗集达到人和神相通的那种地步，达到了中国人所说的天人合一。

到了晚唐的时候，中国出了一个了不起的一流评论家司空图，名表圣，他有一部著作叫《二十四诗品》，把他心目中认为伟大的诗歌归为二十四个品类，从第一品到第二十四品。第一品就是“雄浑”；第二品叫“冲淡”。冲淡，在我们汉语里面是完全不同的两个字的组合，当这两个不同意思的字成为一个词组的时候，这个词中的两个字就再也分不开了。其实它们是相互矛盾的，“冲”就是没头没脑很猛烈要往前的样子，但后面来了个“淡”，就滑到水里去了，就像一个人跳到水里去的那种感觉。冲淡，生活中有很多场景，你看跳水那种感觉，大家想一想，去想冲淡是什么意思。就像跳水，他跳的时候，在空中的姿势优美极了，到了水里身体没有了，瞬间就达到了平静，这种境界是非常了不起的。说到司空图我就顺便说一下，白银时代和黄金时代，犹如中国唐诗时候的盛唐和晚唐。普希金或者涅克拉索夫那样的诗人，有如李白与杜甫；那么帕斯捷尔纳克、茨维塔耶娃，就犹如晚唐时期的韦应物或者李商隐。我觉得更像李商隐，帕斯捷尔纳克有点像我们中国的李商隐，寸心寸断的那种感觉。无论他有多么委屈，多么痛苦，但他说出来的话一定是以一种貌似欢喜的样子，特别深情地把它说出来。这是一种诗歌里面非常难达到的境界，它不仅仅是个语言境界，更是一个人的心灵境界。什么时候把李商隐的某些诗拿来和帕斯捷尔纳克的《黎明》《生活我的姐妹》《在早班列车上》这样的名作放在一块读，那还有什么人类时空？真的是永恒！我觉得李商隐和帕斯捷尔纳克他们完全可以站在一块，他们一直都是活着的，从来没有死去过。

马堡位于德国的法兰克福以南一百三十公里，帕斯捷尔纳克在这里学哲学。这个城市，还是跟帕斯捷尔纳克一百年前在这里学哲学时一样，没有任何变化。德国的那种小镇、古镇，它是没有任何变化的，彻彻底底的原封不动的古貌，被保护起来。到1972年的时候，马堡出现了一条街，叫帕斯捷尔纳克街。朋友们如果今后有机会到德国，可以专门去看一下，这条街还在，以这个诗人的名字命名。这个命名可了不起了，因为马堡这个小镇被称为德国哲学的故乡，而唯一一个以俄国人命名的街就是帕斯捷尔纳克街，甚至罗蒙诺索夫都没有这个资格。罗蒙诺索夫也去马堡学哲学，他是俄国大百科全书的总编纂，并且创立了俄国第一所大学：莫斯科大学。这样的人在俄国影响很大，但他也还是比不上一个诗人。

我为什么感觉《黎明》这首诗重要呢？第一，只有俄国人能写出这样痛切的四行。第二，俄国人中间只有鲍里斯·帕斯捷尔纳克能写出类似的这种作品。第三，只有题目上含有“黎明”这样字眼的诗，才勉强可能止得住20世纪人类脸上的那一行泪。这就是我给出的理由，一种自由与坚忍的结合。

因为黎明就意味着最黑暗的那个天光，黎明过了以后，慢慢地天就亮了，苦难就要过去了。但是在苦难的漫漫长夜即将过去的那个时间段里，很有可能人是辗转反侧的，是非常非常难受的！就像这首诗里表达的故事一样。显然《黎明》这首诗也是跟诗人内心的爱，跟他的恋爱、私情有关。他写信给一个女性朋友，他以为她在战争中已经失散了，甚至已经死了。但是写这首诗的那两天，他收到了她的回信，“我现在在××，我在××工作”，就是告诉他她的近况。帕斯捷尔纳克拿到那封信以后，整个人就呆掉了，被生命之无常震撼了，后面他就写了这一首回信一般的名诗，以珍贵的私函、书信的形式，所谓“家书抵万金”。待会我要朗诵一下这首诗，在俄国有读诗的传统，很多人之前也说过，到了俄国能看见地铁里很多人都在读书，读的书里面又有很多都是诗集。不光是俄国，整个欧洲都有很多这种良好的公共空间。

有关帕斯捷尔纳克的诗歌影响，有这么一个权威的说法：在古拉格群岛，有很多苏联政府后来没有枪毙的苦役犯，他们在监狱里已经一无所有了，他们就默念着帕斯捷尔纳克的诗活下来，一遍一遍地给自己以必要的精神支撑。为什么选他的诗呢？有被释放以后或者逃离苏联到了西方的作者，其中有一个小说家名叫瓦尔拉姆·沙拉莫夫。他写过一本流传很广的书，是仅次于《日瓦戈医生》的一部长篇小说，叫《科雷马故事》，他就说了这个故事和感受。他说：“我在监狱里，脑子里没有别的人，只有帕斯捷尔纳克的诗才有印象，其他人的，甚至曼德尔斯塔姆的作品和文字，都不记得了，都留不下来了。因为他们诗里的那种痛苦，我此时已经够痛苦了，再读那种同样甚至更加痛苦的诗，我实在受不了。”帕斯捷尔纳克的诗里不是没有痛苦，但它经过了其他的、多层的、情绪的渲染和处理以后，他的诗给人的安慰跟其他的那种作品就不太一样。例如阿赫玛托娃，从宗教形态来说，阿赫玛托娃信仰俄国的东正教，她有东正教里面偏天主教的一种情绪。帕斯捷尔纳克也信仰俄国东正教，但是他有偏基督教新教的这样一种思想背景。曾经有一个女作家，好像是一个政治犯，法院对她宣判无期徒刑，她在当庭被押下去的时候，嘴里就默念着帕斯捷尔纳克的诗句。

20世纪的苦役犯们如此钟爱他的诗歌，原因之一是他饱受苦痛却度过了奇迹的一生。这种幸福感不是一个自爱之人的凯旋，而是突然获得了赦免的受审者的凯旋。他的诗之所以成为那根“最后的救命稻草”，是由于饱满的生命感在每一行诗句中都闪烁出被人遗忘的奇幻的闪光，这些诗句并不刻意描绘自然，但它们本身就是大自然的生生不息的延续。

帕斯捷尔纳克有一部长诗，但不太被人注意，叫《施密特中尉》，是帕斯捷尔纳克一生中留下的三篇长诗中的一首。这首诗也是有一点应景的，他本人其实也不太愿意写这个，但当时他无可奈何。他是“四大诗人”里面生活待遇比较好的，跟斯大林还有一点外界传说的所谓的私交。当时俄国为了卫国战争，也号召诗人写诗，那么帕斯捷尔纳克就写了《施密特中尉》。这首诗里面有几个段落风靡一时，很多人都会念。

我先念一下关于帕斯捷尔纳克的讲稿里的一段话。他是我们时代最伟大的俄罗斯作家，无人敢否认他是天才的抒情诗人，即使是他的那些政敌或个人生平方面激烈的批评者，无论怎么骂他，但是都承认他是最天才、最好的诗人。他的诗在他活着的时候就已经不朽了，他自己也很清楚他在俄罗斯文学史上的独特地位，在身后就更高了。跟很多人不一样，例如高尔基、肖洛霍夫，他们的文学声望都是慢慢地走下坡路，有几个诗人慢慢没人提了，但是帕斯捷尔纳克的声誉是逐年在提升。《日瓦戈医生》小说出版给他带来的负面影响特别大，因为他的小说没有在苏联出版，是被一个意大利记者偷偷带到意大利，先在意大利出意大利文本，不久以后美译本、英译本出来，很快就在欧洲风靡了，小说出版当年他获得诺贝尔奖。所以苏联政府要找他麻烦，对他的影响是非常大的，他被限制个人自由，有一段时间不许走出他的家门。他接受了十月革命，但却跟高尔基、托尔斯泰、爱伦堡、普宁和库普林等十月革命时期的白银时代的作家不太一样——他从来没有流亡过。他可能到国外旅行过，但他从来没有成为流亡者，他一直留在俄国，始终与他的民族共患难，或者可以说，他是在自己的国家里流亡罢了。并且他一生从来没有停止写作。1940年斯大林开始对文艺界进行大清洗的时期，他的作品实际上是被禁止的。大清洗的程度是非常恐怖、非常黑暗的。我举一个例子，伊萨克·巴别尔，他有一部作品叫《骑兵军》，这部小说被称为欧洲20世纪五十部最佳小说之一。在这五十部小说的名单上，《骑兵军》排名第一，欧洲很多有名的小说家都只能排在他后面，例如博尔赫斯、海明威等，都承认说写不过巴别尔。这样一个人物，一夜之间就被拉出去，在一个偏僻的院子里直接枪毙掉了，尸体都没找到。他傍晚被逮捕，半夜里就被杀掉了。被迫害死的人太多了，他们四个人里面，茨维塔耶娃从法国回来以后被流放（说是临时疏散）到了哈萨克斯坦一个靠近我们中国的小镇上，后来她实在受不了这种生活，上吊自杀了。他们都非常悲惨，帕斯捷尔纳克好像还不错。讲到斯大林这个故事就好玩了，据说斯大林自己也偷偷写诗，但是他不敢拿出来，就把诗稿塞进抽屉里。据说有一次他半夜里秘密地把帕斯捷尔纳克召到克里姆林宫的办公室，去了以后坐下来，给帕斯捷尔纳克倒了一杯茶以后就说，我就只是想把我的稿子给你看看，你看我能不能写诗？帕斯捷尔纳克沉默了几分钟，和斯大林互相看着，然后说，领袖我建议你还是别写了。然后专车又把他送回去。在他还没搬到莫斯科郊区那个著名别墅，也就是别列捷尔金诺别墅里之前，他住在一所公寓里，公寓里的人都把这名诗人看成神人了，说他去了斯大林那里居然还能活着回来。很多人最后都求他，他的邻居，尤其是他周围的诗人朋友、作家都求助于他，有什么事都让他帮忙打个电话给斯大林。帕斯捷尔纳克说，我怎么能做得到呢，不可能的事啊，虽然我确实跟他有点私交，而且斯大林也说有什么事可以找他，但我怎么可能真的去找他呢？帕斯捷尔纳克为这个事情跟自己少年时期最要好的一个作家朋友彻底翻了脸。看他的传记就能看到这些故事，很多很有意思的细节。那个人的儿子被关在古拉格群岛苦役营里，他求帕斯捷尔纳克写个纸条，让斯大林放他儿子一马。帕斯捷尔纳克拒绝了。后来有一天深夜，电话响了，筒子楼里传达室的人说，领袖打电话来了，你去接。帕斯捷尔纳克在电话里跟斯大林聊，斯大林问他曼德尔斯塔姆的事情，直接问他说，我要不要把他枪毙？有很多种版本，一般公认的版本，就是他没有回答，既没有说不要，也没有说要，他就保持沉默。后来斯大林听他不说话，说那就这样。最后，白银时代另一伟大诗人，也是帕斯捷尔纳克的好友，曼德尔斯塔姆还是被流放了。我们说，他从未停止写作，他的作品实际上被禁止，允许他发表的机会也是微乎其微。但是作为一位伟大的无可争议的天才，他只要存在，就仍然对有文化的俄国人以及其他人产生很深的道德影响。许多人都是通过传闻知道他的诗，通过各种口头文学、民间版本的道听途说，知道他的成就，把他视为世俗的圣徒和殉道者。而他本人也始终顶住了一定的压力，并且自始至终忠于自己的信念和艺术。当同时代的很多作家都在这种压力面前屈服时，这位诗人仍旧保持了倔强而正直的风度。他今天的地位非同寻常，已经到了跟托尔斯泰一样（的地位），步入晚年的他是世界闻名的诗人和作家，尤其得了诺贝尔文学奖以后。虽然他本人没有去领，也得不到自己国家政府的推崇，但是赢得了全世界更多的读者的尊重，甚至还有更多的敬畏。

这通常是天才才能够有的反应和境遇，他完全沉浸在自己的诗歌世界里，因为他的诗就是这样。他离开那个战后重建的市区环境以后住到一个别墅里，他每天白天都在那个树林里有规律地散步。他晚年写的诗，都是树叶、天空、季节、身边的事物啊或者一条小路这样的意象，即使是最挑剔的评论者也不得不认可，这是如此出色的完美修辞，他是完美的一个诗人。他也没有任何个人生活的瑕疵。除了纯粹的艺术创作之外，他是一个孤独的、真诚的、有主见的，并且能全身心投入自己创作的人。他的正直和清白据说甚至感动过包括最高领袖这样的可怕人物，他之所以能够活下来，连斯大林都尊敬他，就是因为他这个人是不可冒犯的。

诗人在世的时候，多年来也有评论家指责他写的诗深奥、复杂而且烦琐，远离当代苏联的现实。说到这里，也是我今天下午要重点谈的一个问题，他诗歌的一些审美、美学特征其实已经跟中国古代诗歌有点像，他已经偏离欧洲那种心灵上的特征，而偏向于东方的无为，偏向于中国唐诗宋词里的山水诗隐逸出世的那种倾向。要丰满、丰富我们的世界文学创作，需要向欧洲学习，同样，俄国文学也需要汲取其他民族的养分，比如类似中国诗歌这样的因素。在汲取或者说自己再创造的过程里，帕斯捷尔纳克具备了这样一种创作魅力，我觉得他做得已经特别到位。

他诗歌里的抒情，后来影响过苏联的一个诗歌流派，这个流派叫“悄声细语”派。这个流派也产生过一定程度的影响，今天很少有人提起了。何谓“悄声细语”？就是不管发生什么重大的事情，他都用特别轻的声音把它说出来。这在帕斯捷尔纳克的整体写作面貌里早就存在，所以艺术上，他有鲜明的自传色彩，类似意大利的另一个著名流派：“隐逸派”。他写诗不是完全把现实描绘下来，而是把现实通过变形，重新再记录。有一种说法认为，所有俄国作家的作品都是一份小小的个人忏悔书，一份供词。或许俄国人的确充满了这种感觉，好像做错了事情，然后就开始忏悔。懊恼、羞惭、惭愧，诸如此类，我们可以看到，最典型的一个作家就是陀思妥耶夫斯基。后世的作家，有一些人不买他的账，比如说从前是俄国作家，后来是美国作家的纳博科夫，他说，陀思妥耶夫斯基的书，我连一页都不会打开。这是典型的文人相轻的例子。像我们这样的，既喜欢陀思妥耶夫斯基又喜欢帕斯捷尔纳克的人就很为难，会想这是什么原因呢？后来想，确实，陀思妥耶夫斯基的个人特征太猛烈了，太明显了。在我们中国的二十四诗品里面，他可能往后落一点，没有那么冲淡，更没有那么雄浑，他可能是偏激或者其他，他是“悲慨”，是“清奇”和“缜密”吧。当然他也已经是一个艺术的伟大力量，已经是很完美的呈现，但是从品味上来说都很俄国化。在司空图的二十四诗品里面，你就能知道古代中国人有多么智慧。丝绸、瓷器、茶叶，诸如此类，都可以象征人类过去三千五百年的中国文明。包括鸦片战争为什么打起来，包括中国今天为什么是这样一个地位，都跟这个有关。美的后面就会有那种灾难，文明过后也会产生废墟，走下坡路，这个没办法。

俄国作家都像个人忏悔一样，而帕斯捷尔纳克却没有像果戈里、陀思妥耶夫斯基、托尔斯泰乃至屠格涅夫经常做的那样，进行直接的说教。他从来不说教，他从来不直截了当说自己是怎么想的，他只说他诗里面的那个细节是怎么说的。在这个意义上，他是白银时代四个诗人里面最具有现代性的诗人。一个作家无论要说什么，都必须通过他的艺术作品加以表现，而不能够以额外的附加形式来加深他的艺术作品的效果。在这方面，帕斯捷尔纳克更像契诃夫，自始至终以一种谦卑的声音说话。契诃夫以及他所有伟大的先辈，包括象征派、白银时代最早的一批作家，例如梅列日科夫斯基这些诗人，他们的总体价值其实至今都还远远没有被挖掘出来，他们的书在中国也翻译了很多，但他们的那种成就还是有点被埋没。在那样一批诗人里，当时帕斯捷尔纳克只是一个小字辈，但他后来长大了，写出了自己的宏大作品以后，就慢慢地超过了他的前辈很多。

艺术家应该不是单个的牧师，也不仅仅是美好物品的提供者，而是要呈现简单的一个真理。艺术品就犹如这个真理。作家首先面对的是这个真理，他只不过是更有感触，更有反响，比普通人更有洞察力和表达能力。在这一点上，帕斯捷尔纳克的艺术和艺术观念要比后来那些追求所谓纯粹的美的评论者和诗人，更接近古典的现代论。

说到这里，我再说一个喜欢帕斯捷尔纳克诗歌的理由，就是他的超脱。在那样的一个时代里，19世纪末20世纪初，俄国命运如此跌宕起伏，世界风云变幻莫测。关于这位诗人的出身及其在世七十年的生平，一般的介绍是这么说的：他是俄国诗歌史上屈指可数的巨匠之一，他横跨19与20两个世纪，纵历白银时代、十月革命和苏联“解冻”三次沧桑巨变。他被授予诺贝尔文学奖，瑞典方面给出的理由是：“……在现代抒情诗和伟大的俄国小说的传统领域所取得的巨大成就。”帕斯捷尔纳克生于1890年，纳博科夫生于1899年，他比纳博科夫大九岁。俄国十月革命是1917年，1917年是特别有意思的一个年份，这一年是一战结束的前一年。第一次世界大战太惨烈了，某种程度上比二战还要惨烈。死亡的人数不及二战，但死亡的方式比二战有过之无不及。因为它第一次出现了坦克、飞机、大面积杀伤性武器、毒气，第一次有兵团大规模地在一夜之间被消灭。盘尼西林就是那时候发明的，被匆匆用于战场，因为很多人根本就没有办法，受了一点伤只能等死。一战是1918年结束的，在之前的1917年这一年发生了太多的事情，也预兆着一战已经打不动了，其中就有十月革命。1917年十月革命一声炮响，沙皇全家三十几个人在一天早晨被一群士兵冲进去乱枪打死，只有一个在国外的女儿幸免于难。但这种满门抄斩又不是制度性的，不像古代中国是以皇帝的公文传达下去，它完全是无常得一塌糊涂。就是碰巧工人武装的士兵冲进去，有人说这个是皇帝，管他什么皇帝，皇帝要杀就杀了。当时是世界性的新闻，欧洲完全看傻了——俄国人已经血腥到这个地步。从这个意义上来说，我们中国的溥仪被迫退位，被冯玉祥带领士兵友好地请出了故宫，相对来说还有一点中国古代文明的这种体面。沙皇之所以落到这么血腥的结局，跟他两年前的作为有关。1915年，彼得堡工人罢工，有四千多人被乱枪打死，是沙皇下的命令。这个世界性的流血事件直接导致了一开始比较保守的孟什维克俄国革命，后来演变成了激进的布尔什维克革命，直接取代了孟什维克，最后整个俄国就很乱了。1917年，帕斯捷尔纳克十七岁，世界变了，进入了无产阶级革命统治下的苏联时代。

正如我们中国的晚清民国，那个时代时间也不长，但出了那么多的人才。各种各样的思想家、学者、音乐家、诗人、小说家都从那个年代出来，包括宗教改革家，包括像虚云法师、印光法师，那个时候儒释道都兴盛，出现了很多伟大人物。俄国在沙皇在位末期和十月革命初期也是，音乐家、歌手、舞蹈家、雕塑家、建筑家、绘画家、作家、诗人全是在那个时期纷纷诞生，但后面也是非常衰败的，更不用说20世纪30年代末的大清洗了，后来整个俄国都被折腾得没什么人才了。

帕斯捷尔纳克从来没有放弃永不撒谎的努力，他坚持他的美学真理，也不介入任何个人的小圈子，他也不试图逃避任何意义上的现实生活。在他大部分的写作试验期间，像其他年轻的天才诗人一样，他有时候也会以破碎的、激烈的、扭曲的、断断续续的方式写作。比如他的那首长诗《施密特中尉》，现在成了他的诗歌整体的一个瑕疵，但如果留意他同时代的创作，这个真的已经是最克制的方式了，否则根本就活不了。这仅仅是用来表达和重构他完全置身其中的行动、社会剧变和政治构成的真实世界的手段。《日瓦戈医生》甫一问世，之所以能够在西方世界掀起一股风暴，原因之一是整个西方对苏联太好奇了，因为它封闭得太过于离谱，太无法想象了，所以西方人随便看到什么，只要是苏联流出来的东西，他们都十分好奇和兴奋。同样是这一部长篇小说，一个法国人和一个苏联人写，完全是两码事：一个苏联人写的，马上就有人开始排着长队要买它，大家都好奇，这个国家已经变成什么样了，都想看看。之所以能够掀起风暴，原因就在于读者根本就不熟悉，不能够确定当时苏联还有没有像样的文学作品。他们也不熟悉类似帕斯捷尔纳克这样的前诗人现在的诗是什么样的。大家都充满好奇。

帕斯捷尔纳克拥有一种超过所有同代作家的天分，那就是他能将他创造的世界中的每个人物身上鲜活的品质和生命的律动，生动地传达给读者。很少有像他那样的艺术家，生动地阐述了文艺复兴以来的艺术家的理论，认为艺术家是可以跟大自然本身相媲美的创造者。石头、树木、树叶、河流、时间、泥土、微风，在一种近乎神秘的意境中，栩栩如生起来，每一个都被赋予了自己独特的生命。从他二十岁最早的诗歌开始，就一直充满这种整体的神秘氛围和意境。这种意境以自己独特的生动性带给读者很深的感染力。帕斯捷尔纳克与其他苏联作家的不同之处，并不在于他不关心政治，相反他们都经历了自己国家的命运，以及他们从前的信仰的命运，而是在于他们的天赋不同，在于这些同时代人的记忆粗糙，而帕斯捷尔纳克的记忆始终保持一种精湛与精良。他说他们同时代的那些小说里面，塑造的人物从一开始就毫无生气。今天已经有越来越多的外国访问者纷纷写文章，描写帕斯捷尔纳克的性格和他的相貌，他英俊的表情，丰富的面孔。帕斯捷尔纳克的一位同时代人说，他看起来就像一个长着马脸的阿拉伯人。即使他在最普通的谈话中，也充满了象征和比喻，以及超凡脱俗的语言能力。这也是帕斯捷尔纳克同时代人经常会说的印象，跟他见过面、说过话的人都不会忘记他谈话的丰富性和感染力。关于诗歌，他曾这样说：“人不能永生但却构想出永远的巨大的使命，其自然的后果就是譬喻。由于两者不相符合，人看待事物必须像鹰一样敏锐。从瞬间的易得的彻悟来表达思想。而思想又如此迅逝。这也就是诗歌……”（阿格诺索夫主编《二十世纪俄罗斯文学史》，中国人民大学出版社，2001年7月版。）有些作家，包括一些伟大的诗人，他们的诗和散文与他们的生活毫不相干，如布朗宁、艾略特，他们所过的生活、从事的活动，并不是只有诗人才能做，而在帕斯捷尔纳克身上不存在这种区别和差异。他自己平时所说所写的每一件事都是富有诗意的，都是他真实经历过的。他的散文不是散文作家的散文，是绝对一流的诗人的散文。

说到这里我要强调，他写出了《日瓦戈医生》这个长篇小说以后，他试图把他之前的诗歌和散文作品，包括他早年的一部自传《安全保护证》都销毁了。他说，如果有可能，帮我烧了，如果这辈子我还是作家，我有一部《日瓦戈医生》就足够了。他说，我觉得我写了一部能够留给后世的像样的长篇散文，是的：散文。他认为是散文而不是小说，带有诗人所具有的一切优缺点。他的观念、对生活的感悟和政治观点，以及对俄国过去的历史，对后来的十月革命，对变化了的新世界所抱有的极其坚定的信念，这些都是非常了不起的，作品中有那么多带有诗人清澈透明而又具体形象的视觉。他是俄罗斯文学史上白银时代最后一位，也是其中最伟大的一位作家，在世界上任何地方都很难再想出另一位在天赋、活力以及无可动摇的政治性方面，在道德、勇气、坚定不移的美学洞见这许多方面，可与之相比的人物了。俄罗斯绝大多数听说过他的人，都为他们拥有这样的诗人感到骄傲。他同时也赢得了欧洲、亚洲不同主义者的一致尊敬。所有的人在面对他时，都超越了自己的党派和观念，喜欢上这样一个诗人。在我们这个时代很少有像他这样的一种奇迹！俄国诗歌里虽然脍炙人口的名篇很多，但是没有一首能够代替我心目中的这首《黎明》，如此痛切，如此淡定，看起来有一种淡淡的忧伤，有一种诗人特殊的禀赋。甚至到诗的结尾，他承认他都是失败的，这样一种其实是大难不死以后的，同时也有一种大病初愈的口吻，从头贯彻到尾。典型的俄国人逃过了劫难以后沉静的口吻、氛围、时间、心跳、思想，表达得恰到好处。

大家想想斯大林格勒战役，俄国人总共死了多少？二战俄国人死的人数是最多的。一战的时候，俄国人死了多少？1917年以来，十月革命带给了人类多大的改变和震动？诗人就凭借这样一首洞穿人心之作，冷观这个世界，痛定总结这一切：

雪融化，我也融化。
早晨阴沉，我也阴冷。

结尾部分，诗人与人间的万家灯火，与一切万事万物等同，他拥抱所有冰冷的生命，思索现实场景中所有的屈辱、黑暗、烦琐、世俗，并通通得到了东正教教堂钟声一样的敲击和回响，一样的回答和一样的震撼与宽容。

在白银时代最著名的四个诗人里面，单凭这一个作品之音调的沉重、高尚，人们也足以记取下那个年代的黑暗、恐怖和辉煌了。所以《黎明》堪称经典中的经典。二战结束不久，最艰苦的战役早已过去。在我的阅读里面这首诗是唯一一首足可以跟艾略特的《四首四重奏》媲美的。二战以后，人类历史文学作品如何跟他相称？比如说到中国的抗战，我们也没有像样的作品可以来纪念，后来也没有。想来想去就是诗人田间有一首短诗，被称为中国能够代表那个时候人的感情的一首作品，就是说刺刀刺在我身上的那首，有点差强人意，远远不够！艾略特写《四首四重奏》，在整个战争时期，伦敦大轰炸，他到街上去做一个救火员，跟人家一样也去救火，炸弹经常从头顶上落下去，他也要伏在地上躲避炸弹。艾略特就在这样非人的环境里写了《四首四重奏》，是由四首规模相当的长诗组成的一首诗。艾略特本人也因为这首诗获得了1946年的诺贝尔文学奖。关于战争的其他的诗我们就很难想象出来了。我们能想到保罗·策兰的《死亡赋格》，那也是到了20世纪60年代才写出来，比较晚。内莉·萨克斯，一个女诗人，她得了诺贝尔文学奖，也是因为写出了关于战争苦难的诗，但是你读那种诗集会有窒息感，觉得这个世界太苦了，不像艾略特的《四首四重奏》里面具有音乐性，同时又有那种佛家、道家、天主教、基督教的智慧穿插在里面，给人一种抚平伤口的感觉。除这几首作品之外，就轮到帕斯捷尔纳克那样的作品出场了。只要经历过战争活下来的人，听到这样的诗，都会流眼泪，觉得能够打动他们的心灵。

《日瓦戈医生》里有个美貌的女主人公叫拉拉，后面拍摄成了电影，电影插曲也成了一个名曲，成了很多钢琴家必选的曲目，还有好多20世纪的电影里面经常放拉拉的主题音乐。我们假设，《黎明》这首诗的女主人公就是那个著名的“拉拉”，她给他回信，噢原来她没有死，逃过了一劫。下面我就把这首诗给大家念一下：

黎 明

你曾经是我命运中的一切。
后来战争来了，乱了，
很久不见你的踪影，
很久不知你的去向。

过了很多很多年，
你的声音又使我激动不安。
我整夜读着你的遗言，
好像从昏迷中清醒过来。

我很想到人群里去，
加入早晨热闹的行列。
我想把一切打碎，

我想把一切降服。

我从楼梯上跑下来，
就好像第一次出门，
来到外面的雪地里，
踏上结了冰的马路。

到处是灯火，人们起身了，
忙着吃早点，赶电车。
几分钟的工夫，
整个城市就变了样子。

狂风用密密的飞雪，
在门外编织着大网。
人们为了及时赶到，
只草草吃几口就动身。

好像我也在他们之中，
我的感觉和一切相同，
雪融化，我也在融化，
早晨阴沉，我也阴沉。

和我在一起的有陌生人，
有树木、没出门的大人和孩子们。

他们一个个把我征服了，
但这正是我的胜利。

1947年
（力冈、吴笛译）

“人们为了及时赶到，只草草吃几口就动身。”这两句话有如中国古代诗歌里的许多名句，如“问君能有几多愁”，又如“落花时节又逢君”。一样是对人生的一种高度总结，对过去、今天和将来都是高度的总结。这种高度总结的妙处在于这简单的两句话，实际上也是很口语的两句话，好像我们平时也会脱口而出：哎呀，都出书了吗？就为了赶到那，匆匆忙忙，也没来得及好好坐下吃一餐饭。就是那种很草率，看起来貌似不经心的口吻和文字。但他描写的是20世纪人类的命运，在那个黑暗的年代里，所有的人，从斯大林到宗教领袖、教皇，到普通人、监狱里的犯人，无一例外都是不知道在往哪儿赶，就是为了及时嘛，好像某个时间在等着他，你应该坐下来好好吃饭的，这种事情也做不好。

这两句话其实是深刻地嘲讽了生活的庸俗，毫无质量。这究竟是怎么回事呢？怎么会这么乱呢？怎么会这么草率呢？各种抱怨，各种愤怒，各种尖锐的批判都不说了，他就用这两句话把什么都概括在里面。就像他1960年去世的时候，他最后的遗言有两句，第一句是：“我快乐。”第二句是：“生命美好。如果生命延续，我将用它反抗庸俗，在世界文学和俄国文学中，有太多的庸俗，一切的书写都文不对题。”这两句话是说了完全不同的两件事，第一件事他说我很美好，我这一生已经可以了。就他的遗言，这句话据说是最后的话语，很快他就不省人事了。另一句话就是他好像遭受着病痛，死亡的幻影已经到来了，他在大声叫喊，他说没想到周围有这么多的庸人，庸人太多了！当我读到《黎明》这两句诗的时候，就想到这两句遗言。再看看上面两句诗，大自然是多么严酷，那种命运、黑暗，对人的伤害，这个社会就像狂风密密的飞雪，这个网多么大，整个天罗地网，每个人在生活之网中都逃脱不了。就像中国朦胧诗的代表诗人北岛有一首诗，只有一个字——网，那首诗的题目叫《生活》。到今天还有人津津乐道，包括北岛本人都没想到，当年他这么年轻，写得那么妙，生活就有如此寂寞，他写了一个字：网！很多人都很佩服。相比较之下，看这首诗里面，艺术作品的妙在哪里呢？它非常突然地出现在你眼前，但又几乎是无影无踪的，这就是艺术作品。他这四句话里面，很多的锋芒都看不到，都是磨平了，就像脱口而出，就是掏他的心，把心里话掏给你，你都完全傻掉。他会这么写，他说的又是如此之多，如此之丰富和精准。你看他这首诗整个的起承、转合、口吻、音调都非常有意思，然后就是他有一种困惑的那种眼光，一种醒不过来的感觉，但是又醒过来了一样。但是到了这首诗的结尾，就特别肯定，特别可怕，特别地难过。他把所有的力量都放在了这首诗的最后两句：他们一个个把我征服了，但这正是我的胜利。我相信他写这句话的时候，斯大林还在，他会不会这么想：诗歌语言的这种力量放在这里都可以被砍头了，我头掉了也得把这句话说出来，你们一个个把我征服了好吧，那就等于成全了我，支持我的胜利。诗人的这种表白，有点类似中国古代诗歌里面的藏头诗，把一些秘密藏在诗里面一样。也许，这真是像别人评价他的诗歌特色所形容的“多联想的印象主义”（利哈乔夫语），或者他自己说的“永恒的印象主义”，“客观的主题选择和对转瞬间即逝的运动中的景物的描绘”，“对于诗歌来说，哲学必不可少，并非作为抽象概念和公式的体系，而是作为理解生活的形式……没有哲学，诗会变得浅薄”（帕斯捷尔纳克《几个原理》）。他把自己的秘密藏进去。这首诗结尾的两句有点显眼，但是这就是那个时候他的那种性格，那种绝不含糊、正直、不屈不挠就出来了，但还是以貌似很口语很平淡的那种语言把它说出来。

帕斯捷尔纳克在白银时代先是被勃洛克所吸引，但对于象征派有时脱离瞬间感受，随意揭示象征意蕴和随心所欲地让“诗与哲学联姻”不敢苟同。他随后又敬佩马雅科夫斯基，但对他后来偏离诗学革新的主航道而热衷于非诗的政治内涵十分反感。因此，除了在自己头两部诗集《云中的双子星座》（1913）和《越过壁垒》（1916）中有较多的模拟象征派和未来派的痕迹外，从第三部诗集《生活——我的姐妹》（1917）开始，便逐渐展示他自己独特的艺术视界，逐渐让自己一开始即擅长的从瞬间感受中捕捉永恒的艺术探索整合成比较完整的体系。纵观帕斯捷尔纳克诗歌创作的漫长道路，在诗的创作中，他以艺术家多维触觉的敏感、普通人的真诚和哲人的深邃，毕生遵循着三条艺术逻辑：瞬间中的永恒、变形中的真实和繁复中的单纯。这也是“帕诗”的纯诗意境、意象结构和风格特征，它们共同组成了帕斯捷尔纳克与众不同的诗美体系。在这个诗美体系中，瞬间中的永恒是主体，变形中的真实和繁复中的单纯是两翼，两翼是主体衍生出来又为补充主体而不断完善的。如果说，瞬间中的永恒是帕斯捷尔纳克诗艺探索的本质，那么，变形中的真实和繁复中的单纯便是这一本质的表现形式，而瞬间和永恒是帕斯捷尔纳克作为艺术家表现生活的切入点和目标，他离不开瞬间，更着眼于永恒：

别睡，别睡，艺术家，
不要对睡梦屈服，
你是永恒的人质，
你是时间的俘虏。
（《夜》）

下面，让我们重点阐述变形中的真实和繁复中的单纯这两条由瞬间中的永恒衍生出而又进一步加以演绎的艺术逻辑。

在危机四伏、从探索（政治到文化）中求出路的19世纪末的俄国，在法国象征派等西欧文艺思潮和俄国本土传统文化碰撞的条件下，出现了诗歌流派多元化和诗人风格多元性的繁荣局面（直至20世纪20年代初）。帕斯捷尔纳克和同时代的其他诗人一道，首先围绕人与现实、生活、世界、自然的关系展开自己对诗歌艺术的苦苦探索。他既不认可现实主义传统对生活的呆板如镜子的反映，也不赞赏浪漫主义传统受生活的浪潮推涌，也不苟同象征派、未来派等创新模式对生活的程式化暗示或任意性折射。他认为艺术不是作为手段被动反映、感触或暗示、折射生活，而是作为生活的等值物，如动用感官一般表现生活的现象，并像海绵一样吸收生活的海水。

帕斯捷尔纳克的艺术观衍生出与此相对应的自然观。在一般诗人的笔下，自然总留有明显受制于诗人的拟人化痕迹，可是在他的诗中，物象除折射诗人的思想和感情之外，它们自身还具有不以人的意志为转移的禀性和脾气，和诗人同样充当抒情情节中的行为主体，是诗人之外的另一位抒情主人公。

用自己的艺术观和自然观营造出“第二次诞生”的意象，把诗视为通过隐喻而变了形的第二现实，把历史看作人类“为回答死亡现象而借助于时间和记忆现象构筑起的”第二宇宙，利哈乔夫在论及此问题时曾经这样说：“第二现实就是重新发现的现实，是不再习以为常和变得衰疲并获得奇迹的原生性的现实。的确，对于帕斯捷尔纳克来说，世界是由奇迹所构成，是由无灵性物变成有灵性物，由任何现象获得人的智慧后从麻木僵死之物而复活的奇迹所构成。帕斯捷尔纳克的这一赋予事物灵性的力量使一切行动、运动、抽象概念都能具有整体的思想和感觉。帕诗难于理解的奥秘就在于此。诗歌做了不可思议的事，因此显得很费解……”

单纯并不是简单，也并不排斥繁复，而是单纯与繁复的特殊交融，即繁复中的单纯。

夏

伊尔片，记忆着人们和夏天，
自由自在，从纸牌下逃离，
酷热中的针叶，灰色的紫罗兰，
还有无风、骤雨和迷雾的交替。

这里不同类意象的罗列，人和景的交融，静态与动态的交叠，时间和空间的交错，给读者一种很凌乱的感觉，却也单纯地给读者留下了一个为诗人所经历、所感受的同步瞬间。在繁复的意象中呈现了单纯的生活画面，它就是只有彼时此地体验过的人才可能体验的特定氛围。这里彰显了单纯所固有的原创性（原封不动）和完整性（毫无缺损）这两个特点的艺术魅力和浓郁诗意。

繁复和艰涩是“帕诗”举世公认的特点。表现为：一、生僻词多而广（涉及生活的辽阔领域）；二、句法复杂难析，时不时挑战规范，如代词和诗中的名词之间往往很难找出指代关系；三、隐喻过密，联想怪异。诗人的初衷迥异于一般读者的想法，他认为真正的繁复不是诗意上的拾人牙慧和诗语上的陈词滥调，而是以真正能够让人耳目一新，能让读者和作者一道对世界有所发现的构思和手法，诠释他所追求的单纯。这个问题是客观存在的，很难说是优点还是缺点，却可以毫不犹豫地说是特点，是养成读者赏诗新思路的一种探索。如在比喻的运用上，传统的写法是选择全貌，帕斯捷尔纳克有时却出其不意地选择细节，他认为“在艺术家眼里无细枝末节”。

“繁复中的单纯”，在帕斯捷尔纳克的眼中也表现为：艺术看似喷泉（结果），实为海绵（过程）。他在《几个原理》一文中说：“现代各流派都认为，艺术是喷泉，其实它是海绵。”没有从生活广采博收的海绵的繁复吸纳，哪来涌泉般激情的单纯喷射。在号称“抒情史诗”的长篇小说《日瓦戈医生》中，如果没有作者对将近半个世纪的俄罗斯社会各层面艺术信息的海绵般汲取，怎么可能出现日瓦戈坎坷人生诗情的涌泉般喷射呢？如果说，繁复更多地附丽于散文，那么，单纯更多地附丽于诗。因此，“帕诗”在繁复中求单纯，从文体的角度说也就是从散文美中求诗美，这是绝无仅有的，这在传统的诗学中无异于一次革命。此外，帕斯捷尔纳克在使散文与诗互动上也有自己的独创，他一反以散文阐释诗的惯例，在《日瓦戈医生》中率先用最后一章《日瓦戈的诗》来印证和阐释整部作品中的散文，同时也使不好懂的诗在散文的背景下变得悦耳、明朗起来。

对于帕斯捷尔纳克，繁复永远是手段，单纯才是真正的目的。他和阿赫玛托娃一样，后期（1940年以后）的诗越来越单纯、质朴，似乎又回到了普希金的传统，传承并丰富了同样以大自然为诗魂的丘特切夫的传统。如果说丘特切夫的自然诗在和谐音中常夹杂着紧张、冲突的不和谐音，那么，帕斯捷尔纳克的自然诗便是人和自然的单纯互动和质朴交融的艺术结晶。

正如培根所说："艺术就是人加自然。"帕斯捷尔纳克对待大自然的态度接近宗教般的虔诚。阿赫玛托娃说："大自然是他毕生享有充分权利的唯一缪斯，是他隐秘的对话者，是他的未婚妻和情人，是他的妻子和寡妇——大自然对于他就如同俄罗斯对于勃洛克。他至死都忠于大自然，大自然也以王者的气度褒奖他。"她还说："整个大自然是他的遗产。而他和大家一起分享它。"（《鲍里斯·帕斯捷尔纳克》）茨维塔耶娃也说："亲爱的帕斯捷尔纳克……您是大自然的现象……上帝原想把你当橡树，却把你造成人，在您身上打着一切响雷（有这样的橡树！）"……如果说，和帕斯捷尔纳克同样充满现代意识的马雅科夫斯基和茨维塔耶娃在诗中对"自我"尽量张扬，那么，帕斯捷尔纳克刻意藏匿诗中的"自我"，把它融入大自然或者日常生活的世界。他在诗中刻意藏匿自我，除去诗学的因素，还有自身处境上的主观因素，那就是他对降生于一个犹太人家庭的某种自卑心理的折射。

十几年前我喜欢一个电视剧，陈道明演的《冬至》。陈道明是我比较喜欢的当代演员，他演的那种感觉和这首诗有点像。他就是"装孙子"的人，整部电视剧里面从头到尾都在"装孙子"。他为什么要"装孙子"？因为他要做一个好父亲，他要做一个男人，但他看起来特别不像一个男人，每天都在委屈自己，每天都在奔忙，在各种不同的矛盾之间。家里穷，他是个银行职员，老婆身体不好，他要给老婆治病，但是钱不够，女儿正上初中，马上要升高中，等等。他又有银行行长对他的信任，可以拿到那个钱，但是他又不敢拿，他是最不像拿钱的人，但他最后去拿了，在整个《冬至》电视剧（48集）里面，他避过了那个摄像头悄悄地偷了好几次。他以前的本色就不是一个盗贼，他本来是一个好人。他做好人很容易，整个电视剧的戏剧冲突，是非常矛盾的那种感觉。

我准备了很多资料，包括帕斯捷尔纳克传记的一些内容，我念一下20世纪著名的作家对他的评价。第一个作家说，帕斯捷尔纳克的名字是刹那间幸福的刺痛。如果这句话说成是刹那间的幸福，感觉好像可以用来说很多作家，但他是刹那间幸福的刺痛，后面这个词就有深度了。阿赫玛托娃说，他把自己比作马的眼睛，斜着，观望着，注视中，分辨中。这个话说得很妙。下面是著名的伊塔诺·卡尔维诺说的，卡尔维诺是意大利著名小说家，他说：在20世纪的半途中，俄国19世纪伟大的小说又像哈姆雷特的父亲的鬼魂一样回来了，这个鬼魂又回来打搅我们，他的名字就是鲍利斯·帕斯捷尔纳克，这部小说就是《日瓦戈医生》。这个话是帕斯捷尔纳克的作品在首批欧洲读者中引起的感觉。这话也说得很妙，诗人本人又是莎士比亚戏剧在俄国的第一权威译者，莎士比亚的《哈姆雷特》开场就是丹麦王子跟父亲的鬼魂在天上对话。俄罗斯帝国在欧洲富有教养的文化人眼里已经成什么样了：太古老了，封闭到里面充满了鬼魂，现在终于有个人出来说说话了。下面是哲学家以赛亚·伯林说的，他说：帕斯捷尔纳克，是俄罗斯文学史上所谓白银时代（1890—1920）的最后一位，但也是其中最伟大的一位代表。在世界上的任何地方都很难再想出一位在天赋、活力、无可动摇的正直品性、道德勇气和坚定不移方面可与之相比较的人了。

帕斯捷尔纳克的诗歌风格虽然变化不是很大，是一个有强大整体性的诗人，但他还是有几个不同的写作时期。第一个时期的诗收录在他的诗集《生活——我的姐妹》。后面是《在早班火车上》，讲他有一天早上去坐早班火车，车厢里很拥挤，他突然就觉得他想拥抱每一个人。每个他身边的俄国人，都像他的家庭成员，他是一个大家庭的一员，每个人都是他的兄弟姐妹。他有一首诗是写离别的，就是两个人，前面还在一起，然后就走了。他是这么写的：缝衣针还插在针线活上，无意间的触碰，让他不禁悄声哭泣，仿佛她就在眼前，仿佛她就在眼前。他是特别擅长于用那种细微的细节来打动我们的人，他的这双诗人的眼睛和其他同时代的诗人，包括历史上那些诗人的都不太一样。他是特别能够在日常生活中，在不经意的这种东西上下工夫的，越是容易被别人遗忘忽略的那种细节和场面，他越是运用得活灵活现。其实我本人也写诗，受帕斯捷尔纳克很多影响，因为像我这样一个写作者，在这样一个时间点上，可以说我们在知识上是赤贫状态，属于没有文化的一代人。像我这样典型的，完全是通过自学，通过自我的常年锻炼，比如说经常出去行走，读更多的书，不停地回到我们中国人的传统文化里的种种经典方式，来加强自己写作的艺术效果，从而获得一种成长。帕斯捷尔纳克是我私底下以特别的敬意来敬奉的一个典型，是别的典型不能替代的。有一些特别的那种时刻，我会谁也不想读，就只想读他，因为只有他能给我带来与众不同的寂寞安静的那种感觉。就像有时处于类似哲学思考的时候，我会读一些像韩愈这样的作家，读一些先秦时的著作，读《吕氏春秋》。西方的话我会更经常阅读艾略特这样的作家，比较有思想性与哲理性。情感方面，抒情诗，我更多是喜欢帕斯捷尔纳克式的，或者捷克诗人塞弗尔特这样的诗人。

我们谈论的每一首诗都占据着人类历史的一个重要时刻，伟大的诗歌本身成就一种历史。人们在其中既能看到20世纪的某一天，也能看到茨威格所言的“昨日的世界”，也即：看到过去，永恒的此刻，永恒的未来。有时候，一首活着的好诗是作为未来呈现在人们眼前的。当庞德写出他著名的《在地铁车站》，或者伊丽莎白·毕肖普写出《麋鹿》《地图》《睡在天花板上》时，过去、今天、未来都变幻成一个个活生生的诗歌瞬间，一个语言的活体。诗歌有一个依赖读者经验去激活的普通人的入口，从此入口进入，到达一首诗所承载的伟大的情感；一旦读者到达，此情感就已转化为人类的日常情感。因此，一名作者创作时，所秉承的是人类情感、智识、命运的伟大。没有一首好诗不体现其伟大性。诗和读者，都是伟大生活的孪生兄弟，它永远在生活的前方，更像是一种心灵的时刻，是灵魂踊跃前行，化解掉凡俗痛苦的时刻。藉此，诗歌超越国家、地理、种族、时空，使人类文明就如一个诗意的大家庭，人人皆在其中，每一种生命表达，都是亲人间的交流，不论生死无常，不分男女长幼。诗的声音将众人联结成一个文明的精神纽带。我们通过敬仰并阅读伟大诗人的作品来重新获得、再次寻觅自我生存的吉光片羽。《世界十大好诗》不在语言的世界，而存在于你我中间的呼吸，在人类那光辉激越的时刻。而这正是华莱士·史蒂文斯所吟唱的内容："人须有冬天的心境／才可以看。"（史蒂文斯《雪人》）

"想象力是什么？"埃达·洛夫莱斯伯爵夫人在一篇写于1841的随笔中这样写道："这是一种组合的能力，它可以采用新颖的、独创的、无限的、不断变化的方式将事物、事实、思想和概念组合起来……它可以洞察我们周围看不见的世界。"埃达一生有两大传奇：一、她是拜伦的亲生女儿；二、她是互联网第一发明和预言者（编者注：此处有误，埃达发明的是第一个计算机程序而非互联网），或者说，计算机先驱。"我可以将来自宇宙每一个角落的光线投射到同一个巨大的焦点上。"

埃达·洛夫莱斯伯爵夫人于1852年病逝，终年三十六岁，她给世人留下了"科学是诗""诗意科学"这样新颖概念的命名。

诗歌有时正是对生活经验或现场事件的一种转录。传说，公元前3世纪至前2世纪，有七十二位犹太学者应埃及法老之请，在当时的亚历山大城用流行的希腊语翻译出《希伯来圣经》中的《妥拉》部分，结果，七十二人翻译的文本一模一样。后来人称其为“七十子译本”或“七十贤士译本”。无独有偶，孔子学生几百人，最为后人称道的是其“七十二弟子”。也正是这七十二名孔子之徒，才合力纂录并完成了伟大的《论语》经典。“内化于心，外化于行。”这里的“化”字，和上面强调的“转录”是一个意思。因而，诗歌是世界“忠实的肖像”。甚至，有些文学作品，其实从一开始就是翻译作品，它们浸润了诸多其他的语言、心理、传统或国外文字的文体风格、概念特征和修辞特性。古代诗歌文章，尤其是相对刻板的清代作品，更是如此。究竟存在多少原作？原作包括两个方面，一个是活体文本，一个是生活周而复始。生活本身就是对于伟大的古老智慧的不断吁请。重温一遍卡瓦菲斯的《祈祷》吧，这首诗说出了什么？一个动人、深刻、默不作声的场景罢了。马丁·路德（1483—1546）在16世纪，先用大众化的口语翻译德语版《圣经》，使《圣经》成为普通老百姓所理解接受的样式，从而动摇了当时教会的权威，推进了宗教改革运动。少年时的莫扎特，会抄写利奥波德给他建议的任何曲子，后来他又转写了亨德尔的《弥赛亚》总谱，以及巴赫的赋格曲。舒伯特似乎抄了贝多芬的《第二交响曲》，而贝多芬私底下又抄写过莫扎特的几首弦乐四重奏以及《唐·乔万尼》《魔笛》和《安魂曲》中的部分旋律，并为自己改编了《弥赛亚》中的一个声乐赋格。勃拉姆斯又抄了舒伯特的歌曲。抄写像转写一样，意味着对所抄或正在转写的文本的某种体认，同时意味着一种慷慨。瓦尔特·本雅明曾经说过，“纯粹的抄写行为有一种神圣的使命感”，“一个文本的力量被阅读时和被抄写出来时是不同的……抄写就是成为正在被抄的文本”。转录、抄写、翻译、创作，这些都是诗歌日常循环的存在之链。

帕斯捷尔纳克那张著名的“马脸”，长过俄罗斯多少世代、多少岁月的忠贞，阴郁过多少顿河两岸的土地、梁赞省的土地、乌克兰的天空。仿佛是在20世纪的险恶天空中伸出的军火，（明明是）一门特殊榴弹炮，却以性格泼辣的姑娘的名字命名：“喀秋莎”！明明是依靠恫吓来维持的家族中缄默的幼子，却像长子一般过早出道，承担起一家妇孺老幼的生存权，替家族生计四处奔忙，养家糊口。帕斯捷尔纳克那张著名的“马脸”，长过了沙皇和十月革命、两次战争、肃反大清洗。论个人经历，20世纪的诗人中间没人能够跟鲍里斯·帕斯捷尔纳克相提并论。在长达数十年的险恶岁月里，他就像游历到了地狱里的但丁，不能写作，被剥夺了公民说话权，只能靠一遍又一遍翻译和校对《莎士比亚全集》过活。这样的诗人，集各种人物的命运于一身。最后仍旧靠单纯的抒情诗——如不同时期的作品《生活——我的姐妹》《重生》——锻打出一顶俄罗斯诗歌受难主题的耀眼金冠。一时间，在俄罗斯大地上，似乎契诃夫、托尔斯泰、陀思妥耶夫斯基、蒲宁、纳博科夫、布尔加科夫、巴别尔、马雅科夫斯基等不同文学巨匠的文字，都汇聚到了历经坎坷的帕斯捷尔纳克的诗人命运深处。他当然不仅仅属于“白银时代”，他属于全人类的受难救赎主题。请注意看他的眼神，现存各种相片中的诗人的眼神，仔细一一对照，你会感受到不同寻常的悲戚和震撼。诗人已存世数千年、上万年，几乎跟人类诞生的胚芽同时落地，一起破土出苗，沐浴自然界的阳光雨露。而20世纪这样一群伟大的名字，是摄影照相术发明问世以来首批留给后代清晰影像的一代人。帕斯捷尔纳克、阿赫玛托娃等人也不例外。这是帕斯捷尔纳克首次站在摄影镜头前，从他不同时期的影像照片中，人们能够感受某种统一的威严和颠沛流离。世界上最早站在相机镜头前的诗人也许是大名鼎鼎的丁尼生、波德莱尔，是克丽斯蒂娜·罗塞蒂或她的哥哥。我们看到：历史上照相术在奥斯卡·王尔德那里，在尼采、普鲁斯特那里，已经取得了长足的进步。他们都各自摆放出人们熟悉的姿势，获取了在大众面前天才而睿智的形象。我们没有听说过拜伦、济慈拍过照。文学史上根本找不到，也四处搜寻不出雪莱、歌德、雨果的成像底片。照相技术在法国比较幸运，镜头在某个著名的瞬间，摄录下怒气冲冲的波德莱尔，以及随后少年老成的阿尔图尔·兰波的肖像。某种程度上，是诗人通过相机镜头，进而发明了自己在时间公众中的不朽形象。回到帕斯捷尔纳克这里，摄影技术的发明和问世，早已经波澜不兴。人们可以通过高倍成像的底片，冲洗出更加从容不羁、习以为常的诗人影像来了。然而，一种内在的紧张、不悦、不信任，仍旧如影随形，出现在了这位诗人不同时期的肖像表面。他几乎是个表里不一的人，他几乎不明国籍，他是东方人还是西方人？是俄国人还是德国人？有一张艾略特的相片，英气勃发，跟他似孪生兄弟，有几分神似，几分相像。艾略特太过倨傲，太年轻了，也太学究，一眼望去，就有一肚子学问，这一肚子学问帕斯捷尔纳克可没有。帕斯捷尔纳克的第一本自传，书名竟然叫《安全保护证》（各种中译本译名中的一种）。可见，他俩来自完全不同的世界。诗人的目光就这样穿越了照相术，从复杂的机器、相机镜头、显影溶液一次性成像，突围出了人类高贵的灵性和人性。《安全保护证》作者的目光，有一种男孩长时间紧盯住自己梦想自然而真切的一眨不眨。他出现在人类面前，仿佛"一名报警的男孩"（奥登语），"站在大火燃烧的甲板上……站立着的结巴朗诵的儿子"（毕肖普语）。又如同卡夫卡的《变形记》开头那只人形甲虫，"一天早晨……"。他出现在人类面前，使我想起杜甫的名句"无边落木萧萧下……"以及"万里悲秋常作客，百年多病独登台"，还有清代诗人黄仲则的"千家笑语漏迟迟，忧思潜从物外知，悄立市桥人不识，一星如月看多时"（《癸巳除夕偶成》）。

我之所以把题目定为《白银时代之帕斯捷尔纳克》，是因为历史上每个杰出的大诗人都跟他置身其中的时代之间有一种词源、修辞学、声音、文本诸方面的密不可分的联系。诗人一定是他所生活的时代的宠儿，同时又是离奇的叛逆者。他一定通过他的作品、想象力重构其时代的秘密心灵和形象。时代孕育了他的声音。但声音一旦被人世听取到，诗人就直立起身，走出他的那个时代的襁褓。最终，时代又成为荫蔽，成为下葬他的棺木。逝去的年代会在为数不多的几名诗人身上，辨认出他自己来：他的矛盾，内心苦痛的挣扎，他的蹊跷的命运转折。这些由诗歌来赋予，往往比其他艺术形式，来得更精准，也更加生动温存。就《黎明》一诗的作者来说，他的身后伫立着另外三名诗人——玛丽娜·茨维塔耶娃、安娜·阿赫玛托娃以及奥·曼德尔斯塔姆的生平和创作。他们共同完成了一个时代，携手成就了彼此每一首后世流芳甘之如饴的诗作。白银时代的更多诗人也跟他们四位站立在一起，比如勃柳索夫、巴尔蒙特、索洛古勃、安宁斯基、吉皮乌斯、梅列日柯夫斯基、叶赛宁、别雷、伊万诺夫、沃洛申、赫列勃尼科夫、谢维里亚宁，还有伟大的勃洛克。他们是一个人类语言完备的整体。那个时代的名字叫作“白银时代”，鲍里斯·帕斯捷尔纳克不过是时代的黑暗森林中鸣唱声音最长、最凄婉、最持久的那只夜莺。有趣的是，他们四人，每个人之间都只相差一岁，两名女诗人一前一后开始和收尾，中间夹杂两位男诗人奋勇向前。白银时代四诗人的出生年代分别为：阿赫玛托娃，1889年；帕斯捷尔纳克，1890年；曼德尔斯塔姆，1891年；茨维塔耶娃，1892年。他们在降临人世的年份上如此紧密相近，紧挨着，仿佛随时准备用于另一个时代的再一次孕育和新生。

诗人大抵是他所生活过的时代的秘密，是那种时代向其他更多人类时空过渡和迁徙中最秘密的心灵的源泉。

2018.12.1

一出为悲剧帷幕所藏匿遮蔽的讽刺喜剧

——卡夫卡和他的《饥饿艺术家》

▌刁　斗

千翻与作
ART OF BOOK
一出为悲剧帷幕
所藏匿遮蔽的讽刺喜剧
——卡夫卡和他的《饥饿艺术家》
时间：2018年12月1日周六15点
地点：亨特千翻与作书店内
■ 刁斗
毕业于北京广播学院，曾当过新闻记者和文学编辑，现专事写作。作品曾获第九届庄重文文学奖，第十届曹雪芹长篇小说奖，第六届华语文学传媒大奖年度小说奖提名，第三届红楼梦奖·世界华文长篇小说奖提名暨决审团奖，第二届在场主义散文奖·新锐奖等多个奖项，2015年英国逗号出版社出版的小说集《POINTS OF ORIGIN》被英国《卫报》推荐为三十本"年度书籍"之一。
精读堂
第二十一期
主讲：刁斗
Conversazione
专家评语
吴义勤：
（刁斗）一直是一个对当下生活保持着高度敏感的作家，他的小说总是散发着现实生活的体温，并敏锐地触及着当下的生存之痛和精神之痛。

刁　斗

1960年出生，1983年毕业于北京广播学院，曾当过新闻记者和文学编辑，现专事写作，居住沈阳。出版作品：诗集《爱情纪事》，随笔集《一个小说家的生活与想象》《虚有》《慢读与快感》；长篇小说《私人档案》《证词》《游戏法》《回家》《欲罢》《代号SBS》《我们刁北年表》《采合》《圣婴》；小说集《骰子一掷》《独自上升》《痛哭一晚》《为之颤抖》《爱情是怎样制造出来的》《重现的镜子》《实际上是呼救》《情书考》《出处》《发现》《我在》等，另有数本小说集被译为法语和英语在海外出版。

大家下午好!

刚才听主持人讲，今天是咱们贵阳第一趟地铁通车的日子。通过便捷的交通工具，人们更容易被物理化地连接起来，而书，则是人们建立精神性连接的有效工具，两者同样价值巨大。所以，在祝贺咱们贵阳地铁通车的同时，我也希望今天和各位聊的卡夫卡的短篇小说《饥饿艺术家》，能带给大家更多的联想，让大家的思想可以更顺畅地通向四面八方。

好像有个电视剧叫《步步惊心》，我没看过，光知道名字。我想说，这几天，一想到卡夫卡，我就能感受到一种“步步惊心”的惶恐不安。这位说德语的犹太人，在全世界的文明语境里，已经被言说得太多太多，我现在和大家讨论他以及他的小说，恐怕每个标点符号，都是炒冷饭，都属于拾人牙慧，难以榨出一点一滴的新鲜汁液。所以，我今天讲的，可能更多的只是我的感觉，是他和他的小说所诱发出来的我的感觉。

卡夫卡的个人经历比较简单。1883年出生在奥匈帝国时代的布拉格，是个学过法律的公司白领以及资深的肺病患者，仅仅活了四十一岁。他几次订婚，却一直独身没有结婚，据说有个私生子，这是他死后，一位自称与他有染的女士说的。但这种事，我觉得，如果证据不充分，还是别摆到台面上讨论为好。作为一个早夭的业余作家，他作品的数量应该不算少，但他的三部长篇小说都未完稿，生前发表过的作品也只有寥寥几篇。并且，他作品的所谓素材、题材、原材料，还大多出自虚实莫测的臆想梦幻，与我们看得见摸得着的实在世界和世俗经验，仿佛没有半点关系。至于被他驾驭得纯熟自如的那种非写实性的、非戏剧化的、非中规中矩的、非可触可感的叙述模式和表达风格，更是将许多渴望从小说中找寻中心思想和教育意义的读者拒之门外。

可是，就这么个普通和小众到完全可以被三言两语盖棺定论的人，随着整个20世纪人类社会的一步步前行，随着科学技术的、哲学经济的，尤其是政治制度上的发展演化，他却越来越能从那些关心人类文明和操心世界未来的人那里，有点超产、超值、超预期地，收获了格外由衷的尊重和重视，这简直有点不可思议。这么说吧，大家能坐到这里，自然都是读书之人，对许多伟大的西方作家都耳熟能详，比如莎士比亚、塞万提斯、巴尔扎克、托尔斯泰……因为关于他们的佳评美誉已经流传得太广；但是同样，不管从艺术上还是思想上，他们受到过的严厉批评甚至谩骂，对我们这些易迷信、喜膜拜的中国读者来说，也没觉得多么陌生。可卡夫卡，却是个特例，在一向以毒舌著称的西方人文知识界，据我了解，好像从来没人批评过他。无数伶牙俐齿的理论家、小说家、艺术家、哲学家或其他什么家，对他，差不多全都恭敬有加。即使不怎么恭敬的，也不以他为敌，也能包容和体谅地，与他对这个世界先知般的预见和指认和平共处。这是不是太像一出皆大欢喜的通俗喜剧啦？

可惜这不是喜剧，而是悲剧，是我们每个人都置身其中，却无法改脚本换场景的社会性悲剧。因为，卡夫卡的预见和指认越一语中的，越广为接受，在生活中越常态化、普遍化、具体化，就越能证明，我们所面对的荒诞和恐怖，已经多么病入膏肓。

我这样总结概括，有大而无当之嫌，下面我就具体地以我自己为例介绍一下，一个普通读者与卡夫卡，其关系模型是怎么建立的，或许这对大家接近他能有点帮助。

我相信，在20世纪70年代后期，当中国终于走出灾难，进入读书不再算是罪恶的时代以后，已经开始文学写作的我，肯定从某种杂志上读到过卡夫卡的短篇小说，比如人变成甲虫的《变形记》。通过《变形记》，后来写出了《百年孤独》的马尔克斯恍然悟出了艺术的真谛："原来小说可以这样写呀！"可我，很可能是一边悻悻地把《变形记》插回书架，一边嘀嘀咕咕地发了通牢骚："我哪有工夫看这种成人童话。"然后，大概是1980年前后，我的藏书里多了本《审判》，我的“读卡”记忆也就正式开始了。不过那依然是让我脸红的记忆：卡夫卡那种磨磨叽叽的无事生非，让刚上大学的我，让一门心思只会惦记谢惠敏（刘心武《班主任》）和乔光朴（蒋子龙《乔厂长上任记》）的我，对约瑟夫·K的冤情十分麻木，而之所以捏着鼻子把他“像一条狗”那样死去的过程也浏览了一遭，只因为，我得对得起好几毛钱的购书“巨款”。接下来的几年一晃而过，又有让我信任的朋友，对我鼓吹卡夫卡时不遗余力，我便又近于被迫地再度“读卡”，可是，仍然觉得不咸不淡。再之后，1989年就来到了。1989年我心烦意乱，每天思考的都是一些事关国族甚至人类的“宏大”问题。就在这样的背景之下，不知出于怎样的契机，某一天，我把一向只关注“渺小”的杯水风波、梦中烦恼的卡夫卡，又三心二意地捧了起来。这回我的“读卡”兴致竟一发而不可收，我不光对照着《审判》连续两三遍“审判”了自己，还与那时能找到的所有卡夫卡（的作品）都攀谈了一番。结果，从他磨磨叽叽的无事生非里，豁然开朗的我，不光领教了人的命运、世界的模样、生活的本色这一类东西，还不无意外地，找到了适宜我的美学趣味生长发育的肥沃土壤……

说到这里，我想岔开一句，想插进一个许多读者读了一辈子书可能也没有想过的问题：我们读小说，是在读什么？或者说，你刁斗读小说，一般都着眼哪些地方？不瞒各位，虽然我的阅读既早又广，并且自己还写小说，但这个问题，我却是很晚才思考的，甚至思考了多年也不得要领——读小说，就是为了消遣故事的好玩热闹呗。但幸运的是，现在我把它想明白了：我读的小说，得至少在以下三项中——在语言的魅惑力、结构的建设性、故事的认知度这三项标准里，有一项半以上让我特殊地喜欢，非常地满意。当然了，这三项指标都不是教条，不必定于一尊，多数情况下，它们也都只能属于一种个体的感觉，即所谓“美是主观的”那么个意思。也就是说，能魅惑张三的语言，李四没准味同嚼蜡，而王五讨厌的结构方式，赵六也许却赞赏有加，还有让张三李四浮想联翩颇多心得的故事，在王五赵六看来，则平庸陈腐得不值一哂……这些反应都属正常。一方面，萝卜白菜各有所爱，仁者见仁智者见智；另一方面，每个人的审美能力与欣赏水平，也会因天赋或训练的原因而参差不齐，甚至判若云泥。所以，对同一样东西做定评时，也完全可能南辕北辙。

具体来说，我用“魅惑力”修饰“语言”，是想表明，即使“诱惑”这种迷人的语词，也不足以代表我的意思，而那种上好的文字表达，就应该像有魅力的女子一样，唯有以“魅惑”去称颂之，才能把话说到点子上去。本来，语言文字的那种魅惑力，只应该到具体的行文语境中去感受和体验，可如果眼下必须举例，必须孤零零地做个说明，倒也不是就没话可说。在我看来，像鲁迅杂文里的“在我的后园，可以看见墙外有两株树，一株是枣树，还有一株也是枣树”，和卡夫卡日记中的“德国对俄国宣战。——下午游泳”，这样的语言，就分别因其意味隽永和富有张力而算得上魅惑。当然了，若换个语境，它们也可能会被归入最无聊、最无味的文字之列。至于我用“建设性”修饰“结构”，所指的也并不仅仅是小说的形式与配置如何，也不仅仅是指略萨那种所谓“结构现实主义”所涵盖的东西。诺贝尔文学奖获得者略萨在小说的结构上非常讲究，擅长将文本编织得花哨新异，比较典型的范例之一是像《胡莉娅姨妈与作家》那样，以单数章节与双数章节，分别叙述不同的故事。这对装修小说大厦的外立面的确多有助益，并且总体上，对花哨新异我也一直喜欢，还常常通过自诩“形式主义者”以对“内容主义者”表示不屑。可我还是认为，这只是事情的一个方面，而且是皮相的那个方面。事情的另一面则表现为，如果形式主义只是一种外在的展演，一种孤立和表面化的造型结构的单摆浮搁，那么，它只能沦落为纸上谈兵。所以，我所谓的建设性，应该更由一个文本的内在结构加持支撑，即通过那种思想上的、观念上的、态度上的组织装配来加工完成，因为只有这样，建设性才可能生成得强劲茁壮，才可望创造出更大的美学效能。而我以“认知度”来要求故事，来衡量小说，是我今天想跟大家重点强调的一点心得，也是几十年里阅读小说，让我受益最多的地方：认知是语言和结构的孩子，但最终，它却能大于语言和结构。

认知是什么？就是了解和理解，就是对自己对他人，对一切有形的，尤其是无形的了解与理解，是建立在了解和理解基础之上的逻辑推理与直觉判断。当然了，对一般没有功利需要的读者来说，读小说就是打发时间，就是消遣。但消遣也有无数个层面，且多数的层面都包含认知，只要你不是榆木疙瘩，有一星半点的思考能力，那至少，在阅读中有一种粗浅的认知，将会充盈润泽你的头脑。认知有的高妙，有的庸常，在深度和广度上也多有不同；但这些不是最重要的，最重要的是认知公允讲理，能一视同仁，只要你有唤醒它、接受它的诉求和渴望，它就在所有的情形下都肯于启动。就此，我很想不惜得罪语言和结构地建议诸位，假设你进入小说时，对于语言的魅惑力，对于结构的建设性，怎么使劲也感悟不到，怎么用心也享受不着，那也别着急，你仍然有资格与那小说为伴。只要你还体会得到故事带给你的那种大于“打发时间”的阅读快乐，你也就等于实现了一次成功的阅读。

好啦，这圈子绕得大了一些，咱们还是回到1989年吧。1989年以前我靠拢卡夫卡时困难重重，毫无疑问是认知能力低下为我设置了障碍。那么现在，我是说1989年以后，认知水平的提高已经重新铺好了我接近卡夫卡的阶梯，让我从卡夫卡那里，源源不断地汲取到了——对不起，我觉得，虽然1989年已经过去了许久，可无论我怎样表述我当时的以及直到今天的“读卡”感受，都逃不开思想和语言的双重苍白。那就允许我借别人的话为我所用吧，毕竟对它们，我始终都深以为然：“没有卡夫卡，就很难认清20世纪的种种灾难”，因为“他的困境就是现代人的困境”。这是被我稍微组织了一下的两句话，前一句出自墨西哥小说家富恩特斯之口，后一句系美国诗人奥登所言。

谁都知道，在我们这个地球上的20世纪，那些触目惊心的灾难和困境，像世界大战、种族屠杀、政治迫害、宗教冲突、人权罪恶、恐怖主义……已经远远不像往昔那样只与生存休戚相关，它们多半都由人从观念里创造出来，再蛊惑着人去祸害人。所以，富恩特斯和奥登的话精准到位，对此我无须半句解释，只是为了在结束以上对卡夫卡的概貌介绍时能勾连上小说，我想再引一段卡夫卡的布拉格晚辈老乡、小说同行克里玛的话分享给大家。

我们已经知道，卡夫卡是个“无害”的人，他的小说，连一般性的社会批评几乎都没有。好像王朔说过，为了不惹麻烦，在小说里，顶多只可以批评到处长；可卡夫卡比王朔更懂得自保，他连科长都不批评。他还特别不男子汉地垂手认怂说：“任何障碍都能摧毁我。”然后，就在死前的遗言里，请朋友销毁他的全部作品。可就是这样一个脆弱到近于窝囊的小知识分子，在20世纪90年代之前的捷克斯洛伐克社会主义共和国时期，却受到了封杀。哦，前边我说没人批评他，可没说国家机器也赏识他。那为什么，政府这种庞然大物，会和他这样一只“甲虫”过不去呢？我想，这恰恰是对他作品那种神秘的力量，从反面做出的一个肯定。下面，我们就来琢磨克里玛给出的答案：“卡夫卡的人格中，最重要的是他的诚实。一个建立在欺骗基础上的制度，要求人们虚伪，要求外在的一致，而不在乎是否出于内在的深信；一种害怕任何人询问有关自己行为的意义的制度，不可能允许任何人向人们说话时，达到如此迷人的甚至可怕的彻底的真诚。”

“如此迷人的甚至可怕的彻底的真诚！”请记住克里玛为卡夫卡定制的这句赞语。接下来，我们就可以把“饥饿艺术家”请出来了，以便通过它了解一下，卡夫卡的真诚到底有着怎样迷人的魅力。

不知道大家是否听过一个笑话，我想稍微复杂地演绎一下。话说，有很多人围着一个火灾现场抓耳挠腮，但就是不敢冲上前去。这时候，开来一辆车，一头撞进了火灾现场，随即一个小伙子跳下车来，与包围他和车的火奋力搏斗，直到火被扑灭，他和车都安然无恙。假设，对于降服这场火灾，有级别较高的领导表示了重视，那么这个大无畏的、见义勇为的、赴汤蹈火的小伙子，定然能被视为英雄，能得到种种有形无形的好处，比如，报纸发通讯、电视播专题、领导接见、巡回讲演、出席两会，更有能稀里哗啦地流入腰包的大笔奖金……然而这天，喝醉了庆功酒的小伙子，在接受记者采访时却说走了板。人家问他，你的奖金想怎么用呢？是捐赠希望工程还是寄给非洲饥民？本来，小伙子若冠冕堂皇地敷衍一下就过去了，不论他说的话多不靠谱，事后也不会有人追究。可酒让小伙子诚实了起来，他坦率地告诉记者：我拿到奖金呀，第一件事，就是去修理我那辆刹车失灵的倒霉汽车。

对不起，我这笑话讲得平淡，太不好玩，没几个人笑。但我借此想说什么，似乎大家又都理解了。没错，有时候生活中感染你、振奋你、给你教益、给你启迪的某些庄严、神圣、崇高的东西，其背后的真相，很可能就是莫名其妙阴差阳错的另一副样子，不光不高大上，有时候还可能挺“矮小下”。而《饥饿艺术家》，这篇卡夫卡临终前完成的天鹅之作，就多少有点这样的意思：一个人把饿自己作为职业，把饥饿冠上“艺术”的名头供人观瞻，可后来，看热闹的“吃瓜群众”日渐稀少，这位表演者就被遗弃在了孤寂、清冷、潦倒之中，最后他只能在饥饿中默默死去，也算为他钟爱的事业献了身吧。对这篇小说，我不想说得更加具体，互联网上大家很容易就找得到它，有兴趣的可以回去细看。顺便说一句，我主张小说还是要去书本上读。因为读小说和看新闻，审美体验和讯息浏览，那是差异巨大的两件事情。不过我这样说，又并非表明我对互联网有什么偏见。事实上，虽然我使用网络一直笨拙，但自从我们的生活里出现了互联网，我对它就评价极高，我认为，它能让我们奔向文明的脚步迈得更快。

文明应该是件好事。最起码，一个社会若文明了就不太可能让人挨饿。可既然文明代表不挨饿了，挨饿的现象不文明了，那是否表明，卡夫卡在为他的故事确定背景和原材料时，有点马虎草率，太随意呢？一个人，在文明的语境下，可以把翻跟头打把式卖弄成艺术，可以把吊嗓子玩口技炫耀为艺术，但挨饿，让它忝列艺术的队伍，则未免有点不严谨了。难道在一个非文明的社会里，那些枕藉的饿殍，都是为了艺术理想咽的气吗？挨饿这事无师自通，人人可为，但任何人人皆可插足的事情，都很难跟艺术沾上边的，比如有脚的都会迈步，我们能说迈步这种行为算艺术吗？唔——还别说，有时候，只要把步子迈进一种他人难以抵达的特殊境界，比如迈到钢丝上或者鸡蛋上，还真就有了艺术的意思。那么，饿呢？饥饿也能通往特殊的境界？哈，这么一番胡搅蛮缠，有些相关的往事，还真就能对人有点启发。

在我少年时代的好多年里，我们辽宁省的城市人口，每人每月只能享用三两豆油、半斤猪肉，也就是说，除了极少数人以外，绝大多数人基本上生活在饥饿之中，至少是生活在营养不良中。我记得，我和我的小朋友们都瘦如柳条或者竹竿，在我们中，即使是学习标兵或者积极分子，去商店当低档的蟊贼也没觉得不妥，若能顺“口”牵羊到甜脆爽口的白菜萝卜，尤其是制作粗劣的饼干糖块，那我们就会快乐得如同过“六一”了。但就是在这样的大背景下，我们那些同样需要忍受饥饿与营养不良的老师，或工宣队师傅，或军宣队士兵，却经常组织我们这些饥肠辘辘的孩子们吃忆苦饭，也就是强迫我们这些处于身体发育期的孩子，要比我们日常的三餐更加地吃得不饱和吃得不好。但是，又要表演似的反复声明，说我们其实地大物博、丰衣足食，我们之所以不吃饱还吃得孬，是为了锤炼革命意志，为了不忘阶级苦，牢记血泪仇，以便将来能不惜牺牲个人生命地，去解放天下三分之二受苦的人……各位中年龄大的，大概不缺少与我相同的记忆，那就请你们感觉一下，体会一下，我们那时候的不吃饱吃得孬还得表演，与卡夫卡笔下的绝食表演，是不是有点异曲同工？

那么，我说这些，是为了证明卡夫卡没脱离生活。他写作时所使用的原材料站得住脚吗？怎么说呢？在小说中，故事的原材料结实牢靠固然很好，但更好和更重要的，在我看来其实是卡夫卡对那原材料点石成金般的巧妙使用。当饥饿在所有人眼里，都只表征为灾难和痛苦，当饥饿的反面永远都要被模式化地诅咒为社会的不公、他人的悭吝、自己的不努力不明敏或至少也是不走运时，那个貌似憨厚实则狡黠的卡夫卡，却能别具慧眼并出人意料地，把饥饿看成技艺的标签、天赋的特长，看成才华的证据、荣耀的勋绩，让它堂而皇之地，去显示存在和确认价值，并让那被显示者、被确认者，成为爱岗敬业的典范，成为忠于职守的楷模，成为一个跻身于“衣带渐宽终不悔，为伊消得人憔悴”境界中的，可怜复可笑的喜剧人物，这得具备何等强悍的洞察能力与原创能力呀。

不过听我说饥饿艺术家是喜剧人物，在座的各位中，肯定有人会质疑的。在这个故事里，那种殉道的激情，那种献身的精神，那种不与现实和解的超越的努力和忠诚于艺术的决绝的姿态，以及那种因曲高和寡而生成的悲哀和因心灵隔阂而感受的失望，该是多么严肃和庄重呀，怎么竟可以与可笑——即便是掺杂了可怜的可笑——同日而语呢？

不瞒各位，我并非没看出上述主题的仪态万方与各擅胜场，但也正是它们的群芳争艳，在我眼里才又催生出了新的异蕊奇葩。这就好像，在一个大花圃里，每簇鲜花都自有格局，都主题明晰，它们的彼此映衬遥相呼应，又能创造出新的统一，能让新的主题应运而生，而我无疑更愿意围观新宠。但现在，我想先跳过此时这个话头，先不去拿饥饿艺术家身上绽放的异蕊奇葩做什么文章，而是先就卡夫卡身上那个一成不变的概念标签，引申几句，妄言几句。

我们都知道，卡夫卡是现代主义小说家中最经典的标本，在他那里，那些意义远大于修辞技巧的隐喻、象征、比附、影射，打造出来的是一个异常繁复诡谲又极其变化多端的、在层层递进中既死气沉沉又熊熊燃烧的黑洞般的寓言世界，而这样一个虚有的寓言世界，又非常神奇地，能成为我们每一个现代人所无从规避的现实世界。显然，这一现象细思极恐。那么，能把这样一种量身定做般的效果制造出来，这当然是卡夫卡的力量，是小说的力量、艺术的力量，但可不可以说，这也是——甚至更是——现代主义精神的力量呢？

在文学史上，小说作为一种成熟的文体，大体经历过三个阶段，或者说，在不同时期它曾分别以三种样态的主体风貌呈现过自己：浪漫主义、现实主义、现代主义。当然了，如此一言以蔽之地谈论文学的演化沿革不仅不科学，欠严谨，还有些粗暴，但为了说话方便，为了给我们即将涉及的问题提供个抓手，我又必须这么干巴巴地以“主义”画线，再硬生生地将从来都水乳交融、色调蕴藉的小说历史割裂开来，武断地指称，某一时期的大趋势主潮流是浪漫主义蔚然成风，是现实主义一统天下，是现代主义……可说到这里，即使各位能原谅我机械教条的阶段划分，我也没法不再度心虚：难道，我想比照着“蔚然成风”“一统天下”这种陈词滥调，给现代主义也扣一顶娇饰浮泛的高帽子吗？在文学的天地里，现代主义早已风起云涌不止百年，且一百多年来，艺术指数一路上扬，思想价值愈益显豁，越来越成为人们情感里、观念中不可或缺的一块基石。可又必须承认，在另一方面，不论现代主义在人们的情感里、观念中多么深入，多么重要，多么中流砥柱，在小说高歌猛进或狼狈逃窜的道路上，它又从未占山为王般地完全掌控过某一时段，从来也没蔚然成风过或一统天下过。所以，我想解释的是，对我的“三个阶段说”你们姑妄听之就可以了，我试图把它们的关键词排列开来逐一点数，只是为了透视卡夫卡时更容易看进皮下，深入腠理。

浪漫主义的发生肯定最早，在18世纪和19世纪早期颠倒众生，它以抒情为特点，乐观，传奇，夸张，能把远方带到身边，无须追问便可以信赖。之后的现实主义体量巨大，声势浩大，力道强大，基本上脚踏19世纪、20世纪且直到今天仍趾高气扬。虽然体系之内，常因泥沙俱下而藏污纳垢，又因需要不断招降纳叛而不伦不类，但它那种“大”东西所特有的整合能力与消化能力，还是足以令人叹为观止。它以批判为特点，是纪事性的、戏剧化的、说理的、出示答案的甚至也是解决问题的。而现代主义，我总觉得，它的端倪早就有了，几个世纪以来，《堂吉诃德》《巨人传》《项狄传》的陆续登场，完全就是现代主义的彩排预演。当然了，我这么说，有拉大旗做虎皮的混淆视听之嫌，那我就还是沿袭成说，只允许现代主义的小说起步于19世纪末期然后磕磕绊绊地走到今天。今天看来，一百多年里现代主义虽然异常活跃，但的确从未在小说的领地里主宰过沉浮。可另一方面我们又必须承认，小说之所以能有今天，能嬉戏到今天，玩乐到今天，似乎在很大层面上又得仰仗始终边缘一直低调的现代主义，在自娱自乐自嗨的同时，能源源不断地给庞然大物现实主义补充给养赓续性命，使得当今的小说场域里，不论现实主义怎样贪婪地跑马占地，也不敢阻挠，而是得礼让着现代主义，让它从笨拙的叙事与拘泥的审美中脱身而出，到自己的一亩三分地里，去耕耘梦呓，酿造寓意。是的，以自省为特点的现代主义，正是寓言的、多义的、非理性的和不确定的、无助无奈并且绝望的。

如此一来，与上边并非无懈可击的各种“主义”对比一下，我们也就能大体找到那条通向《饥饿艺术家》的隐晦小路了。而踏上这条通幽的曲径，再去玩味从饥饿艺术家的尸骨上诞生出来的新的主题，似乎许多问题，就更能看得清爽，更好解释了。

这篇小说，如果在全文的九分之八处或十分之九处停止叙述，我是指，停止眼下这种未免有点哀怨的叙述，然后以另外的口吻，调整出抒情的或批判的腔调。那么，若靠向这边，饥饿艺术家那诗一样的浪漫主义宣言就能使冷漠的看客受到感染；若靠向那边，饥饿艺术家那怒吼出来的现实主义控诉就能让蒙昧的公众从浑噩中苏醒。可是，喜欢一意孤行的卡夫卡既拒绝了这边也否定了那边，只是有板有眼不疾不徐地，继续着他哀怨但也暧昧的叙述，仿佛在等待什么复仇的机会。于是，当饥饿艺术家那越来越打动读者的形象终于站立得伟岸崇高了，哀怨或者暧昧的卡夫卡突然抢步上前，几乎不太沉稳不够绅士地，脚下使绊子，手上乱拉扯，一下子就让他笔下圣徒般的极限挑战者，形而上诉求的坚定捍卫者，十分难看地嘴巴啃泥摔了一跤。这是致命的一跤。如果卡夫卡不够狠恶，他可以利用叙述人的自由，代替饥饿艺术家坦白交代。可他毫不留情，偏要饥饿艺术家把底裤都输掉。结果，当有人礼貌地赞赏饥饿艺术家时，奄奄一息的垂死之人只好以自毁长城的方式，奉上让看客们连虚假的尊重都可以取消的呈堂证供：他之所以如此虔诚执拗地献身饥饿事业，仅仅因为“找不到适合自己胃口的食物”，否则，如果能找到，他其实很渴望“像大家一样，吃得饱饱的”。

这可真让人大跌眼镜，这饥饿艺术家什么意思？或者说，卡夫卡这是什么意思？如此的讽刺，让人也太没面子啦！哎，好，终于说到面子上了。面子好，我觉得，我们从这个极其微小、极其通俗还极其中国化的字眼里，会更容易透过《饥饿艺术家》的复杂语义，提炼出那个被我视为异蕊奇葩的新的主题，它应该是——如果我的讲座只能到此结束，我想，大家是愿意会心一笑的，然后，便秉承着人类健忘的特点，迅速抛开饥饿艺术家的痛苦与不幸，抛开卡夫卡的讥诮和恶毒，结合着前边我那个救火的笑话，示意我，你们已经想明白了，已经能够理解到了某些，或者说全部，被心往一处想、劲往一处使的“吃瓜群众”推崇成神话的高尚、圣洁、荣耀、伟大，其实多数情况下只是意外，只是偶然，只是一个退而求其次的莫测的后果，顶体面的主客观因由也只能表明，它们仅仅是那些圣者与伟人内心需要与情感寄托的一束折光，完全是一件私人的事情。

乖乖，这样一场釜底抽薪的阅读，居然如此突兀地反转了过来。那么，我是不是需要赶紧改口，说绅士卡夫卡其实并不讥诮也不恶毒，他的小说，刚好是一面敬献给忠于内心者的另类锦旗。的确，饥饿艺术家行事太迂腐，说话太扫兴，不光出卖了自己，更撕破了那袭遮掩真相的温情面纱。但这越发能证明的，恰恰是他的诚实自重，他不肯利用公众对他的迷信崇敬而装神弄鬼，这为他赢得的，理当是比发扬光大了饥饿艺术更有价值的另外的尊严。可是，故事至此就完了吗？那被我反复渲染的新的主题，那个我心目中的异蕊奇葩就这么单薄，就这么枯瘦？难道，要么是我要么卡夫卡，不会被骂为招摇撞骗吗？

请别骂卡夫卡，我希望我也不该挨骂。《饥饿艺术家》我读过多遍，觉得它好的一个重要理由就是太丰富了。它那种多义的、多层次的、多角度的、多指向的题旨铺陈，驳杂而不牵强，灵动但又沉实，就像个万花筒，不论怎么晃动，从哪边看，所呈现的画面都周延完整。而那周延完整的所有画面，每幅都值得专文讨论。现在我想说的最新发现，是我觉得在这篇小说面前，我们所有的读者，仿佛都被吸附了进去，成了小说中不一定比饥饿艺术家次要的人物。我这样说话有点玄乎，但我的意思十分简明，就是这篇小说的几种人物里，如果有一种公园游逛者可以名之为“A角吃瓜群众”的话，那么，我们这些小说游逛者，不论是否因为卡夫卡“迷人”的“真诚”而成了他的读者，也便都要身不由己地，成为他笔下被质疑、揭露、嘲弄的对象，成为他那不知算喜剧还是悲剧的故事里，可笑复可怜的“B角吃瓜群众”。这什么意思？我们当然可以成为小说人物，成为“B角吃瓜群众”，但为什么，却要面对质疑、揭露和嘲弄呢？

哈，少安毋躁。我想说的是，有代入感的小说不计其数，哪种风格的都不少见。但其他小说的代入感，达成的皆为被动效果，也就是说，读者只能与故事中已经存在的人物通感共情。可卡夫卡却能高明地做到，至少是在这《饥饿艺术家》里做到，让我们这些本来有资格选择放弃阅读的读者，至少是让我这个放弃了选择权的读者，能在饥饿艺术家之外，在“A角吃瓜群众”之外，去与整篇小说通感共情，从而可以独立于其他小说人物地参与故事。当然了，对我这种神经兮兮的个人体验，别人尽可以一笑了之，但我却能经此看到，作为致力于以小说自省的卡夫卡，当他那把指向哪里都等于指向自己的柳叶刀继解剖完饥饿艺术家后，继解剖完围在饥饿艺术家身边的“A角吃瓜群众”后，又步步逼向我们这些“B角吃瓜群众”时，它所依循的，完全是故事情节在纸页上延伸的必然逻辑，而这种逻辑，只能是烙在小说人物身上的特殊印迹。

不过，这实在是让人无地自容的羞愧的印迹，就好像小时候我们吃忆苦饭时，有个革命口号喊得最响的女体育老师，却被人发现去厕所时，偷偷吃事先藏在茅坑后侧砖缝里的半个窝头。按道理说，我们这些“B角吃瓜群众”不必羞愧，饥饿艺术家的境界那么狭小，“A角吃瓜群众”的文化那么匮乏，怎么着无地自容的也该是他们，至少应当先轮到他们。而我们，读书多，修养好，情趣高雅，爱心爆棚，不论对精神世界的种种委曲，还是对人本、人文、人道的问题，都厘得清是非，分得明爱憎，我们是挥洒热情的社会贤达，我们是三观端庄的正派人士，我们是操心国家关注民生的社会精英……可为什么，我们都精致成这模样了，还是不招卡夫卡待见？他居然引蛇出洞般的，钓鱼执法似的，通过一波三折地叙写别人的大情怀与小境界，好热闹与没文化，最终赦免了饥饿艺术家，宽宥了“A角吃瓜群众”，却偏要不依不饶地把我们推到手术台上，得寸进尺又由浅入深地，展览我们的，其实是挑剔、调侃、戏弄我们的高雅礼貌、忧愤悲悯、包容仁厚……进而再让铸造我们文化基因与性格结构的那些庸俗、造作、廉价的情感，伪善的心机，假模假式的政治正确和漏洞百出的公理高论……都水落石出般的被暴露出来丢人现眼。

可是，我这么替卡夫卡开展批评与自我批评运动，未免过于想当然了吧？我猜得到，对我的以上解读，肯定有人会强烈反对。几乎在任何情形下都“无害”的卡夫卡，怎么可能对我们这种比身为业余作家的他更“无害”的“吃瓜群众”，如此正言厉色大张挞伐呢？这个我没法代卡夫卡作答，我只能继续谈我的感觉。我们知道，《饥饿艺术家》等于是绝笔，而越是到了生命晚期，像卡夫卡这样一个平生致力于自我解剖、自我批判的人，对人性的弱点就越容易理解，而对人格的毛病则会越发反感。正如鲁迅死前的“一个都不宽恕”，肯定不是不宽恕祥林嫂的愚昧或孔乙己的穷酸，而是对我们这种占据了道德制高点的“B角吃瓜群众”，绝不宽恕还要穷追猛打。圣人不死，大盗不止！我猜卡夫卡躺在病床上看校样时，嘴里念叨的，肯定是这个庄子金句，假设他知道并熟读东方那个也擅长揶揄“B角吃瓜群众”的智者。

《饥饿艺术家》的结尾是，饥饿艺术家死了，那只囚禁过他的笼子，又把一只同样为了供游客观赏的美洲豹关了进去。那只给人以高贵之感的豹子，与落魄的饥饿艺术家完全不同，它胃口极好，什么都吃，似乎自由就存在于和只存在于活着之中，与“好死不如赖活着”的那个“活着”是同一样东西。我觉得这样收尾很意味深长，完全属于新鲜的异蕊奇葩，可惜今天我们已经没空讨论它了。其实，我特别想搞个问卷调查，当我们这些“B角吃瓜群众”重新进入卡夫卡小说，来到那架能愉悦观众的囚笼前时，面对那只不知比人更需要还是更不需要自由的欢乐的豹子，我们将怎样指手画脚。

谢谢大家。

2018.12.21

像一个人一样活着并非易事

——谈美国作家卡佛

■王剑平

千翻与作
ART
OF
BOOK
像一个人一样活着并非易事
——谈美国作家卡佛
主讲：王剑平
时间：12月21日下午15点
地点：千翻与作书店一楼
Conversazione
王剑平简介：
王剑平，男，六零后，汉族，1992年开始文学创作，在全国各级报刊杂志发表小说、散文、报告文学、理论随笔若干，作品入选多种选本，有作品译介国外发表，获德国之声国际文学大奖最高奖，应邀出席法兰克福国际图书博览会小说论坛。著有《城市形状——王剑平中短篇小说集》，长篇小说《黔中护宝记》（《护宝记》），《人间烟火——德国之声文学大奖优秀作品文集》（中德文对译本）、散文集《觅浮的眼睛》等。
中国作协会员、贵州省作协理事、贵州省文史馆特聘研究员、贵阳市作协副主席，专业作家。原《花溪》文学月刊编辑，《艺文四季》综合文化季刊副主编，编辑公开发行图书40余种。

王剑平

1966年出生，1992年开始文学创作，在全国各级报刊杂志上发表小说、散文、报告文学、理论随笔若干，有作品译介国外发表，作品入选多种选本，获德国之声国际文学大奖最高奖，应邀出席法兰克福国际图书博览会小说论坛。出版《城市形状——王剑平中短篇小说集》、长篇小说《黔中护宝记》《人间烟火——德国之声文学大奖优秀作品文集》（中德文对译本）、散文集《荒谬的眼睛》等。系中国作协会员、贵州省作协理事、贵州省文史馆特聘研究员、贵阳市作家协会副主席，原《花溪》文学月刊编辑、《艺文四季》综合文化季刊副主编，编辑公开发行图书数十种。

简单的力量

雷蒙德·卡佛（Raymond Carver，1938—1988），是“美国20世纪下半叶最重要的小说家”，被誉为小说界的“简约主义”大师、“继海明威之后美国最具影响力的短篇小说作家”。卡佛一生写过六十五篇小说，都是短篇，还出过诗集，写过少量散文。卡佛只活了四十九岁，创作期二十年左右，二十年写了六十五个短篇，我算了算，不算多，也不算少。在我的编辑生涯中，面对堆积如山的稿件，我对一篇小说的最初判断，即是题材与作品对应的字数，当然，这不能作为判断一篇小说优劣的依据，但十有八九也还准确。按我的经验结论，卡佛的文字没有泛滥。

十九岁开始，卡佛即为生计奔忙，他做过锯木工、加油工、搬运工、清洁工、邮差、看门人，他要养活两个孩子。按卡佛自己的说法：“要把牛奶和食物放在餐桌上，要交房租，要是非得做出选择的话，我只能选择放弃写作。”无论是数量、质量，还是写作风格，有今天这个文学成就，卡佛的生活环境是个决定因素。

在小说这个文体里，短篇小说是个最考技术的体例。结构、节奏、故事、人物、语言、思想等等，在小说的诸多要素中，要在捉襟见肘的文字里表现得丝毫不差，确实不是件容易的事情。卡佛的小说结构紧凑、叙事干净、语言冷峻，更重要的是，他以全新的面貌阐释了小说的另一种可能，也颠覆了传统小说的许多观念。

比如卡佛的《小东西》就是个很小的短篇。小说一开始，写一对夫妻离异时的别扭场面。妻子对正在收拾东西的丈夫说：“我真太高兴你就要走了！我真高兴你就要走了！……你听见了吗？”丈夫不出声，妻子又说：“你这混蛋！我真是太高兴了，你就要走了！你不敢看我的脸，是不是？”从这几句简单的对话里，我能感觉妻子复杂、绝望的内心。后来，妻子又对默不作声仍在收拾东西的丈夫大声吼道“快滚”，可丈夫一直在磨磨蹭蹭。直到最后，丈夫在桌子上，无意间收起一张婴儿的照片，突然从妻子抱在怀里的孩子身上发现了可以多待一会儿的理由。一声不吭的丈夫开始反击。于是，夫妻二人因襁褓中的婴儿发生了行为上的争执。

争抢中，卡佛以丈夫的视角，这么写道：“他感觉那孩子正从他手中滑脱出去，他用力往回拽着。就在这一刻，事情终于有了了结。”小说至此结束。一个简单、流动的场景，加上夫妻二人微妙的动作描述，再加一个争抢动作，小说戛然而止，留下一个巨大、关键的空间，这个部分是留给读者的。婴儿被扯成了两半？还是掉到了地上？在卡佛面如死灰的叙述中，他写的是人与人之间不可调和的隔阂，这对夫妻肯定不会因此和解，婴儿的结果一定是很糟糕的。妻子的歇斯底里，丈夫的磨磨蹭蹭，当然，不排除丈夫对婴儿的爱，不过他是在收拾完所有东西后，才注意到婴儿照片的。从这些细微的描写中可以看出，两人似乎并不甘心彼此离去。卡佛给人的就是这样一种极小的场景、极小的叙事，但却对人心构成了深痛的刺激。有多少作家具备这样一种力量？《小东西》不是卡佛最好的小说，只能算他最简单的小说，全文仅千字左右。

1993年，我第一次读卡佛，是他的《你在圣·弗兰西斯科做什么？》（1992年，花城出版社，原名《我打电话的地方》，应该是个台湾译本），这个集子收录了卡佛20世纪60年代至80年代初期的小说十三篇。很巧，那段时间，我正在考虑创作一个短篇。故事的源头是一个地方小报的一则报道，说的是一对夫妻外出打工，妻子死了，丈夫历尽千辛把亡妻背回家的故事。这个行为是不是爱情？行为的背后是不是传统惯性使然？我能意识到，写一个单纯的爱情故事没有任何意义。丈夫把妻子背回家后，只有一个结果，按中国人的传统习惯入土为安，这仍然是个单薄、俗套的故事，同样没有任何意义。可我有写这个故事的冲动，构思中的故事有着种种不确定性，陷在传统小说思维套路中，我拿不准这篇小说该怎么写。这时候，我读到了这个集子中的《凉亭》。

《凉亭》写的是一对贫困夫妻开了一家汽车旅馆，生活有所好转，两人的感情却出了问题，起因是男方出轨。尽管夫妻二人关了店门，一天一夜都在床上闹别扭，并没有发生肢体上的冲突，甚至没有过激言语，妻子要跳楼自杀，丈夫抱住她柔言安慰。他们都说，我是爱你的，但彼此之间却不可调和。这其间，楼下有投宿者敲门，他们闻之不理。关门的目的，就是一心只想解决好自己的问题。他们站在窗户边，看着投宿者启动汽车，再次汇入高速公路的汽车流里。小说至此结束。

和卡佛的其他作品一样，《凉亭》也没有完整的故事情节，没有传统小说的叙事高潮，最后，问题也没有解决。卡佛却能从生活日常出发，轻易就写出了人心的复杂。就阅读习惯而言，读卡佛的小说确实是个挑战。

《凉亭》里，夫妻的矛盾没有解决，不合时宜出现的投宿者也无奈离开。就我写小说的经验而言，小说的开始我都会下个套，整个小说的过程就是为了解开这个套。卡佛的小说一开始，也下这么一个套，但最后他却不解这个套。直到小说完成，卡佛已经走了很远，读者还在他的套子中走不出来。我不认为卡佛在做无效叙事。关于投宿者，他借此隐喻，他们的生活拒绝一切外来者。最后，他们看着投宿者发动汽车，汇入高速公路的汽车洪流，也预示了这对夫妻无法融入别人那样的生活，进一步推翻了夫妻矛盾系因丈夫出轨导致。拒绝外来者干扰，无法融入别人那样的生活，自己又过不好，生活究竟是哪里出了问题？卡佛的套越下越深。

讲好一个故事，是小说叙事的基本要素，但故事在卡佛这里并不重要。借卡佛的《凉亭》，我似乎明白构思中的小说该怎么写。这时候，我开始做减法，我要写的故事应该和爱情没有关系，也无关中国人的生活习俗，甚至，丈夫是否把亡妻顺利背回家，是否还要寻找自己失踪的孩子，这一切都无关紧要。我只要一个过程，不需要有个完整的因果链。一个无头无尾的故事，似乎可以容纳更多的内容、更大的体量，至少从外观上看，更能体现人心的背离与撕裂。我按这个想法，最终写了《冬雨》这个短篇。

卡佛的小说，影响了日本的村上春树，也影响了一大批中国作家，如余华、韩东、苏童、李洱、徐则臣，他们都书写过与卡佛的小说纠结的感受。苏童毫不忌讳地说：美国作家中我个人最倾心的是雷蒙德·卡佛，我从中发现了一种自由精神。他吸引我，是因为他在我所有阅读范畴中，带给我一种崭新目光，一个新的切入点。我觉得他非常好地解决了我在小说创作中的问题，如何把日常生活与我们所探讨的关于人的处境问题、人与人、人与世界不可调和的关系处理好。

大背景小叙事

任何一个作家都写自己的生活、自己的时代，一些小说尽管有个历史的外衣，可它仍然无法摆脱作者生活的时代与历史的关系。卡佛写自己的时代，写自己熟悉的生活。卡佛的文学实践集中于20世纪70年代至80年代。70年代，美国爆发过两次经济危机，影响一直持续到80年代。这其间，美国进行了经济产业调整，开展了一系列经济改革活动。卡佛的创作时段贯穿这个背景，因此，有人称他为美国文坛罕见的“艰难时世”的观察者和表达者。

《艰难时世》是英国作家狄更斯的作品。《艰难时世》的写作，建立在英国19世纪工业资本剥削和社会劳资关系的批判上，它有一个批判现实主义的宏大背景，人物涉及工厂主、银行家、投机商、教育家。显然，卡佛比狄更斯窄小得多，他不写宏大复杂的社会关系，也不构建更多、更复杂的人物关系，他只注重人物复杂内心的表述。

卡佛如此简单，以至于被冠以“极简主义者”的标签。能把复杂写得简单的作家，能把简单写得复杂的作家，都不是简单的作家。我认同苏童的观点，卡佛确实是个非常复杂的作家。他发现了传统经典在宽度与厚度上，于他生活时代的弊端。或者因生计所迫，他不得不另辟蹊径，探究一种适合自己的“新的小说”。他使小说的“纵深度”成为可能。要解读清楚卡佛，不比解读狄更斯容易。

博尔赫斯曾从《一千零一夜》的故事中得到启发，写了《两个做梦人的故事》，讲述开罗的一个破落富人，梦到伊斯法罕有自己的财富，到了伊斯法罕，这个破落富人从另一个人那里听到另一个财富的梦幻，根据梦中的提示，破落富人在自己的庭园里找到祖先留下的财富。博尔赫斯讲述的是，从他者身上寻求参照，获取经验的故事。

我借用这个参照经验，除《艰难时世》外，再以《复活》为例，给卡佛一个对应的参照。《复活》是托尔斯泰批判现实主义文学作品的一个高峰，卡佛本人也很喜欢托尔斯泰。在《复活》的写作上，托尔斯泰笔触广阔深刻、真实生动，在反映社会风俗、人情、国民性和社会矛盾的同时，选取社会各阶层代表为描述对象，把笔下的人物和故事建立在广阔的时代背景上。这种宏阔叙事，是针对整个人类社会的历史发展进程所进行的大胆设想和历史求证，对比、讽刺、心理描写，《复活》在技术层面也更为复杂。

与之相比，卡佛不描述经济危机，不写产业调整，也不写经济改革，甚至不描摹社会背景，不写工厂环境。他的故事都发生在小城市里，他却不写城市。卡佛的小说内容，大多取材于自己的生活经历，他把小说场景构建在一个简单、流动的画面里，像一出独幕剧的演出。在这个场景下，失业者、破产者、离异者、酒鬼……在这些群体里，他只写自己最熟悉的人心。人情冷漠、世态炎凉，他对自己的体会进行感受式书写，纷繁的生活在他的笔下被剥去外衣，除却了小说虚伪的诗意。

小叙事、深切口，构成卡佛小说的一个独特面貌。托尔斯泰以博大坚实的建筑材料，构建一座不朽的大厦，而卡佛只是个能工巧匠。

约翰·巴思说，卡佛的创作是对美国生活的具体成分全神贯注。苏童说，卡佛小说里的一切尖锐得令人生畏。有人说，契诃夫之后，卡佛是唯一能穷尽底层小人物种种辛酸的短篇大师。卡佛呈现给我们的，是城市生活生存境遇的悲剧。

设置一个场景，以此为轴心展开故事的作品也很多，比如法国新小说的代表作家罗布·格里耶的《咖啡壶》，全文千字左右，和《小东西》体量规模相当。写来写去，反反复复，罗布·格里耶就写放在桌上的一个咖啡壶，写阳光对它的照耀，写咖啡壶的形状、阴影，由此构成一个完整意义上的短篇小说。罗布·格里耶表现物质时代“物压迫人”这个主题，是“写物主义”的代表。

罗布·格里耶的小说实验性、探索性较强，相比而言，卡佛要成熟得多。卡佛写物不同于罗布·格里耶，他写物具备更多的象征意义。如《羽毛》里描写的孔雀，《大教堂》里盲人手上反复出现的皮箱。再如，《保鲜》中，一个失业的丈夫，经济捉襟见肘，冰箱又突然坏了，冰箱的“保鲜”功能，一下就成了保障婚姻的象征。《马笼头》中，一对破产夫妻，带着儿女和自己喜欢的马笼头，从明尼苏达来到亚利桑那碰运气，男人没有找到工作，还不小心碰伤了自己的头。这里的“运气”碰得男人头破血流，最后他们一家，不得不收拾东西离开亚利桑那，走时竟忘了带走那个充满象征意味的马笼头。

继狄更斯、托尔斯泰之后，19世纪以来，社会生活发生了巨变，新时代、新生活、新的精神面貌，需要新的表现手段。这时候的人类，开始对群体而不是个体产生了怀疑，文学也开始由对社会的“广泛概括”，转向在个体内部寻找最基础、最根本的东西。文学要表现的人类，正是由那些千千万万个不同的个体构成。卡佛的书写，是在大背景下推动小叙事繁荣的一个案例，他让一种全新视角的小说成为可能。

卡佛以司空见惯的生活日常为主题，写日常生活中的小人物。如《羽毛》，写一对生活平淡的夫妻，希望过朋友那种有儿子、有宠物的日子，当他们拥有了这一切，却发现生活并非他们所想。《瑟夫的房子》写一对二十多年的夫妻，靠别人借给的房子，想共同挽回一段离散的情感。后来，房子要被主人收回了。这时候，房子的主人几乎成了掌控一切的上帝。《软座包箱》写一位离异的男子，兴致勃勃去探望八年不见的儿子，但倒霉的父亲丢失了随身行李和礼物，突然后悔这一行程。计划中的一切，就像一副拿在手上的扑克牌，现在不得不随着牌局洗一次牌。在《维他命》中，推销维他命的女人，因经营惨淡而焦虑不堪，而丈夫却在打她同伴的主意。卡佛笔下这些小人物，都处在人心撕裂、身不由己的境地中。

读卡佛的小说，还让人想起弗兰茨·卡夫卡。卡佛和卡夫卡，从表达人心上来看，都写生活的真相，但卡佛的文学形象是具体的，卡夫卡是寓言式的。无论具体还是寓言式，他们笔下的景象均令人感到不安和疼痛。读卡夫卡，我感觉到一种深不可测的恐惧，让人倍感绝望；而卡佛笔下的人心挣扎，尽管看不到尽头，但却有一种直面无望后的安然。王安忆说：疼痛感是一个作家最宝贵的东西，它在某种程度上决定了作家的分量。当然，卡佛无法与卡夫卡相比，作为“文学终结者”的卡夫卡毕竟是文学史上的一个传奇，卡佛只是个个案。但我们也别指望从卡佛那里得到安慰，他身上同样没有传统文学的温情脉脉。

卡佛的小说结构紧凑、情节简单、语言朴实，却能轻易道出人心的繁复、生活的困苦、零碎的无望。他的小说就像生长在地里的庄稼，根须深置于生活这块土地中，与我们破碎的人心同频，这就是卡佛的力量所在。

两笔丰厚的遗产

读卡佛的《保鲜》《马笼头》《柴火》会让人联想起海明威的《白象似的群山》《雨中的猫》《桥边的老人》等小说。但海明威的叙述置身事外，其写作的状态是优雅的；而卡佛则置身其中，“生怕屁股底下的凳子被人抢走”。海明威对不可战胜的生活和自然，保持不屈之心，被称为硬汉作家；卡佛则对无望的生活保持坦然。显然，海明威的世界要强劲得多。

卡佛不但没有海明威的硬汉气概，也没有海明威那种强烈的自我意识。比如《老人与海》，当海明威笔下的人物孤独时，他自己知道那是孤独。即使《老人与海》中的桑提亚戈不明确知道自己的孤独，但海明威知道他孤独，读者看得见那种孤独。卡佛笔下那些孤独的人物，如《柴火》《我打电话的地方》等作品里的酒鬼，他们感觉到了生活的不妙，但却无力回天，只能在慌乱、茫然中选择与酒为伍。

面对生活，卡佛曾说：别跟我说什么勇气，那不是勇气问题，是忍耐、挺住、慢慢疯掉。生活不如意，时世艰难，卡佛笔下的小人物永远不知道问题出在哪里。他们就像海明威《桥边的老人》中，关在牛圈里的那头牛，他们真不明白生活发生了什么，或者他们明白了活着的真相，却无能为力。

卡佛十九岁娶妻，不久便成了两个孩子的父亲。为了生存，卡佛长期从事技术性不高的工作，而且极不稳定，时常迁徙奔波。他做过烟囱工、推销员等等。社会底层的生活环境和生存状态，使卡佛酗酒成性。这些因素对他的创作产生了巨大影响，其创作表现的都是这个阶层的挣扎状态。卡佛说："所有我的小说都与我自己的生活有关。"其以置身其中的书写态度感染人心，他区别于海明威置身事外的书写态度。

卡佛的第三部短篇小说集《请你安静点，可以吗？》译为法文时，有人对他进行专访。访谈中卡佛说："我读了很多海明威，海明威的作品比我那时读的其他作家（如福克纳）的作品更能吸引我。毫无疑问，我从海明威那儿学到很多东西。对我而言，海明威的句子很有诗意，我可以反复地读他早期的作品，发现它们永远是那么地不同寻常，它们总能燃起我的激情。”卡佛由此摒弃了海明威小说中“巴洛克式”的部分，把海明威的“冰山”理论发挥到了极致，在继承海明威语言风格的同时，他创造了一种“简单的小说”。

卡佛比福克纳、海明威晚出生四十多年，却对这两位文学前辈恭恭敬敬。在《关于写作》中卡佛说：“有些作家有很多才华，我还真不知道一点才华都没有的作家。但是，对事物独特而准确地观察，再用恰当的文字把它表述出来，则又另当别论了。福克纳和海明威就有他们自己的世界。”卡佛比福克纳和海明威温和得多，他的生活经历和处事原则就像他的小说那样慎重内敛。

福克纳、海明威、卡佛，都是对苦难有着深刻理解的作家。在这三个“酒鬼”中：福克纳莽撞固执，朴拙大气；海明威中规中矩，炉火纯青；卡佛则谨小慎微，直抵人心。就某些方面而言，卡佛比福克纳、海明威做得更好。

因为揭露美国的阴暗面，与美国社会的主旋律相悖，右翼势力和一些评论家称卡佛为“肮脏现实主义”的创始作家，这也让人联想到与卡佛同时代的另一个作家——美国“后现代主义”作家巴塞尔姆。巴塞尔姆以反现代工业文明为主题，也被视为改变文学方向的作家之一，评论界称其在现代工业社会基础上建立了“垃圾美学”。他最有名的作品是《白雪公主》，评论家约翰·巴思对巴塞尔姆评价极高。有意思的是，在纪念巴塞尔姆辞世的追思会上，巴思却用了相当的篇幅谈论卡佛。他称巴塞尔姆为理性写作，卡佛为感性写作；理性与感性，成就了美国文坛的“双子星座”。

卡佛只写小人物，他深爱着另一个以写小人物著称的大作家——契诃夫，并从契诃夫那里获得了价值不菲的“遗产”。契诃夫说：“作家的才能不在于知道写什么，而在于知道不写什么。”卡佛在继承海明威“冰山”理论的同时，对契诃夫这段话深信不疑。因此，读卡佛的小说，最重要的是他小心翼翼省略掉的部分。这部分省略掉的东西，往往需要我们想象和补充才能得以完成，如前所述的《小东西》等等。除《差事》外，卡佛的作品无一例外都写小人物。尽管契诃夫和卡佛都有写小人物的共同点，但他们却有着本质的差别。契诃夫以丰富的表情去写小人物，卡佛写这些小人物时则面无表情。

即便如此，这并不影响卡佛对契诃夫的尊敬，为了表达对“文学教父”契诃夫的敬意，卡佛唯一写过的“大人物”就是契诃夫，并以《差事》命名这篇小说。尽管《差事》中还涉及了托尔斯泰等“大人物”出场，但卡佛避开名人轶事，沿用描写小人物的惯常手段，以虚构加史实的方法，琐碎地描写了契诃夫病情加重的过程，漫不经心地讲述了契诃夫于1904年死于德国巴登威勒小镇的故事。在这个故事中，先后有契诃夫本人，有阿拉克斯·苏沃林、托尔斯泰、玛丽亚·契诃夫等大人物出场，但卡佛叙述的聚集点，却是小旅馆里那个长了一头金发的服务员，卡佛对契诃夫的尊敬，都表现在了这个疲惫不堪、毕恭毕敬、诚惶诚恐的小青年身上。有人认为，小说中这个伙计，隐喻的正是卡佛本人。

《差事》是卡佛最好的小说之一，也是卡佛的最后一篇小说。卡佛被称为“美国的契诃夫”，这不仅仅指文学上的影响，就连彼此的死因，也显得非常诡异，可谓同“病”相“连”。《差事》完成于1987年9月，随后卡佛像契诃夫一样开始吐血，被确诊为肺癌。最后，契诃夫与卡佛两人都死于肺上的毛病。《差事》几乎推演了卡佛生命的终结，确实有点不可思议。

不同的卡佛

卡佛以冷峻的笔调写小人物，写贫困的生活环境，写失意的人生，并赋予其安之若素的神态，他并不打算改变这一切。卡佛说：“对于我写的那些人物和那些境遇来说，优雅地解决困难不仅不合适，而且在一定程度上是不可能的。”但《大教堂》和《发烧》两篇小说，却出人意料。就连批评他揭露美国阴暗面的评论家们，对此也大加赞赏。

卡佛在《发烧》中，写一个被妻子遗弃的男人，其妻与他的同事私奔后，男子要工作，要料理家务，要照看孩子，还要面对一个“头晕又恶心”的保姆……他发烧了，好在一个老太婆及时出现，让男子的日子趋于正轨。尽管男人仍要面对手忙脚乱的日子，但有妻子时不时打来的电话安慰，还有一个老太婆关键时候对男子的帮助，这一切使《发烧》充满了温馨色彩。不过这种温馨显得太过牵强，这还是“拿着刮胡刀片专挑人痛处”的卡佛吗？

“文学能否改变我们？”事实上，卡佛也是困惑的。他说：“文学能让我们意识到自己的匮乏，还有生活中那些已经削弱我们并正在让我们气喘吁吁的东西。文学能够让我们明白，像一个人一样活着并非易事。至于文学是否能真正改变我们的生活，这样想想当然好，但我真的不知道。”

《大教堂》是卡佛所有小说中，最不同寻常的一篇。《大教堂》中的丈夫罗伯特，对妻子的前主雇——一个瞎子的来访心怀似是而非的反感，甚至莫名其妙的敌意。从妻子对瞎子的回忆，到进门时瞎子手里的皮箱，到弹烟灰、进餐、抽大麻等动作，几乎都充满了对抗的暗示，尤其是那个多次出现的皮箱，妻子与瞎子的秘密似乎就装在里边。短时间交往后，丈夫放下了内心的抵触，按着妻子盲友的引导，闭着眼睛在厚纸上画出大教堂时，世界似乎一下变得宽广无限了。

《大教堂》呈现的并不是《发烧》中的那种温情，它一改卡佛小说的灰暗，由此出现一抹亮色。从绝望中寻找希望，绝不是卡佛的文学，更不是他的生活。卡佛的另一篇小说《好事一小件》和《发烧》，尚可接受卡佛的善意。但《大教堂》中这缕混沌的光明，让我一下就看见了一个不可思议的卡佛。卡佛的写作历来无关宗教、政治、种族，他只描述普通人的日常生活，针对的是人这一基本层面。那么写《大教堂》，卡佛究竟想说明什么？现在，他又把一个简单的故事说得如此不可思议，他确实是个很复杂的作家。

对于《大教堂》中那缕混沌的光明，卡佛解释说：“在1982年到1983年之间，我自己的生活状态改变了许多，显然生活中的变化带动了我写作的改变。《大教堂》的小说，与我过去的小说相比，都更加丰满一些，文字变得更慷慨，可能也更积极一些。”

三言两语，我并不认为卡佛说清了写《大教堂》的动机。我想，写《大教堂》时，或许，作为小说家的卡佛不过是以诗人的方式，对瞬间的幻象作了一个蛊惑人心的伪证。

更有趣的是，2009年，译林出版社出版了肖铁翻译的《大教堂》。之前，我读过于晓丹译的《大教堂》，还有另外几个翻译家的版本。其中有几个细节的描写，如晚餐后，罗伯特和妻子的盲人朋友闲聊，妻子坐在沙发上睡着了，因为睡裙过短，妻子露出一节大腿。罗伯特紧张地拉下妻子的睡裙，尽可能多地掩盖住妻子的大腿。另一个细节是，画大教堂时，罗伯特的妻子从熟睡中惊醒，她发现了家里不一样的氛围。这次，是她紧张地问，罗伯特你们在干啥?

这一段，于晓丹的译本是这么写的：“他把他的手握在我的手上”，瞎子摸了摸罗伯特的画，给予肯定，“于是我们画了下去。他的手把着我的手，在纸上画着”。这里用了两个动词，一个是“握”，一个是“把”。握，是个平等友好的词，需要两者互动；把，则是瞎子轻微地占据了主导地位，但仍然可以看作一个平等的词。

在肖铁《大教堂》的译本里，他是这么译的：“他让自己的手紧贴着我的手”，“他的手指就骑在我的手指上”。这里用的动词是“贴”和“骑”，如此一来，罗伯特完全处于被动中。

这两个动作之间，妻子醒了过来，“睡袍张开着”，但罗伯特已不在意妻子张开的睡袍，两个不同的译法，却呈现出两种不同的结果。我理解的前者是：罗伯特突然明白，他只是个瞎子，什么也看不见，对自己根本构不成威胁，罗伯特完全释怀，他根本不用顾及妻子张开的睡袍。他不过是配合瞎子做一个无聊的游戏，以此打发时间，甚至有调侃的成分。后者是：罗伯特完全屈从于瞎子的“魔法”，并遵从他的规则。我不懂英语，不知道原著究竟什么情况。但不同译本出现的不同结果，是很有意思的。

卡佛的另一篇小说《好事一小件》，有两个不同版本。我最初读到的篇名叫《洗澡》，写一个过生日的小男孩，早起读书，顺便在蛋糕店订制了生日蛋糕。不幸的是，随后小男孩遭遇车祸，命悬一线，住进了医院抢救室。男孩的父母守在孩子的床前，寸步不离，悲伤不已。最后，疲惫不堪的母亲从医院回家收拾东西，顺便洗个澡解乏。洗澡时，母亲听见电话铃声突然响起，故事戛然而止。

《洗澡》中，卡佛留下一段大大的“空缺”，出车祸的男孩死没死？骚扰电话究竟是谁打的？在另一篇名为《好事一小件》的小说里，卡佛改写了这个故事。男孩去世后，悲伤的父母回到家里，这个骚扰电话不合时宜地再次响起，一连好几次。骚扰电话是个面包店打来的，悲伤的父母愤怒地来到面包店讨要说法。谁知迎头而来的，是一个无儿无女无妻的面包师，他的喋喋不休，无不展示自己的孤独困苦。尽管男孩的父母疲惫痛苦，可他们却更愿做听众，彼此抱团取暖。在面包师的小屋里，他们吃着不同味道的面包，“一直聊到清晨，窗户高高地投下苍白的亮光，他们还没打算离开”。在卡佛所有的小说里，《好事一小件》破天荒出现了人与人之间的和解与沟通，与卡佛的其他作品判若鸿沟。

卡佛被誉为“极简主义者”，接触卡佛很多年后，中国读者突然发现，卡佛的背后还有个叫戈登·利什的编辑。据说，卡佛所有的小说都经其手，“极简主义”和他有直接关系。2015年，译林出版社出版了卡佛的另一个小说集《新手》，收录了十七篇未经利什染指的短篇小说，其中包括原来叫《洗澡》的《好事一小件》（又译《一件小小的好事》）。《新手》呈现的小说更饱满、更有力，卡佛的绝望中又多了一点温润。卡佛似乎越来越有意思。《洗澡》和《好事一小件》，加上两个不同的译本，我愿意保留两个不同的卡佛。

“文学能否改变我们？”事实上，卡佛也为此困惑。就卡佛而言，他的一生似乎正好回答了这个问题：1967年他的小说入选《美国最佳短篇小说选》，那年他父亲去世，经济破产；1968年，出版第一本诗集时，卡佛不得不去好莱坞卖电影票维持家境；1970年，他的第二本诗集出版，他却被公司解聘，靠失业救济金生活；1976年，他的第一本短篇小说集出版，但他不得不卖掉房子，去付因酗酒住院的医疗费；1983年开始，成为职业作家的卡佛，终于可以不必为经济发愁，且《大教堂》出版即被提名普利策奖，生活看似有了好转；但1988年《差事》获欧·亨利奖时，卡佛突然辞世，他成功戒掉了酒，却死在了烟上。

纵观卡佛的一生，他就像一个坐在四面透风的凉亭里无处可依的人，他看着眼前的车流一辆一辆汇入高速公路。没人走近他，没人在乎他，他感受的是人心的苍凉。“像一个人一样活着并非易事”，我理解卡佛活着的困苦，也理解他期盼与生活和解的愿望与善意。

2019.4.27

树上的生活与知识者之路

——对于卡尔维诺的阅读与思考

李 浩

千翻与作
2019年4月27日下午3点 亨特书店内
精读堂第二十四期
对于卡尔维诺的阅读与思考
树上的生活与知识者之路
主讲：李浩
河北师范大学文学院教授。曾获第四届鲁迅文学奖、第十一届庄重文文学奖、第三届蒲松龄文学奖、第九届《人民文学》奖、第九届《十月》文学奖、第一届孙犁文学奖、第一届建安文学奖、第七届《滹沱》文学奖、第九、十一、十二届河北文艺振兴奖等。
卡尔维诺

李　浩

河北师范大学文学院教授，河北省作协挂职副主席，“河北四侠”之一。著有小说集《将军的部队》《谁生来是刺客》《变形魔术师》《消失在镜子后面的妻子》；长篇小说《如归旅店》《镜子里的父亲》；评论集《在我头顶的星辰》《阅读颂，虚构颂》；诗集《果壳里的国王》等。曾获鲁迅文学奖、庄重文文学奖、人民文学奖、十月文学奖、孙犁文学奖、河北文艺振兴奖等。

在《文明的孩子》一文中，诗人约瑟夫·布罗茨基曾说过，“文学批评只有在批评家在同一个心理学和语言学观察层面上运作的时候才有意义。现在的情况是，要谈论曼德尔施塔姆，不管是用俄语还是英语，都只能严格地‘从下面’来谈论”。

对我而言，谈论伊塔洛·卡尔维诺和他的写作，尤其是《树上的男爵》，所面临的境遇大约也是如此，我只能严格地“从下面”来谈论。为什么说“从下面”来谈论呢？一是我承认自己对伊塔洛·卡尔维诺的崇敬，他是我的背后神灵，如果让我谈及给自己巨大的影响并让自己愿意列举出的三位作家，伊塔洛·卡尔维诺肯定是其中的一位，“从下面”谈论是保持着仰望和崇敬。我甚至觉得我们之间有一个秘密的血缘，我愿意在我的写作中让伊塔洛·卡尔维诺能获得部分的“复活”。

第二点，是他的小说具有着精神上的高度和超拔的幻想性，仅仅看他的小说题目就能感受得到：《树上的男爵》《分成两半的子爵》《不存在的骑士》《看不见的城市》《宇宙奇趣》……诺贝尔文学奖获得者、美国剧作家尤金·奥尼尔说过一句片面深刻却又极具卓见的话，他说："不和上帝发生些关系的戏剧是无趣的戏剧。"如果我们认真地阅读过卡尔维诺的作品的话，我们大约会认为他的小说在和"上帝发生着关系"，他有一种对人类俯视的悲悯，有一种超拔在人类之上的思考和审视，甚至《宇宙奇趣》《看不见的城市》之类的写作，是他在对人类表达完要说的话之后"只和自己进行智力博弈"的一类作品，他强化了那种游戏性，强化了游戏的乐趣。

我也希望有朝一日能在完成自己对人类要说的话之后，感觉对人世人性已经没什么特别需要表达的东西之后，也写一些这种"只和自己智力博弈"的文字，它是我的梦想，当然这里有 个前提，就是我必须把我想要对人类说的话说完。

还有第三点，它是所谓的"物理层面"的，就是在《树上的男爵》中，卡尔维诺让柯希莫男爵在十二岁之后就离开饭桌和"我们"的日常，攀登到树上，在树上度过了自己的一生。柯希莫的身上带有明显的卡尔维诺的影子，我甚至认为这个人物取自于卡尔维诺的肋骨。大家应当理解我所说的"取自于肋骨"的意思，卡尔维诺在《树上的男爵》的第二十章，借叙述者（柯希莫生活于日常中的弟弟）之口坦言，"我把我的思想寄托在这本书中，我不知道用其他的方式表达"。

"我把我的思想寄托在这本书中，我不知道用其他的方式表达。"我感觉，卡尔维诺在写下这句话的时候，他的呼吸有了变化，他的身体也跟着发生着震颤。这句话中，有特别特别的百感交集。《树上的男爵》对于卡尔维诺来说是核心性的，它几乎"说完了"卡尔维诺最想说的话，说出了他的理想和内在的悲哀。这也是我设定这样一个题目的主要原因。

出于敬仰，我需要"从下面"来谈论，出于对卡尔维诺精神高度和超拔的幻想性的敬仰，我需要"从下面"来谈论。而对于一生生活在树上，借助卡尔维诺的书写让我和我们"看到"的柯希莫男爵，我也需要"从下面"来谈论。

在进入到"树上的生活与知识者之路"的正题之前，我想我们先谈论一下卡尔维诺小说的艺术特点，以及他给我的种种艺术启示。

第一点，卡尔维诺的小说普遍采用一种线性的结构，基本上是有始有终、沿着一条叙述之路行进的。《分成两半的子爵》，从"我"的舅舅梅达尔多·迪·泰拉尔巴参加"同土耳其人的战争"开始，到他的身体被炸成两半儿，坏的一半儿先回到城堡作恶，后来好的一半儿缓慢地回来参与到子爵领地的事务中，两个半身人为爱情决斗，最后他们的身体复合在一起，复归为一个完整的、既不好也不坏的人为止。叙述的线始终围绕着主人公来进行，它没有出现多个线头也没有复调感。《树上的男爵》是线性的，以十二岁的柯希莫·隆多攀登到树上开始他的树上生活为故事的起点，然后叙述这位子爵的一生遭遇，他的学习，他的爱情，他的交友，他的社会担当，他的理想和他的写作，他的衰老，直到他离开翁布罗萨，“升入到天空”。

这依然是线性的。我们可以把《通往蚁巢的小路》看作是线性的，而拥有十个开头、始终让故事停留于开头的魅力上的《寒冬夜行人》，其实依然是线性的，只是它被截成了十条线段，由男女阅读者充当连贯的虚线将它们连接起来……《命运交叉的城堡》也是如此。在他的《美国讲稿·速度》一节，他介绍了劳伦斯·斯特恩关于“离题”的伟大发明，“离题或插叙，是推迟写结尾的一种策略，是在作品内部拖延时间，不停地进行躲避”，并依据卡尔洛·莱维对于《项狄传》的解读来阐释小说的这一方法以及其用意：“一切手段，一切武器都可以用以逃避死亡，逃避时间。如果说在时间与死亡这两个逃避不了的点之间直线距离最近的话，那么离题与插叙则可以使它们之间的距离延长。如果这些插叙变得十分复杂，十分曲折，相互缠绕在一起并迅速更迭，让人看不清它们的踪迹，那么死亡也许不会找到我们，时间也许会迷失方向，我们也许会被这些不断更换的掩体保护下来。”

我必须要说，用于离题这个词之上的修饰性定语“伟大”是卡尔维诺原文中使用过的，而卡尔维诺也承认，“这些话让我深思”，不过他接下来的话则更为重要：“因为我并不崇尚插叙，也可以说我喜欢直线，希望直线能无限延长，好让读者捕捉不到我。我希望我能像箭一样射向远方，消逝在地平线之外，让我飞行的轨迹无限延伸……”

线性结构，在我所见的现代小说中几乎是被遗弃了的，它往往显得单薄，过于故事，无法负载更为复杂、深刻和丰富的认知。我们阅读加夫列尔·加西亚·马尔克斯，阅读狄德罗，阅读威廉·福克纳，阅读君特·格拉斯，阅读巴尔加斯·略萨，阅读余华、莫言，阅读米兰·昆德拉——在昆德拉的小说中，他甚至有意识与交响乐的乐谱相对应，让小说的叙述在故事、主题、内容和语言方式上都呈现一种交响的性质，君特·格拉斯的小说更是如此。

在阅读到卡尔维诺之前，我的心里有一个相对固执也相对强烈的“概念”，我认为线性结构是一种“过时”的、滞后的方法，一种在叙事演进中被抛弃和打碎的方法。因为它不适应现代认知的复杂性和歧义性，因为它对复杂的容纳力是弱的，而且，这种过去的方法无法让我们感觉陌生——我们在阅读一个新文本的时候或多或少会有“陌生”的期待，我们希望它能在语言和结构的层面展现它的创造力。

没有任何一个人愿意嚼别人嚼过一千遍的口香糖。然而当我读到卡尔维诺，着迷于他线性叙述的故事时，我惊讶地意识到我过去的判断“过于武断”。

线性结构的问题当然存在，我所列举的弱点是确然地存在着的，但卡尔维诺竟然天才而卓越地解决了它，并使它焕然一新，呈现出让人惊艳的魅力。它同样达到了复杂、丰富和“无限延伸”。这是我之前没有想到的。如果没有卡尔维诺的文本呈现，我大约会认为某些技法的滞后是永久性的，像这种线性结构，像戏剧里的“三一律”，像人物形象的描述或某种景物描写……现在，我依然承认我们的技术技法是有演进性的，艺术的进化论有它片面深刻的合理性，但不会再那么固执地认为“已经过时的方法就应进入到垃圾堆里”。

从卡尔维诺那里，我明白，任何一种方式方法，都可以在运用中呈现新意和陌生，这里只有你的不能，而不是方式方法的不能。我们以为某种方式方法过时往往是因为还没有谁能让它天才地复活。我想我们都希望我们是那一个（让它复活的）。

第二点，卡尔维诺的小说往往是典型的“概念先行”的范例，他的每一篇小说（尤其是那些和人类说话、帮助我们认识人和人类的小说）几乎都露有清晰的“概念”的影子，他并不掩饰这一点。米兰·昆德拉说：“人类渴望一个善恶能够被清楚地区分的世界，因为他有一个天生的、不可扼制的愿望，就是要在他理解之前做出判断。”这种人类渴望可以说是根深蒂固的，我们每个人身上大约都有那么一点儿，我们要光明不要黑暗，我们要善良不要奸恶，我们希望建立一个剔除了我们以为的不好、不善、不美的一切的美妙新世界，这是我们的“理想国”，是人类的理想国。然而……

基于这样的概念，卡尔维诺有意给我们“创造”了两个半身人，一个是纯粹的恶的，另一个则是纯粹的善的，“心怀恶意的人没有一个月夜不是恶念丛生，像一窝毒蛇盘绕于心间；而心地慈善的人也不会不产生出放弃私念和向他人奉献的心愿，像百合花一样开放在心头”（《分成两半的子爵》第十节）。他让恶的半身和善的半身先后到来，让小说中的人们在“仁爱和恐怖之间过日子”。

他用这样的方式，用非常概念的方式告诉我们，如果善恶能真正霍然地分开会怎样。我想我们也会注意到在小说中善和恶各是“半身人”，他们来自同一个躯体，也就是说，在一个完整的人的身上，善恶各有，没有哪个人独具光明而没有影子，我们无法用自切的方式将恶从我们的身体里完整地切除出去，就是完成了也不行。

我们该如何看待一个知识分子？理想的知识分子该是怎样的？他和日常生活的关系，和社会以及群众团体的关系应当是怎样的？他和自己的身份背负，和其他知识分子的关系应是怎样的？这应当是卡尔维诺心头始终萦绕的问题，他一直在思考，一直。对于知识者，对于一类知识，我们常常说它应当“高于生活”，有一种对生活和日常“俯瞰”的能力，只有“俯瞰”人类和人生才能得出规律性的认知来，才能对我们的生活和社会建筑有指导性。好，为了更好地呈现“俯瞰”这一概念，卡尔维诺化虚为实，让柯希莫“真的”攀缘到树上去，并始终不让他再“落回到地面”，落回到平庸与苟且中。在哲学中，始终存在两类趋向，一类是强调“自我”，强调意志的力量，而另一类则是消融自我，“放下自我”……

基于这样的理念或概念，卡尔维诺写下了《不存在的骑士》，创造了身体不存在但意志力极为强大，依靠意志力和“对我们神圣事业的忠诚”支撑着的阿季卢尔福·埃莫·贝尔特朗迪诺骑士（他的身份中还有一系列烦琐的定语，说明他来自哪几个有责任的家族）。同时创造了他的一个仆人，一个遇到鸭子就把自己看作是鸭子，遇到青蛙就把自己看作是青蛙，遇到了鱼就把自己看作是鱼，遇到了梨子就把自己看作是梨子的，随便叫什么名字都可以的没有自我意识的人。他们分别在两个极端。柯希莫的父亲也是象征性的，产生于理念的，他是“守旧的没落贵族”，具有这一象征的全部品质；母亲“女将军”也是象征性的，甚至比父亲的象征意味更为明显。

这是卡尔维诺的创造，在此之前还没有人敢于这样去写，这样坦然地显露着“概念”的影子，他不掩藏它们。在我所接受的旧有教育中，这样是不允许的、不能的，是错误的，然而伟大的卡尔维诺却故意向“不能”发起挑战，向“不能”说“不”，他偏偏要在我们习惯上的不可能中找到可能，并让它完整完美地呈现出来。

它给了我重要的而且是极为特别的启示。后来，我在《匠人坊：短篇小说十堂课》中借谈论鲁迅小说中的概念化问题谈到我对“概念先行”的理解。

“概念先行”并不可怕，不是想象的那么可怕，恰恰相反，概念先行往往是写出好小说来的重要保证之一，它会让小说有骨骼感，会给予小说“魂魄”，会赋予小说统一和前行的驱动力。任何一部小说，如果写作者未曾至少有一个笼统的“想法”确立的话，它最终导致的可能是“统摄力”的阙如，小说是散掉的。在谈论小说结构的时候我们大约会重视小说的故事线，但每一篇小说（伟大的、优秀的、自洽的小说）都有一个暗含的主题线，它应当“事先”地在构思的时候确立下来并始终影响着故事方向。

就小说的写作而言，往往是作家在头脑中先确定“一个想法”，他思考、追问和审视这个想法，确定这个想法，然后就是他的魔法时刻，他对那些构成小说因素的材质——幻觉、回忆和行动，日常谈话、读书所获取的情况和材料，还有自身生活的片段——施展魔法，对它们说现在是见证奇迹发生的时刻啦，于是，有了光，有了人物、环境、行动，有了跌宕起伏的故事，有了开始和结束。

在我有限的阅读中，我发现作家们几乎没有对概念先行的诟病与指责，他们多数会在各种文学中为“概念”和“理念”进行辩解，为虚构进行着辩解，为创造出的新人进行着辩解。

对概念先行的批评多习惯性地出现于批评家队列。在我的理解中，这类批评其实未曾对准靶心，他们批评的，本质上不应是概念和理念，而是作家“仿生学”能力的某种匮乏：他需要“弄虚作假”但必须让人“信以为真”，他需要将阅读者带入到他所创造的自成一体的天地中，而不是随时会显出未经装修的粗陋破绽。他们应当批评的是匮乏的创造才能，而不是概念或理念的先行，这种未对准靶心的批评本质上是有害的，它的武断会画地为牢地狭窄化我们的审美。

“文学没有欺骗，因为当我们打开一部虚构小说时，我们是静下来准备看一场演出的；在演出中，我们很清楚是流泪还是打呵欠，仅仅取决于叙述者巫术的好坏，他企图让我们拿他的谎话当真情来享受，而不取决于他忠实地再现生活的能力。”（巴尔加斯·略萨《谎言中的真实》）

第三点，夸张性和童话感。这在卡尔维诺的作品中同样是显著的，属于个人的标识，我们可以随便地举几个例子。譬如《不存在的骑士》中，年轻的朗巴尔多骑士试图为父报仇，而在“决斗、复仇、雪耻督察处”，他遭遇到的是什么？“为了一位将军复仇，最佳方式是干掉三个少校。我们可以分配给你三个容易对付的。”当朗巴尔多骑士拒绝了这个建议之后马上来了第二条建议：“你要四个上尉吗？我们保证在一个上午之内向你提供四名异教徒上尉军官。你看，为一个军级将军给四个上尉，你父亲只是旅级将军。”——我们在这里看到了夸张和荒诞，一种官僚运作中的无聊和荒谬。报仇变成了同等重量的“分配”，一名将军等于三个少校，等于四个上尉，而他父亲真正的仇人，哈里发“伊索阿雷”是不允许那样挑战的，朗巴尔多骑士很可能会遭到来自内部的制止。

这个有趣中有夸张，而夸张恰恰是对有趣的更佳保证。同样在这篇小说中，我们看那个“没有个人性的人”的出场：当鸭群受到国王军队的惊吓一齐拍翅飞起，“他也鼻孔朝天，平伸出两臂向前跳一步，就这样扇动起挂满碎片的臂膀，一边跳跃，一边笑着叫：‘嘎！嘎！’兴高采烈地追随着鸭群。前面有一个池塘。那些鸭子飞扑过去，收敛翅膀，轻盈盈地浮在水面上，排着队游走。那男子走到塘边，跳入齐肚脐深的水里，溅起一大片水花，身子东倒西歪地摇晃起来，嘴里仍然拼命地叫着：‘嘎！嘎！’”直到这个人沉到更深的水中。

在《树上的男爵》中，有一段柯希莫男爵寻找法国巡逻队以帮助他“活捉”奥地利巡逻队的故事，在那段里，夸张性和童话感表现得更为明显。奥地利士兵们在树林里经过，柯希莫试图阻止他们前进，先是将一只足有半公斤重的松球扔到队伍最后一名士兵的头上，把他砸昏了，可是这支队伍却保持着队形继续前进，然后柯希莫把一张豪猪皮扔到一个二等兵的脖子上。

——中尉这次是看见了，但他也只是派了两个人弄一副担架，依旧按着命令的要求继续前进。小说中还有一句有趣的叙述：“小军官按照地图上标出的路线前进，不断地往树干上撞鼻子（请注意，是往树干上撞鼻子，不是不小心撞到）。他让部下穿着钉了钉子的鞋在光滑的石头上滑倒，或者把眼睛碰到栎树上，但总是注意保持帝国军队至高无上的神气。”这是奥地利的军队，那法国军队呢？“阿格利巴·巴彼庸中尉指挥前哨队。他来自卢昂，是个诗人，志愿参加共和军。他崇拜大自然的仁慈怀抱，要求他的士兵不要抖掉穿过森林时沾在他们身上的松针、栗子刺球、细枝、树叶、蜗牛。”小说写道，这支哨兵队伍已经同他们周围的自然界融为一体了，这支队伍其实也“丧失了战斗力”，进入一种可笑的冬眠状态。为了使他们恢复活力，柯希莫提议使用跳蚤，而这位诗人军官的回答则是：“我很遗憾地要让您失望，公民。共和军没有跳蚤。它们由于围困和生活费用昂贵的原因而饿死了。”当柯希莫说他可以提供跳蚤的时候，这位诗人军官的回答是：“我不知道您是认真说还是开玩笑。反正，我将向上级指挥部打个报告，看他们怎么说。公民，我感谢您为共和事业所做的一切！啊荣誉！啊卢昂！啊跳蚤！啊月亮！”

在卡尔维诺的小说中，这样的段落可以说随处可见，在《我们的祖先》中，在《宇宙奇趣》中，在《看不见的城市》中，在《帕洛马尔》中。卡尔维诺给予我们的不是现实，甚至不是那种现实的可能，而是混合了幻想、幻觉、想象的“混合物”，他总是抓住个人或某个群体的一个现实的因子，将它夸张性放大，让它变得更有戏剧性。不过在这里我想我也要强调一点，卡尔维诺小说中的夸张和童话感都是和小说所构建的独成一体的天地相匹配的，他在建立一个混合了幻想、幻觉和想象的新世界的时候一定想办法为它同时建立一种“支撑依据”，让它符合这个新世界所给定的一切逻辑。

譬如，在《树上的男爵》中，他叫柯希莫生活到树上去，这是一个奇妙的、有些冒险的安置，他也必然会遭受我们对“树上的生活”的种种询问：下雨天怎么办？他怎么睡觉，要建树屋么？他吃什么，家里一直给他提供么？他要学习怎么办？他要恋爱怎么办？他要洗澡怎么办？他要解决拉屎撒尿怎么办？他要参与社会活动和交流怎么办？他要旅行怎么办？他有无要实现的理想，他能实现不，能实现多少？

我们在阅读中可以看到，这些问题卡尔维诺早早地想到了而且有着“预先”的设计。这些设计不是生硬地回答，而是将它以一种相对均匀的方式暗暗地“塞”入故事中，让它与故事融为一体，随着故事的行进，这些问题一一获得了解答。弗拉基米尔·纳博科夫在他的《文学讲稿》中曾多次谈道：“就书而言，从中寻求真实的生活、真实的人物，以及诸如此类的真实是毫无意义的。一本书中，或人或物或环境的真实完全取决于该书自成一体的那个天地。”“文学是创造。小说是虚构。说某一篇小说是真人真事，这简直侮辱了艺术，也侮辱了真实。”卡尔维诺用他的方式展现了小说的“自成一体”的必要和恰适的手段，展示了现实和幻想，历史和梦混合在一起的奇妙能力。这一点，我觉得更值得我们重视。

当然，我还想说，在《我们的祖先》三部曲中，每一个故事里都有“宗教”的存在，而在《分成两半的子爵》和《树上的男爵》中，那里的教徒是某种“受害者”，他们甚至不敢回忆他们经书中的教义。还有《不存在的骑士》，书中说它是由修女苔奥朵拉来“讲述”的……这里的宗教当然颇含意味，值得细细审视。我还想说，在卡尔维诺的文字中有一种特殊的“洗净”，无论是写杀戮、战争、性爱还是别的什么，他总能以一种洗净了血液和体味的洁净来描述它，这一点在我看来也值得细细审视。

回到我更想说的话题：树上的生活与知识者之路。

卡尔维诺的写作总体上是“过简”的，他选用线性的结构当然是一种简，而语言上几乎也是简洁凝练的，他不做特别的修饰，有一种不用力的流畅感，甚至到《宇宙奇趣》这类小说的时候还是如此。他的故事是简的，追光更多地打在一个人的身上，甚至为了简化他的复杂性，卡尔维诺还从人物一出场就“刻意”地划定或强化了他的某一特征，这一点不再举例说明，因为每个人物都是例子，只要我们耐心地阅读了它。

总体而言，在艺术上卡尔维诺与19世纪以来的文学趋向是相悖的，他有意和整体的趋向拉开距离。

“有时候我觉得世界正在变成石头。不同的地方、不同的人都在缓慢地石头化，程度可能不同，但毫无例外地都在石头化，仿佛谁都没能躲开美杜莎那残酷的目光。”（《卡尔维诺经典：美国讲稿》）

“我的工作常常是为了减轻分量，有时尽力减轻人物的分量，有时尽力减轻天体的分量，有时尽力减轻城市的分量，首先是尽力减轻小说结构和语言的分量。”（《卡尔维诺经典：美国讲稿》）

——他的确是如此做的，而且能被我们清晰地感觉到。但，我想我们也必须承认，卡尔维诺的这种减轻是技术上和策略上的，而不是“深刻”上的，他的小说其实有着特殊的丰富和深刻。谈论树上的生活与知识者之路，我将以他的小说《树上的男爵》为例证。

哲学家索伦·克尔凯郭尔曾言，如果他在战争中死去，希望在自己的墓碑上刻上简单的几个字：“那个个人”。无疑，从肋骨中诞生、带有明显卡尔维诺DNA印迹的柯希莫男爵就是“那个个人”，他用一生践行和致力的，就是成为具有现代性、独立性和思考力的个人。第十四章，卡尔维诺甚至安排了柯希莫和父亲的一段有分歧的对话，让他自我阐释：

“你记得你是迪·隆多男爵吗？”

“记得，父亲大人，我记得我的姓氏。”

“你希望自己配得上你拥有的姓氏和爵位吗？”

“我将尽一切努力以更配得上人这个称号，我将具备他的一切品质。”

“那个个人”，也就是柯希莫，他成为“个人”是由饭桌上的反叛开始的，他反叛的是呆板的旧规则，刻意与虚荣，“符合身份的义务”和按部就班，反叛的是不合时宜的思想还有姐姐太具想象力的烹饪（攀缘到树上的最初原因，就是柯希莫拒绝食用姐姐巴蒂斯塔做的蜗牛汤和蜗牛做的主菜）。

反叛行为当然是一种难以以尺度衡量的混杂物，它在能够言说的部分之外还有诸多的模糊，包括荷尔蒙冲动和少年成长中为反叛而反叛的故意……这是个开始和支点，就像克尔凯郭尔把“个人”看成是哲学的开始和支点那样。接下来，柯希莫的选择却有着贯穿的决绝，他将自己的一生固定在树上，把

“不再踏回地面”当作加于自己的唯一禁令——随着年龄的增长，反叛的故意和原始冲动慢慢减弱，但“反叛”作为一种内心原则则被始终地保留着，一直渗透在他的每个行为里。

这反叛让他拒绝了为姓氏和爵位的刻板承担；拒绝了按照惯常的道德逻辑成为面包师、菜贩子和马蹄铁匠以及“小流氓们”的朋友，大盗贾恩·德依·布鲁基的朋友；拒绝了流亡贵族乌苏拉两个章节的爱情而成为一些风流韵事的影子主角，直至和任性骄纵的风雅女人薇莪拉沉陷于“吵架一样疯疯傻傻的爱情”里，直至拒绝和遭到薇莪拉的拒绝。这“反叛”甚至也让柯希莫拒绝了某种固定立场，他为穷苦人提供也为贵族们提供，为大盗提供也为森林的防火防盗提供，甚至，为敌对、战争着的双方军队提供着某种帮助。柯希莫的反叛还表现为对某些教义和某些知识的反叛，他不仅仅遵循已有，不是那种书斋里的知道者，而是希望从各种经验中博取，选取他认为合适的与合理的，并努力合一，作用于实践，将主意贡献给他人。［“我知道当我比他人有更多的主意时，我把这些主意贡献给他人。如果他们接收了，这就是指挥。”（《树上的男爵》第十四章）］

而且，在对待和运用这些知识的过程中，柯希莫的态度与方式也不是传统意义上知识分子式的。他不建立严格体系，不遵守文体规范，不建立确信也回避歧义，他拒绝了合规的那些，而让自己的说出成为一种篡越。“他开始写一份《一个建立在树上的国家的宪法草案》，在其中描写想象中的由正直的人们居住的树木共和国。他开头写的是一篇关于法律和政府的专题论文，可是在写的过程中，他的虚构复杂故事的本领占了上风，后面插入了惊险情节、决斗和色情故事，有一章专门讲婚姻问题，变成了一本杂记。”（《树上的男爵》第十九章。）“柯希莫想，虽然是一份《控诉书》，写得这么凄惨也不是美事，他想出一个主意，要求每个人写出他最喜欢得到的东西。每个人重新往那本子上写上他的要求……”（《树上的男爵》第二十六章）

柯希莫的“反叛”还会针对于自我和自我的建立，譬如他的“野外共济会”，譬如他的“诉苦书和希望录”，譬如“柯希莫，这个现在不知餍足的情人，过去是一个信奉禁欲主义、苦行主义的清教徒。他一直在追求爱情的幸福，但一直都是对肉欲怀有敌意”。

“他甚至怀疑接吻、抚摸、喁喁情话减弱或取消了原始的快感。是薇莪拉使他产生冲动，他同她做爱之后从没有感到过神学家们所说的那种沮丧……”（《树上的男爵》第二十二章。）如果自我建立的过程慢慢远离了他的真实感受和初衷，柯希莫便会生出反叛，对此进行拒绝。“我不会服侍我不再相信的东西，不管那是我的家、我的祖国或者我的教会；我要尽可能自由地、完整地以某种生命或艺术的模式来表达自我，用我容许自己使用的仅有的武器——沉默、放逐、隐瞒——来自我防卫。”（乔伊斯《一个青年艺术家的画像》。）“那个个人”，是20世纪以来渐渐闪现起来的萤火之光，在漫长午夜的巨大幕布中。

当然，成为“那个个人”，仅有反叛是不够的（尽管它是最最重要的），他还需要另外的“一切品质”，譬如对阅读和学习的极大兴趣，“愿意使自己成为有用的人，喜欢为别人进行一种必不可少的服务”，蓬勃的好奇心，对具体事务的兴趣，对集体生活的爱好和对“文明社会”的离弃，苛刻的自我律令和游戏精神，对幽暗、隐秘的发掘与尊重……

当然，在“那个个人”那里，在柯希莫那里，“心中有一个关于人类社会的理想。每次当他着手把人们联合起来，或者为了某些具体的目的如救火护林、打狼自卫，或者成立行会时，诸如锋利磨刀、光明制革之类的，他总是在黑夜里把人们集合到森林中，围坐在一棵树下，他就在那棵树下演讲，总是会产生出一种密谋的、宗派的、异端的气氛，在这种氛围中他的话题很容易从具体讲到一般，从关于从事一种手工技艺的简单规章制度浑然不觉地谈起建立一个公正、自由、平等的世界共和国的蓝图”。

卡尔维诺还提到，在《一个建立在树上的国家的宪法草案》之后，他还完成并发行了一部《共和体城市的宪法草案以及关于男人、女人、孩子，包括鱼鸟和昆虫在内的家养的动物和野生的动物，高杆植物、蔬菜、草本植物的权利的声明》……

附着于“那个个人”身上的并不都是晶亮之物，“那个个人”是一个复合体（少年时，他经常向地上的人们挑衅，从父亲嘴里得知他还偷佃户家的杨梅；中年时又流传许多风流韵事以及种种奇怪举动），甚至有着种种的相悖，种种的相悖也在相互争吵，其一贯性却是恒定的。“许多年以来，我为一些连对我自己都解释不清的理想而活着，但是我做了一件好事情：生活在树上。”

在知识分子中，当“那个个人”形成的初始，他曾和欧洲诸多的知识分子有书信的交流，而随着时间、经历、经验……书上说，柯希莫在核桃树上写作《一个建立在树上的国家的宪法草案》，“他寄了一个简写本给狄德罗，署名很简单：柯希莫·隆多，百科全书的读者。狄德罗寄回一封短信表示感谢”。书上说，“我”在欧洲遇到哲学家伏尔泰。“他问我：‘骑士先生，这位像猴子一样生活在树上的著名哲学家就是在您的家乡吗？’我感到很荣幸，情不自禁地回答他，‘阁下，他是我的兄弟，迪·隆多男爵。’伏尔泰非常惊讶，也许因为有那种表现的人的兄弟竟然是显得如此正常的人，他开始问我一些问题，比如：‘您的哥哥待在那上面，是想上天吗？’‘我哥哥认为，’我回答，‘谁想看清尘世就应当同它保持必要的距离。’伏尔泰非常欣赏这样的答复。‘从前，只是大自然创造生命现象，’他总结道，‘现在是理智。’老哲人开始了关于他那虔诚的一神论的宏论。”

书上说，在柯希莫和薇莪拉的爱情正浓烈的时候，他将自己的经历、体验和思考“进行哲学上的探讨，写了一封信给卢梭，也许搅得卢梭思想混乱，他没有回信”。

——在诸多传统知识分子那里，柯希莫也是个难以理解的另类、异数，他写下的是不断跳跃、有太多旁溢和超出常规的幻想的混杂物，多少带有“精神错乱”的性质。

——对于溢出和超常，知识分子们用不同的方式回避和沉默，或断然地以自己能够理解的方式理解，他，被忽略着。他言说的那些（也许实质上更有价值）不被作为知识存留，“没有人认真看待它，它成了一堆死去的文字”（《树上的男爵》第二十八章）。

在现实政治中，他参与，甚至是首要组织者，但因为缺乏领导欲（“一旦共同的问题得到解决他就感觉做一个孤独的个人更适合些”，“他自然是一个同他那个时代盛行的一切各类的人的集合群体格格不入的人”）而必然逐步边缘。

——人们需要一个有力量的强者，哪怕这个强者最终让他们感觉不适、恐惧和厌恶。人们渴望服从，让另一个大脑替代自己思考，自己顺应潮流行事就是了。柯希莫在翁布罗萨共济会中的参与是书中较为着重的一笔，我们看到，“共济会会员们承认他的高超学识，让他加入支部，并委任他一些特别职务，因此引入大量新的礼仪和象征物”。

“从后来那里保留下来的关于最初的礼仪的记载中，可以看出男爵的影响，只要看看入会仪式就足以资证：新教徒被捆好，让他们爬到树顶，然后用绳子吊放下来。”（《树上的男爵》第二十五章。）这个始终热爱着大地的个人，这个能够希冀把主意贡献给他人的个人，他的贡献仅仅在于仪式化的形式，而核心的、内容的部分，则在变异、置换、篡改和忽略中消失殆尽。现实政治貌似尊重了他的头脑但实质上却是更深也更决然地将他抛在了外面。

那么，作为贵族，他在权贵者的眼中——轻视、嘲笑和虚伪的宽容是可以想到的，他已经不是他们，不再是，而是一个缺乏责任感神经错乱的疯子，甚至他的智慧也会遭受嘲笑。书中有一段加冕后的拿破仑皇帝对“住在树顶上的爱国志士”的会见，它描述得精彩、戏剧而包含丰富。为显示自己的博学也为其他，拿破仑·波拿巴试图借用典故，可他却一直想不起来；最终，他在柯希莫的提示下想起那是亚历山大同第欧根尼的会晤。“拿破仑打榧子，表示他终于得到了他一直寻思的话。他用一个眼色示意随行的大臣们，注意听他说话。他用极好的意大利语说：‘如果我不是拿破仑皇帝的话，我很愿做柯希莫·隆多公民！’他掉转身走了。”

“他身后随从们头上的二角帽互相碰撞，弄出一阵响声。”叙述已经消解了所谓的荣耀，尽管拿破仑皇帝送出的帽子足够高大，但它只是语词，包含着虚伪、夸张和轻飘，当不得真。当这顶高帽送出之后拿破仑甚至没有停留，对他来说，对“住在树顶上的爱国志士”的接见是个象征，作为新任的皇帝他需要姿态，至于树上的“那个个人”，是柯希莫还是第欧根尼还是其他人，很不重要，而随着他的转身，一切都已结束，那个面目模糊的个人也许会是多年之后偶尔想起的谈资，仅此而已（称柯希莫·隆多“公民”本身也包含了诸多潜在的意味）。

在底层民众中，在知识分子中，在现实政治中，在……“那个个人”都呈示了强烈的格格不入，他是异质性的沙子，他拥有的知识和智慧无法保障他成为“权威”和强者，恰恰相反，使他成为了弱的和更弱的。但他可以书写。那，在自我的知识和言说中，他又遭遇了什么，他能否完整、明晰、准确地表达出来？不能，依然是，不能。

第二十四章，小说寓言化地说出了“那个个人”在言说时的可能境遇：“他往一棵核桃树上搬去一张长桌，一个排字夹柜，一箱字母，一玻璃酒坛油墨，整天忙于排版和印刷。有时候在排字夹柜和纸张之间落下一些蜘蛛、蝴蝶，它们的形象被印到了书上；有时候一只睡鼠跳到油墨未干的纸上，尾巴把整张印好的东西都扫脏了；有时候松鼠拿走了字母盘里的一个字母，它们把字母带进洞里，以为是可以吃的东西，比如拿大写的字母Q，它那圆而带把儿的形状被当成是一只水果。柯希莫在这种情况下，只好在一些文章中用大写的C凑合着代替。”蜘蛛、蝴蝶被印在书上，它们是不合规的意外，也并非言说中的应有之意；而睡鼠尾巴所做的，则是让他的言说变得模糊和混沌，对它的理解只得依靠猜度来完成，而这猜度可能是正解也可能是误读。

最让我感吁也最让我心酸的是C对Q的代替：它标明，依靠语词的说出和真实想法之间有着不可弥补的分歧，尽管我们足够小心、经心，这个语言的世界也只能建立在折光之上，误读和误解在语词产生的最初就已经开始，难以避免。

崔卫平说过，“我们几乎在说任何一句话时，都不能不是腹背受敌的。在刚刚表达完思想的第一秒钟内，就会产生一个念头：需要另一篇文章，来表达与其相反的意思”。卡尔维诺的所说大约也是。升出水面的冰山并不是冰山的全部，更多更重的部分只得淹没在下面的无法言说之中，但我们又不得不依赖语词，“凑合着代替”。

《树上的男爵》，卡尔维诺用寓言的方式、小说的方式写下“那个个人”的生存史，让他按照“理想”的样式成长也让他承担着必然后果。得承认，我如此对它情有独钟的另一理由，还因为我也是“那个个人”，这个攀登到树上的柯希莫也取自我的肋骨。

日常中的我当然只能生活在地面上，就像柯希莫的弟弟说的那样，“我把我的思想寄托在这本书中，我不知道用其他的方式表达。我始终是一个冷静平和的人，没有强烈的激情或狂热，是一家之主，是世袭贵族，思想开明，循规守法。政治上的急剧动荡从来没有使我经受大起大落，而且我希望如此继续下去。可是内心里，又是多么地难过哟！”

读到这段话的时候，是一个下午，大约三点。它让我百感交集，让我泪流满面。我觉得，我的的确确觉得我就是另一个柯希莫，是另一个柯希莫的弟弟。我也觉得，我的难过是那么地真切而具体，它无法完成化解，只能跟随我一直生活下去。我一直在哭，一直在，直到天完全地黑下来。大约没有谁能真正地理解我为什么一直在哭，但我自己知道。

尽管有学者称欧洲人为“小说之子”，认为在欧洲文明的发展进程中小说（及一切艺术）的作用是明显的，是基石之一，但贮藏于小说（及一切艺术）中的那部分“智慧”依旧遭受着普遍的漠视，就像柯希莫的言说所遭遇的那样。追求可理解的明晰、体系、确然和宏观是人们的普遍心理，何况，多数人属于汉娜·阿伦特所指称的“无思无虑者”，他们渴望一个善与恶能够被清楚区分的世界，习惯在理解之前判断，愿意追随“时代精神”并与之保持“正确”的一致……从这点上，柯希莫注定孤独，“那个个人”注定孤独，贮藏于小说里的智慧注定孤独。

卡尔维诺用一束追光跟踪着这个以自己肋骨创造出来的个人，让他牵扯着自己的疼与痛，并让尚有联连的毛细血管为这个创造物不停地供血，直到他变得苍老，直到，他搭乘偶尔飞过的热气球离开，“升入到天空”。无可否认，“那个个人”，生活在树上的个人对于大地、人类的爱甚至远超不曾离开地面的“我们”，但在最后，他余下的气力还是用在了“反叛”上。

——不，不是不肯和解，柯希莫的“反叛”尽管底线清晰，但也从未尖锐过，变成一种有意的姿态，他只是，愿意将自己的一生全部地交给自我的精神原则。

——他，做到了。当然他为自己的做到也付出了可观的代价。

“在所有小说的心脏里都燃烧着抗议的火苗。虚构小说的人之所以这样做，是因为他过不上小说里的那种生活；阅读小说的人（他相信书里的那种生活），通过书中的幽灵找到了为改善自己生活所需要的面孔和历险的事情。这就是小说的谎言所表达的真情：谎言是我们自己，谎言给我们安慰，谎言为我们的乡愁和失意做出补偿。”

——巴尔加斯·略萨在他《谎言中的真实》中这样宣称，他说出的，即是我阅读《树上的男爵》时的感觉，我找不到更为精确的表达。小说如此，小说应当如此，这，是卡尔维诺和所有伟大作家给我的教益。

2019.5.25

美好的事物永不消逝

——《肖申克的救赎》是如何成为经典的

■尔　雅

精读堂第二十五期
美好的事物永不消逝
——《肖申克的救赎》是如何成为经典的。
本期主讲：尔雅
尔雅，本名张哲、张九明，作家、影视评论家
甘肃通渭人，发表作品约500万字，主要作品：《蝶乱》、《非色》、《奥画记》、《同尘》、《一个人的城市》、《哑巴的气味》等，中短篇作品入选多种文学选本，获得过多次文学奖励及资助，中国作家协会会员，中国电影家协会会员，中国戏剧家协会会员，甘肃省文艺界四个一批人才，甘肃省影视作品审查委员会委员，兰州交通大学编审（教授），现居兰州。
时间：2019年5月25日下午3点
地点：亨特干郦与作书店内

尔 雅

本名张哲，张九明。作家，影视评论家。甘肃通渭人。发表作品约五百万字。主要作品：《蝶乱》《非色》《卖画记》《同尘》《一个人的城市》《哑巴的气味》等。中短篇作品入选多种文学选本。中国作家协会会员。中国电影家协会会员。中国戏剧家协会会员。甘肃省文艺界“四个一批”人才。甘肃省影视作品审查委员会委员。兰州交通大学编审（教授）。现居兰州。

斯蒂芬·金：小说的开篇和他的恐怖故事

“我猜美国每个州立和联邦监狱里，都有像我这样的一号人物，不论什么东西，我都能为你弄到手。”斯蒂芬·金的中篇小说《肖申克的救赎》这样开场。讲述者是雷德，一个犯了谋杀罪，被判终身监禁，在监狱里住了近四十年的犯人。接着雷德花了一页的篇幅，讲述自己犯了什么样的罪，以及监狱里那些犯人们形形色色的、古怪的物品嗜好。雷德不承认他已经改过自新，也没有告诉读者他为什么可以弄到几乎所有的物品。这当然是斯蒂芬·金惯有的叙述花招。这一节的末尾，雷德说：“我的商品目录可以说是无所不包，因此当安迪·杜佛尼在1949年来找我，问我能否把丽塔·海华丝弄进监狱时，我说没问题。”故事的主人公安迪由此登场。丽塔·海华丝是20

世纪40年代的艳星。她擅长舞蹈，具有天然的喜剧表演风格，二战时期是美国军队里最受欢迎的海报女郎，最主要的是，她天生美貌，身体丰满，魅惑风情里带有率真的羞怯，是彼时代男人们的梦想与欲望的终结。她甜美，是迷人的傻瓜，又极具危险和攻击性，她能毁掉男人们的生活和记忆，就像时代里正在发生的战争。在电影里，监狱里的囚犯们偶尔可以看到黑白电影，反复播放的正是丽塔·海华丝主演的《吉尔达》。这也是丽塔·海华丝最经典的银幕形象，她在电影中饰演了影史中令人难忘的女性，也使得吉尔达成为20世纪40年代的一种文化标志。丽塔·海华丝说："我认识的每个男人都爱吉尔达，清醒来发现是我之后就离我而去。"

显然，安迪向雷德索要的并非丽塔·海华丝本人，而是她的一张大幅海报。一个被困在监狱里的犯人，寻找一个艳星的海报，藉此度过漫长的牢狱生涯，非常合乎情理。安迪只不过是在尝试进入流行文化的潮流，以此摆脱严重的社会疏离。当然，这是表象，而且斯蒂芬·金也乐于制造这样的表象。一直到故事的结尾，我们才能知道，这是小说家制造的叙事花招。丽塔·海华丝是故事的重要参与者，她既是道具，也是目击者，她甚至比故事的讲述者雷德知道得更多。从叙事的深层寓意说，丽塔·海华丝其实是文化符码，她是安迪所处的那个时代中陷于困境的男人们的美国梦。实际上正是如此：这篇小说的原名是《丽塔·海华丝和肖申克的救赎》。

作为一个天分卓越的小说家，斯蒂芬·金当然深谙此道。

他从小偏爱恐怖故事，也很早就意识到自己的写作天才。虽然在出道之时受到嘲讽，生活一度陷入窘迫，但他二十七岁时出版的《魔女嘉莉》迅速畅销，他也一跃成为流行文学的新星。以作家的创作年龄论，他的出道不算晚。此后的写作顺风顺水，小说和影视改编的版税丰厚无比，是作家里真正的富豪。不过因为受正统的文学观念影响，其写作一直被归为大众和通俗文学的行列。比如耶鲁大学教授哈德罗·布鲁姆就对斯蒂芬·金的写作颇有微词，他说斯蒂芬·金“根本不是什么好作家”，因为其作品里“没有什么文学价值、美学成就以及启迪心智的思想”。布鲁姆是《西方正典》的作者，是西方著名的文学批评家。但这并不影响斯蒂芬·金所制造的疯狂惊人的阅读效应。美国国家图书基金会2003年授予斯蒂芬·金“终身成就奖”，理由是“其作品继承了美国文学注重情节和气氛的伟大传统，体现出人类灵魂深处种种美丽的和悲惨的道德真相”。斯蒂芬·金写作三十年，创作四十本长篇和两百篇短篇小说，作品被译成三十三种语言，发行量超过三亿本。有评论家说，“每个美国家庭显然都有两本书，一本是《圣经》，另一本多半是斯蒂芬·金的作品”。

就斯蒂芬·金作品的题材论，《肖申克的救赎》与其他作品有明显的不同。该篇和另外三个中篇小说一起，总题为《四季》（Different Seasons），出版于1982年。斯蒂芬·金写了四篇与其恐怖故事完全不同的小说，可以称之为“反类型”的作品。个中原因，也许与其作品被读者和出版商定型有关：

他是“专写恐怖小说的作家”，作家由此陷入某种焦虑。事实证明，他的反类型写作同样获得了巨大的成功，题材的恐怖与否，并未影响其对故事超强的操控力，或许他的作品在呈现人性层面要更深刻。

显然，作家的写作在很多时候，必须接受读者的反应带来的影响。斯蒂芬·金的另一本作品《头号书迷》可以看作是夫子自道。其题材和叙事是典型的惊悚恐怖风格。一个擅于写恐怖故事的畅销书作家，在大雪封山的冬天，被一个狂热的女读者劫持。女读者是一位当地医院的护士，护理作家因车祸导致的伤口，也开始阅读作家刚刚完成的作品。这些场景看上去很正常。但很快，剧情开始反转。女读者不满意小说里女主的死亡结局。女读者举着一把刀在作家脸前挥舞，“您必须让她复活！”惊悚的故事就此上演。作家意识到女读者的阴谋，惊恐万分，他想尽快逃脱。但逃脱的计划被识破，女读者愤怒并失控，她极其残忍并血腥地砍断了作家的双脚。事实上她是一个偏执、狂躁的精神病患者，并且已经有多起谋杀罪行。此前她曾残忍地杀死了当地的警察。作家恐惧而绝望，他必须要屈服于女读者，并按照她的愿望而写作。在书稿写成的时刻，他要求和女读者举行庆祝仪式，他焚烧了书稿，与女读者进行殊死搏斗，最后杀死了这个疯狂的女人。

这部小说改编的电影名为《危情十日》。就个人趣味说，是我最喜欢的美国电影之一。我在大学开设影视欣赏和剧本创作课程时，这部电影经常被作为重要的影视作品文本。我甚至认为电影比小说更为成功。电影可以制造强烈的视觉效应，在有限的时间单元中，较之小说文本，可以使得戏剧性冲突更尖锐、直接和有力。角色的表演也能够进一步强化人物的具象化特征。饰演女主角的凯西·贝茨相貌平常，自然本色，极为精妙地塑造了一位隐藏于日常生活里的普通又狰狞的女性角色，留下了令人难忘的银幕形象。她也藉此获得第63届奥斯卡奖和第48届金球奖剧情电影最佳女主角。

《头号书迷》可以视为斯蒂芬·金典型的故事文本。惊悚，血腥，强烈的对抗，诡异的气氛，哥特式的迷局。相比之下，《肖申克的救赎》则显得温和得多。在故事的大部分篇幅里，观众和故事的讲述者雷德一起，只看到一个沉默的、忍受着漫长牢狱生活的犯人的日常，他是被体制化的人群中的一个成员。一直到越狱之后，谜底才被揭开，故事的基调才开始显得锐利和激烈。斯蒂芬·金想写一个和他一贯的风格不同的故事。他说："小说只有好小说和坏小说之分，没有严肃文学与通俗文学之别。"不过很明显，电影带来的阅读效应比小说要强烈得多。在某种程度上，电影成就了斯蒂芬·金的小说，也成就了其通过反类型化写作来证明自我才华的理想。

加和减：小说文本与影视文本的转化

小说文本的影视化是非常复杂的过程。即便是同一个文学文本，不同的导演在处理方式上也会有巨大的差别。《肖申克的救赎》可以看作是文本与影视非常相近的案例。整体来说，二者的主题、事件、视角、结构和结局大体相同，小说的篇幅也是电影文本最适合的长度（电影通常有一百三十场左右的剧情，差不多正好是一个中篇小说的容量）。但若是进一步比较，会发现二者之间，仍然有很多不同。

以电影里减少和增加的部分为例。减少的部分：叙述者雷德的生活。在文学文本中，雷德除了承担叙述者的角色，实际上也是故事的主人公，他在回忆自己的生活，安迪是他漫长的监狱生活里令他记忆深刻的部分，他一边讲述安迪，一边对自我的人生进行回想、总结和修正，他说："我从来没有改过自新的感觉。"他已经完全适应了监狱里的生活，而且害怕改变。但安迪让他体验到"得救之道，就在其中"。在电影中，有关雷德的自我呓语的部分都没有了，他是观察者，他的生活让位于安迪。另外减少的部分包括监狱里其他的角色，监狱生活中那些黑暗的、毫无人性的生活，以及与安迪无直接联系的情节等。增加的部分是监狱里的图书管理员老布的剧情。老布是制度化的典型，他服刑几十年后获得假释，但他完全不能适应自由生活，之后上吊自杀。在小说里，老布的情节很少，他的生活通过雷德的描述呈现。电影中的老布则清晰完整，包括他最后自杀的场景都被还原为生动又令人感伤的影像。老布的出场也比小说里要早得多。安迪初进监狱，伙食里出现了一条蛆。这引起安迪强烈的不适。旁边一个老迈的犯人凑过来，小心地向安迪请求：能不能把它给我？安迪递给他。老迈的犯人神情欢乐，把那条蛆凑近他衣服的口袋，口袋里一只鸟探出头来，吞食了它。这个年老的犯人正是老布。这场增加的情节为电影增添了魅力，也成为电影中令人难忘的精彩片段。安迪的情节当然也增加了，安迪成为电影里的主体，他借助于雷德来讲述自己的传奇。这其中，最令人震撼的一段场景恰好不是来自于小说，而是来自于电影导演的创造。

这段场景发生在电影的一小时八分钟。安迪此前已经受命为监狱长打理个人财务，也有机会能够自由出入监狱的办公室。这次他进入无人值守的广播室，发现了一张古典音乐唱片。于是他反锁好广播室的房门，在唱片机上播放唱片。声音通过广播传递到监狱里的广场上。唱片里是一个女声高亢、明亮的咏叹——莫扎特最著名的歌剧《费加罗的婚礼》。镜头随着歌声推移，缓缓越过监狱广场上放风的囚徒，所有的囚犯们都停了下来，这天籁之音令每一个人深深迷醉，人们强烈地感受到从未有过的自由、美好和希望。身处广播室的安迪则已经完全忘记自己身在何处，直到监狱长砸开房门才清醒过来。这一段场景令人难以忘记，它不仅是电影中最动人的段落，也成为电影史上最著名的桥段之一。

小说与电影有很多不同，二者的表达机理、方式和读者反应都有差别。在某种意义上，小说拓展想象和心理空间，电影则强调叙事的具象化过程以及由动作引发的视觉效应。在有限的长度内（《肖申克的救赎》片长一百四十三分钟，通常的剧情电影长度为一百二十分钟左右），影像的冲击力更为强烈，但也同时要求其在叙事上更具戏剧化和张力。本片增加的场景显然丰富了影像的物理空间，也使得电影的戏剧化情境更为激烈紧张。相比之下，《肖申克的救赎》的小说文本要缓慢与温和得多。比如，从另外的监狱转到肖申克监狱的汤米，偶然提起从前一起服刑的一个惯犯，对方其实正是安迪被控谋杀案的真正凶手。安迪因此看到了申冤的希望，汤米是唯一的知情者。但监狱长不想让安迪离开，因为他需要安迪为其洗钱。在小说里，监狱长告诉安迪说，汤米已经转到别的监狱。汤米的故事就此结束。在电影里，监狱长在一个夜晚，引诱汤米越过监狱的警戒线，然后，等候在岗楼上的警卫长开枪射杀了汤米。再比如监狱长的结局。小说里的监狱长先后有两任，电影里只有一任。小说里的监狱长在安迪逃走后不久辞职，因为他遭受了不能告人的挫败，电影里则是他因贪腐受到指控，在被捕的一刻，他举枪自杀，结束了自己可耻的一生。很显然，在电影里，导演明确地告诉观众，安迪不仅是一个成功的逃脱者，同时他还是一个向邪恶宣战的斗士，他是一个基督山伯爵那样的复仇者（电影里安迪整理图书的时候，和犯人们讨论过大仲马的这本小说。从叙事策略来说，这个场景富于象征意味）。某种程度上，安迪的行动表达了尽可能丰富的动机：追求自由，葆有希望，洗刷耻辱，主持正义，并能惩戒邪恶。

杰出的文学能够成就电影艺术，反过来说，好电影也可以为文学增添光彩。若以《肖申克的救赎》论，电影文本显然要更胜一筹。当然，电影是综合艺术，成功的电影往往有赖于集体的智慧：导演、剧本，明星的表演、制作人的见识，甚至包括摄影、灯光、音乐、剪辑和道具等。通常很多观众视电影为某种视觉艺术，实际上是一种误读。电影不仅仅是艺术，它同时是技术化的工业生产过程。所以有学者说，电影代表了非常复杂的文化消费过程，整个20世纪的电影史，可以理解为在艺术和工业（技术）之间寻找平衡的历史。

《肖申克的救赎》：阅读（观赏）史、电影光碟和文艺化趣味

所以，有些我们认为伟大的电影，在诞生之初，并非如今天这样令人痴迷，甚至被认为是平庸之作。电影《肖申克的救赎》正好可以作为一个非常典型的个案。

《肖申克的救赎》于1994年拍摄完成，在多伦多电影节首映，不久在影院上映。评论家看好此片，但电影的票房并不理想，只获得一千八百万美元的收入，远低于拍摄成本（二千五百万美元）。之后电影角逐奥斯卡金像奖，获得七项提名，分别是：最佳电影、最佳男主角、最佳改编剧本、最佳摄影、最佳剪辑、最佳配乐、最佳混音。但有趣的是，电影最终未获得任何奖项。众多提名奖项为电影提升了影响力，不过此后的票房仍旧不高，其最终票房停留在二千八百万美元。

1994年是电影的黄金时代，佳片云集，观者如堵。不同类型、不同风格的作品缤纷绽放。这其中有美国剧情片《阿甘正

传》，迪士尼的动画大片《狮子王》，奥利弗·斯通的《天生杀人狂》，昆汀·塔伦蒂洛的独立电影《低俗小说》，中国香港导演王家卫的《重庆森林》，以及欧洲电影大师基耶洛夫斯基的《三色：红》。《阿甘正传》最终获得五项奥斯卡奖项，《低俗小说》和《三色：红》则在戛纳电影节大出风头。

为什么《肖申克的救赎》在1994年光芒暗淡？这是一个有趣的问题。艺术作品的光芒受限于某个确切的时代，读者的反应和市场消费又经常呈现出复杂的状况。但大体来说，1994年是一个蓬勃的、文化反思的时代，宏大叙事较之个人情怀（即使如王家卫这样的炫技式导演，也仍然在表达时代里的都市精神），更具有票房号召力。若是以《阿甘正传》和《肖申克的救赎》来比较，《阿甘正传》显然更契合彼时代人们的精神诉求。《阿甘正传》的主角是一个智商七十五的男性（正常智商是一百一十），但是他奇迹般的发现了自己的天分，先后成为球星、越战英雄和捕虾大亨，并且在最后还收获了爱情。电影以阿甘的视角，走马观花式地、喜剧化地呈现了20世纪50年代到80年代诸多美国大事件，并且通过电脑特效，使其置身于历史事件的旧时影像之间。阿甘的母亲从来不干涉他的各种荒唐念头，她有一句著名的格言：蠢人做蠢事。评论家说，阿甘的人生表达了对美国梦的讽刺，也由此呈现了彼时代的人们对于现代生活的反思。但实际上，阿甘仍旧是美国精神的阐释者，只不过看上去更喜剧化而已。阿甘也巧妙地为时代的电影审美提供了它所需要的大部分佐料。

《肖申克的救赎》依然是好莱坞电影，但它的题材和故事要简单得多。小故事，犯罪和越狱题材，有限的空间（大部分场景都在监狱里），单线叙事，稳定的、传统风格的摄影镜头，非常多的近景和特写镜头，缓慢的甚至是冗长的节奏等等。要一直等到电影的尾声，才有一个巨大的反转，这需要电影院观众有足够的耐心。电影的标题也缺乏吸引力，人们会以为它是严肃枯燥的宗教题材，或者是充满了说教气息的有关改过自新的犯罪片。最重要的是，这是一部女性缺席的电影。电影里缺少一个女主角（电影里有女影星的大幅海报，海报上的女星是道具，当然不能算电影中的角色）。它只是一群在狭小封闭的监狱里挣扎的男人们的故事。几乎所有伟大的电影里，都会有一个美艳或者坚强、邪恶或者善良的女性。如果在电影里缺少了女性，故事的光芒就会大打折扣。没有女性角色的电影，不仅仅会损失女性观众，很多时候，男性观众也会缺席。

不过家庭影院拯救了《肖申克的救赎》。20世纪90年代也是录像带、VCD和DVD盛行的时代，大量的观众开始通过电视和播放器观看电影。好莱坞的电影巨头们也开始有意识地制造适合家庭和小屏幕观看的电影。实际上碟片市场是一块巨大的蛋糕，有时候甚至超过影院的收入。很有趣的是，《肖申克的救赎》在大银幕上的缺陷，恰好成为家庭影院的优势。碟片的受众鱼龙混杂，不过总体来说，其中包含了为数众多且稳定的文艺中青年。他们有好奇心，有文艺化的品位，有相对空闲的时间，并且有相应的购买力。他们厌倦了大片的浮华、影院里的嘈杂、类型化的故事以及粗浅的感官冲击，希望有更丰富的、多元化的故事。相对来说，在更小的空间里，会有更安静的观影体验。而碟片的另一个优势是：更丰富的种类和更完整的版本，特有的拍摄花絮、导演剪辑版、导演解说版、幕后访谈、影评人的评论以及不同地区的预告片。影院不可能拥有这些信息和影像。很多有天分的年轻导演正是通过碟片登堂入室。这种类型的观众实际上也拥有网络和媒体的话语权。他们对电影《肖申克的救赎》有了强烈的兴趣，并积极推动建设电影的口碑。与《阿甘正传》这样的宏大又喜剧化的电影相比，也许严肃的、沉思性的镜头更具有吸引力，这可能是《肖申克的救赎》逐渐成为电影杰作的原因。如今，在IMDB（互联网电影数据库）的电影史上的二百五十部佳片中，《肖申克的救赎》一直稳定地排在前三名的位置——实际上它和1972年的美国电影《教父》在第一名和第二名之间交替，在更多的时候，它排名第一。在中国的豆瓣网上，《肖申克的救赎》电影评分高达9.7分，这是剧情电影很难超越的高分。

向伟大的传统致敬：迷人的叙事、《死囚越狱》和《肖申克的救赎》

《肖申克的救赎》为什么如此迷人？一部好电影的魅力当然取决于很多因素，正如我们之前讨论过的那样，但对大多数观众而言，好电影必须要有明确、深刻和严肃的表达。我们希望看到一个流畅而精彩的故事，它陌生又熟悉，梦幻又现实。在两个多小时的长度中，可以清晰真实地进入某种情境，与故事里的人们共同感受人生的某个欢乐或者悲伤的时刻。

迄今为止，关于《肖申克的救赎》的主题有很多阐述，其中不乏精彩之论。而且可以肯定，对于电影的讨论还会越来越多，正如我们不断谈论的那些电影史上的杰作。《肖申克的救赎》关涉人性、希望和救赎。电影中，监狱长向安迪说到《圣经》，“得救之道，就在其中”，安迪没有回答，但他的表情意味深长。他手里的《圣经》中，就藏了一把鹤嘴锄，正是他赖以得救的工具。一直到故事的结尾处，安迪才回应了监狱长的问题，他说：“得救之道，就在其中。”安迪从未放弃希望，他坚持了二十七年。在电影的末尾，雷德在田野上找到安迪留给他的信，信中说：“希望是好事，也许是人间至善，而美好的事物永不消逝。”他渴望自由，渴望洗刷耻辱，希望是最强大的支撑。希望最终创造了奇迹。

关于体制化，电影中的图书管理员老布是最好的阐释。他在监狱里生活了四十年，终于获得假释，成为自由人，但是，他已经无法适应高墙之外的自由生活，他生活在恐惧和噩梦之中，最终选择了自杀。雷德同样不能适应自由生活，他焦虑、恐惧，“已经适应了上厕所必须要报告的生活，否则就尿不出来”。电影的第五十九分钟，雷德说：“这些高墙很有意思，最初你恨它，后来就习惯了，再后来，你就离不开它了。”这就是体制化。体制化可以扼杀个体的所有念头，可以重塑灵魂和思想，甚至改变机体的结构和组织。文学史上，关于体制化的作品可以找到很多，奥威尔的《1984》《动物农场》，索尔仁尼琴的《古拉格群岛》，包括近年广西师范大学出版社引进的“理想国”系列中的《耳语者》等等。就人类的个体生活来说，体制化可以延伸到更广阔的层面，诸如习惯的力量，爱的顺从，忍耐，或者接受某种完全不同的生活状态，或者是某种平庸的生活对于理想、渴望和梦境的侵蚀。中国导演顾长卫拍摄过一部电影《立春》，讲述的就是在中国的某个小县城里，一个怀抱了音乐梦想的女性，如何从反抗变成接受、顺从，最终成为一个庸常的小市民的故事。

马斯洛理论对人类的需求划分了不同的层次，最基本的需要是生理和身体，最高的层次则指向精神和灵魂的自由。通常，大部分人类的诉求都停留在基本的层面，高层的诉求少之又少。所以，《肖申克的救赎》实际上讲述了人类生活中的奇迹。安迪能够成功逃脱，并且成为富有的自由人，不仅仅怀抱希望就可以，还需要勇气、耐力、智慧和强大的不可摧毁的信心。电影的魅力正在于此：它就在讲述某种不可能，在有限的时间刻度中，带领观众制造某种真实的梦幻景象。作为个体，安迪太强大了，安迪正是创造奇迹的人。雷德说：“有些鸟是关不住的，它的羽翼太丰满了。”安迪就是帮助我们实现梦想的人。即使是最平庸的人，也需要梦想，也拥有渴望。

这些也许是电影有足够的吸引力的理由。当然，还有叙事。好故事需要有恰当的方式讲述。讲什么和怎么讲同样重要。前文提到，《肖申克的救赎》有一个迷人的文学文本，这是故事的前提。在转化为影像的过程中，在导演层面又做了新的尝试和努力，因此它也成为一个迷人的影像文本。

雷德的讲述在叙事学上属于限制视角。在相当长的故事进程中，它并没有带领观众了解真相，实际上制造了观赏（阅读）障碍。雷德制造了“叙事的迷宫”。观众在某些时刻，甚至比讲述者知道的要更多。叙事学上的有限视角可以强化悬念，保持神秘感，从而营造更丰富的戏剧化张力。文学的机理是这样，影像叙事的机理同样如此。观众们充满了期待、不安和好奇，并且把这样的“焦灼”持续到最后，因为故事的反转一直到结尾才出现。在某种程度上，这样的设计很像是某种类型的推理小说，不过推理小说的趣味更类似于猜谜游戏，谜底揭晓的时刻，往往会有某种洞悉秘密的失望。但高超的叙事不仅仅是为了等待谜底，它同时也强调故事推动的过程。换言之，打动观众的不仅是越狱的那一刻，还有在漫长的牢狱生活中，那些人性的挣扎、黑暗和亮色。它们更严肃，更深沉，更具有感伤的力量。

实际上，电影中的海报有四张。最早的是丽塔·海华丝，第二张是玛丽莲·梦露，是雷德送给安迪入狱“十周年庆祝”的礼物（电影的第一小时十五分钟），第三张是拉蔻儿·薇芝（电影的第一小时二十八分钟），最后一张是琳达·朗丝黛。她们分别代表了四个时期：从20世纪40年代到70年代。前三位是美艳的电影女星，后一位是20世纪70年代的流行歌手和摇滚女星。她们既呈现时间，也呈现自由社会的潮流。她们都是故事里安静的讲述者，也是象征意味浓厚的美国梦。同样，她们也是叙事花招的一个部分：对一个绝望的囚徒来说，她们差不多是缓解焦虑、聊以安慰的最后的稻草。

若是从电影类型论，《肖申克的救赎》并不新鲜，它几乎是一个老套的故事：在一个有限的空间里逃脱，是类型电影里常见的故事。就越狱题材看，电影史上也有不少的杰作。可以肯定地说，《肖申克的救赎》一定受到了法国导演罗伯特·布列松的伟大电影《死囚越狱》的启迪和影响。

《死囚越狱》是1956年的黑白电影。影片讲述二战期间，一个被纳粹俘虏的犯人，在监狱里设法逃脱的故事。不同于《肖申克的救赎》里在墙上凿洞，本片里的男主以一把铁勺，极富耐心又巧妙地拆破了牢门上的三块木板，然后拆了床上的弹簧和棉垫，做成逃脱的绳索和铁钩。最终巧妙地翻越高墙，逃脱出去。罗伯特·布列松是欧洲杰出的电影人，一直倡导“电影放映机”理论，本片正是其导演理论最好的例证。（这部电影是）极简主义风格，整部电影的台词少之又少，几乎全部依赖于人物的行动以及外部的声音（音乐、别处的声音、必要的画外音），摄影机集中在必要的事物上，比如冷峻、省略的镜头和叙事风格。他经常启用非职业化演员，因此带来效果惊人的非戏剧化表演。如此节制的美学风格使得其电影作品充满了令人震撼的张力：人类的孤独，交流的匮乏，忍受痛苦的能力，寻求解放的动力。他和摄影机不介入人物或者事件的情绪，不修饰不夸张，甚至不在意细节。他关注的是内在生命的神秘与抗争：人类如何在冷酷、无情、孤独的世界里到达自由，如何获得优雅和救赎。想一想在20世纪50年代，除却必要的技术设备（摄影机），导演以最简单的方式讲述一个惊心动魄的时刻。这也许是真正的伟大的电影。

有趣的是，越狱题材的电影杰作几乎都来自法国，比如雅克·贝克的《洞》（1960），让·热内的《情歌恋曲》（1950）等。而《肖申克的救赎》的导演弗兰克·德拉邦特也是法国人。有理由相信，他的作品是为了向法国的电影传统表达敬意。《肖申克的救赎》在整体风格上华丽繁复，带有清晰的好莱坞色彩，已经与欧洲电影的自由传统完全不同，但若以故事的题材和叙事策略论，二者有非常之多的相似之处：剧本的结构，男主角的沉默，道具、音乐的设置方式，倾倒垃圾的场景，以及对于自由、希望的渴望等等。这也是电影艺术中严肃的、值得讨论的话题。

当然，《肖申克的救赎》要更具影响力。它流畅，（具有）复杂、充满戏剧化的推动力，（包含）更多的角色、群众演员和场景，邪恶的反派、无辜而孤独的配角，更富于技巧的叙述者，（采用）彩色胶卷和巨大的轨道、升降机以及多机位的摄影机。当然，还有一线的明星加盟，他们比故事更具有号召力。更主要的是，它不仅仅呈现人类的孤独和逃脱，它还呈现“主的审判就要降临”（悬挂在监狱长办公室保险柜前面的牌匾），它表达正义、审判和复仇。对于更多的观众来说，快意恩仇往往比观看苦难更合乎情感期待。

美国的著名学者布鲁姆在文学批评中，提出了“影响的焦虑”的观念。他说，每一个伟大的作家在进行文学创造的时候，都会陷入某种焦虑，因为他要受到前代的伟大经典的影响。比如17世纪之后的西方文学，无一例外受到伟大的作家莎士比亚的影响（《西方正典》，哈罗德·布鲁姆著）；但正是这种无法摆脱的焦虑，为其创造提供了营养和动力。我个人非常认同。伟大的文学都需要向经典学习。同样，电影艺术也是如此，以我的阅读视野，我确切地感受到，电影史上那些卓越的作品，每一部都有一个先行者的印迹。正如《死囚越狱》之于《肖申克的救赎》，也正如斯蒂芬·金的写作之于美国20世纪50年代的恐怖文学，或者甚至可以说，爱伦·坡所开创的哥特式小说影响了他的写作。不过要是以小说和电影的艺术成就来说，我认为电影作品在处理“焦虑”层面，比文学要更有成就得多。

2019.6.23

小说的生与死

马原　刁斗

乐转
书房
HAPPY
TWIRL
「精读堂」进乐转
马原&刁斗——小说的生与死
地点：观山湖区金朱东路1号旺角汇4楼「乐转城市书房」
扫码免费报名
精读堂
06.23
15:00-17:00

马 原

1953年生于辽宁锦州，1982年从辽宁大学毕业后，去西藏生活和工作七年，此后分别在沈阳和上海任专业作家和大学教员。马原是当代中国先锋文学最主要的拓荒者之一，其独特的写作风格被称为“马原式的叙述圈套”，在中国小说界开了“以形式为内容”的艺术先河。马原主要作品包括长篇小说《上下都很平坦》《牛鬼蛇神》，中篇小说《虚构》《冈底斯的诱惑》，短篇小说《错误》《拉萨河女神》以及艺术随笔《虚构之刀》《小说密码》《电影密码》和话剧《过了一百年》等，约三百万字。

刁 斗

1960年出生，1983年毕业于北京广播学院，曾当过新闻记者和文学编辑，现专事写作，居住沈阳。出版作品：诗集《爱情纪事》，随笔集《一个小说家的生活与想象》《虚有》《慢读与快感》；长篇小说《私人档案》《证词》《游戏法》《回家》《欲要》《代号SBS》《我哥刁北年表》《亲合》《圣婴》；小说集《骰子一掷》《独自上升》《痛哭一晚》《为之颤抖》《爱情是怎样制造出来的》《重现的镜子》《实际上是呼救》《情书考》《出处》《发现》《我在》等，另有数本小说集被译为法语和英语在海外出版。

刁斗：今天我俩对话的主题是“小说的生与死”。如果把小说看作一个生命，它有出生也有死亡，这也是正常的。“小说的生与死”这个话题是从二十年前马原的一个说法叫作“小说死了”这样走过来的。那么，“小说死了”如果仅仅是把它理解成像一朵花败了，一个生命消失了，这是没有意思的。所以我觉得，对它有进一步的了解和阐释非常重要。我再简单地介绍几句，马原是一位先锋小说作家，先锋意味着跟大众的阅读是离得稍微远一点的，除了一些对现代主义小说有特别浓厚兴趣的读者，他的读者可能更多的是专业读者。

我用两个非常简单的小例子跟大家强调一下马原的重要性，当然这种东西不足为凭，但是我觉得能说明问题。咱们中国有一个非常优秀的文学批评家，中山大学教授谢有顺，他曾在20世纪90年代后期在《南方都市报》做编辑。我记得特别清楚的是，当时我到广州去玩，有一天我俩聊天，他希望我给他写一篇关于马原的文章。他说他想给马原做一个版面（那时《南方都市报》还是八开大小的那种小报）。我说这有点大动干戈，因为当时马原已经有七八年没怎么写小说，在做一些其他的事情。我问他怎么想的，他说做一版一共四篇文章，他的理由呢，是单位新来的几个学当代文学的硕士生和博士生，他们居然不知道马原，他说，我太愤怒了。当年谢有顺也就二十几岁，他的潜台词就是，一个学文学的研究生不知道马原，你都不配说你是学文学的人。

再举一个例子，可能大家都更熟悉莫言，大概也是20世纪90年代末或者21世纪初，那时他还没获诺贝尔文学奖。有一次几个人吃饭，当时大家就说道，马原怎么不写东西？那么可惜呀。这时候莫言说，我要是写到马原这份上我也可以不写了。我觉得这话当然有玩笑跟调侃的成分，但我认为，人少的（场合）是一个比较容易认真聊天的场合，玩笑的可能性就只占三分之一，而内心的表达可能占三分之二。莫言也是非常好的作家，我相信这里面肯定有玩笑的成分，但是我认为任何一种玩笑都隐含着一种真实的欲念。

那么我再补充一个，这不是我亲历的，是我从一本杂志上看到的。当年日本的大江健三郎获得诺奖，几年后有位中国记者采访他，说，你认为汉语写作中谁最有可能拿诺奖？他提到两个人：一个是莫言，另一个就是马原。马原没拿到奖我也很遗憾，他自己可能也挺遗憾的。奖当然好，那也是一大笔钱哪。

还是围绕今天的主题，再简单说两句。我跟马原已经是三十年的朋友，1989年——正好是三十年前，甚至也是6月份这个季节，我们开始成为朋友。三十年的这种男人之间的友谊，就是可能经常一两年都没有一个电话联系，因为他是一个天南海北到处走的人，但是当坐到一起，或者偶尔发一个信息，可能说的是一个跟文学、跟价值观、跟许多东西无关的话题，但是大家知道彼此心中是有对方，是认同对方的，那么我想这就是一种非常有价值的友谊。正是因为这个，我说句题外话，特别感谢“精读堂”和乐转书店，给我们这俩三十年的老朋友提供一个坐到一张台子面前谈小说的机会。也正是我们这种友谊的长久存在，我们谈到这么一个甚至有一点悲壮，有一点沉重的“小说死了”的问题，我觉得可能会谈出更多的一些东西。

当二十年前马原提出“小说死了”这个说法的时候，中国文坛即使不像20世纪80年代那样欣欣向荣，也不像90年代前期那样五花八门，品种繁多，但也应该还是处于一种不错的走向。在这样的时候，马原提出这样一个悲观的观点，实事求是地说，我还没看到谁附和他的这个说法，我好像也没见到马原你有撰文或者答记者问细谈这个问题。我倒是听到一些反方的声音。我在这里又举两个例子。

第一个例子可能大家也知道。我认为王蒙是中国最聪明的小说家。马原的这个说法出现之后，有记者采访王蒙说，马原说“小说死了”，你怎么看呢？王蒙是聪明人，他回答得也非常漂亮。他说，小说没死，马原“死”了。当然我们不要把这理解为一个诅咒，因为当时马原差不多有十年八年没认真做小说了。我们都知道，20世纪80年代一直到90年代前期，马原的创作在中国的文学界肯定是一个地动山摇的状态。当你有一个高峰之后，突然沉寂下去，所有的人，即使大家不认识他，也希望这个高峰不断地起伏，因为人们喜欢看热闹，对于坏事，有种希望坏得更厉害（的心态），尤其在咱们中国文化的概念里，对于跌宕的这种状态，理解得其实特别有限。所以王蒙这话说得很漂亮，甚至能对上：小说没死，马原“死”了。其实他的意思就是说，是不是你的小说死了，或者你作为一个小说家，你的艺术生命死了，可以这样来理解吗？这是王蒙对你的反批评。

还有一个反批评，是我做过的。差不多2001年左右吧，我当时出了一个长篇小说，有记者采访我，他知道我跟马原是朋友，他说，你对马原这个说法是怎么看的？我在这里插一个软性广告，去年贵州人民出版社出了一套“鼎丛书”，包括我的一本长篇小说，一本小说集和一本随笔集，我这篇答记者问就收在这本叫《虚有》的随笔集里。就记者的这个问题我是这样说的：“说到小说与爱情都寿有几何，我倒是个乐观主义者。在承认寿命长短是个相对概念的前提下，我认为小说和爱情几乎都会长生不老，因为这两者的生存根须都深埋在人性基本需求的土壤里。也正是由于有了这样的判断，我认为纸质本小说退出历史舞台并非大势所趋，马原的悲观论调必然破产。”我觉得我这个判断其实有点准确，二十年过去，马原的悲观论调已经破产了，因为我们还坐在这里谈小说嘛，连他自己都得在这里谈，而且他最近出了六七本长篇小说，这论调显然破产。但是王蒙那个论调可惜是他破产，他说马原“死”了，其实马原的艺术生命没死，还在写小说。我觉得这个也还是次要的，最主要的就是，马原在几十年前写的小说，放到今天看，我认为依然是中国现当代文学最优秀的小说。

所以，我的第一个问题是，你把你的“小说死了”这个说法抛出来，也把整个前因后果的想法给大家说说。

马原：他夸我的话大家别当真，因为他是我哥们，哥们之间经常会“肉麻主义”，会说一些让我听着舒服的话，我也经常说一些让他听着舒服的话。

刁斗：我们这个叫表扬与自我表扬嘛。

马原：说“小说死了”这话（距离现在）二十年差一点。我在2000年去同济大学当老师，我当老师的时候，突然发现我的身份转换了。虽然之前别人叫我马老师，但那其实是带一点儿尊称，我没当过老师。2000年真的去学校当老师的时候，再回头看看我二十年里写过的小说，突然就生出一点感慨。

首先是辉煌不再，真的辉煌不再，因为那时候已经是2000年。我们经历的最好的年代，大家都知道，是20世纪80年代。80年代的时候，媒体没有今天发达，但那时候小说家就是明星，彻头彻尾的明星。我们没有很多机会，甚少有作家的照片在媒体上登出来，都是文字，但是偶尔会有一点。因为80年代有一种需求就是，整个中国的老百姓都看小说，这个有点奇怪，就像现在的老百姓都看电视剧一样。看小说呢，他们就特别关注他们喜欢的作家，刚好那个年代我算是一个有许多人喜欢的小说家。80年代尽管我写过的小说很多，发表的很多，但是真正登过的照片不多，应该不超过十幅，没怎么露过面。但是，在80年代的的确确经常在路上被拦住，说，呀，你是不是马原老师啊，我看就像你。他只见过我登在杂志上的很小的、黑白的照片，那时候（登在杂志上的照片）非常小。他说，我就认为是你。两个人就这么互相看着，他说，你看，我肯定不会认错。所以我想，全民读小说的时代，其实是不会重现的历史。

其实我都没怎么赶上这个历史，因为我写小说主要是在20世纪90年代。80年代居然经常被那些读者拦住，要拍个照片，要和你打个招呼，然后激动得不行，真的，那些读者都激动得发抖。我有一次坐火车，我父母是铁路上的，我最初也在铁路工作。坐火车的时候，我有记者证，还有一张中国作家协会会员证，我是1985年加入的中国作家协会。我当时一下掏出来的刚好是会员证，可能是会员证压在记者证上面。我掏出会员证来，列车长居然把我弄到一个软卧的空包房里，他说，我这辈子就没见过活的作家。

所以我说，我经过20世纪80年代，那么在2000年我当老师的时候，80年代已经过去很久了，那时候我突然意识到一种落差。我说，小说的辉煌年代不但过去了，而且过去很久了，过去很远了。那时候我的心里就多了一点，读书人都有的一点诗意，都有一点惆怅嘛。我当时就有一点惆怅，就觉得怎么会这样，这么了不起的东西，这么好的东西，怎么说过去就过去了？心里边特别哀叹。这时候，可能也是当老师的缘故，当时我就想，这个世界也没那么悲观，有生就有死，小说有它诞生的那一天，按照有生有死的自然法则，小说也应该有它的死亡，就像有它的出生一样。我当时就进一步想，这个也没有关系呀，因为这个时代是眼见的，我们都是可见的，只是突然从读字转向了读图。

2000年前后，我就感觉到，读字的时代正在结束，或者已经结束。因为那时候差不多人手一部手机，我们每天在手机上看到的大部分都是资讯类（信息），尽管也有文字，但那些文字对我而言，更像是另一种文字，比如很像说明书。这样的文字已经不具备我们少年时对文字的那种景仰，对文字的近乎崇拜的情愫了。文字一旦变成说明书，沦为第二种角色的时候，文字如果只是图的一个补充，那么文字其实就已经走上了自己生命期的最后一段路。这是其中的一个感想。

还有一个不同的感想就是，因为我一直是一个信奉自然主义的个体，所以我在比较早的时候就知道，自然是我们的母亲，地球是我们的母亲。我就觉得，造纸是一个用水量巨大的产业，造纸的用水量绝对超乎你的想象。今天有一个比较浪费水的地方是高尔夫球场，任何一个高尔夫球场都有几十口抽地下水的井，每个夜里不停地抽地下水灌溉，所以球场上的草坪永远是地球上最漂亮的风景，特别绿，特别美。而造纸原来是消耗地表淡水最主要的一个产业。那么我也在想，小说为什么能辉煌，小说为什么有机会成为人类最主要的娱乐和精神食粮？什么原因呢？小说（的辉煌）其实借助了两种技术进步。在古代，就谈不到技术，所以古代没有一个所谓精神领域的产品，可以统领整个人类。而小说真正流行，大范围流行，变成广大公众的娱乐和精神食粮的时间其实特别短。我生在20世纪50年代，对我而言，我是眼见了小说的这个发展历程的。因为我们的历史和世界的历史有一个时间上的错位。比如说，世界历史上现代主义小说的运动诞生于20世纪的最初二十年，即1900年到1920年这二十年；而我们小说的现代主义运动诞生于1985年，基本上到1987年、1988年就完成了现代主义小说的进程。

我刚才说两种技术进步。首先，小说要大范围传播，一定得把小说印成书并大范围销售、推广，这是前提。20世纪80年代全中国人民都读小说，那就是因为80年代的时候，我们已经有足够的造纸能力。还有一个技术至关重要，就是现代印刷术。在现代印刷术之前——我看过一些老版本的书，可能你们大部分人都没看到过——一个是木刻版。活字印刷虽然早就诞生了，但是在很多年之前中国的绝大多数图书基本都是木刻版，在木板上刻出字来，然后做成书的版，用木板去印刷。在木刻版之前更流行的，现在几乎看不到的，就是在石头上刻字，石刻出来的字制成图书，这就是在没有现代印刷术之前的印刷技术的状况。那么，小说之所以能够大范围地传播，离不开从18世纪初开始的现代印刷术和造纸工业化、产业化。小说首先需要一个载体，这个载体就是纸。今天我们觉得纸非常平常，但是两百年前，纸非常珍贵，因为在造纸非常手工化的时候，造纸成本是非常高的。在今天的农村，在我所在的云南的农村，还有整个村子都在用构树皮造纸的。虽然他们不是用现代化的机械设备，但是他们还得借助现代机器，比如筛纸浆的网一定是工业化的产物。

现代印刷术和造纸工业化，这两件事特别厉害。这两件事形成了一个绝佳的组合，人类从此诞生了一种强大的、对整个人类文明进程产生巨大影响的组合，就是纸媒。纸作为一个媒体和媒质出现了，这个东西非同小可。所以你看到的从1800年过来的19世纪，诞生了最重要的纸媒，纸媒诞生的最重要的品种就是小说，纸质的小说。纸媒作为一个强力的背景，一个支撑，（使得）小说开始大范围地流行。没有纸媒，你想都不要想。

所以，我在关注小说自身命运的同时，会回溯到小说的源头去。因为我原来是学工科的，我中专读的是机械制造，我特别喜欢机械制造学科里边的一门学问，叫工艺流程学。因为我发现整个世界的构成其实都有工艺流程学在其中。所以我说我关心小说的时候，我才发现，原来纸媒已经到一个全面式微的历史阶段了，新的媒质诞生了，也就是图像，尤其是电子图，就是我们说的影像。

大家知道，以前照相机都是胶片，取得活动画面几乎是不可想象的，但是，今天任何人都可以，真的到了读图时代了。我们再回过头说，图像是个多么了不起的东西。比如商场里一个十几二十块钱的东西，我们需要多少文字（才能）描述清楚造型、材质、功能、动力来源？用文字怎么描述？我是球迷，我一辈子最喜欢的两个阿根廷人，我永远的偶像，一个是梅西，另一个是马拉多纳。梅西、马拉多纳，他们每一场球都有几秒钟的闪光，那几秒钟就让包括我在内的上十亿人激动得浑身发抖。那个失控的大喊大叫，用文字你怎么可能表达？但是图像就有这个能力，它就把一个进球和进球之前的那几秒钟记录下来，它足以让你激动得血脉偾张。所以我说，图像的力量文字怎么可能比。

那么到了读图的时代，其实以字为筋骨血肉的小说大概已经完成了它的历史使命，因为小说它是一个典型的，而且是最为经典的叙事体，现在的叙事体是我们看的电影、电视剧。刁斗他心里不服，他老觉得小说不但活，而且活得津津有味。我心里想的跟他完全不一样。昨天我们在那个书店，不低于五百平方米那么大的一个书店，我碰巧就在那个现当代小说书柜的对面，坐在那就看见“文学：现当代、现代”。

刁斗：我过去看，摆的书主要是高晓松、白岩松的，还有好几个我都不认识，不知道。

马原：还有梁文道，都是那种。然后他还觉得小说活着呢。看没看见刁斗的小说？我知道昨天那个书店里有我的两本书，我估计是书店的主人听说我们过来，专门去找来的。这叫活着啊，他觉得活得挺好，这叫活着呀？我说句难听话，在中国现在能上排行榜的电视剧，收视率都是两个亿以上。我不知道刁老师的书印多少，我知道我的书印多少，我们跟人家比呀，不至于百万分之一，但是确实是万分之一或者十万分之一，确实是这个比法，就是完全不成比例。我是讲概率学的。概率学意义上，低于百万分之一的存在，相当于不存在，你可以说它在，但是它不存在，它没有感到任何存在。

所以我就说，我提出“小说死了”这话大概快二十年了，每一次，别人也会问刁斗，也会问王蒙老师，问其他小说家同行，马原说“小说死了”，你怎么看？其实我被问及的时候，我就得啰唆一点，因为我不啰唆，我总是有一点被误解的冤枉。当代小说，除了畅销的，比如说《都挺好》卖个几百万，轻轻松松的，《活着》也是卖了两千二百万册了。余华也是我们的老哥们，想想，怪不得我去他北京那个家，他住的那个房子居然要大几千万，真让人嫉妒啊。我想说，其实真的，我说这个“死了”是在大概率概念下，我认为不是今天，是我说的时候小说其实已经死了。但是呢，你们知道很多死去的东西呢，它们还会以另外的一种方式活着，而且还会长久地活，就是进博物馆。小说和其他进博物馆的藏品很像，就是慢慢地进了小说博物馆。真的，在偌大个书店里边，就算余华和莫言的书比我们的书好卖，加上他们的书，也不过占一两个书架，而这个书店不说一千个书架，起码大几百个书架是一定存在的。所以我说，它们充其量，可以说，作为一个物种还有一点儿活动气。是不是可以叫死而不僵，因为它像大动物啊，一下死了，它的末梢还给你一点错觉，觉得它活着。

我真的不是太看好，但是没办法，我跟刁斗一样，我们从小就爱读小说，我们从幼年开始爱读，然后爱写。小学的时候作文已经经常被老师当成范文，在同学面前读，讲你的作文。中学毕业以后，我当了知青，知青的时候开始写。我是六九届初中生，1970年下的乡，下乡第二年我就开始写小说，到现在四十八个整年头，写了一辈子小说。刁斗他有时比较谦虚，他说干别的不行，就剩下写小说。我知道我做别的也还行，我当过开发商。我一个朋友他钱多，他就说，要不搞点房地产得了，然后把我聘过去，我就做他公司的执行董事。我分管的就是地产项目，然后我们去做特别“豪”的房子。做别的也能行，但还是没办法，爱小说，还是觉得不做小说挺没劲。所以昨天跟朋友们交流的时候我也说，我为我能回到小说特别地庆幸，我特别感谢老天爷。你看我们的两个卓越的前辈，钱锺书、沈从文，我跟他们的情形真的很像。我是青年、壮年（时期）写小说，然后停了二十年，从1991年就停下来了，到2011年的时候又重新回到小说，而他们都没有回去。所以我昨天有一点得意忘形，我说如果钱锺书后来能回到小说，我想，可能这世界上就没有他那个大部头的《管锥编》。因为写小说显然比写他的《管锥编》更有快感。我猜沈从文后来的那个主要著作叫《中国古代服饰研究》，就是他研究服饰，做学问。我也做了一些学问，我在大学当老师也出了一百多万字的讲稿，但是我还是有点不甘心，我说，尽管我很难产，赶上了小说这台节目的最后“锣鼓”，但我还是愿意做那个小说博物馆里的馆员、解说员，留在小说当中，跟小说做伴。

刁斗：刚才马原这种表述，可能有的人觉得怀有一种恶毒的快感，在幸灾乐祸小说这个生命不再。其实呢，因为我和他做了多年的朋友，我知道每个人的表述方式是不一样的，他是一个技术主义者。比如描述这个小电扇，他很多时候更愿意做这种事情，这种事情有的时候显得更客观，有条不紊，不含有感情。在他这种表述当中，除了那种自然主义的，环保主义的，工具主义的，历史主义的，种种“小说死了”的描述之外，很重要的一点，我觉得是一种感伤主义。真的，他刚才那个话想起来（就是一种感伤主义）。不知各位有没有这样的经验，就是你曾经热爱的事情，甚至在你的少年时代，在情窦还没开的那个时候，你就喜欢上一个东西，然后一点一点式微，走向末路，即使它是一种历史的必然，我们心中也是充满遗憾的，即使我们尊重这种必然。

小说是我们共同热爱的这样一个“生物”。用他的话讲就是，它是一个生命，它给我们带来那么多的快乐，那么多的美好。现在它在走向完结的这个路上，之所以值得我们仍然在这个时候去说它，去回溯一下它的这种历史，我想，其实（是因为）它的历史就是我们热爱文学、热爱小说的人的快乐史吧，回溯一下可能有点意思。像你们当教授讲课，小说是从庄子这种寓言讲，还是说从那个《堂吉诃德》呀、《巨人传》这种东西开始讲？你怎么看，你回溯一下。

马原：一般来说，小说其实是从文艺复兴开始的。小说是一个外来物种，中国有自己的叙事体，但它的叙事体成长是以另外的方式。因为教育在中国古代不普及嘛，读书是很难的事情，所以你看，中国的类小说通常是以说书的方式，说书是用嘴，不是用文字。严格地说，是后来的章回体，因为说书是每天说一点，说书人不能没完没了地说，比如说上半个小时就是一章，我们在章回体里看到的一章。那时候的小说是以声音的方式传播的。据说现在听小说的人比读小说的人多，比如（用）喜马拉雅（这个APP的人就很多）。

刁斗：我插一句，听小说这个特别普遍。首先我不反对，大家都忙，比如开车呀、做饭呀的时候听，没问题。但是有一点，因为他们会找人去录小说，我稍微接触过，我觉得至少对一个专业的读者来说，它那种文字之美就完全没有。它就是告诉你一个故事，这里有一朵花，花里有水……这种东西还是只能走情节效应，这还是次要的，最主要的还是，咱们更愿意通过看小说来评价书所表达的东西，它完全被取消，这是个致命的问题。

马原：中国“有小说”其实有一种说法，好像中国现代严格意义上的小说，第一部是叶圣陶的《倪焕之》。这个说法其实有相当的科学性在里边，因为在这之前，中国有传奇，有段子，后来就是章回体，然后是评书，晚近一点越来越评书化。那时候人们获取的叙事故事其实主要是以说书的方式传达给他们的。所以我不认为《红楼梦》是小说，所有的章回体我觉得它们都不是严格意义上的小说，它们都是小说传到中国之前的中式的一种叙事体。

严格意义的小说，通常大家更愿意把大概五六百年之前开始的，文艺复兴时期出现的一些小说家的作品称为小说，他们的小说方式跟今天严格意义的小说方式特别近，已经几乎是零距离了。所以我说，要是论及现代意义的小说，它也就只有五六百年的历史，而小说真正成大气候，成为公众的财富，这个大概只有两百年的历史。也就是说两百年之前的第一批职业作家，就是那两个大巨人：大仲马和司各特。他们是英国作家和法国作家，（英国和法国是）当时世界上最早的两个强悍的资本主义国家。他们有技术进步作支撑，他们率先实现了造纸工业化和现代印刷术这种技术革命。当然还有几个大作家，比如我个人特别推崇的，写《弃儿汤姆·琼斯的历史》的大作家菲尔丁，也是英国人。19世纪上半叶开始的小说，逐渐开始成气候。到19世纪中叶的时候，美国、俄国加入了小说大军。这时候，这些相对发达的强大国家，他们就有机会让自己国家的那些杰出的作家们有的放矢，让他们有被公众认识和阅读的力量。所以19世纪下半叶的时候，小说已经完全超越了在19世纪之前所有世纪的小说的功能，也就是小说开始存在。

最初肯定是满足公众的最基础的需求：要听故事，要知道有趣的事情。后来稍微专业一点，变成公众打发业余时间的最主要方式，娱乐上升到最主要的功能。到了19世纪之后，因为小说大范围地在全世界各个点上开花，小说逐渐地就被赋予更多的功能。比如它把历史学的一些功能囊括进来，毫无疑问，它又把社会学的很多功能囊括进来，然后民俗学的很多功能囊括进来，又把哲学、认识论领域里的很多东西都囊括进来。到19世纪结束的时候，小说已经变成了一个“巨无霸”。确实，在19世纪的小说阅读里面，我们几乎可以获取刚才说到的所有领域的滋养，就是你光读小说你就会是一个哲学家，你会是一个社会学家，一个历史学家……所以我们通常把19世纪叫作小说的黄金世纪。黄金世纪呀，在全世界有一百年的辉煌，我们随便点就能点出上百个名字。在19世纪影响了整个人类的这些作家，他们的数量之多，影响力之大，可以毫不谦虚地说，远远超过历史学家，远远超过哲学家、社会学家。

所以我说小说走到20世纪开始的时候，走到1900年前后的时候，小说其实是畸形发展，变成一个庞然大物，像恐龙一样。我有时候杞人忧天，我就想不明白，地球有过恐龙世纪，当年是怎样养活这些恐龙的，你们想过没有？地球现在的这点植物够那些恐龙吃吗？

刀斗：当初到处都是热带雨林啦。

马原：这个我在云南，我就有点体会。热带雨林的生长速度确实是太快了。我在海南的时候，他们就说，海南就是那种，插一根扁担马上会长出叶子来，变成一棵树。对，地球那时温度比现在高，而且供氧那么多。

刀斗：而且哪有这么多人在地球上祸害呀。

马原：所以小说在19世纪结束的时候，已经长成了恐龙，一个巨大的、无所不包的恐龙。高尔基写托尔斯泰，托尔斯泰看着俄罗斯大公——就相当于我们今天常委这个级别的，至少是政治局委员吧——过来。托尔斯泰（这个）一米五的小老头，拿那小拐杖使劲跺地，说，他怎么敢！他怎么敢！他见了我居然敢不下马。你想，那个时候一个作家成啥了？我也不知道。比如咱们省委书记来了，是我应该发脾气还是书记应该发脾气，这个我想不明白。所以我说，到了19世纪结束的时候，到1900年这个节点的时候，小说其实已经走到了它的最高点。物理学有个法则叫"物极必反"。这整个20世纪其实小说都是在走下坡路，有的（甚至）是陡坡，所以小说一直在突围，苟延残喘了一个世纪之久。我就是在20世纪结束的时候，我个人以为，小说真的死了。如果一个物种它到了不突围就不能存在的境地，这个物种你说它没死，充其量也只能说它是苟延残喘。这个是我的一个逆论。

所以我就说，20世纪是所有世纪里边，在小说这个领域里革命最多的世纪，多少流派都要颠覆以前那些作品。其实不是因为以前的小说不够好，要更好，根本不是，是因为小说活不下去了，所以他们想，哎呀，还有没有活路？他们都在找活路。那么（小说）苟延残喘一个世纪之后，我有时候想，自己是不是也想语出惊人，像尼采说上帝死了，我要说小说死了。你们看到你们对面的这个马原，其实是个蛮老实的人，说话的时候还有点紧张，会找不到话说，会措词，会脸红，其实真没有，真没有想过也语出惊人。

我听到的版本和刁斗说的不太一样，有微小差别。我是听说王蒙老师讲课的时候，有人说，王蒙老师你能不能谈谈马原说“小说死了”，你怎么看？王蒙说，小说死不了，是马原的小说死了。跟刁斗的版本有点不一样，都不是现场，都是道听途说。

刁斗：刚才马原说他作为一个上世纪的人，回溯一下文艺复兴（以来）几百年的小说历史。其实他是跨世纪的人才，真的，为什么这么说呢？至少我感觉（有）今天这种医疗呀、社会服务呀，人的寿命还是会很长。光寿命长可能还不是主要的，作为一个做事情的人，不管是写小说的还是做生意的，比如说写小说的吧，你的创作生命长，我觉得是一个挺美好的事。不一定都（要）多为世界提供精神食粮，对个人而言，总能写吧，只要你喜欢就好嘛。

我前一段时间写一篇文章还涉及这个。莫拉维亚七十一岁还发表小说《双重生活》，二十五万字的长篇，完全是对话。而且莫拉维亚感觉不是很前卫那种，但这个完全是对话的小说写什么呢？写一个参加了红色旅的女青年，她男朋友是资本家的儿子，她就上他们家“闹革命”去。她要上他父母的床上做爱。他们家那么多房间，他说干吗非得上我爸妈床上去。她说祸害祸害他们资产阶级。完事以后，最荒谬的是，在他爸妈家那种非常高级的床上尿了泡尿。你想想，莫拉维亚他是那种早年写《罗马女人》的，但现在写的是这种的“双重生活”。托马斯·曼写《骗子菲利克斯·克鲁尔的自白》，而且托马斯·曼形容自己的那种得意呀——我相信你（马原）现在就可以得意，这么多年写了这么多东西。托马斯·曼评价自己：我这是充满老年先锋精神。这话真牛，我就想，我要真是也有一点老年先锋精神，哎呀，太光彩太光彩。然后是梅勒的一本书叫《林中城堡》，这个比较新，大概在十年前，他八十四岁时出版的，就是他死前的最后一本书，非常漂亮，写希特勒十几岁之前的故事，写他爸怎么勾引他妈。关键写得特别特别好，我觉得甚至比他前边的那个《裸者与死者》有意思多了。

其实，如果我们真有这么蓬勃的创作生命，不管马原也好，我也好，不管是写东西还是干别的，能有这样一种跨世纪人才的愿望，不用得勋章，自己鼓舞自己，跨世纪一下，我觉得也是非常好。那么小说呢，即使如他所说，已经死了，作为一个文艺复兴以来走过这么漫长的四五百年的东西，比如说《十日谈》《巨人传》《堂吉诃德》……这么一路走过来之后，假设今天已经走到它的暮年，它生命的晚期，但它毕竟还是在我的阅读当中。

中国不大讲究虚构，中国都是讲究有用，比如怎么炒股票，高考指南，包括各种心灵鸡汤，撩妹三十招什么的，都有。而小说它是一个虚构的东西，或者说它是一个无用的东西。所有的艺术都是一种无用的东西。那么不管它是死了还是活着，它毕竟存在。而且我从小就喜欢小说，到今天包括所有活动，包括今天大家在这里聊天，在我这里这就是一个小说，我既是一个小说人物，我又在读这个小说。我觉得我这一辈子活这几十年，真是所有的快乐都是小说给我的。

结合你刚才那句，咱们作为朋友，表扬和自我表扬。我又可以举出一些马老师对我的影响的例子。他大我几岁，而且在小说上，肯定是我的老师、前辈。我们认识的时候我将近三十岁。在20世纪80年代末或90年代初的时候，我跟马原虽然是好朋友，但我们其实有点不一样。这几天我也在备课嘛，我努力从玄学的角度思考问题，假设我俩都算存在主义者——这个其实不确定，都无所谓主义什么的，但是我俩作为人，对这种生命个体本身的认知，还是有很多存在主义的元素在里面——他应该是一个本能的存在主义者，我呢，叫本质的存在主义者。本能大家都知道，是随心所欲，想怎么样就怎么样。而本质主义用的是柏拉图的理念，咱们后来把这种理念叫本质。什么意思呢？比如打架，他就是看你别扭就打你，而我得想想理由：（因为）他今天作业没完成，而我是学习委员，或者他抢我女朋友什么的。这个你们想想，其实是我俩不一样。没有对错之分，但是作为一个艺术家来讲，一种出于本能，一种出于直觉的，对于自身和世界的把握的关系建立，可能对于艺术活动更好一点。至于理由这种东西，其实西方很多年来，包括刚才讲到的尼采，他重估一切价值，肯定是跟古希腊之后的整个文明世界的这种理智化的演化，跟工业革命之后给这个世界带来的一些问题有关，他有一个反省或反思之后的这种非理性的出现。

大家都知道，写小说也是一个名利场上的事情，而中国的“名”差不多就是当官，或者赚钱。可能你（马原）都忘了，比如说，早年你刚到西藏当记者那个时候，假如工资是一百块钱，每个月你要写十条新闻。如果你写十一条可以挣到一百零一，如果你多写十条——因为十条的任务是比较容易完成的，那么很容易再多写十条二十条，那你可以再多挣十几二十块。如果你少写一条，因为任务是十条，你写九条只能挣九十九，如果你这个月没干活，你只能挣九十块钱。我一想这个事，如果我干活，费很大劲挣一百块钱，再玩命多干，多挣十块二十块钱，那你说能怎么样？但是我这一个月如果啥也不干，往那一躺，挣九十块钱，太幸福了不是？今天这样的一种叫理财观念或者叫自由和金钱的观念，也许不新鲜。那么刚才我举的这一个小事，假设它是一篇小说当中的一个小片段，可能很多读者读完就过去了，可是在我这儿，真是会影响到我跟金钱建立的关系。尽管我是一个很贪婪，可以见钱眼开的人，但是我知道见什么钱眼开，（面对）一笔巨款我可以纹丝不动，我差不多能把握这个。

那么再讲一个，马原他好多年也不干我们所谓的正经事，自己玩。好玩嘛，想干吗干吗，本能嘛。有一个事不知（马原）你记得不，有一年沈阳市文联找到我，让我找一下马原，当时他们拉大旗做虎皮嘛，反正马原有名。他们说，我们改组，想让马原当沈阳市（作协）副主席。我说那行吧，我后来给马原打电话，问他干不干，他说，哎呀，我这一辈子连小组长都没当过，你可让我保持晚节吧，我不干这个事。这个其实是很小的事，当不当这个主席不影响一个人，但是在中国这种环境下，大家都知道，所有的人，只要你优秀一点，不管是官方还是民间，干得优秀的标志都是你先当组长，科长，处长，就算这些你都当不了，也是一个主任科员啥的，只有这一个评价体系。我插一句八卦，有一回我看一个唱歌的娱乐节目，前边坐几个嘉宾，大概五个人，年龄都差不多，三十岁左右，然后介绍张三青年歌手，李四青年艺术家，我没觉得有什么区别，这个张三我还挺喜欢，这个我完全知道，可能（是因为）那个人有职称。职称其实都有它的偶然性，但处长、演出队队长等这些头衔特别干扰人的思维。但是马原说，我一辈子连小组长都没当过，你可让我保持晚节吧。我真的实事求是地说，觉得你牛。

马原：我不是清高，我是嫌官小。沈阳市作协归沈阳市文联管，沈阳市的作协主席，我嫌官小。你说的这事是九几年的事。1985年我在西藏的时候，曾经有一个机会，他们说让我当西藏文联副主席，你看那时候我都没当，我还是嫌官小。为什么呢，那时候如果给我一个中国作协主席或副主席我可能就干了。你说我为什么还要推后好几年，最后又弄个市作协（的职务），而且还是小作协，是在文联下边的一个部门。

刁斗：当然他是以玩笑的方式这样表述，但是作为一个人内心的那种复杂活动，我还是想说，一个自由的灵魂——我不能说高洁，显得太诗意了，至少也不是马原的风格——就是说，那种东西固然它可以给你带来很多便宜，但是我真是觉得一个自由的灵魂在一个瞬间是有判断的。其实你想想李白，你们觉得李白就是一个多么清高、多么自然、多么与世俗社会无争的人吗？不是，他上那给杨贵妃或给谁打溜须，说，哎，给哥们一个什么顾问，做一个帝王师那种，他也想。但是李白有个最可爱的事，他这边偷偷送钱送烟什么的，各种领导干部都打点完了，还有半个小时的考验他就成功了，就让他当那个比如政治局委员什么的。他忽然看到那边过来一漂亮姑娘，他立刻就奔那漂亮姑娘去，他把这官给忘记了，然后回头，哎呀，这官也就没了。当然那漂亮姑娘也没理他。但是这就说明他的可爱，说明他的灵魂里边，自由的东西肯定比那世俗的利益要高。

当然我说这番话不是想表扬他，我是想引出个什么东西呢？就是说，我说这些都是我在读小说，各位完全可以把我讲的这两个事情，当作就是小说人物的事情。刚才你在回溯当中已经讲到，小说的功能其实主要是消遣嘛，看热闹，那种线性的叙事，尤其传统小说，看一个故事，然后咱们读者跟他去悲欢离合，歌哭笑骂，所谓感动一下。那些东西不用说大家其实也都知道，并且我个人认为感动是一个很简单的情感。我曾经写过一篇文章，叫《感动与骚动》。我觉得我读东西，像（一些）小细节，不管它跟事实有多少不符，它都是触动我内心的那种东西，而且我还用的“骚动”（这个词），很别致的一种情感，我觉得那种东西是最有意思的。我是想，既然刚才已经回溯小说这种历史，小说死不死咱们先姑且不管，至少我们今天坐在这里的各位，可能还是喜欢读一点小说，那么除了这种线性的，我是说简单的故事和消遣之外，假如还想在认知上有一点诉求，请你跟大家说一说，怎么样去读小说，去读什么。你作为一个非常有经验的读者，既是作家又是读者，请你给大家讲一讲。

马原：其实我跟刁斗这一辈子都受惠于小说。如果说，我们今天在人群中还有一点受尊重，我们个人的尊严在一定程度上有一个平衡和满足，这都是小说带给我们的。

刁斗：我们这种连组长都不是的人还有资格坐到这儿，这我们不得感谢小说吗？

马原：而且我一直说，我们这辈子比不写小说的你们可能要幸运一点。幸运什么呢？我们儿女遍天下，我这辈子死都死了多少次。这辈子我写过几十个死亡，我光死都比你们多死多少回。还有，做小说家特别幸运，你有很多儿女，就是你创造的人，我们写了一辈子，少说总有大十几个，甚至还不止，可能要以百计。那么，多体会生，多体会死。我一直是把我这个职业描绘成让多数人羡慕的职业，说我们是模仿上帝的职业。上帝造了我们全体，那么我造了我的人物系列，刁斗造了他的人物系列，我们造了一个小世界。这个事情不知道你们是什么心得，你们可能有的做了父母，甚至做了爷爷奶奶。造人是个挺奇妙的事情，过年过节家人总要聚到一起，儿女在千里万里之外要赶回来跟爸爸妈妈过年。造人这个事情我体会最多的是，因为我曾经是小孩子，但是今天呢，我家里除了我姐姐，都比我小，我变成老人家了。那么我在和家人、亲友们聚会的时候，我特别感慨，你看看，你造的人，你家族的人在一起的时候，这是多大的欣喜，多大的欢欣，多大的满足啊。而我们做小说家，我们还有更多的儿女在外边，虽然他们没回来，但是他们都在。因为到目前为止，我写了这么三四十本，可能还多一点，四五十本书，它们一直在各地的书店里，在架上，它们也在我的读者家里的书架上。也许这个时刻，某一个读者或者若干个读者，他们碰巧就拿着我的小说在读。所以我说，我们这个职业，老了的时候真的很享受，因为你有那么多孩子，你有那么多生，有那么多死，那么你可能是比较幸运的一个。

我经常拿我爸作比较，我爸妈他们一生都在一个单位上班，在两点之间往返：家里，工作单位，家里，工作单位。我们经常用“幸福”这个字眼，我们经常会说什么是“幸福”。

为什么说不丹是幸福感最强的国家？因为不丹人的生活只有他们自己和自然，没有烦恼，没有各种各样的东西。其实，作为一个小说家，我个人就特别愿意去定位什么叫幸福。因为这个职业嘛，我自己就想，每个人的定义是不同的，有的人觉得把儿子女儿送到哈佛就是幸福，最后也许就被留在哈佛了。然后你一年去看一趟，你死的时候，你的亲戚朋友给你儿子或者女儿打电话说，快点回来吧，你妈没了。孩子急急忙忙赶回来，回来以后，一点热乎气都没了。但是很多人认为这就是幸福。而我定义幸福的办法很简单，我觉得幸福的人生有大一点的生存半径。如果有认同的朋友，你们以后也不妨用这个办法去测验一下。我爸妈他们的幸福指数应该不高，因为他们的生存半径太小。他们在一个小城市，叫锦州，偶尔去一趟省会，去沈阳，一年有一次半次的，完全可以忽略。他们就只是在单位和家里，在这两点之间循环往复，上万次，数万次。那么我说的生存半径，我就希望不只是两点之间，好的生活应该是多点之间。大家知道，有一个挺简单的几何学原理，两点之间只有一种关系，第三个点出现的时候就已经有四组关系了，有AB的关系，有BC的关系，有CA的关系，还有ABC三个点的关系。就是说，如果你的人生是一个多点的结构，那么它首先是丰富的，它可以形成一个立体的几何图形。你这一辈子可以见多识广，你有一个比只有两点的这种人生更丰富的格局。也是因为这个，我有时候是有一点小自豪的。就像今天在这里，我第一次来到省会城市贵阳，和大家聊聊我的感观，我的认知，我的经验，我的经历。我回家的时候，我在家里也是一个挺受欢迎的人，我姐我妹也愿意听我聊一聊我在外面世界的各种各样的见闻，我爸我妈活着的时候也愿意听我多聊。家里人聚在一起，我发现没有别的，都是在聊天，这时候我就有很高的幸福感，我就觉得挺好。你看，我见到的世界比他们的幅面要宽一点，要高一点，要深入一点。所以我就把这个作为人生的一个最高的价值判断。我说的不只是我可以自由地去欧洲，去美洲，不只是我可以在国内随便地去旅行，更多的其实是我们这个职业给我们最大的享受，是一直能对整个人类有一个像鸟一样的视觉。我们看不同的地方，不同的人生，不同的生命形态，甚至看到众生。也是因为这个缘故，所以我特别感谢我幼年时期选择的这个职业，我对我是一个小说家感到特别庆幸。

刁斗：我刚才那句即兴说的话，我是说，包括在这儿做讲座，所有生活中的真事，对我来说完全是在阅读，读小说，读虚构作品，而且是那种我作为一个读者参与到其间创作的所有作品。我是想强调，各位不能因为听到他的蛊惑"小说死了"，然后就不热爱阅读，这不行。刚才他回答的其实是我的下一个问题，我还没谈到。而且我跟他还没交流过，我要说什么问题，我只是在我的提纲里写了。我是希望沿着小说，先说死亡，然后说它出生，（再说）假设（小说）不死，应该给读者提供一点"怎样和小说共同走向未来”的建议。然后他回答的其实更多是作为一个写作者和小说的关系，这种幸福感，这种愉快感。他谈的恰恰是作为一个写作者，作为马原你这样一个写了几十年的成功的小说家，你和你的创作的这种关系。我为什么把这个问题放在后边，我在掌握时间，如果时间不够，咱们可以不谈，咱们主要谈跟各位有关系的。然后我私下设想的一个问题，他完全不知道，但是就在此时此刻，他能够提前带有某种好像预见一样的感觉把这个问题先抛出来，这个你们不觉得稍微有一点神秘吗？而这种神秘不正是阅读带给我们的快乐吗？

然后我又想到昨天你讲《红字》，我可能没你热爱得那么深，我觉得是挺好的小说。丁梅斯代尔这个人物，在我心中就是有一点窝囊，内心又比较纯洁，反正是让人有点气，有点恨，有点心痛的这么一个角色。但是最能给我启发的是，你虽然强调他作为一个牧师，作为一个沟通上帝和他的子民信徒之间的桥梁的这么一个人，他是不可以撒谎的，所以他就非常为难。他在私生活上有为公众、为上帝所不能允许的这种行为，可是这个不能说，别人如果说你跟谁好呀，你又不能去否认。当然早期没人这么问他，可他心里知道这个事，就是这种我是否撒这个谎，我不能撒谎，但是又只能靠谎言来安抚内心和他人的行为。这种作为一个人，作为一个正常的人，比如有爱，有恨，有自责，对美好有追求的，撕裂得非常厉害的人。当时你举了个例子，你说白岩松在电视台那儿，会不会撒谎呀。

马原：他就不可以不撒谎。

刁斗：你看，我得出的结论恰恰跟你不一样，我感觉好像白岩松还能说两句真话。我得出的结论就是，如果你在某些——比如当时萨达姆逃亡的前三天，民调的支持率是多少？百分之百呀。那就是说，全体伊拉克人民坚决拥护萨达姆，然后反对美帝国主义及其“走狗”入侵。三天之后，这个城市被美帝国主义及其“走狗”给占领了。这个没关系，因为别人强大嘛。我愿意看见的是，昨天还给他举手的，热烈欢迎他的人民，把街上他的雕像、他的画像全推翻，唾骂，你看出那可不是摆拍，那是人们内心发出的对人民公敌的仇恨。那么你要是在伊拉克当一个白岩松，你说假话是需要的，你要说真话可能你紧张得像丁梅斯代尔一样。我举这个例子其实不极端，我觉得这样思考特别有意思，这跟阅读其实是有关系的。我们很多人阅读或者评价一部作品，往往是就事论事。比如这杯茶好喝不好喝，那么如果这茶它是生长在马原现在的家乡南糯山，你可以说这茶如何如何，可是它生长在我的家乡沈阳，这是极品呀。所以我是想说，在阅读当中，如果这个世界已经走到今天，21世纪，人工智能的时代了，当我们手机都进入4G、5G，我们什么都懂，什么都明白，我觉得读小说不仅仅是一个看热闹——我不是说（看热闹）不对，消遣没问题，但是如果阅读简单化，如果把那么多宝贵时间搭给小说——当然我这么说他可能要说，你是不是要把社会学、历史学全搅进去，我没这意思，我也是一个非常看重小说艺术的人，但是小说艺术它不是一个空中楼阁，不是孤立的，我们还是应该有机的，这个“机”是什么样的比较合适我也说不好，但是我希望它跟这整个的世界能够有一些关联。所以我还是希望你给咱们读者一点建议，就是在未来的阅读当中，应该有所把握的东西。

马原：这个话题我喜欢稍微窄一点，不说书，就说小说吧，因为我们都是做小说的人，尽管这辈子我们的书架上不全是小说，我们的身份还是小说家。那么单说小说这件事，刚才刁斗（说的）有一点我是特别认同的，就是小说最大的价值意义其实在于虚构，而不是纪实，不是说，土地革命怎么样啊，民国怎么样啊。你们知道为什么我们的题材，电视剧的题材总是看着都是一些年代不详的，好像介于民国时期，介于清末民初那个时代呢，为什么总是这些题材呢？其实最近大家稍微看明白了一点，最火的电视剧是当下题材的：《都挺好》呀，《我们都要好好的》呀，诸如此类。为什么是这个情形？因为我们严格的审查制度，有的时代的东西是不可以通过审查的。所以，大家在看电视剧的时候，比如我喜欢当代题材的，当代的有点少，我喜欢50年代题材的，50年代的有点少。其实这里肯定是有禁忌的人物。对我来说，我不愿意拿我所看到的、理解的题材进入我的小说，我更愿意把我想象的，就是在虚空当中想象的——按我妈的那个词汇，就是编的，瞎编的故事写出来。为什么呢？那个部分在我看是真正意义的虚构，而不是对现实的描摹，或者是给现实做剖析，做深挖，不是。所以我个人比较倾向读小说尽量读虚构的小说，因为虚构的小说和我们现实的生活拉得比较开，比较远。我们的现实，我们已经每天都在体会，比如讨价还价呀，提薪呀，升职呀，每天都在这里纠缠，然后每天一回家看电视剧，还是讨价还价，还是提薪，还是升职，老头死了，大伙争夺遗产呀……这有什么意思呀？所以我就说，真正和生活拉开距离的那部分东西正是我比较看重的。

我曾经问过我的建筑师朋友，成都有一半的雕塑建筑都是他设计的。我问他，你觉得建筑作为艺术，它和不是艺术的功能性建筑之间最大的差别是什么？他说，最大的差别就是，建筑艺术化。那么，建筑师关心的一定是没用的东西，不是有用的东西。他举了个例子特别好理解，他说你去科隆大教堂，科隆大教堂有一百几十米高，你进去以后，你抬头，头上的那一百几十米的空间是没用的，它不是功能的，上边的一百几十米是没建楼层的，只有一层，上边的一百几十米跟功能没有关系。但是科隆大教堂之所以是科隆大教堂，就是因为它是地球上最高的一个教堂。许多教堂选择用哥特式的尖顶的构造方式，按照宗教家们的理解，那种尖顶是你一定要仰望的，你一定要把脖子抬起来往上看的，你往上看的这个时候，视线变成了一种倒影，因为上帝在上面，你信上帝，那么你往上看的时候你已经把自己提升了，你往上看的时候，重力没有了，那么你提升的这个过程你已经离上帝更近了。宗教家们这么解释，为什么那么多教堂选择尖顶，最有代表性的当然就是科隆大教堂。那么我刚才说的，假使文学真的如我所预言，彻底成了博物馆艺术，慢慢地，文学、小说，真的不再有生存空间了，我也希望仅存的那一点，我希望它们像科隆教堂一样地存在——它还是在虚构的意义上，能给我们那些我们无法被启迪，无法身临其境，无法融入其中的另外的一种生活格局，另外的一种体验，跟我们日常完全不同的体验。所以，我说文学、小说它原本不应该承担那么复杂的那些功能，但是它承担了，承担之后呢，把小说这个物种逼上了绝路，那么我希望小说剩下的东西是一些诸如魂魄一样的，虚无的，缥缈的，但是诗意的，是可以引发你遐想的那部分存在。

刁斗：我觉得关于教堂这一节的叙述真是特别好。那种虚无缥缈，可能咱们全是这种唯物主义的交流特别多，对于虚无缥缈有一种排斥。至少我个人对于虚无缥缈也是充满好感，而且我认为艺术，它的伟大之处就在于虚无缥缈。

那么虚无缥缈还是什么东西呢？美国作家福克纳有一本小说叫《我弥留之际》，弥留就是虚无缥缈。今天马原的观点是

"小说死了"。大家都知道，死，它也是一个过程嘛，如果已经彻底死掉，这世界不存在小说，那就不用说。假设他的观念作数的话，现在是一种弥留之际，是一种虚无缥缈的状态。我希望各位在难过感伤之余呢，因为我们都还是热爱小说的嘛，也会感受它那种余香孕育着我们。其实我在想，他对于文学的这种断言，好像19世纪就有人说过。在你之前，我脑子里想到的影响比较大的是巴斯，他有一部作品叫《文学的枯竭》，就是这一种观点。别的更有名气的说法，比如：尼采说，上帝死了；后来法国的罗兰·巴特说，作者死了，作者就是一个创作的主体嘛；最后到福柯，他干脆就说，人死了。这些观点我也不能展开说，或者我也说不明白，但是它带有一种玄玄的那种东西影响着我们，我觉得肯定比一个简单的八卦故事对我们灵魂的那种刺激更大。

因为今天时间也差不多了，我呢，最后再给大家念一段文字。他一辈子讽刺我小时候看书是在底下画杠那种，我今天是表现得淋漓尽致，画了好几回杠，而且在这一页纸上把我的一段话和另一段话，一个我非常喜爱的作家的话，抄在一块儿，这个人叫卡尔维诺。这段话是他当年为了在美国哈佛大学做一个非常有名的诺顿讲座而准备的讲稿里的一段话。这个讲座有上百位非常著名的大作家都做过，其他艺术家也做过这个讲座，都是六讲。可惜卡尔维诺没做这个讲座就死掉了，他的肉身已经结束。他是写完了五讲，这是五讲之一里边的一段话，是关于未来的小说。（题目是）《未来千年文学备忘录》，就是谈未来的小说应该怎么样。我给大家念一下，这样的小说，是否对我们是一个挑战，而且也值得我们拿出自己的智力去和它进行一番较量。

我们每一个人，如果不是各种经验、信息、我们读过的书所想象过的事物等等的复合体，又是什么呢？每个人的生活都是一部百科全书、一座图书馆、一份器物清单、一系列的风格；一切都可以不断地混合起来，并且以一切可能的方式记录下来。

那我想，这个就是小说，这个也就是我们读小说、热爱小说的一个理由。谢谢各位。

马原：谢谢你们没走呀，听两个小说家在这儿胡说八道，非常感谢你们。

2019.8.31

超越存在困境的哲学之诗

——鲁迅《野草》略谈

■郑　翔

精读堂第二十八期
超越存在困境的哲学之诗
——鲁迅《野草》略谈
郑翔，浙江三门人，1970年出生。
2008年毕业于南京师范大学，中国现当代文学博士。
现为浙江省作协浙江文学院创研室主任，
文学评论委员会副主任，
一级作家。
在《小说评论》《扬子江评论》
《文艺报》等刊物发表文学评论60余篇，
出版文学史研究专著
《生命意义与文学表达》。
主讲：郑翔
时间
2019 年 8 月 31 日
下午3点
地点
亨特city mall 2F
千翻与作书店内

郑 翔

浙江三门人，1970年出生。2008年毕业于南京师范大学，中国现当代文学博士。现为浙江省作协浙江文学院创研室主任，文学评论委员会副主任，一级作家。在《小说评论》《扬子江评论》《文艺报》等刊物发表文学评论六十余篇，出版文学史研究专著《生命意义与文学表达》。

引言：《野草》的文学史地位

鲁迅是中国现代最伟大的作家，他的小说集《呐喊》《彷徨》《故事新编》，散文集《朝花夕拾》，散文诗集《野草》和十五部杂文集，构成了中国现代文学的最高峰。

在这些作品中，《野草》是一部非常独特的作品。"《野草》区别于鲁迅其他创作的最大的特征，是它隐藏的深邃的哲理性和传达的象征性。"鲁迅说他的哲学都包括在《野草》里了，但他并不希望青年人读他的《野草》，因为这是一部写给他自己的作品，有人称之为"独语"。但也正因为不需要读者，才能让鲁迅"径直逼视自己灵魂的最深处，捕捉自我微妙的、难以言传的感觉（包括直觉）、情绪、心理、意识（包括潜意识），进行更高更深层次的哲理思考"，才能让鲁迅的艺术才华得到最自由的发挥。

所以，虽然《野草》是鲁迅著作里最薄的，却是鲁迅“送给中国新文学的一份分量最厚重的礼物”，是“中国现代散文诗开山的代表性果实，也是迄今为止现代主义散文诗中无法超越的一座高峰”。

《野草》的创作背景

《野草》共由二十三篇散文诗组成。第一篇《秋夜》写于1924年9月15日，最后一篇《一觉》写于1926年4月10日，一年后结集出版时，写了一篇代序《野草·题辞》，是1927年4月26日。前二十三篇都写在北洋军阀政府势力笼罩下的北京，《题辞》是写在四·一二事变后的广州。这些作品全都发表在当时鲁迅、周作人和一些年轻人一起办的《语丝》杂志上。《野草》的出版时间是1927年7月，由北京的北新书局出版。

至于《野草》的成因，鲁迅在致萧军的信里说，《野草》“那是我碰了许多钉子后写出来的”。这里的“钉子”主要是指鲁迅受到现代评论派等文士的攻击。鲁迅还在《南腔北调集》的《〈自选集〉自序》里说：“后来《新青年》的团体散掉了，有的高升，有的退隐，有的前进，我又经验了一回同一战阵中的伙伴还是会这么变化，并且落得一个‘作家’的头衔，依然在沙漠中走来走去，不过已经逃不出在散漫的刊物上做文字，叫作随便谈谈。有了小感触，就写些短文，夸大点说，就是散文诗，以后印成一本，谓之《野草》。得到较整齐的材料，则还是做短篇小说，只因成了游勇，布不成阵了，所以技术虽然比先前好一些，思路也似乎较无拘束，而战斗的意气却冷得不少。新的战友在哪里呢？我想，这是很不好的。于是集印了这时期的十一篇作品，谓之《彷徨》，愿以后不再这模样。‘路漫漫其修远兮，吾将上下而求索。’”这说明《野草》的写作与五四之后知识分子的分化密切相关。同一战阵中伙伴的变化在辛亥革命失败以后曾经历过一次，现在又经历了一次。这种寂寞、荒凉的感觉，这种寻找新战友新道路的“荷戟独彷徨”的心态，就反映在《野草》以及《彷徨》里。所以《野草》里的“小感触”隐含着一个孤独的精神界战士“在沙漠里走来走去”时那种孤军奋战的痛苦和沉思。

在1924年到1927年这个时间跨度内，鲁迅除经历了与胡适及现代评论派的论战，还亲见了女师大风潮、三·一八惨案、直奉战争，以至四·一二事变。这些事件作为背景，有些鲁迅自己有明确的说明，比如“因为憎恶社会上旁观者之多，作《复仇》第一篇，又因为惊异于青年之消沉，作《希望》。《这样的战士》，是有感于文人学士们帮助军阀而作”，“段祺瑞政府枪杀徒手民众后，作《淡淡的血痕中》”，“奉天派和直隶派军阀战争的时候，作《一觉》”，等等。但《野草》中的作品并不只是局限在社会现实层面的思考，也是对自我存在困境的哲学之思。

鲁迅同时期写的作品还有散文集《朝花夕拾》，杂文集《华盖集》《华盖集续编》（主要收的是论战中的文章）。如果我们把鲁迅这个时期的著作统一起来看，对《野草》的理解就能够更充分。《朝花夕拾》是从过去的时光里寻找心灵的寄托与安慰。从论战中，我们可以看到，鲁迅的痛苦和彷徨主要倒还不在于现代评论派对他的攻击，更主要的是他发现，这些受过西方文化洗礼的高层知识分子，回到国内，仍然成为军阀、政府的帮凶。历史并没有因他们而进步，中国的历史仍在轮回。这才是最让鲁迅感到痛苦和绝望的。在《彷徨》中也是如此。从《祝福》《肥皂》《长明灯》《离婚》我们可以看到中国农村的落后与禁锢仍未改变，庸众的麻木在《示众》中有更加直接的表现。在《在酒楼上》《孤独者》《伤逝》中可以看到中国底层知识分子所遭受的现实和精神困境，更是可以看作是《野草》的姐妹篇，充满寂寞、孤独、禁锢。

《野草》的生命哲学

鲁迅说他的哲学都包括在《野草》里了，但他又希望青年人脱离他写作时颓唐心情的影响。“所以何者，就因为我的思想太黑暗，但究竟是否真确，又不得而知，所以只能在自身试验，不敢邀请别人。”“在寻求中，我就怕我未熟的果实偏偏毒死了偏爱我的果实的人。”因为这种顾虑，所以鲁迅在披沥自己真实内心的同时，又是有所遮蔽的。因而在写作时，采用了大量的象征、联想、变形等手法，甚至通过梦、地狱、鬼魂等可怖的意象来表达自己的思想，让人保持距离。这就使《野草》变得比较晦涩难懂。同时，《野草》晦涩难懂，还与鲁迅思想本身的深邃性和思维方式的独特性相关，所以我们需要对鲁迅的思想脉络和思维方式有所了解，才能真正进入《野草》的艺术世界。

虽然鲁迅说他的哲学都包括在《野草》里了，但与西方哲学家体系性的哲学专著不同，《野草》是鲁迅的“小感触”，是“随便谈谈”，并非像很多西方哲学家那样，围绕某些支配性的问题建立起自己的哲学体系。《野草》里的生命哲学都是基于鲁迅个体独特的生命体验之上的，是一种生命体验的哲学而不是抽象的形而上的思考。但是，《野草》里的各篇可以算是一块块拼图，当我们把它们全部拼凑到一起时，我们就能看到鲁迅生命哲学的大概——一个孤军奋战的启蒙思想家丰富深邃的精神世界。

《野草》中的作品，如果以与现实关系的明显程度来看，基本上可以分为两类：一类是能够比较明显地看出它们与现实之间关系的，或者说有缘起的作品，这类作品理解起来相对容易，比如《秋夜》《求乞者》《复仇》《复仇（其二）》《希望》《风筝》《失掉的好地狱》《颓败线的颤动》《死后》《这样的战士》《聪明人和傻子和奴才》《腊叶》《淡淡的血痕中》《一觉》；另一类是几乎看不到与现实的直接关系，完全是以象征手法，直接呈现存在的两难状态和选择的，这一类最为晦涩难懂，比如《影的告别》《过客》《死火》《墓碣文》，包括《题辞》。

下面我基本上按这么两类，以写作、发表的时间为序，选择其中的一些篇目略作分析，来看看鲁迅都遭遇了哪些生存和存在的困境，以及他又是如何面对并超越困境，继续前进的。

面对现实困境的态度与思考

《秋夜》是第一篇，表现的是在革命的低潮期，对那些曾经战斗过的青年的“敬奠”与支持。作品中“在冷的夜气中，瑟缩地做梦”的粉红花，应该就是鲁迅在《呐喊·自序》里所说的那些“做着好梦的青年”；在“灯罩上撞得丁丁地响”撞到火里的小飞虫和停在灯罩上“遍身的颜色苍翠得可爱，可怜”的小青虫，象征那些战斗的青年；“闪闪地鬼睒（眨）眼”的“奇怪而高的天空”，还有“夜游的恶鸟”就是黑暗势力；而“默默地铁似的直刺着”天空的枣树则代表了鲁迅自己。鲁迅的思想深受进化论影响，对青年的关心与帮助是他生存哲学中很重要的一个方面，所以青年们的现状和命运始终是他心有所牵的一部分。

《求乞者》的篇幅很短，但并不好懂，较难理解的是“我”对“求乞者”的态度。这篇作品从头到尾的“灰土”和“另外有几个人，各自走路”的反复，营造出了一种沉重、压抑到让人窒息的气氛。一方面是外在环境的灰暗、窒息，一方面是人与人的隔膜造成的孤独感。这就是鲁迅对当时社会环境的生命体验。在这样的环境和心境中，“一个孩子向我求乞，也穿着夹衣，也不见得悲戚，而拦着磕头，追着哀呼”。但是，“我不布施，我无布施心，我但居布施者之上，给予烦腻，疑心，憎恶”。这是为什么？“我厌恶他的声调，态度。我憎恶他并不悲哀，近于儿戏；我烦厌他这追着哀呼。”鲁迅历来是强调个体独立，强调弱者的自强的。他说：“……重独立而爱自由，苟奴隶立其前，必衷悲而疾视，衷悲所以哀其不幸，疾视所以怒其不争。”而且鲁迅也是十分反感中国人历来的虚伪与做戏的。所以，当他发现这“求乞”背后那种习惯性的奴性和虚伪，他就不但“不布施”，还要“给予烦腻，疑心，憎恶”。《野草》后面有一篇《聪明人和傻子和奴才》，就是专门表达对奴才的蔑视和憎恶的。这种憎恶是非常决绝的，即便因此别人也会以同样的烦腻、憎恶对待“我”，让“我”也得不到布施，“我将用无所为和沉默求乞……”，“我”宁愿“得到虚无”。

除了烦腻、憎恶奴性和虚伪之外，鲁迅的拒绝布施还有另外的原因。他在给一位年轻人的信中说：“你的善于感激，是于自己有害的，使自己不能高飞远走。我的百无所成，就是受了这癖气的害……我希望你向前进取，不要记着这些小事情。”鲁迅在解释《过客》里“过客”拒绝“小女孩”给的一块小布片时说，因为一切爱与同情，一切加之于己的布施，都会成为情感上的重负，“反抗，每容易蹉跌在‘爱’——感激也在内——里，所以那过客得了小女孩的一片破布的布施也几乎不能前进了”。这就是鲁迅对独立的强调，一个孤独的精神界战士，要保持思想和行动的绝对独立和自由，就必须隔断一切情感上的牵连。这种决绝实在有点违背中国人的“人之常情”，甚至可以说是有点自残式的选择，但正是鲁迅对中国历史和现实深刻反思的结果。没有对灵魂里“毒气和鬼气”的彻底清除，中国人是无法前进的。

《复仇》有两篇，都写于1924年12月20日。鲁迅在《〈野草〉英文译本序》中说：“因为憎恶社会上旁观者之多，作《复仇》第一篇。”又在1934年5月16日致郑振铎信中说:“我在《野草》中，曾记一男一女，持刀对立旷野中，无聊人竟随而往，以为必有事件，慰其无聊，而二人从此毫无动作，以致无聊人仍然无聊，至于老死，题曰《复仇》，亦是此意。”在《野草》很多篇目里，鲁迅都写到生命的“大欢喜”，比如《题辞》。这一篇的开头也是：“生命的沉酣的大欢喜”，“生命的飞扬的极致的大欢喜”。鲁迅憎恨庸众、看客的麻木，以及只能靠围观来调剂生存的无聊的生命状态；赞赏的是自由、快意、奔放的生命的“大欢喜”，可以是爱，也可以是杀，是战斗。对于一个沉默了几千年即将死灭的民族，鲁迅自然是无法接受国民的这种麻木的生存状态。鲁迅的弃医从文本就是因为受了精神麻木的看客的刺激，而对这种“怒其不争”的厌恶之深，可以从他的反复书写中得到体会：《药》的开头，《示众》，到这里直接用“复仇”作为题目的两篇。鲁迅对于看客们层层围观的办法就是，要让他们没得看，让他们觉得无聊，“喉舌干燥，脖子也乏了；终至于面面相觑，慢慢走散；甚而至于居然觉得干枯到失了生趣”，而且反过来“以死人似的眼光，鉴赏这路人们的干枯”，“而永远沉浸于生命的飞扬的极致的大欢喜中”。

《复仇（其二）》是有感于先觉者与麻木的群众之间可悲的隔阂。鲁迅不仅写民众的麻木，而且写民众的麻木到了自私残忍的程度。他们不但要看耶稣被钉死杀死，而且要欣赏耶稣受难时的痛苦。作品中反复出现的“可悲悯的，可诅咒的”，就是“哀其不幸，怒其不争”，不单是怒，而且还恨、诅咒，表达的是孤独的先觉者对麻木的庸众的复仇哲学与愤激情绪：“较永久的悲悯他们的前途，然而仇恨他们的现在”。篇目的结尾写道：“钉杀了‘人之子’的人们的身上，比钉杀了‘神之子’的尤其血污，血腥。”这里的意思是，钉杀“神之子”的是宗教人士，因为宗教原因，也只是一部分人，而钉杀“人之子”的，却完全是因为麻木、无聊，完全是为了欣赏而杀人，所以范围要广大得多，所以更“血污，血腥”。

《希望》是鲁迅把自己反抗绝望的哲学表达得最直接的一篇。鲁迅在《〈野草〉英文译本序》中说：“因为惊异于青年之消沉，作《希望》。”我们首先要理解文中的“平安”：“我的心分外地寂寞。然而我的心很平安。”“平安”按理说是人们都追求的一种生命状态，但上面说了，鲁迅赞赏的是生命的自由、快意、奔放的“大欢喜”，而这里的“平安”是“没有爱憎，没有哀乐，也没有颜色和声音”的。这是一种失去了生命活力的状态，是失去了曾有过的“血和铁，火焰和毒，恢复和报仇”之后的“空虚”的生命状态。这类似于《失掉的好地狱》开头的“太平”——“一切鬼魂的叫唤无不低微，然有秩序”；也是《这样的战士》里的“谁也不闻战叫：太平”。虚假的“太平”掩盖了地狱里真实的矛盾与痛苦，在看似“有秩序”的底下是被压抑的叫唤也低微了的鬼魂。这是一种被“空虚中的暗夜”笼罩，接近于“死灭”的生存状态，也就是鲁迅所说的“暂时做稳了奴隶的时代”。

还有“寂寞”。在这里，鲁迅内心深处的寂寞是双重的：一个是寂寞于青年的消沉，一个是寂寞于希望破灭后自我的虚无。自己的身体和魂灵是苍白了，难道连“身外的青春”（即青年）也多衰老了？面对这种状况，鲁迅感到了一种无可奈何的悱恻与哀伤，但他的选择是：“我只得由我自己来肉搏这空虚的暗夜了，纵使寻不到身外的青春，也总得自己来一掷我身中的迟暮。”独自承担肉搏暗夜的战斗，这是怎样的勇气和决绝！1925年3月18日鲁迅在给许广平的信中说：“我的作品，太黑暗，因为我常觉得惟‘黑暗与虚无’乃是‘实有’，却偏要向这些作绝望的抗战。所以很多着偏激的声音。其实这或者是年龄和经历的关系，也许未必一定的确的，因为我终于不能证实：惟黑暗与虚无乃是实有。”正因为“不能证实”，所以还要做决绝的抗战：“绝望之为虚妄，正与希望相同！”

但鲁迅又发现，当他只身“肉搏”之际，“但暗夜又在哪里呢？……而我的面前又竟至于并且没有真的暗夜”。这就让人想到了《野草》中的另一篇——《这样的战士》。鲁迅曾说："《这样的战士》是有感于文人学士们帮助军阀而作。"鲁迅在和现代评论派论战时，多次提到自己的"碰壁"。他把文人学士的攻击比喻为"墙"，而且是"鬼打墙"：分明存在却又无形，也就是"无物之阵"。"那些头上有各种旗帜，绣出各样好名称：慈善家，学者，文士，长者，青年，雅人，君子……头下有各种外套，绣出各式好花样：学问，道德，国粹，民意，逻辑，公义，东方文明……但他举起了投枪……一切都颓然倒地；然而只有一件外套，其中无物……"旗帜上所绣的象征了各种身份和价值，或者说象征了话语和价值的垄断权，他们可以对精神界战士进行打压与排挤，但如果你攻击它，"但无物之阵已经走脱，得了胜利，因为他这时成了戕害慈善家等类的罪人"。但"他"做出了自己的选择："他只有他自己，但拿着蛮人所用的，脱手一掷的投枪……他微笑，偏侧一掷，却正中了他们的心窝。"仍然是只身肉搏，即便"终于在无物之阵中老衰，寿终"，他仍然"举起了投枪"。生命不息，战斗不止！这是最能体现鲁迅生命哲学中"韧的战斗"精神的一篇。

《失掉的好地狱》也是以梦的形式展开的，但现实的针对性非常明显，所以也不难理解。讲的是"魔鬼战胜天神"，掌握了主宰地狱的大权威，结果地狱并没有变好，于是鬼魂们发起了"反狱的绝叫"，后来"人类"战胜了魔鬼，主宰了地狱的大权威，"那威棱且在魔鬼以上"。在作本篇之前一个多月，鲁迅在《杂语》中概括辛亥革命后军阀混战给民众带来的深重灾难时曾说："称为神的和称为魔的战斗了，并非争夺天国，而在要得地狱的统治权。所以无论谁胜，地狱至今也还是照样的地狱。"这种无法改变的现状，也是鲁迅的存在困境之一，因为他是一个精神界的战士，改变现状是他的责任。

《颓败线的颤动》中老女人的遭遇象征的也是先驱与现实之间的关系。因为这篇散文诗的前半部分写的是垂老的女人被家人抛弃和放逐，所以一些人认为这与周氏兄弟的失和有关，是从道德层面反对以怨报德的。这或许也可算是一种理解，但这种理解显然是比较狭窄的。鲁迅的思想深受进化论影响，他相信"青年必胜于老年"，所以他前期思想中有一个根本性的价值观，就是做历史的"中间物"：先驱者自我牺牲，"肩住了黑暗的闸门"，放青年一代"到宽阔光明的地方去"。但是这种奉献，却被为之牺牲的年轻一代无情地抛弃和放逐，甚至从"孩子"的口中也听到了"杀"，这绝对是对鲁迅精神上的一记"闷棍"，是对鲁迅整个价值观的一个致命打击。

鲁迅曾说："我先前何尝不出于自愿，在生活的路上，将血一滴一滴地滴过去，以饲别人，虽自觉渐渐瘦弱，也以为快活。而现在呢，人们笑我瘦弱了，连饮过我的血的人，也来嘲笑我的瘦弱了。我听得甚至有人说：'他一世过着这样无聊的生活，本可早已死了的，但还要活着，可见他没出息。'于是也趁我困苦的时候，竭力给我一下闷棍，然而，这是他们在替社会除去无用的废物啊！这实在使我愤怒，怨恨了。有时简直想报复。”从中可见鲁迅所受的打击之重，所以它引起的情感反应才能具有如此的震撼力。

“她赤身裸体地，石像似的站在荒野的中央，于一刹那间照见过往的一切：饥饿，苦痛，惊异，羞辱，欢欣，于是发抖；害苦，委屈，带累，于是痉挛；杀，于是平静。又于一刹那间将一切合并：眷念与决绝，爱抚与复仇，养育与歼除，祝福与诅咒……她于是举两手尽量向天，口唇间漏出人与兽的，非人间所有，所以无词的言语。”

多少复杂的、矛盾的情感纠缠在一起，使他郁积得无法言语，他只能以身体的语言——“举两手尽量向天”，来表达内心的郁积，因为人间的言语已经无法表达。这种郁积一旦爆发，就将会是如下的情景。

“当她说出无词的言语时，她那伟大如石像，然而已经荒废的，颓败的身躯的全面都颤动了。这颤动点点如鱼鳞，每一鳞都起伏如沸水在烈火上；空中也即刻一同振颤，仿佛暴风雨中的荒海的波涛。

“她于是抬起眼睛向着天空，并无词的言语也沉默尽绝，惟有颤动，辐射如太阳光，使空中的波涛立刻回旋，如遭飓风，汹涌奔腾于无边的荒野。”

这也可以说是摆脱了负担之后，获得了充分自由的和无限时空的力量，所以如此宽阔，如此巨大，如此酣畅。鲁迅的作品里很少用宏伟的词，但在这篇散文诗里，他一口气用了很多宏伟的词来形容老女人强烈的情绪，可见他所受的打击之深。

《死后》并不难懂，但却是让我最能感受到鲁迅的绝望的一篇。鲁迅认为“死”是一切的结束，他渴望自己“影一般死掉”，不使亲人伤心，不让仇敌快意，也不做闲人饭后的谈资。但是他又不能不直面残酷的事实：“我先前以为人在地上虽没有任意生存的权利，却总有任意死掉的权利。现在才知道并不然，也很难适合人们的公意。”死后被利用的预感，像恶魔一样纠缠着鲁迅，使他不得安宁。因为已经死了，所以他对飞到自己鼻尖，用冷舌头舔他嘴唇的“青蝇”，以及爬到脊梁上、大腿上的“虫豸”，“愤怒得几乎昏厥过去”，却又无能为力；书铺里的小伙计追到棺材里还要做他的生意。敏锐、先觉是导致鲁迅悲哀、绝望的重要原因，他死后至今就一直在被利用，被歪曲。人已死，绝望不灭！

如何面对、超越存在的困境

其实上面这些有现实缘起的篇目，虽然很多都已涉及对于存在困境的深入思考，但因为有现实缘起，相对比较好理解，而像《影的告别》《过客》《死火》《墓碣文》这几篇，则完全是以象征手法，直接呈现存在的两难状态和选择的，相对更加晦涩难懂。

《影的告别》可以说是《野草》中最晦涩也最阴暗的作品之一。要理解这篇作品首先要弄清楚“影”是谁，然后要弄清楚“影”要向什么“告别”。开头第一句：“人在睡到不知道时候的时候，就会有影来告别。”那么“影”就不是睡着了的那个“人”。我的理解是，“影”是与现实的肉体的“人”（下文的“你”）相对的“人”的另一面，一个摆脱了“你”和“你们”之后的独立、自由的精神主体。那么，“告别”什么呢？告别的是“你们”认为是天堂，或者地狱的现实的存在；还有“你们”预设的“将来的黄金世界”；还有认同于群体“你们”的那个“你”。说到底，就是对现有的、将来的一切，包括原先的自我，都表示拒绝。但是，拒绝了一切既有的之后，“我”又有什么地方可去呢？这就是真正的两难困境了：“然而黑暗又会吞并我，然而光明又会使我消失。”那么，“我”就只能“彷徨于明暗之间”了。“然而我不愿”，苟活绝不是“我”的选择。最后，“我”选择留在让“我”“彷徨于无地”的黑暗里：“我独自远行，不但没有你，并且再没有别的影在黑暗里。只有我被黑暗沉没，那世界全属于我自己。”仍然是独立承担“黑暗与虚空”，但是不希望别人再陷于这种黑暗的境地。这是以自己的沉没向虚无和黑暗做最后的悲壮的抗争，体现了鲁迅执着于现世的抗争精神。拒绝什么，选择了什么，因而承担并获得了什么，这构成了《野草》的一个基本线索。

《过客》在《野草》里是压卷性的一篇作品，可以说是鲁迅对自己生命哲学的一个总结。这是一个用戏剧形式写的散文诗。如果说在《野草》的其他篇目里出现的“我”“你”等都比较抽象，那么在这里出现了一个非常具体的形象：“约三四十岁，状态困顿倔强，眼光阴沉，黑须，乱发，黑色短衣裤皆破碎，赤足著破鞋，胁下挂一个口袋，支着等身的竹杖。”这个形象里包含了鲁迅自辛亥革命以来所积蓄的最痛苦、最冷峻的人生哲学思考。“过客”就是鲁迅的自我命名，包含有“历史的中间物”的意思。他出现时，就在踉跄地往前走，遇见老人，老人问了他三个问题：“你是怎么称呼的？”“你从哪里来的呢？”“你到哪里去？”这是20世纪人类面临的世纪之问，本体之问。过客的回答是“我不知道”。他能走的只有三条路。一是“回去”，他断然拒绝：“回到那里去，就没一处没有名目，没一处没有地主，没一处没有驱逐和牢笼，没一处没有皮面的笑容，没一处没有眶外的眼泪。我憎恶他们，我不回转去！”奴役、压迫与伪善的世界是绝不能容忍的。二是停下“休息”，过客说，“我愿意休息”，“但是，我不能……”，上文说过，鲁迅对“太平”“平安”是怀疑和拒绝的。那么，只有往前走，那么前方是什么呢？老人说前面是坟，就不必往前走了；但过客的回答是，明知前方是坟，还是要“奋然”往前，“况且还有声音常在前面催促我”。一切都可以怀疑，但有一点不能怀疑，就是往前走。生命的价值不在于目的，而在于寻求、探索的过程，这也是反抗绝望的一种方式。“这‘超越目的，重视过程，执著现在’的清醒现实主义，构成了鲁迅人生哲学的一个最基本的特色。”《华盖集·北京通信》里边有这样一段话：“我自己，是什么也不怕的，生命是我自己的东西，所以我不妨大步走去，向着我自以为可以走去的路，即使前面是深渊，荆棘，狭谷，火坑，都由我自己负责。”仍然是清醒，决绝，独自承担。

在《野草》中，在面对存在的两难困境时，鲁迅从来不是模棱两可的。就像在《伤逝》里，在把真相告诉子君，很可能会导致子君的无法承受，甚至死亡，和不把真相告诉子君，自己承担虚伪的重担，以至两个人最终都被拖垮之间，鲁迅最终让涓生做出残忍的抉择，因为这是往前走的前提。在《死火》中也是一样。被人遗弃在冰谷中冰冻得要死的“死火”，如果继续留在冰谷中，“我将冻灭了”，但是你如果给“我”温热，永不结冰，“那么，我将烧完”。在这样的两难中，最后的选择是，“那我就不如烧完”。通过燃烧的过程以获得生命的价值。在面对存在困境的时候，鲁迅是从来不会一直“彷徨于无地”的，他最终的选择都是承担、战斗。这也是鲁迅的哲学。

《墓碣文》也是比较难懂的一篇。从这一篇中，可看出鲁迅的独特思维和否定一切的怀疑主义眼光。他总是能在别人看到的东西背面，看到不一样的东西，或者说真相。墓碣文正面第一段写：“……于浩歌狂热之际中寒；于天上看见深渊。于一切眼中看见无所有；于无所希望中得救……”“浩歌狂热”“天上”，别人的“一切眼中”所见，在鲁迅那里看到、感到的却是“寒”“深渊”“无所有”。鲁迅后来说：“在改革者的眼里，已往和目前的东西是全等于无物的。”这其实和《影的告别》里，“影”与“天堂”“地狱”“黄金世界”“你们”的告别和拒绝类似。告别与拒绝之后就只剩下虚无，但正是因为看到了虚无与深渊的真相，才能起来战斗，才有改变这“虚无与深渊”的可能，这就是“于无所希望中得救”。这与《影的告别》中的线索是一致的。

第二段写的是鲁迅对自己的怀疑、解剖以及对真正的精神主体的寻找：“……有一游魂，化为长蛇，口有毒牙。不以啮人，自啮其身，终以殒颠……”“游魂”即自己的精神世界里存在的“毒气与鬼气”，是鲁迅时时警惕的。他说：“但自己却正苦于背了这些古老的鬼魂，摆脱不开，时常感到一种使人气闷的沉重。就是思想上，也何尝不中些庄周韩非的毒，时而很随便，时而很峻急。”“终以殒颠”说明自我解剖的严酷性和彻底性。墓碣阴面残存的文字讲的是，无情地解剖自己之后，“抉心自食，欲知本味”，想要从人的存在起点寻找本真的自我。但是，在有毒的过往里，怎么找得到本我呢？——“本味何能知？”“本味又何由知？”于是决定离开。“待我成尘时，你将见我的微笑！”这是死尸说的，我理解为，只有在自己的生命死亡，并消散为尘时，才能真正摆脱有毒的过往，获得开启新生的心境，所以“微笑”。

鲁迅说：“我的确时时解剖别人，然而更多的是更无情面地解剖我自己。”《风筝》也是一篇鲁迅反思和解剖自己的作品。回忆起二十多年前“我”拆毁小兄弟苦心孤诣做好的风筝的事，鲁迅用了“精神的虐杀”，这是一个多么沉重的词！可见他的悔恨之深。二十多年过去了，仍是“我的心只得沉重着”，还说，“我倒不如躲到肃杀的严冬中去罢”，让自己承受“非常的寒威和冷气”的惩罚。要注意的是，“小兄弟”在这里绝不只是一个人，他代表的是鲁迅所说的“救救孩子”的“孩子”。他肩上负担的是整个国家、民族往前走的重担，所以才会如此沉痛，如此沉重。

最后，我们回到《野草》的开头——《题辞》。“当我沉默着的时候，我觉得充实；我将开口，同时感到空虚。”鲁迅的内心充斥着，纠缠着太多复杂甚至矛盾的情感，郁积到近乎崩裂，这是“充实”，但该怎么“开口”呢？鲁迅曾描绘过他的这种心情：“我靠了石栏远眺，听得自己的心音，四远还仿佛有无量悲哀，苦恼，零落，死灰，都杂入这寂静中，使它变成药酒，加色，加味，加香。这时，我曾经想要写，但是不能写，无从写。这也就是我所谓‘当我沉默着的时候，我觉得充实，我将开口，同时感到空虚’。”正如《颓败线的颤动》中写的，因为有太多情感的郁积，一时倒说不出话来——“不能写”；鲁迅说过，“情感正烈的时候，不宜做诗”；“无从写”——找不到合适的表达，所以只有“无词的言语”。

“过去的生命已经死亡。我对于这死亡有大欢喜，因为我借此知道它曾经存活。死亡的生命已经朽腐。我对于这朽腐有大欢喜，因为我借此知道它还非空虚。”鲁迅自我生命的价值是通过走向死亡的过程来得以理解的。向死而生，过去的死亡正是自我生命存在过的证据，因此有“大欢喜”。“地火在地下运行，奔突；熔岩一旦喷出，将烧尽一切野草，以及乔木，于是并且无可朽腐。”自我生命的毁灭，证明新的世界即将到来，而鲁迅作为“历史中间物”的价值也已经完成，所以说，“我坦然，欣然。我将大笑，我将歌唱”。经过《野草》的写作，鲁迅终于走出了生命中最黑暗的阶段，终于解决了“要到哪里去”的问题，所以说，“去罢，野草，连着我的题辞”。这预示着鲁迅一段新的生命过程的开始。

从上面的分析中，我们可以看到鲁迅生命哲学的各个方面，有对青年战斗者的支持和敬奠，有对黑暗现实、地狱的揭露，有对奴才、看客和军阀的批判，有对既有一切和未来的怀疑精神，有与“无物之阵”的“韧的战斗”，有“历史的中间物”思想，有对暗夜和虚无的独自承担，有对自己灵魂的深入解剖，以及“超越目的，重视过程，执著现在”的清醒现实主义等。《野草》中的各篇完成了对鲁迅生命哲学的拼图。但是在最后，我要特别强调一点，那就是《野草》中鲁迅的形象。罗念生在评论他所翻译的古希腊戏剧中的人物时说，古希腊戏剧的伟大，是因为它们塑造出了“能独立行动的人”，也就是能够独立挑战并承担命运的个体。类似于加缪《西西弗的神话》中的西西弗。而在中国现代文学中几乎没有这种形象（《子夜》里的吴荪甫，《春桃》里的春桃，算是两个比较坚强的形象），他们都是需要依靠其他力量才能站立，比如爱情、家庭、集体、主义等，一离开这些依靠物，他们就软弱如泥。只有在《野草》中，我们才看到了一个“能独立行动的人”，一个能独自肩起黑暗与虚无的闸门，即便面对“无物之阵”，即便知道前面是坟，仍毅然决然往前走的“精神界战士”的形象，一个伟大的、唯一的，敢于独自承担中华民族向前走的使命的“民族魂”形象。

《野草》的艺术特色

《野草》长期以来被认为是鲁迅创作中最美的一部作品，最薄却最有分量。孙玉石说：“它比《呐喊》《彷徨》这类的用叙述方式书写的作品，具有一种幽深性、神秘性，也有一种永久性。整体上看，有一种难于了解可又永远引人沉思的审美的艺术魅力。”这种吸引力一方面来自它深邃的哲学思想，一方面也与它无可比拟的艺术性有关。《野草》的艺术魅力来自于鲁迅对中国传统美学的自觉运用，来自于他对西方散文诗方法自觉而不留痕迹的借鉴，更来自他在融汇各方营养之后天才的创造。

鲁迅在《怎么写》里说起他创作时的状况：“我想接近它，但我愈想，它却愈渺茫了”，“必须待到我忘了努力”，才能接近与进入；写作需要“静观默察”“凝神结想”。这实际上就是要达到中国传统美学中所说的“虚静”，物我两忘，所谓主客一体的状态。在具体的表现中，《野草》所采用的象征手法一方面受到西方象征主义文学的影响，同时也是与“意以象尽，象以言著”的中国传统美学相通的。正是因为象征手法的大量使用，鲁迅极端复杂、矛盾的思想和情感得到了充分的表达，加上鲁迅在文体、句式、词语等方面的创造性运用，使《野草》成为中国现代散文诗开山的代表性果实。

《野草》的象征艺术

可以说，象征是《野草》表达思想最重要的方法。鲁迅通过对“客观对应物”（意象或情景）的寻找、虚构以及对它们生动、精确的描写，准确、凝练地展示了他的生存困境和人生哲学。《野草》中的“客观对应物”有自然景物和氛围构成的象征世界，暗示作者的思想和情绪，比如《秋夜》《雪》《腊叶》等；也有把有现实、历史的缘起，幻化成真实与想象纠缠的故事、场景，传达自己的生命哲学，如《求乞者》《复仇》《复仇（其二）》《这样的战士》《过客》《死后》等，里边有真实，也有很多想象；还有用完全虚构的意象或情景，传达或暗示自己的旨意，如《影的告别》《死火》《失掉的好地狱》《墓碣文》等。后两类作品在《野草》里比较多，特别是后一种，因表现得怪异和晦涩，往往就最难弄懂，但往往也是最能显示鲁迅奇诡的想象力和创造力的。其中“过客”“无物之阵”等意象，已经成为现代汉语中的经典意象。鲁迅对这些意象的描写能力也是卓越的。比如《雪》：“在晴天之下，旋风忽来，便蓬勃地奋飞，在日光中灿灿地生光，如包藏着火焰的大雾，旋转而且升腾，弥漫太空，使太空旋转而且升腾地闪烁。”描述了在冰冷的环境中，却内蕴火焰般蓬勃的生命力的象征意象。冰与火的并置，产生了巨大的审美张力，而这种张力来自于鲁迅强大的精神力量。

气氛所产生的强烈的审美刺激

冷艳的色彩、阴森恐怖的气氛产生了强烈的审美刺激。因为《野草》所要表现的是鲁迅在生命历遭磨难时，极其压抑、悲苦、寂寞、空虚、绝望的心灵体验和情绪状态，所以它的色调经常是黑暗、阴森、恐怖、极端的。中国传统文学讲究的是“乐而不淫，哀而不伤”的中庸之美。鲁迅曾说：“我正因为生在东方，而且生在中国，所以，‘中庸’‘稳妥’的余毒，还沦肌浃髓……使我自惭究竟不及白人之毒辣勇猛。”在艺术上，鲁迅也是要突破中庸的，所以《野草》的“毒辣勇猛”是在中国之前，甚至之后的文学作品中，都绝无仅有的。请看《墓碣文》里的描写：“即从大阙口中，窥见死尸，胸腹俱破，中无心肝……我就要离开。而死尸已在坟中坐起，口唇不动，然而说——‘待我成尘时，你将见我的微笑！’”这简直让人毛骨悚然！《失掉的好地狱》也一样。为了营造这种阴森、恍惚的气氛，《野草》中出现了很多梦境：《影的告别》《死火》《狗的驳诘》《失掉的好地狱》《墓碣文》《颓败线的颤动》《立论》《死后》；还有地狱，坟，荆棘，鬼眨眼的天空，恶鸟，魔鬼，野兽和恶鬼，口有毒牙的长蛇，还有反复出现的死亡等。所有这些集结在一起，给《野草》带来了一种神秘、阴森和让人战栗的审美冲击力，让人对鲁迅所遭遇的存在困境有一种刻骨的感受和记忆。这种审美冲击绝对是独一无二、无可比拟的。

鲁迅还喜欢把一些反差明显的颜色并置，冷热搭配，形成一种瑰丽、冷艳的审美效果。上面说的《雪》就是一例。还有《死火》："上下四旁无不冰冷，青白。而一切青白冰上，却有红影无数，纠结如珊瑚网。"还有《腊叶》："一片独有一点蛀孔，镶着黑色的花边，在红，黄和绿的斑驳中，明眸似的向人凝视。"再如《失掉的好地狱》里地狱的黑暗与"大火聚"。这些都让人想到《铸剑》中炼剑的那个场面，黑暗与瑰丽的火光之间的反差与照映。

浓郁的诗情

《野草》是鲁迅生命体验和哲学的浓缩，与此相适应，《野草》通过大量内蕴丰富、充满张力的意象，大量的反复，意义相反的词语以及情景的并置等修辞手法，形成了一种极端凝练的表达方式，从而使作品具有稀释不尽的浓郁诗情。《野草》中的反复随处可见，比如《题辞》中的"但我坦然，欣然。我将大笑，我将歌唱"。最典型的是《影的告别》里十一个"我不"，七个句子，几乎重复的句式，反复加强"我"强烈的决绝的态度，这真是在别人的作品中从所未见的。还有《求乞者》里从头到尾的"灰土"，《过客》里对话的重复，《颓败线的颤动》里的"于一刹那间照见过往的一切：饥饿，苦痛，惊异，羞辱，欢欣，于是发抖；害苦，委屈，带累，于是痉挛；杀，于是平静。又于一刹那间将一切合并：眷念与决绝，爱抚与复仇，养育与歼除，祝福与诅咒……"大量词语、相同句式、情景等的并置、反复，造成急促的节奏，一方面是缠绵、纠结，一方面有酣畅、恣肆，形成了一种如飓风回旋般，让人窒息却又奔腾的审美风格。

《野草》里写“美丽，幽雅，有趣”的人和事，也是如此，比如《好的故事》：“我仿佛记得坐小船经过山阴道，两岸边的乌桕，新禾，野花，鸡，狗，丛树和枯树，茅屋，塔，伽蓝，农夫和村妇，村女，晒着的衣裳，和尚，蓑笠，天，云，竹……都倒影在澄碧的小河中，随着每一打桨，各各夹带了闪烁的日光，并水里的萍藻游鱼，一同荡漾。诸影诸物，无不解散，而且摇动，扩大，互相融和：刚一融和，却又退缩，复近于原形。边缘都参差如夏云头，镶着日光，发出水银色焰。凡是我所经过的河，都是如此。”同样诗情浓郁。相对于《朝花夕拾》里舒缓的，似淡实腴的美，强烈、浓郁显然是《野草》所追求的。

文体的创新

鲁迅作为“五四”新文学的先驱，在文体的创新方面是非常自觉的。他在《〈中国新文学大系〉小说二集序》里评自己的小说“表现的深切和格式的特别”，是把西方小说的写作手法主动并成功地引入到中国现代的小说创作之中。在散文诗方面也一样，在《野草》之前，“五四”新文学用象征的方法来写美文的并不多，所以鲁迅的《野草》也有从文体建设上为新文学战斗和呼唤的意识。除了借鉴西方的象征主义手法，吸收中国古代寓言和短小散文的传统之外，《野草》还运用诗化、小说化、戏剧化的手法丰富散文诗的文体样式。诗化尤其是在那些比较短小的篇目中表现得更加明显；小说化的就非常多，比如《失掉的好地狱》《颓败线的颤动》《死火》《这样的战士》《死后》等，都是有人物、对话、情节的，这在散文诗中是比较少见的；而《过客》直接就是以戏剧的形式来写的，这又是鲁迅的创造。另外，通过《野草》，鲁迅在五四时期“闲话风”的散文之外，开创了中国现代文学的另一种“独语”式的抒情风格。

《野草》对中国文学艺术方面的开创是多方面的，但对于它的审美特征，单靠分析是无法完全传达的，需要进入作品去亲身体会。

2019.11.30

脑袋里是喜剧，心脏里是悲剧

——芥川龙之介眼中的中国与中国人眼中的芥川

■东 君

千翻与作
精读堂第三十一期
时间：11月30日(周六)15:00
地点：千翻与作·亨特店内
脑袋里是喜剧
心脏里是悲剧
芥川龙之介眼中的中国与中国人眼中的芥川
主讲：东君 作家、翻译家。

东　君

本名郑晓泉，1974年生于浙江乐清柳市，温州市作家协会副主席，主要从事小说创作，兼及诗与随笔。结集作品有《东瓯小史》《某年某月某先生》《子虚先生在乌有乡》《徒然先生穿过北冰洋》《立鱼》等。另著有长篇小说《浮世三记》《树巢》等。2012年，小说《听洪素手弹琴》获第二届郁达夫小说奖的短篇小说奖，展现了“无用”之美在今天的遽然坠落与无处安身。2017年，获“茅盾文学新人奖”。

“脑袋里是喜剧，心脏里是悲剧。”这句话是我读《芥川龙之介研究集》时无意中看到的，于是随手拿来作这个讲座的题目。各位听说芥川龙之介这名字，大约会想到电影《罗生门》，以及由此衍生出来的“罗生门事件”这个词。事实上，黑泽明执导的电影《罗生门》是由芥川的小说《罗生门》与《竹林中》两个短篇改编而成，确切地说，背景取自前者，情节则取自后者。原著小说《罗生门》与《鼻子》一样，均取材于《今昔物语》，最早是由鲁迅翻译过来的。我看本期“精读堂”公众号推送的文章中有提到“罗生门”“竹林中”，因此就在这里赘言几句。但我今天要谈的不是《罗生门》，而是另外一个关于芥川龙之介的话题。

对中国文化的乡愁

芥川龙之介是受中国古典文学影响颇深的一个作家，反过来说，他的文学作品给中国现代文学也带来某种程度的影响。我们现在谈到芥川，就会有一大群日本近现代作家连带而出：泉镜花、国木田独步、夏目漱石、菊池宽、永井荷风、谷崎润一郎、佐藤春夫。他们有一个共同的特点便是：自幼就经受过汉文学的陶冶。中国作家读他们的作品往往会有一种微妙的既视感。芥川的朋友佐藤春夫说："从明治末年到大正初期，在日本文坛中对中国文化持有些兴趣的，似乎只有亡友芥川龙之介和我……喜爱中国文化是我的无上幸运。"我在周作人的译文集中曾读过佐藤的几篇小说，短小有味，真有点像中国的绝句。

古代日本引入汉语，就有了丰赡、典雅的书面语。但明治维新之后，西风东渐，日本开风气之先，自铸新词，这就有了语言文字的"返流"现象——日本文化输入中国之后，大量日语词汇随之返流，也融混到汉语词汇的长河之中。我们现在所用的汉语词汇据说不下三千种来自日本，只是百姓日用而不知。

有时我想，没有我们这位东邻，中国的现代文学也许要滞后许多年才会开枝散叶。中国第一部现代白话文小说《狂人日记》的作者鲁迅曾留学日本，中国第一部现代白话文小说集《沉沦》的作者郁达夫也曾留学日本，中国第一个现代主义小说流派新感觉派的催生者刘呐鸥也曾留学日本。他们通过日本接触西方现代文学，正如日本人当年通过荷兰接触西方文化。

然而，有时我又想，如果没有汉文学的滋养，明治以来的日本文学恐怕又是另一番景象。我很喜欢日本汉学家吉川幸次郎所写的一篇文章的题目：《对中国文化的乡愁》。这种乡愁，恐怕是浸透在骨子里，流入血液里的。在吉川幸次郎看来，明治以降，日本作家中汉文学造诣最深的，首推夏目漱石，其次是永井荷风（也许还要外加一个森鸥外）。夏目漱石之爱陶渊明、王摩诘，谷崎润一郎之爱高青丘、吴梅村，永井荷风之爱香奁体诗人王彦泓，都不是摆摆样子的。他们不仅爱读中国古诗文，也都能写一手不输中国诗人的汉诗。现在看来，日本大正时期出道的作家在汉学功底方面虽则不如明治时期的作家，但他们的汉学毕竟也是幼时习得，终身受用的。如果说芥川曾经在文章中对中国古典文学有过什么不敬的说法，那也是爱之深责之切。正如谷崎润一郎所言，他们的血管深处有一种被称为“中国趣味”的东西，因为浸润太深，也就难免有了恐惧。这种心理有时候会让他们在本能上做出一种排斥汉文学的姿态。无论怎么说，日本作家仰承中国古典文学的沾溉与中国现代文学接受日本现代文学的反哺都是不争的事实。

日本作家的中国之行

在芥川那个时代，有几位日本作家曾相继来到中国，说是

“踏勘中国诗人自古以来发为咏怀之作的所在”，结果大失所望。失望在哪里？我在后面会谈到。

谷崎润一郎曾两度来到中国，分别是在1918年11月与1926年1月至2月。他写过《上海交游记》《西湖之月》《秦淮之夜》，光看题目我们就知道他写的是哪里，他喜欢中国的南方，因为这些地方还保留着一缕古国的气息。谷崎游中国的线路是由北至南，跟芥川刚好相反。还有一位是跟谷崎同时代的作家、史学家内藤湖南，他来中国更早，1899年就造访中国，他走了三个月，后来写了一本文体较杂的书。日本有位跟芥川同龄的作家佐藤春夫（1892年生），在芥川之前也来过中国，并且写过一本中国游记《南方纪行》。此人跟谷崎是好朋友，暗恋谷崎的夫人，后来也就演绎出了一段“谷崎让妻”的佳话。他与芥川也是朋友，芥川写过一篇关于佐藤的文章，芥川说，他见到佐藤强壮的裸体，以为无论如何没有希望与之共享天年。

我把日本明治、大正时期的作品一路读下来，居然发现那个时期的日本作家好像都有一种写作历史小说的偏好。有学者认为，这跟日本当年发生“大逆事件”之后形成的一种紧张的政治气氛有关。政治言论的口收紧了，作家们都有一种神经质般的谨慎。森鸥外本人就承认，他是受此事件影响转而着手写历史小说，其中有一部分是直接取材于唐传奇的；而芥川刚出道的时候就直奔这条路子，其中一部分也是取材于中国的笔记小说。现实的逼仄，带来的是想象的自由。芥川来到中国之前，对中国的想象大概还附丽着唐诗宋词、明清小说里所描述的诸般风情。每每有朋友自中国归来，他就喜欢打听一些带有异域风情的故事，以便铺衍成小说中的某个情节。据说他的《杜子春》就是根据日本学者石田干之助提供的素材写成的。还有一篇《南京的基督》，发表于芥川中国之行的前一年，他本人在文末附记中特地做了说明：起草本篇时，仰仗谷崎润一郎所作的《秦淮一夜》之处不少。也就是说，他写了那么多中国题材的小说均非来自现实生活的体验，而是通过二手材料获取的。及至他来到中国，处处但见灰暗、破敝的景象，脑海里原有的唐风宋韵一下子就给搅散了。这情形颇有点像多情公子跟一个姑娘家隔海通信多年，一直以来为之魂牵梦萦，待到真正见了面，却发现对方是个粗皮糙肉的老姑娘，扫兴的话自然难免。芥川对中国的好恶，主要反映在其中国题材的小说与一本《中国游记》的纪行文里。尤其是《中国游记》，谈得更直观。这一点，芥川跟谷崎润一郎一样。谷崎谈中国饮食，芥川谈中国人文，虽然各有侧重，但从总体来看，他们对中国的现状有诸多不满，文字里时常出现“肮脏”“愚昧”等刺目字眼。

这是一个很有意思的现象：芥川未到中国之前，写了十几篇中国题材的小说，但到中国走了一大圈之后，除了一部《中国游记》，我们几乎没有看到他再写这类小说了。时隔五年，他写了一篇小说《湖南的扇子》，其中一些情节大概是他在湖南亲历亲见的。光是从题目来看，就很容易让人回想起他之前所写的《南京的基督》，这也是芥川喜欢干的一件事：在不同的小说之间开凿一条秘密通道，以供细心的读者去发现。

《南京的基督》与《湖南的扇子》

大正十年，也就是1921年3月下旬，芥川龙之介受大阪每日新闻社之命，坐船赴中国，做了长达一百二十天的考察。其路线与谷崎润一郎之前的中国之行大致相仿。此次中国之行，他走了很多大城市，看了不少场戏，还拜访了诸如章炳麟、郑孝胥、辜鸿铭之类的名人。在他眼中，章炳麟“那个突兀高耸的额头，直令人觉得会否长了个瘤”，“不知出于何种爱好，壁上趴着一条硕大的鳄鱼标本”；辜鸿铭有一张“酷似蝙蝠的脸”，留一条“灰白的长辫”，言辄“大骂基督教，大骂共和政体，大骂机械万能”。总之，这些人在他眼里都仿佛是些畸人异士，言语间也颇多谐谑。有些中国作家或学者觉得芥川为文近于猖狂，但我以为，这正是他一贯的文风，譬如他写自己的老师夏目漱石时，就用一种调侃的口吻说，他一点儿也没感觉漱石先生的书房有多“宏伟”，诸如“天花板看得出有耗子洞”，“那高窗户很像监狱或精神病院的窗户，有很粗很粗的栅栏”之类的话，他都不加掩饰地写出来。这从另一方面也可以看出他对待中国的鸿儒耆宿也像老朋友一样坦诚、率真。很奇怪，芥川拜访的人物里面大多是一些深谙国粹、精通国学的学者或诗人，没有一位新文化运动的代表人物。另一份资料显示，他跟新文化运动的另一位主将胡适博士也见了面，大致了解了一些小说和诗歌创作的状况。可我在《中国游记》（陈生保、张青平译）里面不曾见过这方面的文字记载。那本书里，也没有提及鲁迅其人及其小说。在胡适还没有发表第一首诗、鲁迅还没有发表中国第一篇白话小说之前，中国文学与日本现代文学相隔着一座欧洲。

通过史料，我发现，就在芥川访华的那段日子里，鲁迅翻译了他的两个短篇《鼻子》和《罗生门》，发在北京《晨报副刊》上。芥川即便没看到那份报纸，也当有所耳闻。当时，芥川知道作为译者与同行的鲁迅吗？这是一个值得探讨的话题。鲁迅在1918年之后就已经写出了《狂人日记》《孔乙己》《药》《风波》《故乡》等短篇小说（芥川龙之介《中国游记》译者之一陈生保，在他的导读一文里面罗列得更仔细，把创作时间都标上，仿佛是一件彰彰可考之事）。我翻看了一下《鲁迅全集》，《故乡》这篇小说的创作时间是1921年1月，在《新青年》杂志上发表的时间则是1921年5月，也就是说，芥川龙之介来到中国后，如果留意当月的《新青年》杂志，就能读到鲁迅的《故乡》。事实上，芥川访华之后也应该知道鲁迅其人。《华语圈文学史》有这样一笔记载："1920年代初期，中国以言文一致为目标而创制的'国语'，借以现代文学为教材的国语课程而得以普及，日本的芥川龙之介、佐藤春夫及武者小路实笃等著名作家对于已开启了现代化进程的中国都抱有浓厚的兴趣，开始介绍作为同时代的中国文学旗手的鲁迅。"因此，以我的推测，芥川来到中国之后，或许读过鲁迅的小说。不过，鲁迅出版第一部小说集《呐喊》要比芥川的中国之行晚两年时间。因此，也可以推断，芥川当时即便读过鲁迅的小说，也是极其有限的。时隔多年，芥川写了一篇短文《日本小说的中国译本》，提到了鲁迅与周作人合译的《现代日本小说集》。文中有一段话是对鲁迅——他的记忆有误，翻译芥川氏作品的应该是鲁迅，而非周作人——的赞赏，他说："至于翻译水平，以我的作品为证，译得十分精准，且地名、官名与器物之名均附注释。"写下这段话，也算是跟鲁迅隔海握手吧。

芥川写作《湖南的扇子》是1926年1月，距他访问中国已逾五年。有人从这篇小说里面读出了人道主义思想，而我却读出了一种宗教感。关于这个话题我会在后面谈到。

1921年5月30日，芥川从汉口出发，去湖南长沙走了一圈。长沙城比他想象中还要破旧，跟长江沿岸的一些城市几无二致。在芥川的《中国游记》里面，他是这样描述长沙："这是一座在大街上执行死刑的城市，一座霍乱和疟疾肆虐的城市，一座能听得见流水声音的城市，一座即便是入夜之后石板路上仍暑气蒸腾的城市，一座连公鸡报晓声'阿苦塔额滑丧'（与日语'芥川先生'发音相近）都像在威胁着我的城市……"《湖南的扇子》从表面上看像是一篇纪行文，实则是小说。里头的叙述时间亦作调整，变为1921年5月16日。从开头部分来看，他对长沙这座城市照例是没有一点好感，在他眼中"除了猪以外就没有什么可看的东西了"，在这种近乎嫌恶的语言氛围中他讲述了一个貌似风雅、谐谑却暗含残忍与愚昧的故事。长沙之行接待“我”的，是一位曾留学日本的中国医生谭永年。谭指着狗走过的一块地方告诉“我”，之前本城有五个人就在这里被砍了头，外国人没有见识这一场景的确可惜。因为，谭说，唯独斩首杀头在日本是看不到的。尔后谭带着“我”乘坐汽艇饱览了湘江、橘子洲，以及岳麓山的风光。那天晚上，谭还带“我”进了一家妓馆。与三两妓女聊天时，谭从老鸨手里接过一个小纸包，打开一层又一层，里面便露出一块巧克力色的脆薄干点一样的东西。“我”问这是什么。谭说，是一块饼干，上面沾了几天前被砍头的一个土匪头目的血。又问，作什么用？答道：吃了可以除病消灾。座中的妓女玉兰与含芳都曾是那个土匪头目的情人，此时见了这饼干，虽说反感，却不敢表露出来。谭把人血饼干递给大家吃，无人敢接。最后，谭把它递给了一直不动声色的玉兰。玉兰说了几句话，就接了过去。谭把玉兰的话翻译给“我”听：“我非常高兴地品尝我深爱的……黄老爷的血……”

读到“人血饼干”，我们或许会想起鲁迅早年的一个短篇小说《药》里面的“人血馒头”。这篇小说写于1919年4月，同年5月发表于《新青年》杂志第六卷第五号。两年后芥川到中国访问，这个时期即便没有读过鲁迅这篇小说，至少在之后几年里应该也曾有闻。《药》里面有这样一个情节：“他的母亲端过一碟乌黑的圆东西，轻轻地说：‘吃下去罢，——病便好了。’小栓撮起这墨东西，看了一会，似乎拿着自己的性命一般，心里说不出的奇怪。”而在《湖南的扇子》里，老鸨手里那个小纸包里包着的，便是“已经发干了的巧克力色的奇怪的东西”。不同的是，小栓不知道自己吃的是人血馒头，而玉兰明知这是人血饼干却依旧吞了下去。芥川写到这个细节时，一种宗教感就出来了。这是在鲁迅的小说《药》中所没有的。谭把饼干递给了一直微笑动也不动的玉兰，原本是要羞辱她的，但玉兰却像领取圣餐一般领取这份羞辱。她还怀着敛抑的语调对众人说：“但愿你们也像我一样……把你们所爱的人……”恕我在此重复引用这句话，因为它让我忽然想起《哥林多前书》中谈到圣餐的设立时所说的一段话：“我当日传给你们的，原是从主领受的，就是主耶稣被卖那一夜，拿起饼来，祝谢了，就劈开，说：‘这是我的身体，为你们舍的。你应当如此行，为的是纪念我。’饭后，也照样拿起杯来，说：‘这杯是用我的血所立的新约。你们每逢喝的时候，要如此行，为的是纪念我。’你们每逢吃这饼，喝这杯，是表明主的死，直等他来。”因此，就凭这一点，我以为，芥川的《湖南的扇子》与鲁迅的《药》走的是全然不同的路子，倒是跟他自己之前所写的《南京的基督》有一种暗在的精神联系。这种精神就是芥川一直寻求的宗教精神，更深入一点说，这种宗教精神跟他受西方作家影响，“从艺术的角度喜欢基督教，尤其是天主教”不无关联。

《河童》《某傻子的一生》与《狂人日记》

我们都知道，芥川跟其他一些和洋汉三才兼备的日本作家一样，在创作上奉行的是“拿来主义”，无论东方西方，明着借鉴，暗中较劲。毫无疑问，鲁迅作为同时代的作家，曾进入芥川的视野，但尚未触及他的思想内面。芥川对鲁迅小说的素材有无借鉴尚难论断，即便有之，也只是一两个情节上的相近。有些作家就是这么奇怪：他们相隔迢遥，生活中没有交集，精神上没有共振，但就在某个点上突然相遇，彼此欣赏，点头致意，然后迅速分开，各走各的路。鲁迅与芥川之间的关系大概就是这样的。

芥川自杀那年，也就是1927年2月，他完成了一部重要的作品《河童》。这部小说的开头部分，极像鲁迅写于1918年的开山之作《狂人日记》。两篇小说前面都有一篇小序，讲述的都是一个精神病人的简单病况。这一段文字如果不能视之为巧合，那也是一种向鲁迅——一个中国现代文学的拓荒者致敬的方式。《河童》中这名“第二十三号病人”大概有三十多岁，而《狂人日记》中的狂人（不能简单地归类于精神病患者当中）从年龄来推算，也有三十多岁。《狂人日记》第一章中有这样一句话：“我不见他，已是三十多年；今天见了，精神分外爽快。”日本学者伊藤虎丸注意到了“三十多年”这个时间点。他认为，如果作者文中使用“三十多年”这个数字具有特别意思的话，那么中华民国成立那一年，鲁迅刚好三十。这样的推论也许不无道理。在《铸剑》里面，鲁迅曾十分明确地告诉我们：眉间尺背着宝剑踏上复仇之路的年龄正好是十六岁。为什么鲁迅要凸显这个时间点？有考据癖的人认为这个数字之于鲁迅别具深意——十六岁，正是他离开绍兴去南京洋式学堂读书的年龄。三十，是而立之年，有所作为的年龄。但鲁迅笔下的狂人与芥川笔下的“第二十三号病人”非但一事无成，在外人看来他们的脑子也是一塌糊涂的。芥川写这篇作品时，精神状态已经越来越糟糕，他常常担心自己会像母亲那样疯掉。因此，内心那一点稳静失去后的茫然不安在他的文字间随处弥散着。

《某傻子的一生》从表面（包括题目）来看有点近于《狂人日记》，但细读之下，就会发现二人的叙述风格与路数都不一样。芥川这篇小说虽然没有采用第一人称的叙述手法，但仍然带有“私小说”的某些特点。《某傻子的一生》散漫写来，语无伦次，却又仿佛有一根线把散乱一地的珠子串了起来。他所写的大都是日常生活中属于个人的一种寂寞的心境、无聊的状态和厌世的情绪。他就这样无所忌畏地写出来，也不管读者能否懂得。芥川自杀前一个月写给小说家久米正雄的一封信中就曾不无审慎地写道：“稿（即《某傻子的一生》）中所出现的人物你大概都知道。但是发表之后，希望你不要加上注解。”为什么“不要加上注解”？因为这一类文字很可能会坐实自己或别人的隐私，于人于己，都不太好。

我以为，作为小说家，芥川作品里面的成分似乎要比鲁迅复杂。他总是能从“瞬间危机”发现人性的暗区，从现实的缝隙切入，一步步迫近事物的本质，因此，他那种近于幽暗的叙述里面总有什么东西如同水光一样微微晃荡着，使人产生隐约的不安，却又仿佛有所期待。芥川小说的魅力，大概就在这里。

芥川与鲁迅之“同”

如果让我写中国现代文学史，我要以1902年作为时间节点。1902年，二十四名江南水师学堂及附设的矿务铁路学堂官费生乘坐邮轮“大贞丸号”赴日留学，其中有“70后”的陈衡恪（1876年出生）、“80后”的周树人（1881年出生），带队的官员是陈衡恪的舅舅、“60后”的俞明震（1860年出生），带上了时年十二岁的“90后”陈寅恪（1890年出生）。陈衡恪、周树人、陈寅恪后来分别成为绘画大师、文学大师、国学大师。梁启超1902年作《论小说与群治之关系》，得出结论：“故今日欲改良群治，必自小说界革命始；欲新民，必自新小说始。”因此，我认为这一年对中国现代文学来说是一个重要的年份。

鲁迅初到日本曾就读于弘文学院，跟时年只有十二岁的陈寅恪同住一个寝室。之后几年间他倒是读了不少日本小说与西方小说，后来还跟周作人着手翻译了一部分小说，合成一部《域外小说集》。

把中国作家跟国外某位作家做比较研究，通常是批评家们喜欢干的活。依例，把芥川与鲁迅放在一起谈也能谈出一些话题来。但这样做就好比早些年周作人把郭沫若拉来跟谷崎润一郎作比较，把郁达夫拉来跟永井荷风作比较，只能是就某一相似点而论。夏目漱石有两撇胡子，鲁迅也有两撇胡子，但我们不能就此说，鲁迅像夏目漱石；芥川一生只写短篇小说，鲁迅一生也只写短篇小说，但我们也不能就此说，鲁迅像芥川。鲁迅终究是鲁迅，就像芥川终究是芥川。

芥川比鲁迅小十一岁，小说创作的起步时间却比鲁迅早四年。芥川着手写小说之前，日本现代文学已经走过了近三十年的历程。在芥川之前，有夏目漱石、泉镜花、国木田独步、谷崎润一郎等，他们都给芥川带来了或多或少的影响。而鲁迅不同，在他之前，中国现代文学的园地还是一片荒芜。他所能参照的，大多是日本或西方的小说家。因此，鲁迅在尚未找到小说叙事方法之前，他一直不敢轻易下笔（这就是他早年写过一篇文言小说之后难再赓续的一个原因）。鲁迅做什么事，都是十分谨慎的。他要看了百来部外国小说，翻译一些域外小说之后才敢动手。可以打一个或许不太恰当的比方：芥川就像一个带足了本钱杀入赌场的赌徒，因此他可以放开手脚赌一把；而鲁迅不同，他口袋里的本钱不多，因此他赌得格外小心翼翼。在鲁迅那个年代，现代派小说已经在西洋与东洋大为盛行，但鲁迅的创作多取现实主义修辞，其态度也是多取传统的人道主义精神。这条路子在此前已经被西方作家视为正途，而他循此走下去不会因为陷入旁门左道而人仰马翻。

多年前，我曾与研究中国现代海派小说的日本学人木村泰枝聊起过鲁迅与芥川。我们得出的结论是：在日本，没有像鲁迅那样的作家；在中国，同样也没有像芥川那样的作家。可是，我们为什么能从芥川身上发现鲁迅的影子，从鲁迅身上同样能发现芥川的影子？我以为原因有三。

其一是影响过鲁迅的作家也曾影响过芥川，反之亦然。像法国诗人波德莱尔、日本“国民作家”夏目漱石，都是影响过他们的诗人与作家。鲁迅的《野草》与芥川的小说中不乏对人性之恶的书写，从中能感觉到他们或多或少受到波德莱尔的影响。波德莱尔在《恶之花》的题辞中说：你如果没有从撒旦那里学过修辞，你就扔掉此书。鲁迅早期有一篇雄文《摩罗诗力说》，可以直译为：论撒旦派诗歌的力量。他也正如波德莱尔所说的那样，试图从撒旦派诗歌那里获取一种反抗的力量。而芥川无论在文章或书信中都曾谈到过波德莱尔，也曾借他的诗引申开来，抒发一些对善与恶的看法。他的《蜘蛛之丝》《烟草与撒旦》《地狱图》写到了撒旦、地狱，说到底写的就是人性之恶，因此也不免带上一种“波德莱尔式”的阴冷调子。至于夏目漱石，更是他们二人无法绕过去的一位作家前辈。芥川与鲁迅虽然未曾谋面，但他们的文字因缘说起来与夏目漱石不无相关。1908年4月，鲁迅曾租住夏目漱石住过的老宅。1915年12月，芥川由一位同学介绍正式成为夏目漱石的入室弟子。从这两件事来看，夏目漱石都是他们内心追摹的作家。周作人说，鲁迅日后所作的小说“虽然不似漱石，但嘲讽中轻妙的笔致实受漱石的影响”。我们再来读芥川龙之介的小说，有时候也会有这种“漱石先生也曾如此这般写过”的感觉。

其二是鲁迅翻译过芥川的小说，由于个人风格过于强烈，就易使读者脑子里早存了一个“鲁迅味的芥川”。如前所述，中国最早把芥川龙之介的作品翻译成汉语的是鲁迅。不过，除了《罗生门》与《鼻子》，鲁迅似乎再也没有译过芥川其他作品，但因为译笔好，人们提起芥川的小说，就会自然而然地想起鲁迅的译作。有人据此认为，鲁迅的《故事新编》有几分芥川的笔调。这实在是一种误解。鲁迅当年翻译芥川用的是自己的笔调，这就容易给人造成一种错觉，以为芥川的小说风格就是这样子的。因此鲁迅那些从古代神话或史料中拾取的小说也自然被人误读成了“芥川味的鲁迅”。事实上，二人的心眼手法大不相同。鲁迅早年也曾用自己的笔调翻译过契诃夫的小说《省会》，也有人据此断定，鲁迅的《故乡》模仿了契诃夫的《省会》。现在我们把两篇作品放在一起就可以发现：鲁迅的确从自己翻译的《省会》中得尝异味，但他所写的《故乡》却散发着浓重的“鲁迅味”。

其三是芥川与鲁迅都读过大量中国与日本的古代典籍，善于从旧书里面获取写作资源，他们的来路与去向都是历历分明的，其间或有重合也是难免的。芥川最为人所称道的，是他的历史小说。就题材而论，主要分三部分：日本古代的、中国古代的、西方古代的。日本的题材大部分取自《古事记》《今昔物语》之类；中国题材则大部分取自唐传奇与明清笔记小说，这类小说在他的小说集里所占份额较大。鲁迅也写历史小说。在题材上，鲁迅显然是要故意避开芥川驾轻就熟、“老手气息太浓厚”的那类东西。他给自己设定了一道门槛，仅限于秦汉以上的神话与历史。而且，他也没有像芥川那样拾取别国历史或神话入小说，他还是写中国，不及其余。这跟他写《中国小说史略》时只关起门来谈自家古代小说，拒绝跟外国小说做比较研究的作风大致相同。鲁迅翻译芥川的历史小说时，曾在附记中十分坦率地谈到两点不满之处，其中一点便是“多用旧材料，有时近于故事的翻译”。这也恰恰是后来文学史家夏志清诟病《故事新编》的地方：“说的有现代白话，也有古书原文直录”（见《中国现代小说史》）。较之于鲁迅其他小说，《故事新编》的写法就更自由了，有些地方或许还保留了早期小说的阴郁气息，但从总体来看，它有一种现代小说的“自在性”，心中无碍，文字间即是一派水流花放，白云涌现。它不是什么“主义”或“流派”所能框得住的。这一系列作品虽然不讨周作人、夏志清等学者所喜欢，但我们不得不承认它是有“新意”的，甚至是可以与芥川的历史小说并称于世的。

我们需要注意的是，芥川是写了一系列历史小说后，转而在私小说的影响下写起了一些现实题材的小说；而鲁迅则是写了一系列现实题材的小说之后，开始写一系列历史小说。他们取道有别，但通过这两类小说，呈现出了各自的历史意识与现代性，以及现代作家不可或缺的个人主体精神。

芥川与鲁迅之“异”

芥川是一个急迫的天才型作家。他出生于1892年，卒于1927年，而他真正开始小说创作的年龄是二十二岁。在短短的十三年间，他居然发疯似的写了一百五十余部中短篇小说（其中不少短篇放在当下依旧粲然可观）。鲁迅于1923年出版第一部小说集《呐喊》的时候，他已经出版了第六本小说集《春服》；鲁迅于1926年出版第二部小说集《彷徨》的时候，他已经在两年前出版了第七本短篇小说集《黄雁风》，而他的第八本小说集也将在次年出版。

相比之下，鲁迅应该算得上是一位从容的学者型作家。在小说家鲁迅尚未诞生之前，他已经不声不响做了十几年的学问，日本学者伊藤虎丸称之为“原鲁迅”，这个“原鲁迅”就是写《中国地质略论》《中国矿产志》的科学者鲁迅，写《文化偏至论》《摩罗诗力说》的思想者鲁迅，翻译《地界旅行》《域外小说集》的译者鲁迅，地方志研究者鲁迅，文学者鲁迅，诗人鲁迅等等。他身上有着多重方向，但最终还是选择小说创作作为爆发点。这个爆发点是在他三十六岁那年方始找到的。这方面，鲁迅倒是有点像另外两位日本作家夏目漱石与森鸥外，他们都是早年留学，知识结构庞杂，文学储备也足，从事小说创作的年纪也相对较晚。

换一种说法，如果鲁迅只活到芥川那个年纪，我们就无法看到他那些最为后人称道的小说了。因此，我们也可以为之捏把汗说，幸好鲁迅能活到五十六岁。

芥川龙之介好像就是为写小说而生的。他生前出了八本小说集，三本随笔集。此外，还有若干小品、游记、日记、书信、俳句等零星作品。之于他，小说最为倚重。而鲁迅去世后整理出版的二十卷《鲁迅全集》中，只有两卷属于严格意义上的创作，这里面自然包括他为数不多的短篇小说。从二人的作品类型来看，芥川一生，几乎是以写小说为志业的，而鲁迅的小说创作则是阶段性的。有一段时期，兴致来了，就写上几篇。鲁迅第一本小说集《呐喊》的写作时间集中于1918年至1922年间，第二本小说集《彷徨》的写作时间在1924年至1925年之间。中间有十年，他几乎没写什么小说，《故事新编》里面的作品大多是晚年写的。鲁迅研究中国古籍所耗费的时间与精力，远远在芥川之上。周作人把鲁迅的作品分为甲乙两部分，其中甲部大部分为古代典籍的搜集辑录与校勘研究。由此可见，鲁迅在三十六岁之前是没有想过做小说家的。

芥川的目标是很明确的：不停地写，做一个世界一流的小说家。不幸的是，芥川在前半程用力过猛，以至健康问题出来后影响了创造力，反过来说，创造力的衰竭对一个作家来说是最为致命的。疾病带来的痛不欲生往往会引发写作过程中的力不从心。问题就在这里，芥川是靠创造力写作的作家，一旦无所依恃，他就会有一种毁灭感。芥川研究者发现：芥川在最后几年里，虽然有作品不断问世，但从总体质量来看大不如前了。别人可以感受的，芥川本人当然是比任何人都更为敏锐、也更为深切地感受到。

鲁迅不同，他身上固然有创造力，但这种创造力之外还有一种他早年所信奉的“摩罗诗力”。从鲁迅晚年所写的文章来看，虽说是满纸凄凉，但骨力依旧，他的创作欲丝毫未见衰竭，且不说他去世前一年完成的《故事新编》，单是像他后来病中所写的《女吊》，也还可以看出他写《朝花夕拾》时的平和心境。不过，即便如此，夏志清教授还是迫不及待地发表了自己的看法，认为这个时期的鲁迅“显示出一个杰出的（虽然路子狭小的）小说家可悲的没落”。

事实上，写作就像是跑步。跑步的能量来源主要有两种：一是肝醣，一是脂肪。有些人一开始就跑得快，是因为调用了肝脏里的肝醣带来的能量，但这种能量在短时间里很快就耗掉了；而另一些人不然，他知道肝醣转换成能量比脂肪转换的能量更大，但持续时间不长，如果要跑马拉松，就得均衡地分配二者，尤其是增强脂肪转换为能量的效率。像芥川这样的作家显然属于前者，他更适合做一名短跑运动员。鲁迅没有芥川那样的爆发力，但他有一种持久的耐力。他原本是可以做长跑运动员的，但很可惜，他也只是比芥川多跑了一程路就倒下了。

如果非要说鲁迅与芥川之间有什么相似之处，我以为，那就是体质。我们甚至还可以比较一下鲁迅与芥川身上的疾病。

芥川在自杀那一年身上有多种病症：肠胃炎、神经衰弱症、心悸、失眠、痔疮等。对芥川而言，神经衰弱症是最为致命的，他的老师夏目漱石也一直为此病所苦。一位翻译家谈到夏目漱石时说，神经衰弱症能导致精神绷紧，触发创作激情。这实在是站着说话不腰疼。神经绷紧，在短时间内可能对写作者有所助益，但长此以往，神经就会变得像拧了又拧、殆无余沥的毛巾一样，激情既告汩没，灵性亦告消歇，给生活与写作带来的影响是可想而知的。芥川所忧者，正是这一点。因此，我们可以说，芥川不是死于神经衰弱症，而是死于对创作欲衰退的恐惧。

鲁迅身上的疾病有以下几种（这是一位日本医生在他临终前诊断的）：胃扩张、肠松弛、肺结核、右胸湿性肋膜炎（其弟周作人也得过此病）、支气管喘息、心脏性喘息及肺炎（详见伊藤虎丸《鲁迅与日本人》）。对鲁迅来说，病痛自然难免，人之将死的预感也曾有过。但他似乎没有像芥川那样想到以自杀的方式终结自己的生命，相反，他每每在深夜醒来之际，还会打开电灯，要看来看去看一下。看什么？看人世间但凡能看得到的与看不到的一切。鲁迅说："外面进行着的夜，无穷的远方，无数的人们，都和我有关。"鲁迅的笔调是冷的，但对这个终将告别的世界始终是深爱着的。

在芥川晚期的作品中，我们可以看到，他的创作欲日益枯竭之后，他的厌世情绪也日甚一日。1927年6月，也就是离芥川服药自杀只有一个月的时间里，他完成了上面提过的那个短篇小说《某傻子的一生》。在结尾处，他这样写道："他执笔的手颤抖起来了，甚至还流口水。除非服用0.8毫克的佛罗那，他的头脑没有一次清醒过。而且也不过清醒半小时或一小时。他只有在黑暗中挨着时光，直好像将一把崩了刃的剑当拐杖拄着。”

这一段话大概就是芥川在生与死之间苦苦挣扎的写照了。芥川去世时，枕边放着一本打开的《圣经》。他很想借助宗教信仰化解内心的苦闷，然而，他一直未能如愿。芥川氏若能奉神之召上天，那么，我想，他大概会坐到神的左边吧。

关于芥川之死

永井荷风的《断肠亭日志》1927年7月24日一节中有这样一段文字：“归途于电车中不时见有乘客捧读《东京每日新闻》的晚报，中有小说家筈芥川龙之介自杀的新闻。说是患神经衰弱症而服毒自尽的，终年方三十六岁……我内心悄悄地追想我三十岁的往事，对自己无事活到今天感到不可思议，唯此而已。”

在日记中曾感叹芥川之死的永井荷风活到了八十余岁，在芥川去世前一阵子曾就“没有情节的小说”与之发生过笔仗的谷崎润一郎也活到了八十岁。而芥川龙之介，这位日本大正时期的鬼才，20世纪初的短篇圣手，在人世间仅仅活了三十六个年头。

如果我们稍加注意的话，就会发现芥川去世那一年写的两部重要小说《某傻子的一生》与《河童》都谈到了自杀这一话题。《某傻子的一生》中有两句话让我记忆犹新。一句是："人生比不上一行的波德莱尔。"照我的理解，这句话应作如下两种解释：一是，人生像波德莱尔的诗一样短；另一种解释是，人生湮没无闻，到底还不如一行波德莱尔来得有名。如果把这句话跟芥川短暂的一生联系起来，那么我更倾向于前面一种解释。可以说，《某傻子的一生》通篇氤氲的一种颓废、虚无甚至绝望的气息就是从这一句话里面生发出来的。到了第四十二节，小说里面又冒出了一句充满反讽意味的话：我最同情的是神不能自杀。这话与其说是跟神开玩笑，不如说是一种自嘲。口吻清淡，内心也是一片通透。

另一篇小说《河童》简直就是一个厌世者的叙谈。芥川在一次虚构的对话中借幽灵之口，提到了德国作家克莱斯特、哲学家迈兰德和奥地利哲学家魏宁格等人。如果我们再稍加注意的话，就会发现他们都是自杀者。从芥川的小说里我们可以看出芥川性格峻烈的一面：一个终日被创作激情驱策的天才作家无法容忍一个被疾病拖垮，连"动物的本能"都没有的病夫苟活于世。

芥川龙之介去世后，他的好友菊池宽设立了一个延续至今的文学奖——芥川奖。当时的奖金据说只有五百日元。他的好友如佐藤春夫就担任过芥川奖评委。

日本作家中自杀的，还真是不少：除了芥川，还有太宰治、三岛由纪夫、川端康成。三岛切腹自杀极为惨烈，据说切腹后由人砍了三刀都没死成，最后由一位学过拔刀道的人补上一刀才砍落首级。太宰治自杀过五次，最后一次还捎带上一个“女粉”一并自溺。太宰治跟三岛由纪夫一样充满一种强烈的好胜心。他非常渴望自己获得芥川奖。评奖前，他曾写信给评委佐藤春夫，希望他能投自己一票；落选之后，他还指责过另一位评委川端康成。因为川端作为评委曾在文章中很委婉地对太宰治的小说《小丑之花》提出了不同看法。这下子，刚刚生完一场大病的太宰治就开始跳脚了，他在致川端的公开信中这样写道：“老实说，我很愤怒。连着好几晚都气得辗转难眠……养小鸟、看舞蹈的生活真有那么了不起吗？我好想拿刀捅你……”不过，太宰治也像绅士那样说过这么一句话：生而为人，我很抱歉。这样的话，我想，同样可由芥川说出来。

2019.12.28

丰饶的文学世界

——莫言之经典永存

■谢廷秋

千翻与作
活动时间：2019年12月28日(周六)15:00
活动地点：千翻与作，贵阳亨特店
精读堂
32期
丰饶的文学世界
莫言之经典永存
主讲嘉宾：谢廷秋
贵州师范大学文学院教授
文学博士
博士生导师
贵州省省管专家
贵州省高校哲学社会科学学术带头人

谢廷秋

贵州师范大学文学院教授、文学博士、博士生导师。贵州省省管专家，贵州省高校哲学社会科学学术带头人。中国新文学学会副会长，贵州省中国现当代文学学会会长，贵州省文艺理论家协会副主席，贵州省作家协会理事，贵州省社会科学联合会委员，贵州省学位委员会学科评议组成员。

读者朋友们下午好！今天是2019年12月28日，欢迎大家来到“精读堂”2019年的最后一期讲座现场。

“精读堂”阅读分享经典的读书活动已经开展三年了，三年来“精读堂”阅读分享了许多外国文学经典，使读者感受到世界文学经典的强大冲击力和隽永的魅力。今天我要和大家分享的是一位中国作家的文学经典，这位作家就是莫言。提到中国当代文学，莫言是一个谁也没法回避的名字，他不仅获得了中国文学中长篇小说的最高奖茅盾文学奖，而且还获得了世界文学的最高奖诺贝尔文学奖。他之所以能够走上世界文学的高峰，正是因为创造了一个丰饶的文学世界，留下了永存的文学经典。

我们先来看一下莫言领取诺贝尔文学奖的时刻，有很多人预测过莫言领诺贝尔文学奖时会穿什么衣服，从中式传统盘扣装、中山装到西装都想到了，却没有想到莫言是穿着欧洲传统的燕尾服上台领奖的。这个细节包含着的其实并不是有些人批评的所谓“崇洋媚外”，而是一种开放的心态和真正的文化自信。作家是凭作品获奖，是用中文写作，是描写中国人的生活经历和心路历程，这样的创作能够获诺贝尔文学奖，正是中国文学与世界的对话和交流，因此穿着燕尾服上台领奖，也是对话和交流的体现。

让我们重新回到颁奖典礼的现场，2012年12月10日在瑞典首都斯德哥尔摩音乐厅，诺贝尔文学奖评委会主席佩尔·瓦斯特伯格用瑞典语介绍了莫言的获奖成就，他说道：“莫言整个的想象力穿越了整个人类的存在，他是一个非常好的描述者，对于人性而言，对于自然而言，他也是非常好地描述了在20世纪的中国一些比较残酷的历史，用赤裸裸的方式呈现出来……在广阔中国过去的一百年里，我们发现他的出现是非常特殊的，他对生活的描述也是通过这种方式……从那会儿开始，我们发现莫言开始了一种美德的战斗。”正如瑞典文学院评委会所说，莫言的作品是“幻觉现实主义融合了民俗传奇、历史与当代性”，他的获奖，让世界更关注中国文学，同时也提升了当代文学在国人心目中的地位，那接下来我们一起走进莫言丰饶的文学世界！

在中国当代文坛，莫言是一位非常有才华的作家，他的小说以异常浓烈的色彩和极具阅读快感的语言渲染出山东高密乡村的隐秘世界。在莫言那里，我们看到了一个与鲁迅、赵树理笔下完全不同的乡村，那里充满原始的生命力、野性的思维、对命运无常的悲悯，它触摸到了意识之下巨大的心理冰山。不久前，莫言刊发了旧体诗新作《东瀛长歌行》，其中既有“明志”之句，如“冰天雪地锻铮骨，百死不改中国心。竖子嘲我不爱国，吾爱国时句句火”，又“串讲”了其主要作品：“高粱如炽血成河，一曲九儿泪滂沱。斜儿笑我不敢言，我敢言时惊破天。三十三日呕心血，二十万言蒜薹歌。丰乳肥臀示大爱，生死疲劳演大悲。酒国早举反腐旗，后来不绝如风靡。一声蛙鸣四野应，千万二胎因我生。猫腔凄厉檀香刑，我以此书敬鲁翁。”诗中提及了《红高粱家族》《丰乳肥臀》《酒国》《生死疲劳》《蛙》《檀香刑》等作品。

莫言能获得诺贝尔文学奖，不是单凭哪一部作品，而是凭着一批作品，他的主要作品有《白狗秋千架》（1985）、《红高粱》（1986）、《欢乐》（1987）、《天堂蒜薹之歌》（1988）、《酒国》（1993）、《丰乳肥臀》（1996）、《檀香刑》（2001）、《四十一炮》（2003）、《生死疲劳》（2006）、《蛙》（2009）等。2012年诺奖颁布时，诺贝尔文学奖评委会特别提及莫言的六部作品：《红高粱家族》《丰乳肥臀》《酒国》《檀香刑》《生死疲劳》《蛙》。这些作品均已成为当下流传甚广的文学经典。下面我们一起来看看他最突出的这六部作品。

《红高粱家族》我想在座的各位并不陌生，这是莫言最负盛名的小说，也是诺贝尔文学奖评委会认可的莫言代表作，

2019年还入选“新中国70年70部长篇小说典藏”。《纽约时报》评论说：“通过这部小说，莫言把高密东北乡安放在世界文学的版图上。酒神精神与民族精神的完美结合，展现了底层百姓在受到世俗规则压迫时顽强的生命力，饱含强大的文学爆发力，是中国当代文学的典范之作。”莫言用他的作品打开了中国文学走向世界的大门。据此改编的由张艺谋执导的电影《红高粱》获第38届柏林电影节金熊奖，但小说原著比电影以及之后的电视剧更精彩。

《丰乳肥臀》是一部“献给天下母亲”的小说，这部小说经由一双婴儿的眼睛，目睹一个家族亲历的战争、贫穷，有爱有欲，有生有死，有人性的愚昧、贪婪，也有人情的温暖、博爱。它记录了百年中国风云变幻的恢宏“史诗”，诺贝尔文学奖授奖词称《丰乳肥臀》为“莫言最卓越的小说”。莫言自己坦言：我再写不出像《丰乳肥臀》那样的作品了。

《檀香刑》是莫言受鲁迅先生的启发，沿着鲁迅开辟的道路前进所创作的小说，这部小说也是莫言试图摆脱西方文学影响的一次努力，更是莫言用小说的方式向民间戏曲的一次致敬。在清末，檀香刑是最残酷的一种刑罚，莫言通过五个人物、五种声部，再现清末酷刑与乱世悲凉。小说写了刽子手，写了受刑的志士，还写了看客。它是一部可以听的小说，一部真正来自民间、献给大众的小说。荡气回肠的“猫腔”大戏，“凤头—猪肚—豹尾”的传统讲述方式，让读者阅读《檀香刑》时，需要调动所有感官：耳朵听高亢民俗，眼睛看百样人性，鼻子吸进暴力冷气，皮肤感受历史粗糙。本书获得2002年首届鼎钧文华奖以及中国台湾《联合报》“2001年十大好书奖”，并入围第六届茅盾文学奖。

《酒国》是莫言全力打造的一部将现实批判锋芒推向极致，并在叙事实验方面进行大胆尝试和创新的长篇力作。检察院特级侦察员丁钩儿到酒国市调查一个特殊案子，但到酒国市的人没有谁能经得起诱惑，在权力、美酒和女人之间周旋的过程中，丁钩儿虽不断提醒自己不喝酒，最后却醉酒淹死在茅厕里。小说借助“酒”，描绘官场生态，抨击腐败。与丁钩儿的故事并行的是出现在小说中的作者与酒国市文学青年李一斗关于文学创作的通信，以及李一斗创作的小说作品；这些小说作品在风格上五花八门，堪称是小说文体的“满汉全席”。本书法语版获得2001年法国“儒尔·巴泰庸外国文学奖”。

《生死疲劳》这部小说借六道轮回撑起宏大的小说结构，用动物视角透视五十年人世悲欢。这是一部中国乡村社会庞杂喧哗、充满苦难的蜕变历史，也是莫言在艺术上向中国古典章回体小说和民间叙事的伟大传统致敬的鸿篇巨制。驴折腾、牛犟劲、猪撒欢、狗精神……六道轮回的荒诞叙事和狂放想象背后，是农民对于土地的执着和不息的生命力。在和评论家王尧的对话中，莫言说，坚持不入社的蓝脸是有原型的：莫言的爷爷不入社，邻村一个姓孟的单干户死不入社。这部小说既源于生活又超越生活，既古典又现代，是真正的文学经典。莫言多次表示：“《生死疲劳》是我遗憾最少的作品。”

《蛙》是莫言酝酿十余年、笔耕四载、三易其稿、潜心打造的一部触及国人灵魂最痛处的长篇力作，它是中国第一部完整描写计划生育和代孕等尖锐现实问题的长篇小说，也是献给经历过计划生育和在计划生育年代出生的千千万万读者的一部杰作。小说以一个乡村女医生波澜壮阔的一生，反思中国六十年计划生育史，传达对生命强烈的人道关怀，呈现知识分子灵魂深处的矛盾与伤痛，完整展现莫言文学王国的丰富与奥义。作品不仅写出了历史、现实，以及人性中丰沛的荒诞，也预言式地写出了比小说晚到的荒诞现实，是一部极具超前性和前瞻性的著作，该作品获得第八届茅盾文学奖。

莫言讲述的中国故事，洋溢着浑厚、悲悯的人类情怀，收获诸奖乃实至名归。

纵观以上六部小说，我们可以发现莫言的小说深受西方现代主义文学的影响，且这种影响是多方面的：有意识流小说的内心独白、心理分析、感觉印象、幻觉梦境、时空颠倒等；有魔幻现实主义的隐喻、象征、预言、神秘、魔幻；也有荒诞派戏剧的夸张、变形、荒诞；还有结构主义、感觉主义、象征主义等等。在西方作家中，莫言最推崇两位，即威廉·福克纳和加西亚·马尔克斯。莫言小说结构的最大特点就是不断地进行场景切换和时空颠倒，具有明显的空间形式小说的特征，与福克纳的风格遥相呼应，而他引用神话传说以及用动物角度叙事则明显带有加西亚·马尔克斯的魔幻现实主义色彩。

瑞典文学院院士、诺贝尔文学奖评委会主席佩尔·瓦斯特伯格说："你读莫言之前必须做好心理准备，他的作品中除了有精彩的关于爱、自然和善良的描写外，还有极其暴力、残酷、血腥的描写……在我作为文学院院士的十六年里，没有人能像他的作品那样打动我，他充满想象力的描写令我印象深刻。目前仍在世的作家中，莫言不仅是中国最伟大的作家，也是世界上最伟大的作家。"著名学者许子东认为莫言的写法符合诺贝尔的"几个幸运号码"：写乡土；写"文化大革命"；现代主义手法；作品翻译；海外得奖。关于莫言的小说解读见仁见智，在这儿就不一一赘述了。接下来，我们一起来看看莫言的小说世界究竟写了些什么？

写什么：莫言小说里的"史、思、诗"

莫言的小说充满了史诗性的内涵。《秋水》写的是高密东北乡的创世纪；《檀香刑》写了20世纪初反帝和义和团运动；《红高粱家族》写了抗日战争；《丰乳肥臀》展现了从抗战到共和国的乡村变迁；《生死疲劳》是一部20世纪50年代以来的中国乡村史；《蛙》则是一部新中国的生育史。由此可以看出，莫言小说的构造是沿着线性时间的发展不断向前的，小说的底色是以历史的发展为参照的。如《生死疲劳》就叙述了半个世纪的乡村史，再现了中国农村1950年到2000年这五十年的历史发展过程，以西门闹的六道轮回——驴折腾、牛犟劲、猪撒欢、狗精神、猴、蓝千岁，展现出中国农民在50年代、60

年代像驴一样拼死干活，60年代、70年代像牛一样顶着坚持单干，70年代、80年代像猪一样地撒欢乱斗，80年代到90年代随着物质与欲望时代的来临，幻形为被玩弄和戏要的宠物狗、卖艺猴之类，新世纪到来时人已经被折腾傻了……写出了农民对生命无比执着的颂歌和悲歌。莫言在接受法国媒体采访时，谈到小说《生死疲劳》，他说小说的主人公西门闹表达了他本人对中华人民共和国成立初期的一大重要社会运动，也就是土地改革运动的看法。过去一段时期，国家的价格政策以及不合理的预算分配使中国农村为中国的工业化付出了沉重的代价。而今天，又是当年这些农民的儿子，构成了浩浩荡荡的农民工，为中国经济的腾飞做出了很大贡献。

谈起莫言的小说到底写了什么，即莫言小说的思想性，那我们不得不提起一个词：退化。退化在莫言的小说中是一个非常重要的概念或主题，至少从《红高粱》开始就有了“种的退化”的说法。如果说“种的退化”说的是族群的话，那么退化还有一层含义，即“乡土的退变”。正是退化的族群和退变中的乡土，使得乡土中国诗意溃散，这就是莫言的小说提供的20世纪中国乡村的写照。族群的退化和乡土的退变构成了莫言小说的“退行性”书写，参照当代文学“进步”和“光明”的基调与底色，莫言的“退行性”书写揭开了中国乡村秘史。同时相对于中国当代史诗的“前行性”书写，“退行性”书写就具有了“反史诗性”的意味。莫言小说中的“退行性”书写主要表现在种的退化和乡的退变。种的退化以祖辈（红高梁家族）、父辈（食草者家族）、我辈（恋乳痴狂者）这三代为参照：《秋水》和《红高粱家族》中的爷爷、奶奶开垦红高粱家乡的往事，色彩斑斓，炫人耳目；食草者家族以《天堂蒜薹之歌》和《红蝗》为例，小说中的父辈则成了柔弱怯懦、逆来顺受，成天嚼弄青草的食草者；恋乳痴狂者以《丰乳肥臀》为例，更是塑造了上官金童这样一个“恋乳痴狂者”，完成了“种的退化”的书写。莫言曾说：“我在《丰乳肥臀》中的确写到了性，也写了上官金童对乳房的痴迷，关于这一点，我认为邓晓芒的解读很符合我的原意。就像大多数中国人可以从自己的灵魂深处挖出一个阿Q一样，大多数中国人，是不是也能够从自己的灵魂深处挖出一个上官金童呢？”邓晓芒认为：这种退化并不陌生，从“寻根”而来的“文化恋母情结”，即回归传统、回归自然的倾向，从张贤亮开始，到张承志、贾平凹、张炜等皆如此；一些作家认为外来（男性）文化是对母亲的侵犯和亵渎，因而憎恨、拒斥西方文化，想单靠母亲的奶长大（自力更生），于是营造出虚假而幼稚的“阳刚之气”；《红高粱》中的人物个个原始拙朴，像一群没娘的孩子，胡闹一通之后最终都想起了自己的“亲娘”——高密东北乡；真实的一面则是阴盛阳衰、恋母、心理残疾，这也是莫言等作家的作品崇尚女性的奥秘。

种的退化主要是由杂交、乱伦、欲望所引起，同时这种退化也是莫言所要表达的现代性批判，正如莫言所说：“我有时忽发奇想，以为人种的退化与越来越丰富、舒适的生活条件有关。但追求富裕、舒适的生活条件是人类奋斗的目标，又是必然要达到的目标，这就不可避免地产生了一个令人胆战心惊的深刻矛盾。人类正在用自身的努力，消除着人类的某些优良的素质。”

乡的退变经历了农村、乡土、荒野的退变。莫言早期的《售棉大道》《透明的红萝卜》等作品写“农村”，但已透露出压抑和沉闷；“红高粱”系列中篇有浓烈的“乡土”意味但已埋下“退行性”书写的诸多种子；《枯河》《红蝗》等作品已是“荒野”漫过“乡土”，比如“一群老百姓面如荒凉的沙漠”（《枯河》），男人们“脸上的表情荒凉遥远，眉眼都看不大清楚”（《球状闪电》），“狗眼里的神色遥远荒凉”（《白狗秋千架》）……

莫言对“现代”持有批判，但是他“拒绝返乡”的意识同样值得注意。莫言曾说：“十八年前，当我作为一个地地道道的农民在高密东北乡贫瘠的土地上辛勤劳作时，我对那块土地充满了刻骨的仇恨。它耗干了祖先们的血汗，也正在消耗着我的生命。我们面朝黄土背朝天，比牛马付出的还要多，得到的却是衣不蔽体、食不果腹的凄凉生活。夏天我们在酷热中煎熬，冬天我们在寒风中颤栗。一切都看厌了，岁月在麻木中流逝着，那些低矮、破旧的草屋，那条干涸的河流，那些木偶般的乡亲，那些凶狠狡诈的村干部，那些愚笨骄横的干部子弟……当时我曾幻想着，假如有一天，我能幸运地逃离这块土地，我决不会再回来。”农村的生活经历带给莫言的是一种眷恋，一种反感，更是一种复杂的疼痛，其中还伴随着崇拜、爱恨交织。农村失序、乡土衰颓、荒野裸裎是莫言作品书写的主要内容，同时也饱含着莫言对乡土的情感。

莫言的小说中乡土中国诗意溃散的三个主要历史场景体现在：20世纪50年代至60年代之交的“大跃进”和“三年困难时期”；20世纪60年代至70年代的“文化大革命”；20世纪80年代至90年代以来的改革开放和搞活经济。如《生死疲劳》开篇西门闹的喊冤和不服，即是写土改，是乡土自治的失序，写“文化大革命”批斗走资派，即是各级政权组织的失序；《丰乳肥臀》写人伦廉耻的失序；《天堂蒜薹之歌》写改革开放后的官民冲突——党和政府部门同人民群众之关系的失序。莫言在《天堂蒜薹之歌》自序中说，这篇小说是由于当时发生的“蒜薹事件”——数千农民因为切身利益受到了严重的侵害，自发地聚集起来，包围了县政府，砸了办公设备——而创作的。这是一部“义愤填膺的长篇小说”，是一部“为农民鸣不平的急就章”，这些都是农村失序的表现。

莫言小说中的“诗”与我们传统所理解的诗意家园是截然相反的，他呈现的高密更多的是乡土衰颓，是荒野裸裎。要理解莫言小说中的乡土衰颓，首先要知道何谓“乡土”？乡土是血脉的渊源、生命的摇床，是离乡者的梦境、都市人的童话。它是行进者的步履踏过的大地，是奋斗者的血汗滋润过的田园，是挥之不去的记忆和眷恋，是铭刻着艰辛和殊荣的长卷。乡土衰颓与荒野裸裎是莫言小说书写的两大内容，在这里它们呈现的是一种退变的关系。荒野，说到底是意义的流失，是无背景的本然呈现，它以物质和精神的双重贫瘠瓦解着“农村”或者“乡土”的种种神话。在这里演义着人的吃喝拉撒，生老病死，奸淫劫杀，一切都听凭着本能和欲望的支配。所以无法将它纳入任何时代背景中，或者说社会历史语境在这里失去了判明语义的作用。那么“乡土”是如何退变为“荒野”呢？莫言通过暴力和死亡的叙述展现生命的斫杀，如《红高粱家族》写日军逼屠户孙五将刘罗汉活生生剥皮示众。在《食草家族》中阮书记暴力执法，令民兵将七老头吊高跌地而死，再放到大锅里煮烂当肥料；抓到偷地瓜花生萝卜充饥的小孩，立刻拉去枪毙；天与地兄弟俩残杀六爷爷夫妇，肢解七奶奶，活埋七爷爷，然后被枪毙。《丰乳肥臀》中十七团士兵炸教堂围剿司马支队，处决司马库；上官来弟因奸情被撞破而用木凳击杀丈夫孙不言，被捕正法；情夫鸟儿韩在前往服刑地途中企图逃跑被火车轧成了两半。莫言用贫瘠和荒凉的叙述展现自然的破坏，如在《丰乳肥臀》中写道：“涝雨成灾的年头是垂柳树的好年代，黑色的树干上生满了红色的气根，好像某种海洋生物的触须，斩断了便会流出鲜血。巨大的树冠好像暴怒的疯狂的女人，披散着满头乱发。”他用权势和贪欲的叙述展现欲望的横流，在《酒国》中，省检察院派来的特级侦察员丁钩儿原本来某市调查食用“肉孩”的案件，却经历了极度的放荡和腐败：通奸、酗酒和饕餮。在全驴宴上，“先是十二冷盘上来，拼成一朵莲花，驴肚、驴肝、驴心、驴肠、驴肺、驴舌、驴唇……

全是驴身上的零件”，而堪称极致的则是用公驴的性器官和母驴的性器官拼成的“龙凤呈祥”。至于权贵们食用的“肉孩”更是“比牛肉嫩，比羊肉鲜，比猪肉香，比狗肉肥，比骡子肉软，比兔子肉硬，比鸡肉滑，比黄肋肉少鬼气，比猪俐肉通俗”，是“人间第一美味”。他还用淫逸和背德的叙述展现人伦的毁弃，如在《丰乳肥臀》中：有姑姑怂恿自己的丈夫与侄女通奸的；有侄女向姑父“借种”、向姑父说“肥水不落外人田”的；有来弟因汉奸丈夫死后为消除性饥渴而戏弄七岁弟弟金童的……

打开“荒野”的三重门，我们看到了莫言对暴力文化和历史的审视和反省，对高速现代化的质疑和批评。如莫言所说：“《生死疲劳》里的1950年代是我们国家农村发展历史上变化最剧烈的时期。我在《生死疲劳》里塑造了和土地相依存、同生死共命运的农民，也隐含着对以工业化、城市化的方式‘消灭农民’，对肥沃土地的大量毁坏，以及农民大量地逃离土地、农民工创造的剩余价值被无情剥夺等现象的一种批评。”莫言笔下的荒野景观在刘恒、杨争光、阎连科等的笔下也不难见到，但莫言当属开了先河。

在莫言的《生死疲劳》这部小说里，我们也可以看出莫言“去诗意”的两条路径：其一是内容上对严酷现实的揭示，如对土改、“三年困难时期”“文化大革命”、专权和腐败的揭示；其二是艺术上对怪诞手法的采用，如福克纳、马尔克斯、拉伯雷等作家对莫言的小说创造产生了直接的影响，英国《金融时报》评价莫言是“福克纳、拉伯雷与狄更斯的混合体”。

怎么写：庄严的恶心和怪诞的残酷

法新社援引诺贝尔文学奖评委会主席彼得·英格伦的评价称，莫言的作品也被认为是粗俗而淫荡的，“莫言书中所写的故事是我听到的最恐怖的故事”。中国台湾学者王德威说，莫言的小说是“荤腥不忌，百味杂陈”，“如果当年的历史叙述以雄浑眩美（sublime）是尚，那么莫言所执着的，应是一种丑怪荒诞（grotesque）的美学及史观”。要了解莫言小说中的“庄严的恶心”，首先让我们来看看何谓“恶心”，刘恒曾把文学喻为排泄体液，血、泪、汗、涕、涎、尿、精等等，需要流什么就流什么，适合以怎样的方式流就以怎样的方式流。这就把鲁迅当年排斥的粪便、苍蝇之类端上了文学台面，这可称之为“恶心”之驱动。恶心就是抗拒优雅地写真实，正如莫言在《胡说“胡乱写作”》中写道：“我认为，当以‘高雅’的姿态写作、以‘优雅’的姿态写作、以‘庄严’的姿态写作变成一种时尚的时候，像我这样胡乱的写作就具有了革命的意义或者反革命的意义……我对自己胡乱写作的解释是：所谓胡乱写作就是直面自己灵魂的写作，就是不向流行的道德观念、价值观念妥协的写作，也就是写出自己心里想说的话而不是自己嘴里想说出的话的写作。”《生死疲劳》是莫言历经四十三年酝酿，四十三天写就，他说：“作为一个真实生活、一个敢于直面现实的作家，难免作品出现屎尿横流的场面，这是他生活的本来面貌，只有这样写，才能真实反映我们这个世界，如果不这样写，你就要掩盖它，就要说假话。屎尿横流都是我对现实的一种态度，也是我对人生的一种态度，我不想说假话，我想把我所想到、我所看到的全部在小说里反映出来。”“恶心”的另一表现是颠倒上下的狂欢化，巴赫金认为狂欢化的感受和表现的方式之一就是粗鄙化或者低俗化，即：“冒渎不敬……与世上和人体生殖能力相关联的不洁秽语，对神圣文字和箴言的模仿讥讽等等”；“转入物质——肉体层面，如直接在祭坛上大吃大喝、有伤风化的动作、裸露身体等等，对各种宗教仪式和象征进行怪诞的贬低”；“意味着靠拢人体下身的生活，靠拢肚子和生殖器官的生活”。

莫言作品的“恶心”由什么构成呢？它包括污浊之物、溃烂之躯、背德之事、血腥之景，这些在莫言的小说中都有具体展现。在座的读者可能会问，庄严何以恶心？在莫言的小说中，首先这种恶心伴随着巨大的同情和悲悯，特别是在展现女性的厄运时，如《丰乳肥臀》中的上官鲁氏，由于丈夫上官寿喜无生殖能力，迫使她借种生子，她一生生育了八胎——八个女儿一个儿子，他们虽然有着共同的母亲，但是父亲各不相同。其次，这种恶心的书写带有作者犀利的剖露和批判，它是“吃人”的重写，如《酒国》这一片段：“第一步，是放血。有必要说明，在一段时期内，个别同志认为不放血会使肉孩的肉味更加鲜美、营养价值更高，他们的主要理论根据是高丽人烹食狗时从不动刀放血。经过反复的试验、比较，我们觉得，放血后的肉孩，比不放血的肉孩，味道要鲜美得多。这一步的目的很简单：放出肉孩体内的血，放得越干净，肉的色泽愈好。放血不彻底的肉孩，制成成品后，色泽晦暗，腥味较重……选择切口的位置，是为了保持肉孩的完整性，一般采用从脚底切口，暴露出动脉血管，然后切断引流。她说着，手里便出现一柄银光闪闪的柳叶刀，对着肉孩的小脚……肉孩不哭也不叫，刀口已切开，一线宝石一样艳丽的红血，美丽异常地悬挂下来，与他脚下的那只玻璃缸联系在一起……大概一个半小时后，肉孩的血被控干。第二步，要尽可能完整地取出内脏。第三步，用70℃的水，屠戮掉他的毛发……”这种“吃人”的暴行表达出现实生活的复杂性和荒诞性，唯其恶心，才显写实。

“怪诞”也是莫言小说的一大特征，德国批评家沃尔夫冈·凯泽尔在《文学艺术中的怪诞》一书中对“怪诞”作了如下的定义：“怪诞是疏远或异化世界的表达，也就是说，熟知的世界通过一种突然使其陌生的透视角度得以展现（而且，这种陌生既可能是滑稽的，又可能是恐怖的，或者两者兼而有之）”；“怪诞是玩弄荒诞的一场游戏，意为怪诞艺术家半笑半惧地玩弄存在的极度荒诞”。他指出怪诞的特殊动机是为展现作者自身的一种“危惧的生活”，也就是说怪诞显示人类内心深处的不安。怪诞的三大特征：不调和，它是怪诞的基本成分；滑稽与恐怖，它是怪诞的主要感受；过分、夸张与反常，它是怪诞的主要手法。怪诞的形成主要来自于历史的吊诡、现实的反常、艺术的强化。莫言的小说中怪诞的意义在于逼视人性。他曾经在一次聊天中谈起过《檀香刑》的创作动机，说鲁迅先生写过受刑者（革命者）和观刑者（看客），只没有剖析过“施刑者”。施刑者究竟是何种心态？那个割开张志新喉管的人，是一种什么心态？那个往林昭嘴巴里塞上膨胀球以防止她呼喊的人，那个把子弹射向她的身体，还向她的母亲索取子弹费的人，是一种什么心态？“假设当时让我去干这件事，并且告诉我这一切都是出于组织的信任、革命的需要，从此革命大家庭将对我永远敞开怀抱，否则我将永远被打入另册，我会不会去干？十有八九会的。每个人心里都隐藏着一个赵甲。他的残忍，是出于奴性，也是出于恐惧。他是专制社会的必然产物。”尤奈斯库认为荒诞是指缺乏意义，宗教的、形而上学的、先验论的根源断绝之后，人就不知所措，他的一切行为就变得没有意义，荒诞而无用。莫言用荒诞的手法来玩弄荒诞，如《生死疲劳》中常天红为剧中主角猪小白编写了唱词：“今夜星光灿烂，南风吹杏花香心潮澎湃难以安眠，小白我扶枝站遥望青天，似看到五洲四海红旗招展鲜花烂漫……号召全中国养猪事业大发展，一头猪就是一枚射向帝修反的炮弹。我小白身为公猪重任在肩，一定要养精蓄锐听从召唤，把天下的母猪全配完。”这种描述，从语言学角度讲是采用了拟人格，虽然这些性质判断是虚假的，但在语言形式上却和真实的判断并无两样，就会让我们眼前出现一个既理解又不理解、既真实又虚假、既逼真又夸张、既恐怖又可笑的荒诞世界。

莫言运用荒诞手段，将生活中的普遍性问题加以高度的提炼甚至变形，使《生死疲劳》更为深刻地揭示出当代历史的底蕴。同时莫言笔下的荒诞也是对困境的超越，鲁迅先生在《野草》中有言："于浩然狂热之际中寒，于天上看见深渊，于一切眼中看见无所有，于无所希望中得救。"在莫言的小说《透明的红萝卜》中："黑孩的眼睛原本大而亮，这时更变得如同电光源。他看到了一幅奇特美丽的图画：光滑的铁钻子，泛着青幽幽蓝幽幽的光。泛着青蓝幽幽光的铁钻子上，有一个金色的红萝卜……红萝卜晶莹透明，玲珑剔透。透明的、金色的外壳里苞孕着活泼的银色液体。红萝卜的线条流畅优美，从美丽的弧线上泛出一圈金色的光芒。"黑孩作为一个弱者，坚忍地活在苦痛的现实中，以坚韧的生命力对恶劣环境进行超越和征服。

中外影响：外国"高炉"和中国文学精灵

莫言曾把外国著名作家马尔克斯和福克纳比作"两座灼热的高炉"。在2012年的诺奖颁奖典礼上，评委会给出莫言获奖的理由是："通过幻想与现实、历史视角与社会视角的混合，莫言结合威廉·福克纳与加夫列尔·加西亚·马尔克斯作品中的因素，创造了一种世界性怀旧，与此同时，也找到了旧式中国文学与语言传统的新出发点。”瑞典文学院评委会称，他的作品是“幻觉现实主义融合了民俗传奇、历史与当代性”。莫言的文学成就离不开对外来文化的借鉴，对莫言产生直接或间接影响的作家有福克纳（美国）、川端康成（日本）、马尔克斯（哥伦比亚）、拉伯雷（法国）等。将莫言的小说同他们的作品比较可以看出，他们有很多相似点，如创作的历史时空的交会：福克纳笔下的约克纳帕塔法县，托马斯·哈代笔下的英格兰南部的“威塞克斯”，加西亚·马尔克斯所描写的南美乡镇马孔多，这些都对莫言笔下的高密东北乡产生了影响，莫言认为尤其是福克纳创造的那个“约克纳帕塔法县”更是让他心驰神往。他说发生在世界各地、天南海北的事件，各种故事，包括风土人情、自然风光，都有可能拿来移植到他最熟悉的环境里去，于他而言，就是他的高密东北乡。

从叙事角度看，受这些外国作家影响，莫言的小说也采用了不可靠的叙述者，主要根源是叙述者的知识有限，他亲身卷入了事件以及他的价值体系有问题。如福克纳《喧哗与骚动》中的白痴班吉，他虽已三十三岁，智力却停留在三岁，因弱智不能分清过去、现在和将来，但在他混乱的表述中却极为真切地记录了这个家族和世界的颓败与堕落。在莫言小说的叙述中，莫言总是通过小孩的眼睛，看到了很多被人们忽略的事情。如成名作《透明的红萝卜》主要就是通过小黑孩来看和感受世界；《红高粱》里，“我”的父亲也是一个小孩——余豆官，“我”通过“我”父亲看爷爷奶奶的世界；《酒国》

里，那个不知道是侏儒还是儿童的余一尺，就是一个成精了的儿童；《丰乳肥臀》里的上官金童，是一个永远都长不大的小孩；《生死疲劳》里的幼年蓝解放和大头婴儿蓝千岁。总之，在小孩的角度，大人的一本正经就显得非常滑稽。福克纳于莫言，更多的是一种激活，帮助莫言发现了自己文学地理中的“高密东北乡”，就如莫言所说，“我欣赏的是他那种讲述故事的语气和态度，譬如他从小不认真读书，譬如他喜欢胡言乱语，譬如他喜欢撒谎，他连战场都没上过，却大言不惭地对人说自己驾驶着飞机与敌人在天上大战，他还说他的脑袋里留下一块巨大的弹片，而且因为脑子里有弹片，才导致了他的烦琐而晦涩的语言风格”。

莫言和福克纳有明显的师承（联系），如在《生死疲劳》中莫言分别以驴、牛、猪、狗、猴、人的视角和语气来叙述高密东北乡五十年的历史变迁，充满了荒诞精神。在将动物性（野性）与人比较的同时，传递出对人的社会的诸多不解。在“人”的叙述中，也不时在西门闹、蓝解放、蓝千岁之间转换，还常常将“莫言”的叙述和作品牵扯进来，构成一种多视角的观照和对话，彼此驳诘和解构，从而在荒诞叙述中灌注多角度的思考，来打破主流叙述和一个主导的声音。

莫言说《百年孤独》他很早就读过，但没有读完，但这本书改变了他的文学观念。他出版的长篇小说《生死疲劳》，其思想资源是佛教的六道轮回，这也是他与拉美魔幻现实主义小说的正面交锋。“如果我也这样写，那我就永远没有出头之日”，因此莫言小说中的魔幻世界是超越马尔克斯式的魔幻。时过境迁再谈魔幻，莫言说：“如1958年‘大跃进’啊，哪儿的小麦亩产万斤啊，天津郊区农民芦苇和水稻嫁接成功啊。看到某地农村医生发明了计划生育的新方法，让育龄妇女每次在和丈夫同房之前生吞20只蝌蚪，可以起到避孕效果。现在一想起这些东西，真的非常有意思。那时的报纸，通篇都是魔幻现实主义小说，夸张，变形，没有一句真话。”莫言的魔幻根植于现实，同时也来自于艺术想象与心灵感知。

莫言的小说也充满着沉迷拉伯雷似的狂欢，那是种未见提及但却无处不在的精神。法国《世界报》下属周刊的人物专栏刊登了一篇文章名为《莫言——中国的“拉伯雷”》，文章称：莫言以具有讽刺意味、反传统、拉伯雷式富有色彩的文笔，创作了十部长篇、二十部中篇和几十篇短篇小说，获得多项中外文学奖。莫言因看到太多器官象征的可能，大肆发挥，成就了一出出巴赫金式身体嘉年华的闹剧场景。如《幽默与趣味》中的男主人翁活着活着，退化成了猴子；《父亲在民夫连里》父亲与他的驴子居然也能眉目传情；更不用说《酒国》中的鱼鳞少年、妖精少年、肉孩……那么这些沉迷似的狂欢究竟作何展现呢？

莫言主要通过以下三点进行了展现。首先是狂欢化场景，如《四十一炮》中的“肉食节”把人类食肉的想象力发展到极限，“肉食大宴”在全城市的饭店排开：有吃肉大赛，还有最热闹的“谢肉大游行”。其次是狂欢化身体，如《丰乳肥臀》

里，上官金童那一辈子以卖身为生的四姐被公社干部带进阶级教育展览馆，让她交待是如何剥削珠宝的，东北乡人像看珍稀动物一样拥进去看她，实际上由于四姐的出场，高密东北乡这一次阶级教育展览的意义便完全被消解了：她略施媚术，弄得阶级教育展览馆里洪水滔天，连那些公社干部都挤鼻子弄眼，丑态百出。最后还有那狂欢化语言，如在《红蝗》中，作者写道："我们歌颂大便、歌颂大便时的幸福时，肛门里积满垢的人骂我们肮脏、下流，我们更委屈。我们的大便像贴着商标的香蕉一样美丽为什么不能歌颂，我们大便时往往联想到爱情的最高形式、甚至升华成一种宗教仪式为什么不能歌颂？"我们可以看到狂欢语言里的粗鄙，它充斥着粗话、脏话、下流话，同时又带有狂笑戏谑之声。

除此之外，川端康成等日本作家也对莫言的创作产生了影响，如莫言谈到《白狗秋千架》时就说道，"我的小说《白狗秋千架》的第一句就是：'高密东北乡原产白色温驯的大狗，流传数代之后，再也难见一匹纯种。'源自于我从川端康成的小说《雪国》里面读到这样的一个句子：'一只黑色壮硕的秋田狗，站在河边的一块踏石上舔着热水。'我感到眼前出现了一幅鲜明的画面，仿佛能够感受到水的热气和狗的气息。"20世纪70年代末80年代初，川端的作品不断被介绍、引进到了中国，川端康成《雪国》里的"秋田狗"，给了莫言创作上的点拨，激发了他的创作灵感。

我对莫言有着长期的关注与研究：今年10月，我应邀前往莫言的故乡——山东高密，参加“新中国文学70年与莫言研究暨红高粱文学现象学术研讨会”；2017年应邀参加在北京举行的“百年中国乡土文学经验——从鲁迅到莫言”国际学术研讨会。在2012年莫言获得诺奖后的一个研讨会上，我就说过，莫言在三十多年的创作道路上，一直身处中国文学探索和创造的前沿，他的作品始终深深扎根于乡土，他的视野亦从来不拒“外来”；他从我们民族百年来的命运、奋斗、苦难和悲欢中汲取思想的力量，以奔放而独异的鲜明气韵，有力地拓展了中国文学的想象空间和艺术境界。

莫言对世界的认识和叙述是独特的，而不是教科书似的，他意识到人们被一个“鸟笼”罩住，但他在想象和叙述世界中飞出了那个鸟笼，他的心灵、才情始终在飞翔。他的每一次飞翔，都拓展了文学的疆域，给我们带来了一个丰饶的文学世界，留下了永存的文学经典。让我们关注经典，阅读经典，在书香中看遍万千世界，在经典中体味百味人生。

谢谢大家！